古董局中局

马伯庸 作品

新版

3. 掠宝清单

图书在版编目（CIP）数据

古董局中局 .3 / 马伯庸著 . — 长沙：湖南文艺出版社，2018.6（2024.3 重印）
ISBN 978-7-5404-8634-1

Ⅰ. ①古… Ⅱ. ①马… Ⅲ. ①长篇小说—中国—当代 Ⅳ. ① I247.5

中国版本图书馆 CIP 数据核字（2018）第 067785 号

© 中南博集天卷文化传媒有限公司。本书版权受法律保护。未经权利人许可，任何人不得以任何方式使用本书包括正文、插图、封面、版式等任何部分内容，违者将受到法律制裁。

上架建议：畅销·长篇小说

GUDONG JU ZHONG JU.3
古董局中局 .3

作　　者：	马伯庸
出 版 人：	陈新文
责任编辑：	薛　健　刘诗哲
监　　制：	蔡明菲　邢越超
出 品 人：	周行文　陶　翠
策划编辑：	李齐章　王　维
营销支持：	刘斯文　周　茜
封面设计：	Topic Design
版式设计：	李　洁
内文排版：	百朗文化
出版发行：	湖南文艺出版社
	（长沙市雨花区东二环一段 508 号　邮编：410014）
网　　址：	www.hnwy.net
印　　刷：	三河市鑫金马印装有限公司
经　　销：	新华书店
开　　本：	700mm×980mm　1/16
字　　数：	335 千字
印　　张：	19.5
版　　次：	2018 年 6 月第 1 版
印　　次：	2024 年 3 月第 12 次印刷
书　　号：	ISBN 978-7-5404-8634-1
定　　价：	45.00 元

若有质量问题，请致电质量监督电话：010-59096394
团购电话：010-59320018

目录 Contents

第一章　君子棋

许一城对他的杀气恍若未觉，他拿起一枚红炮："错不了，明代象棋的炮，都是写成'包'，一棋四'包'，二红二黑。到了清代，才开始写成'炮'字。所以这副棋，肯定不是明物。"刘一鸣和黄克武同时倒吸一口凉气。这"炮"与"包"的门道儿，任何一个掌眼的人都能看出来，可许一城当着吴郁文的面直言不讳地点出来，却是要惹下泼天大祸的。／ 001

第二章　血书

方老山觉得脊梁骨都是冷汗，他低头一看，才发觉自己刚才扯得太快，那白纸居然只剩下半张，吓了一跳。他还指望拿这个去清华换报酬呢，于是赶紧展开看看。这半张纸是张信笺，上头是一个手写的"陵"字，字迹潦草，旁边还拍了一个血红色的手掌印，五指痕迹清晰可见。这纸的下半截应该还有字，估计被刚才那些人带走了。／ 019

第三章　　东陵盗案

两人听到这个消息，大为骇然。东陵在直隶遵化州马兰峪，里面葬有顺治、康熙、乾隆、咸丰、同治五个皇帝，以及包括慈禧、慈安在内的十四个皇后和一百多个嫔妃，是清宗室第一大陵。清帝逊位十七年，余威犹在，所以民间虽然盗墓成风，但皇室陵墓一直还保存完好。想不到今日终于出现了第一个敢吃螃蟹的贼，居然打起了东陵的主意。／041

第四章　　追凶

阿和轩眼中精光暴射，"唰"地拔出佩刀掷出去，霎时钉在许一城头顶的土壁之上。刀身挡住了冲在最前面的几根尖竹，许一城得了一点点缓冲时间，身子急忙往回一缩。随即那些尖竹噼里啪啦地掉落下来，有十几根直直扎在了许一城刚才站立之处。倘若晚上半秒，只怕许一城已经被万箭穿心了。／055

第五章　　恶诸葛

"这些案子，人人都知道他们是真凶，但就是没人敢去缉拿。这个王绍义外号叫'恶诸葛'，极其狡诈。派员来查，他们就杀；大兵来剿，他们就跑。到了后来，部门之间互相推诿，警察厅说这是剿匪，须由军部出兵；军部说这是地方治安事件，军人不便干涉。一来二去，索性谁都不提这个名字，当他不存在了。"／079

第六章　　平安城死局

现在，他们终于明白，王绍义那句"慈禧墓的事，知道的人越少越好"是透着何等的杀气。留一个，杀两个。这已经不是求财，而是求生了。赢了，荣华富贵等在眼前；输了，性命就交待在这平安城里。王绍义不在乎手里再多这么几条人命。阴司间，果然是阴司间。生人进了阴间，又怎么能活着回来？／103

第七章　《支那古董账》

药慎行肌肉一抖，扑通跪倒在地："我看到的名单，大多是熟货，以汉唐宋明几代居多。慎行这点轻重还是分得清楚的。"许一城敏锐地捕捉到了他的用词："大多？这么说，你还是看见了几件阴货喽？"药慎行脸上露出一丝恼怒，但许一城紧抓不放，他只得无奈答道："那本古董账是按照年代排序的，我无意中翻到最后一页，只看到那么一件阴货，标明是清代的。" / 137

第八章　局势大乱

李德标上前一步，把手枪对准许一城太阳穴，缓缓扣动扳机。突然，天空"咔嚓"一声霹雳巨响，一道极耀眼鲜明的闪电切开夜空，让包括李德标在内的所有人浑身一震，这扳机竟没扣下去。 / 157

第九章　金蝉传信，无常见珠

一般下乡收货的古董商，除了摆出金蟾，如果有特别想要收的东西，还会在旁边立个牌子，指明要哪一类古玩。考虑到许多老百姓不识字，有时候还会摆一件实物在那儿——这叫"金蟾分水"。许一城会根据自己的情况，按照事先约定好的暗号，写明收什么类的东西。这样一来，付贵和黄克武根本不需要接近客栈，只消找个人远远地把金蟾分水的名单抄下来，就知道他目前的状况了。 / 185

第十章　东陵前，马兰峪，黑吃黑

战场上依然子弹横飞，孙军的火力朝着这边延伸，马兰关前黑压压地躺着一片尸体。王绍义却不管不顾，迈着大步朝马车走去。许一城一抬头，看到他目露凶光，知道"恶诸葛"已经知道真相了。一个惯称"诸葛"的人被人耍了，那么残留下来的，就只有一个"恶"字了。 / 205

第十一章　孙殿英炮轰慈禧墓

慈禧墓里的宝贝，那是真多，连过道里都堆满了各种珠串、金佛、玉珊瑚什么的。结果碰到这些乱兵，慈禧棺材被撬开，她身上盖的经被，嘴里含的宝石、头上戴的珠冠，甚至镶嵌的金牙都被拔了出来。地宫内的其他珍宝也被劫掠一空。慈禧的尸骸被抛到墓道上，脑袋被踩得稀巴烂。……刘一鸣亲眼所见，那对慈禧太后枕在脑袋后头的国宝翡翠西瓜，被谭温江亲手交给了孙殿英，他左看右看，笑得嘴都合不拢。/ 221

第十二章　剑中机关

这一切悲剧的起源，这一切疑团的终点，终于被他握在了手里。许一城眯起眼睛，仔细地观察着它的每一处细节，态度前所未有地严肃。九龙宝剑的剑柄和剑格由一整块良质美玉雕成，全无拼接痕迹，这说明原玉体形惊人。这么大块的极品原玉，只雕成这么一点，玉料十不余一，真是奢侈得惊人。另外，在剑柄外侧，还覆有一层装饰用的紫金利玛铜条。这紫金利玛铜是清宫秘藏的响铜，是用红铜、金、银、锡、铁、铅、水银、五色玻璃面、金刚钻熔炼而成，产量极稀，一般用来铸造御奉佛像。这把宝剑能用紫金利玛铜装饰，足见重视。/ 235

第十三章　生死一诺

他一低头，发现许一城从怀里掏出一块木牌，恭恭敬敬地摆在武将壁画的下面。……借着火光，海兰珠看到那木牌上写着"陈公维礼之位"几个字，心头一阵狂跳。许一城在牌位前把双手抬起，八指交拢，先是手背翻手心，拜三拜，然后大拇指交抵，再拿开。再拜三次。这手势她知道，许一城告诉过她。这叫托孤拜，行了此拜，就一定要完成死者嘱托，生死一诺。/ 265

后记 / 287
番外一　国庆 / 291
番外二　小年 / 299

古董局中局3

第一章

君子棋

这是民国十七年的五月下旬，北京正当春夏之交，满城槐树俱已开花。这时节天气渐热，最易起大疫，民间忌讳最多。忌糊窗，忌搬家，不剃头，不晒床，都指望着到端午那天避了毒恶，才好整治。所以，老百姓都叫"恶五月"，一到这月份，一准得出点么蛾子。

今年大暑未起，倒来了一阵大风。这风张牙舞爪，声势极大，裹挟着漫天的沙尘盖过潭柘寺，罩住香山，一路浩浩荡荡地往城里头疯灌，一连好几日不停歇。那可真是尘霾蔽日，触目皆黄。整个四九城跟放久了的老照片似的，灰蒙蒙的天、灰蒙蒙的地、灰蒙蒙的城墙。街上走的都是灰蒙蒙的行人和骡马，搞得人心里也是灰蒙蒙的。

北京每年都刮沙尘，可多是在春天。而今年这风格外邪行，居然挑在了"恶五月"。老一辈儿的人说这风有来历，叫作"皇煞风"，专门克皇上的。崇祯爷上吊那年，北京刮过一次；袁世凯死那年，也刮过一次；再往后，宣统帝被冯玉祥撵出紫禁城那年，这风又来了。所以，今年"皇煞风"一起，又赶上恶五，北京的老人心里都犯嘀咕，恐怕……这又要改朝换代了吧？

黄克武手里抱着个宝蓝皮儿的包袱，顺着天坛根儿一路往西跟跟跄跄地跑去。在这样的大风天里顶风前行，饶是他十七八岁的精壮身子骨，都得弓着腰低眉敛气。稍微跑得快了点，一张嘴就是满口沙子，一喘气就一鼻子呛灰。可事急如火，黄克武哪里顾得上抱怨天气，他把毡帽帽檐拉得更低一些，脚下片刻不停。

他刚过虎坊桥，劲风忽起，比胭脂粉还细的黄土面儿洋洋洒洒地飘旋而起，顿时散成遮天蔽日的土雾。别说远处的前门塔楼和近处大栅栏的招牌，就是街对面拴的骡马，隔开几步都看不清楚。黄克武眯着眼睛只顾低头狂奔，没瞧见前头突然从土雾里冒出个人影，他收不住步子，"哎哟"一声与那位重重撞了个满怀。黄克武身上有功夫，往后退了几步，拿桩站稳了，对方却倒在地上。黄克武赶紧俯身去搀扶，刚一猫腰，不由得暗叫不好——那位身上穿的是蓝灰军装，头上扎着条脏兮兮的绷带，手里还拿着一杆辽十三式步枪，这是奉天兵！

奉天兵是张作霖带到关内的东北军，军纪很差，老百姓私下里都叫他们"胡子兵"。自从民国十七年年初南北再次开战以来，张大总统在山东、河南的战事一片糜烂，北伐军一路北上，北京城里的奉军伤兵越来越多。上头不管饷，这些伤兵手里除了一杆枪什么都没有，于是，三五成群，逢人就抢，见店就砸，警察都不怎么敢管。

黄克武不愿在这里多生事端，拱手匆匆说了声抱歉，转身想趁着沙尘天气溜走。不料那个奉天兵从地上爬起来，"哗啦"一声拉动枪栓，把手里的步枪对准黄克武，厉声喝道："撞了老子还想走？"黄克武只得原地站住。那奉天兵一瘸一拐地过来，劈头先给黄克武一个大耳光："小兔崽子！你眼睛让狗吃啦？"黄克武咬着牙，瞪着枪口一声不吭。奉天兵斜眼看见他身上的包袱，眼睛一亮，嘴里嚷着："老子怀疑你是叛军的奸细，拿过来！开包检查！"说着伸手就要去拽。这包袱干系重大，黄克武哪肯让他碰，身子一旋，轻轻避了过去。

奉天兵大怒，骂了句"不识抬举"，抬枪就要扣动扳机。黄克武情急之下，上前半步，右手抓起他的枪管朝上抬，左手迅捷如电，一记手刀切他的脖颈。乓的一声枪响，子弹擦着黄克武头顶飞上半空，奉天兵软软地昏倒在地。

黄克武摸了摸脑袋，脸色煞白。自己若是慢了半步，恐怕已被莫名其妙地打死在街头。堂堂帝都，首善之地，什么时候已经乱到了这种地步？他怔怔呆了几秒，猛然想起还有要事在身，急忙丢开步枪，把包袱重新背紧，转身钻进漫天黄沙之中。过了不多时，几个影影绰绰的行人靠近，见奉天兵昏迷不醒，便一哄而上，把他衣服扒了个精光，连步枪都扛走了。

黄克武摆脱了奉天兵，一气跑过宣武门，直到储库营胡同东头的太原会馆门口才停下来。这段距离可不近，他觉得肺里头跟浇了一勺开水似的，辣心辣肺，不得不稍微停下来，双手扶着膝盖大口大口地喘气。他一抬头，看到一个戴着圆框眼镜的白净后生站在胡同口的歪脖老槐树下，显然已等候多时。

"拿来了？"那后生问。

黄克武小心翼翼地把宝蓝皮儿包袱捧住，爱惜地摸了摸："这一路上波折不少，差点没给弄坏了。"

黄克武正要解开，白净后生冲他丢了个眼色，示意噤声。黄克武环顾四周，这才发现在太原会馆附近站着不少巡警，他们三三两两站在黄尘中，像是午夜坟地里的阴魂，看不清形体和相貌，却透着凛凛恶意。"慢慢走，别跑，别回头。"白净后生压低声音叮嘱了几句，然后两人并肩往胡同里头走去。

走进去十几步，黄克武这才急不可待地问道："刘一鸣，到底出什么事了？"被叫了名字的年轻人扶了扶眼镜，吐出四个字："大难临头。"黄克武气得猛推了他肩膀一把："我跑了半个北京城，还差点挨了一枪子儿，你就不能把话一次说完？到底是谁要对付五脉？"

刘一鸣知道这家伙性子急，叹息一声，又吐出三个字："吴郁文。"黄克武一听这名字，不由得倒吸一口凉气："吴阎王？"

刘一鸣点点头。吴郁文是京师警察厅侦缉处处长，是奉系军阀在北京城里的一条恶犬，为人阴毒狠辣，动辄将人灭门破家，外号"吴阎王"。去年警察厅在西交民巷京师看守所绞死了二十几个共产党，据说为首的李大钊就是吴郁文亲自动的手；前年《京报》主编邵飘萍被枪决，也是吴郁文下令执行的。他手里的人命，只怕比府前街南边的乌鸦还多，老百姓一提到这名字，没有不哆嗦的。

黄克武放慢了脚步，一脸疑惑："他抓人，咱们五脉鉴宝，跟他井水不犯河水，他想干吗？"

刘一鸣拍拍他的肩膀："你整天练武，偶尔也该看看报纸。国民革命军已经打到山东，张作霖在北京没几天好日子了，盛传要跑回东北去。吴郁文是张作霖的走狗，做了这么多恶事，主子一走，他也慌了。"

"他不会是临走前想抢咱们的古董吧？"

"不是抢，而是卖。"刘一鸣咬着这个"卖"字，脸上都是讽刺。

黄克武知道这家伙是个说一藏十的慢性子，催促道："别卖关子了，快说快说，怎么个卖法？"

刘一鸣抬手一指胡同前头："他今儿过生日，请了京城里有名的几十位商人来祝寿，说自己无心仕途，准备归隐家乡。手里有几件上好的古玩，愿意忍痛割爱，转赠给有缘之人……你明白了？嗯？"他说话总喜欢押尾带个反问的音，像个教训学生的老夫子似的。

黄克武瞪眼大叫："什么忍痛割爱，这不就是拿假货讹钱嘛！"刘一鸣嘿嘿冷笑：

"谁说是假货？人家吴阎王请了咱们五脉，要当场鉴定估价，以示公平。"黄克武停下脚步，神情骇然，这才明白刘一鸣说的"大难临头"是什么意思。

五脉是京城古董界的泰山北斗，许、刘、黄、沈、药五家聚为一朵"明眼梅花"，掌的是整个古董行当的眼，定的是鉴宝界的星。吴阎王请五脉来鉴宝，显然是打算借助"明眼梅花"这块金字招牌，把价格抬上去。

对于五脉来说，这是个极为棘手的两难局面。吴阎王摆明了要用赝品讹人，五脉若实话实说，吴阎王一翻脸即成灭顶之灾；可若是昧着良心把假的说成真的，贱的抬成贵的，那五脉的金字招牌可就彻底砸了，以后谁还敢找五脉？

左右都是死路一条，这根本就是一个绝户的局面！

"那……家里派谁来掌眼？"黄克武皱眉道。

刘一鸣嘲讽地一扬手臂："沈族长、药伯父、你二伯、我三叔，来了十几个人，家里的高手都到齐了，这会儿正在二进宅子里商量到底该派谁去。你推我，我推你，半天没个章程，几家子人，没一个有担当的！"

刘一鸣说这话的时候，脸上的厌恶毫不掩饰。黄克武脑子里浮现出的情景是一群关在铁笼子里的猴子，做猴脑的大师傅拎着菜刀一过来，猴子们互相推挤，拼命把同伴往外推。

他无奈问道："哎，大刘，你主意多，有啥办法没有？"刘一鸣在他们这一辈里，算是深有谋略，平时鬼主意不少，黄克武最信得过。不料刘一鸣摇摇头："这个局面，谁来也救不了。"

黄克武愤愤道："张作霖都要完蛋了，我就不信他吴阎王还敢这么嚣张！大不了跟他拼了！"刘一鸣给他泼了一头凉水："就算张大帅明天就走，吴阎王想收拾咱们，一晚上就够了。人家手下几百个带枪的警察，五脉就是一群书生，拿什么跟人家拼？嗯？"黄克武被问住了，瞪着眼睛噎了半天，一拳砸在胡同墙壁上，半截人丹广告和砖皮噼里啪啦地掉了下来。

"大争之世，笔不如枪。五脉传承千年，也许就到今日了。"刘一鸣拿下眼镜用衣角擦了擦，老气横秋地感叹道。

"别瞎说，多不吉利！"黄克武捶了他一拳，拳势却有些发虚。刘一鸣嘿嘿一笑，也不多说。

这条胡同两侧是太原会馆和成都会馆，平日里车水马龙，聚集着各地的商人学子，可如今八扇轩敞门前干干净净，几乎没人，大家似乎都听到了什么风声。两人穿过大半条胡同，来到胡同西边一处大宅子门前。这大宅院气魄不小，一道垂花门，两个抱鼓石。两扇漆黑的铜环大门紧闭着，两个奉天兵守在两侧，看那姿态好似墓道前摆的阴森石像。一股难以言喻的煞气浮在宅子上空，连"皇煞风"都吹不散。

警察都被派到胡同口，守门的则是奉天兵，看来吴郁文今天是铁了心要以势压人了。

守门的士兵早已接到了指示，今天吴队长的寿宴，来的宾客许进不许出。他们看见刘、黄二人到了，也不阻拦，推门让他们进去。两人绕过照壁进了院子，黄克武一愣。

这种刮风天，院子里居然还摆了七八张枣木圆桌。桌上潦草地摆着一壶茶，几盘果品，大风一起就落满灰土，也没人碰。每张桌子边都坐着五六个人，个个愁眉苦脸，垂坐在椅子上也不言语，如同泥塑。没有知客的管事，也没戏班子唱曲儿，只有十来个士兵站在东西两厢门口，擦着枪，抽着卷烟，不怀好意地盯着他们，好像野猫盯着老鼠一样。

刘、黄二人从席间穿行而过，黄克武左右张望，能够认出差不多七八成的宾客，都是京城里叫得上号的大商人。这些家伙平时穿的都是绸面，今天却特地换了身布衫，那点小心思不言而喻。

本来这些大商家背后都有政界的靠山，吴郁文平时也不敢招惹。可如今局势大乱，那帮子高官自顾尚且不暇，哪里有空管这些人。吴郁文自己打算一跑了之，不怕得罪人，所以才想把他们拘过来，做笔一锤子买卖。黄克武虽然憨直，脑子却不笨，这个局面很快就想明白了。

忽然一个人从席间猛然站起，奉天兵们的长枪哗啦一下都抬了起来。那人吓得连忙抬起双手连声解释："我就是跟他说个话，说个话……"然后扯住了刘一鸣的袖子。刘一鸣认出他是正德祥的老板，跟自己算是半个熟人，于是客客气气道："王老板，您有事？"

王老板面带焦虑："你们五脉到底打算怎么办？"刘一鸣道："这不是还在里头商量着呢嘛。"王老板突然一拱手，刻意提高了声音，让周围的一群宾客都能听得见："明眼梅花的名头，京城里人人皆知。去伪存真，明察秋毫，那是半点不会含糊的，有他们在，咱们尽可以放心！"周围的"泥塑们"听见这话，纷纷活了过来，也七嘴八舌夸赞起来。

刘一鸣听出来了，这帮商人不敢顶撞吴郁文，只好向五脉施加压力。他也不多说，只向四周一拱手："五脉一定会给各位一个公道。"然后拽着黄克武赶紧往里面走。

过了月门，黄克武低声道："你说这吴郁文，直接要钱不就得了？何必打什么古董买卖的旗号，这不脱裤子放屁吗？"刘一鸣道："直接要钱，那算敲诈；现在是做买卖，估价的是五脉，他照价收钱，挨骂也是咱们在前头顶着。嘿嘿，吴阎王分寸可拿得很准呢。"

"大刘你看得倒是明白，可没啥用啊！"黄克武埋怨道。

"所以你以后别老催我说……"刘一鸣仰首望天，口气悠悠，"多说无益，嗯？"

说话间两人进了二进的小院子。院子里没有圆桌，只有几条长凳。十来名长衫男子或坐或站，有的背着手在院子里踱步。黄克武扫了一眼，老态龙钟的族长沈默端坐正中，默然不语，旁边一个四十多岁的长衫男子面无表情，负手而立。五脉各家的长辈围在四周，还有几位被族里寄予厚望的年轻高手在后头站着。五脉的精英，差不多都来齐了。

这些人加到一起的学问，能把吴郁文比出几条大街去。可人家手里有枪，所以他们只能在这小院里坐困愁城。

刘一鸣走了几步，突然轻轻发出一声"咦"，似乎觉察出什么异样。黄克武侧头问他怎么了，刘一鸣摇摇头没说什么。

他出去接黄克武时，这些人正争吵不休，可现在不知为何都安静了下来。他们虽然还是愁眉不展，但眉眼之间带着微妙的如释重负。才离开短短十分钟，到底发生了什么？刘一鸣疑窦大起。

看到刘一鸣、黄克武来了，众人让开一条路。两人走到族长沈默跟前，黄克武把包袱解下来，躬身说："大爷爷，东西送到了。"沈默双手拄着拐杖，低垂的眼皮只是微微扯动了一下。他旁边那名男子开口道："那就往里送吧，别让人等急了。"

说话的人叫药慎行，他本家精通瓷器，其他几行也十分精通，此人长袖善舞，擅长结交人物，是族里公认的下一任族长的人选。他代表族长发号施令，也算正常。

刘一鸣双眼一眯。药慎行这话听着有意思。往里送？这么说，家里派去给吴郁文掌眼的人选已经定了？

黄克武站在原地，却没人接他手里的包袱。那些精英人物都不经意地把脸别过去，装作没看见。药慎行说了把包袱往里送，可没明确提出让谁去送。刘一鸣心中冷笑，家里这些长辈一贯如此，他们怕被连累，连送包袱都不敢。他一扯黄克武的包袱："老黄，没听见族长说的吗？咱们走。"

"一鸣，回来，你去凑什么热闹！"刘一鸣的三叔在人群里喝了一句。旁边黄克武的二伯斜眼道："你家刘一鸣不去，凭什么让我们家克武去？"两人眼看就要争起来了，沈默不耐烦地蹾了一下拐杖："吵什么吵！一鸣、克武，你们一起去。你们年纪轻，谅人家也不会为难。"

刘一鸣耸耸鼻子，一分钟都不愿意跟这些人同处一院，一拽黄克武，两人并肩离开那一群各怀心思的人，来到了三进院子。

"大黄，你看到了吧？这就是五脉如今的德行。"刘一鸣低声说，难得地从神色里露出几分激愤。黄克武不知该怎么接话，只能讪讪道："长辈有长辈的计较，你也别生气。"刘一鸣抬起头来："他们的计较？他们的计较就好比这天气，灰蒙蒙，黑压压，教人窒息，逃都逃不……唉，算了，不说了。"他抬腿径直走入三进，黄克武愣了一下，连忙跟了过去。

这宅子一进招待富商，二进招待五脉，再往里走过一个小门就是吴郁文的内宅。朱漆门半开，两只防风大红灯笼吊在两侧，如同一头饕餮瞪圆了双眼，张开大口，等着吞食。黄克武瞪着眼睛抬头望望天空，仍是一片昏黄混沌，昼夜难分。

"你猜会是谁在里头？"黄克武突然问。

"无论是谁在里头，他这辈子已经彻底完蛋了。可惜他替五脉受过，却只有两个年轻后生给他送行。"刘一鸣扶了扶眼镜，半是嘲讽半是感叹。

他虽然只是家中年青一代的子弟，见事却极准。对于五脉来说，这次绝户局面唯一的破法就是壮士断腕，指派一人去鉴宝，帮吴哄抬价格，渡过这一劫，然后再把他开革出家，给那些富商一个交代。以一人声名，换五脉平安，说难听点，就是背黑锅。

之前争吵就是因为谁也不愿意牺牲。现在这个背黑锅的终于选出来了，自然是皆大欢喜。可刘一鸣刚才数了数，院子里的人都在，一个不少，那么最后被推出笼子的猴子到底是谁？

两人前脚迈过木门槛，后脚还没迈，先听到屋里传来一阵长笑。

这笑声阴恻恻的如蛇头吐芯，两人都听出来这是吴郁文的招牌笑声。京城有俗谚：宁听老鸹叫，莫闻阎王笑。吴郁文一笑，必见血光之灾。他们对视一眼，急忙掀帘进屋，先入眼的是占了半个房间的旗人砖炕，修成架子床的模样，上头搁着张梨花木的矮腿宽沿炕桌，桌上摆着一副象棋。棋盘两侧各坐一人。

左边的人塌眉尖颌，颅骨形状从皮下凸起一圈，胸口挂着张作霖亲自颁发的文虎勋章，正是人见人怕的吴阎王。他盘腿正坐，眼睛盯着棋盘，右手把玩着一把银手枪，食指时不时去轻挠一下扳机，隐隐的杀气充盈屋间。右边的人却在喝茶，他放下茶盏，微微侧头，昏暗的电气灯照亮了半边脸颊。

"许一城？"

黄克武瞪大了眼睛，脱口而出。身边的刘一鸣也露出了惊讶之色。

许一城是五脉里许家的嫡系传人。许家号称五脉正宗，可一直人丁稀薄，到这一代只剩许一城一个。此人天分奇高，沈默本把他当族长接班人来培养，但他行事离经叛道，颇为五脉人诟病。后来不知出了什么事，他终于离家而去，从此游离于五脉之外，几乎与五脉没什么来往。对刘一鸣、黄克武来说，许一城神龙见首不见尾，更像是个活在"听说"中的人物。

想不到来为吴阎王掌眼的人选，居然是他。刘一鸣心中一盘算，刚才院子里没他，肯定是十分钟前刚到的。不知他是被那群人推出来的，还是毛遂自荐，无所谓了，反正结局没差。刘一鸣同情地想。

许一城和吴郁文对响动恍若未闻，两人只看着棋盘。吴郁文沉吟许久，挪动一步。许一城轻轻一笑，拈起一枚车，往九宫前一搁，说道："将！吴队长，您的大帅再不跑，可就来不及啦。"他的嗓音清脆，态度娴雅，似乎对这盘棋的胜负并不是很在意。

吴郁文白了他一眼，觉得这小子话里有话，可又不好发作。他盯着棋盘琢磨了一阵，心里不知为何，被那句话搅得越来越烦乱，索性一推棋盘："不下了，和了吧。"

许一城这才抬起头来，看了两人一眼："你们来了？"两人讪讪不知如何作答，许一城对吴郁文道："这是黄家和刘家的两个小家伙。"

吴郁文连眼也不抬："东西拿来了吗？"黄克武上前一步，把宝蓝皮儿的包袱递过去。许一城接过去搁在炕上，随手解开，里面露出一卷黑布。他把黑布一摊，里头顿时射出一股金锐之气。连如老僧般坐定的吴阎王，都不由得抬眼看过来。这布上衬着一块亮褐色熟牛皮，牛皮侧面烙着一个四合如意云的小印，且不是寻常锦缎上的四合如意云纹,中间多了一轮日头,如破云而出,颇为抢眼。牛皮上别着一排小巧精致的工具,有钩有铲,有刺有钻,黝黑的精钢质地,黄杨木的云边握手,一式俱是五寸长短。

"好利器。"吴阎王赞道。

许一城从黑布上取下一把小铲,五指灵巧地来回拨弄,让人眼花缭乱:"这套玩意儿叫海底针,是乾隆年间一位名匠打造出来的,用来鉴定古器极为便当。五脉把这套当作传家之宝,轻易不示人。若不是吴队长你面子大,沈老爷子还不肯借呢。"

"现在,海底针既然到了,那就麻烦许先生你赶紧给掌掌眼,估个价吧。"

这时候刘、黄二人才注意到,炕的另外一头搁着大约有二十来个人头大小的布包。布就是一般的蓝细布,裹得严严实实,不知里头是什么。这应该就是吴郁文打算卖的"宝贝"了。正经买卖古董的人,都是拿锦盒木椟盛着物件,只有那些急着把贼赃脱手的小偷,才不知珍惜,胡乱用布包着宝贝卖。

刘一鸣、黄克武在旁边沉默地站着,想看看这传说中的许一城会怎么办。许一城是许家唯一的传人,万一惹急了吴阎王被一枪崩了,五脉可就要绝一门了。不知道沈默老头子是自己犯糊涂,还是被人撺掇——五脉里看不惯许一城的人,可着实不少。

"那些人,还是窝里斗最在行。"刘一鸣心中冷笑。

黄克武有些担忧地推了他一把,指望他发表些言论,刘一鸣却下巴一抬,示意等着看。

许一城似不着急,点点棋盘:"您真不再琢磨琢磨这残局了?"吴郁文不耐烦道:"时候不早了,别让外头的人等急了。"许一城微微一笑,把棋盘一拂:"也好,也好,您希望先看哪件?"吴郁文把枪口一拨,点了点手边的一摞棋子:"就先看看这副象棋吧。"

刘一鸣和黄克武这才注意到这副棋。灯光下,这三十二枚棋子黄澄澄的,上头木质纹路如云行江山,江、山、云层次分明;侧面浅刻填金的蕉叶纹,细看那蕉叶下还趴着一只福寿蝠。棋上的字分黑红二色楷字,铁画银钩,一看就是出自名家手笔。两人阅历尚浅,一时间还真分辨不出来历。

"这是万历年的御制金丝楠木象棋,说不定还是万历皇帝亲自下过的,你可得细细估估。"吴郁文阴沉沉地补充了一句。他看人有个特点,低头含胸,双目高抬,始终带着森森的狠意,颇有评书里司马懿狼顾鹰视之相。

许一城袖手一摸。旁人还没看清动作，那几枚棋子就已经握在了手里。他掂量了一下："金丝楠木非皇家不能擅用。木质紧实，纹理夹金，确实是官物的气度。"吴郁文面色稍缓，不料，许一城又道："说这东西是清宫御制，有道理；说是万历年的，就不太合适了。"

吴郁文脸色愈加阴沉，手里的小银手枪又开始转动："许先生，你再仔细看看，别走了眼。"许一城对他的杀气恍若未觉，他拿起一枚红炮："错不了，明代象棋的炮，都是写成'包'，一棋四'包'，二红二黑。到了清代，才开始写成'炮'字。所以这副棋，肯定不是明物。"

刘一鸣和黄克武同时倒吸一口凉气。这"炮"与"包"的门道儿，任何一个掌眼的人都能看出来，可许一城当着吴郁文的面直言不讳地点出来，却是要惹下泼天大祸的。

果然，吴郁文"咔嗒"一声打开了枪的保险栓，似笑非笑的脸在灯下映出一片阴狠的阴影："我觉得您说得有点不对。"

屋内的气氛一下子紧张起来。刘、黄两人的脖颈渗出了汗珠。许一城嘴角微翘："您别着急，这副棋的妙处，原不在这年代上。"吴郁文只当他是找个借口服软，发出一阵老鸹似的干笑，让他说说看妙处在哪儿。刘一鸣与黄克武松了一口气，心中却升起一阵淡淡的失望，原来这许一城也不过如此。

许一城拿起那一枚红炮，放到吴郁文手里："您掂掂这棋子，觉得这重量有什么不一样？"吴郁文接过去，沉吟片刻："有点沉。"许一城笑道："不错。就算是金丝楠木的质地，这重量也不对劲，因为这里头有东西。"

他把那枚炮拿回到手上，左手从海底针里取出一枚扁头小铲，点在棋边刻的福寿蝠头上，沿着蕉叶用力一铲，棋子应声裂成两半。许一城又拿出一把小镊子，轻轻一拨，竟从棋子中间拨出一方晶莹润白的石片。吴郁文"啊"了一声，差点从炕上坐起来。难怪这棋子儿握在手里重量有些古怪，原来这金丝楠木只是外面薄薄的一层皮，里头居然裹着一方白如凝脂的厚玉。

这玉片磨得方方正正，再无其他雕琢。许一城把玉片拿起来，就着灯光看了看，对吴郁文说："您看这玉色通透，内中似有云气缭绕，确实是上等的好玉。"吴郁文神色有些复杂："这是怎么一回事？象棋子儿里为何要包一块玉？"

许一城笑道："外面棋子是圆的，里面玉是方的，这叫外圆内方，暗合君子之道，所以这副象棋，叫作君子棋。做这副象棋可不简单，要先拿整块的金丝楠木雕成棋子的模样，中间再挖出大空来，比玉片稍稍窄那么一丝。然后上火去烤，把大空烤软，再把玉片塞进去，木缝合拢，玉就结结实实嵌在里头了。匠人再沿着木缝雕出蕉叶纹，以缝为叶茎，看起来浑然一体，天衣无缝。"

"可是，把玉包得这么严实，外面根本看不到，何必费这个心思？"吴郁文不解。整人他是行家，古玩他可就是白丁一个了。

"这其中的意义，可深了……"许一城用手指捏着那片方玉，微微眯起眼睛，"这君子棋里究竟包着的是美玉还是顽石，从外表无法辨别。除非是撬开棋子才能知道。可它是一体雕成，挖开后再也无法还原，棋也就毁了。所以，这东西若要转手出卖，买家无法验证，只能信任卖家是个诚实君子。因此，这副君子棋象征着君子之德。只要一念不诚，一疑不信，便再不配为君子。"

吴郁文先是颔首称是，然后突然反应过来，脸色一变，"啪"的一拍棋盘，用手枪对着许一城喝道："那你把它撬开是什么意思？拐弯抹角想骂老子是小人？"

黄克武吓得差点冲上去，幸亏被刘一鸣拽住。许一城仍是稳稳岿然不动，脸上笑意更盛："古人制器，无不暗藏大义。悟透了这层道理，这器物才真正属于你。古董玩赏，实际上就是修身养性的过程，我不是讽刺吴队长您，而是感慨这君子棋寓意之深、设计之巧啊。"

吴郁文看到他那张淡定的脸，就气不打一处来。他用枪顶着许一城的脑门："管你是君子棋还是小人棋，赶紧给老子估价，要是估得低了，老子一枪崩了你！"

许一城两道淡眉纹丝不动，手指往棋盘上重重一点，语调陡然变得低沉起来："吴队长，这君子棋的残局，您还看不透？大军兵临城下，您的大帅都得跑，剩下一枚过河卒子，还有什么路可走？"

他的话音一落，外头一阵大风急啸，厚沙旋起，屋里顿时又暗淡了几分。

吴郁文额头青筋一跳，似乎被戳到了什么痛处。可他手里的枪始终顶着许一城："正因如此，鄙人才不得不变卖收藏，好有点养老的着落，许先生不会不成全我吧？"他眯起眼睛，轻轻扣动扳机，枪后击锤微微抬起，只要再施半分力气，许一城的脑袋就得被打成烂西瓜。

这滔天杀意如惊涛拍岸，许一城却依然不动声色："吴队长您以铁腕治理京城，仇家无数。若就此放权归隐，没了官身，就算是今日多拿了几万大洋，又能如何？您的仇家，可不少呢。"

吴郁文替张作霖杀了无数的人，如今京城盛传张作霖要跑回东北，撑腰的没了，他最怕的就是仇家来复仇。如今被许一城一言刺破心事，他手腕一颤，心神大乱，不由得开口辩解道："树倒猢狲散。奉系大势已去，我又有什么办法？"

许一城道："出路就在眼前，您怎么不问问看？"说着一指那棋盘。吴郁文眉头一皱，不知道他葫芦里卖的什么药。许一城道："我们玩古董的，特别相信一个命字。什么样的命数，得什么宝贝；反过来说，什么样的宝贝，它一定预示着什么样的命数。这副君子棋既然在您手里，说明你们两个之间必有因果，您如今的前程，不问它又该问谁呢？"

"怎么问？"吴郁文狐疑地把枪口放低了半分，心里打定主意，如果这个许一城是个满嘴胡柴的江湖骗子，就一枪崩了，再换一个五脉的人进来。许一城一伸手，把吴郁文的老帅从九宫里捞出来，用铲子一撬，棋子应声裂成两片木壳，露出一方玉石。许一城把这三样东西摊在掌心，送到吴郁文眼前，淡淡道："这不都摆在眼前了吗？"

"什么意思？别给我卖关子。"吴郁文的耐心快要到头了。

许一城把撬开的两片木壳抛开，只递给他那片玉石："双木虽好，终不如石。"

"啪"的一声，吴郁文的手枪掉落在炕上，脸色惊骇无比。

黄克武有些不解，这棋子刚才也敲开过一次，怎么这次吴郁文反应这么大？刘一鸣略一思忖，就想明白了，侧耳悄声告诉黄克武："双木为林，白玉为石。这是劝吴阎王改换门庭，离开张作霖，改投蒋介石哪……"黄克武这才恍然大悟。

许一城用玉石有节奏地敲击着木壳，发出"啪啪"的声音。吴郁文被这声音搅得心烦意乱，内心如翻江倒海一般。他怀疑这是许一城故意编造出来的瞎话，可许一城在来之前根本不知道他手里有这么一副象棋，更不知道里头夹玉，哪能这么巧，编出这么一套严丝合缝的说辞来？

莫非……这君子棋真跟我有缘分，冥冥之中有天意指示我去投蒋？

国民革命军节节胜利，奉系将领投降的不少，据说个个混得都不错。吴郁文早就动过投效的心思，只是他手里没兵，一个小小的警察厅侦缉处处长，入不了那些大军阀的眼，这才有了敛财跑路的念头。现在既然这君子棋显出了征兆，看来投蒋是唯一的出路。可没门没路，人家会不会不肯接纳……

许一城从口袋里掏出一块素白手帕，俯身把小银枪包着捡起来，枪柄一转，递给吴郁文。吴郁文接过枪，试探着问道："许先生跟南边有联系？"许一城笑道："谈不上联系，有几个朋友而已。"早几个月，如果许一城敢这么说，早就被吴郁文抓进大牢严刑拷打了。可此一时彼一时，吴阎王现在听了这话，非但不敢造次，反而客客气气道："有空不妨帮我引荐一下。"

　　这句话一出来，刘、黄二人心中暗暗都松了一口气。五脉这一劫，算是逃过去了。转念一想，两人不由得暗生敬佩。一个必死之局，居然被他生生扳了回来，之前五脉只是纠结在该不该说谎，无论怎么做，都是死路一条。许一城却看透了问题的本质，跳开真伪局限，直指吴郁文的前程，使得局面一下子豁然开朗。

　　可刘一鸣心中还有另外一个疑问："如果吴阎王手里没有君子棋呢？许一城该怎么说服他？难道这个人已经厉害到随便见到什么古董，都可以随口编出一套说辞？"天桥有些算命先生测字玩得好，写什么字都能拆出想要的意思来，许一城这一手，可比他们的要难多了，这人得有多厉害？刘一鸣不敢往下想。

　　屋子里一时间无人说话。一阵尴尬的沉默。吴郁文突然有点后悔办这次寿宴。他本来的打算是做一锤子买卖，大捞一笔，直接走人，可若是投蒋，以后还是要在这京城地面儿上混，这些豪商可不好得罪得太狠。他有心这次不要钱了，可现在是羞刀难入鞘，这么大阵仗讹钱，却半途而废，传出去会成他人笑柄，以后再没人会怕他了。

　　他犹豫再三，只得拱手道："许先生，我已与那些商家约好让宝，贸然取消，恐怕有违诚信，该如何是好？"他是正话反说。许一城盯着他上上下下打量一番，最后把目光停留在他的胸口，摸着下巴，似笑非笑。吴阎王被盯得浑身都不自在，心想这个许一城不是有什么毛病吧，只得勉强赔出几声干笑，不敢转身。

　　许一城收回目光，朗声笑道："我倒有个提议，可以让吴队长和商家两全其美。"他笑得有些诡异，吴郁文连忙请教。许一城一指他胸前挂着的文虎勋章："只要吴队长舍得这东西。"然后附耳说了几句，吴郁文大喜，连声说好。

　　外院的富商们不知里面的情形，惴惴不安地在席间等着。忽然从里院传来脚步声。所有人都纷纷把头转过去，为首的王老板脸色一下子就变了。吴郁文和沈默并肩而行，后面跟着一排士兵，捧着二十来个布包鱼贯而出，一一搁在中间的圆桌上。吴郁文使了个眼色，士兵们扯掉包袱皮，露出各色古玩，从宣德炉到玉扳指，从莲花铜磬到金银簪，没一件是重样的。附近的奉天兵们都抖擞精神，持枪直立。

看来五脉果然是跟吴阎王沆瀣一气，准备抬高价来坑人了。在场的富商们都看向王老板，王老板板着脸，心里暗暗咬牙，决定等离开这院子，就到处嚷嚷五脉是江湖骗子去。

吴郁文走到院子中间，抱拳环了一圈，大声道："今天兄弟寿宴，感谢各位商界巨子莅临，盛意心领。这几年兄弟我机缘巧合，得了几件宝贝，不敢独享，今日特地拿出来与诸位玩赏。"

商人们哪有心思听他虚情假意地客气，都忙着在心里计算今天到底得出多少血。不料吴郁文话锋一转，痛心疾首起来："如今时局不靖，生灵涂炭。这几年咱们北京城里，出了多少事，死了多少人！兄弟我自幼深受教诲，深知仁德为立国之本。所以，本人借这次寿宴，决定将所有收藏拍卖，所得善款皆用于资助孤儿院与善堂，尽国民的一份责任。欢迎诸位与我共襄善举。"

他这一番话，让商人们都愣住了。自古未闻老虎吃斋狐狸茹素，血债累累的吴阎王，居然开始念叨着做善事了？

吴郁文把胸前佩戴的文虎勋章摘下来，高声道："本人这枚文虎勋章，也一并捐出，以示决心。"

文虎勋章是纯银质地，第一层是八角五色旗的光芒，第二层八角立体银光，第三层是一只翘尾老虎，背景绿地蓝天。虽然不是古董，但意义不小。这勋章是张作霖亲手颁发的，一直被吴阎王视为无上荣光，走到哪里都戴着，人人都知道这段故事。

现在他连这勋章都捐出来了，看来善捐之事是要动真格的了。

商人们虽不明白事情怎么变得这么快，但脑子都转得飞快。以前是逼买，人家说多少钱你就得掏多少钱买；现在是逼捐，但捐多少是你自己说了算。以前几万大洋打不住，现在千多大洋就可以解决问题了。这可真是意外之喜！

这一千多大洋对穷人来说，是倾家荡产，但对这些商人来说不过是九牛一毛，平口里打点官府都不止这些数。他们唯恐吴郁文后悔，忙不迭地纷纷抬手应和。

拍卖得有个底价，这时就用得着五脉了。沈默在一旁坐镇，说了几句场面话，几位家中的鉴定高手纷纷下场。如今没了压力，鉴定者自然是实话实说，指出这些物件有旧有新，各自给了个公道估价。底下商人是慈善捐款，也不计较真假，彼此抬举几轮，默契地把底价抬起两三成，就此打住。

一时间这小院里人声鼎沸，不一会儿工夫，二十几件货物都拍了出去。商人们心中侥幸，又凑了几包银洋给院里的奉天兵做茶钱。奉天兵们得了打赏，也都眉开眼笑，肃杀气氛一扫而空。

　　吴郁文叉腰站在院子中间，心情很好。虽然得钱不多，还得挪出一部分来做善事，但不至于把这些商人得罪得太狠，而且能获得一个行善的美名，可以在报纸上大大宣扬一下，对于投蒋之事大有裨益。只要自己的位子能保住，这些钱从哪里都能赚到，没什么可惜。

　　他跟几位商人应酬几句，走到沈默身旁："沈老，这次五脉鼎力相助，兄弟我感激得很。以后有什么难处，尽管来找我。"沈默有些无语，一小时之前，你还凶神恶煞般地把我们全族拘在二进院子，现在倒来攀交情了。他含糊地客气了几句，吴郁文环顾左右，又问道："许先生人呢？"

　　沈默愣了一下才反应过来说的是许一城："哦，他说学校还有事，先走了。"吴郁文一阵愕然："学校？他不是你们五脉的人？"沈默答道："他是，不过跟家里来往不多，现在在清华学校。"吴郁文看看五脉那一群人木然畏缩地站在沈默身后，老鸹似的干笑一声："怪不得不太像。不过，先恭喜沈老了，此人才学深不可测，以后有这么一位人杰接班，五脉的传承，高枕无忧哇。"

　　沈默没吭声，反倒是身旁的药慎行嘴角一抽，但终究没敢说什么。

　　而此时此刻，刘一鸣、黄克武正在跟许一城叙话。黄克武眼睛尖，拍卖一开始，他就看到许一城从门口悄然离去。他一是不愿意跟那群人多待，二是还有满肚子的疑惑未解，连忙叫上刘一鸣，追了出去。一直追到胡同口，才瞧见许一城在风沙中缓步前行，急忙喊住。

　　许一城听到呼喊，停住脚步，转身等着这两个年轻人跑到跟前。黄克武抢先问道："许叔，拍卖刚开始，您怎么就走了？"许一城看了眼胡同深处，淡淡答道："这里已经没我的事了。"

　　"他们这是卸磨杀……呃……呃，杀人！"黄克武道。他们亲眼所见，许一城从三进院子出来，对沈默说了结果。五脉的那些人脸上如释重负，却一句客气话都不说，对许一城视若无睹。等到沈默和吴郁文一起朝外走，其他人便一窝蜂跟上去，没有一个人来跟许一城说话，哪怕是道个谢。

　　黄克武义愤填膺，许一城却只是笑了笑。刘一鸣在一旁仔细观察，他想，这个人若不是装模作样、故作淡定，就是在他心目中，在弃他而去的族人面前扬眉吐气、掌眼立威这件事，实在是不怎么重要……

"你们俩特意跑过来，不只是为了替我打抱不平吧？"许一城反问。他的双眸晶亮，刘、黄二人觉得什么事似乎都瞒不过他。

黄克武脸一红，随即一脸崇拜地脱口而出："我想学许叔你的本事！"许一城呵呵一笑，拍了拍黄克武的肩膀："你二伯玩青铜的眼力天下无双，走遍河南无敌手；他三叔的书画鉴赏，连荣宝斋都要请教。五脉里的能人那么多，何必要找我一个不相干的人？"

"可您比他们都强啊。"黄克武想说具体强在哪儿，可一时又说不上来，瞪着眼睛朝刘一鸣望去。刘一鸣这才缓缓开口道："我们不想知道您怎么鉴宝，只想问问您怎么鉴人。"

许一城眼皮跳了一下："一鸣你说到点子上了，鉴宝容易，鉴人却难。"说完他手掌一翻，五指朝上聚拢，做出一个捏的姿势："鉴宝要究其本源；鉴人要究其本心。想要拿捏住人的心思，得往根儿上捯。弄清楚他到底想要什么，最怕什么，最在乎的又是什么，便可以如臂使指，随意驱驰。不过，察言观色，言语动人，买卖人和算命先生最擅长这招了，你们多去天桥溜达溜达，比在我这儿学到的多。"

刘一鸣忍不住又问道："那君子棋里'双木不如石'的预兆，是真那么巧，还是您发现棋里有玉以后，现编的词儿？"

许一城不禁莞尔："真有那么神，我不成神仙啦？我在警察厅有个朋友，我先从那儿探听出吴阎王有这么一副象棋，然后一进屋便邀他下一局，这才慢慢引他入彀。不过，古董上咱可没说假话，那确实是一副君子棋。"

黄克武疑惑道："您既然都已经说服了吴阎王，让他取消便是，又何必节外生枝，搞什么捐款呢？"

许一城微抬下巴，嘴角略带戏谑："那些豪商，平时让他们捐点钱，跟杀了他们一样。如今能借上吴郁文的势，让他们掏钱做善事还心甘情愿，何乐而不为呢？"

刘、黄二人同时喷了一声。没想到许一城不只是轻轻破开灭顶之灾救了五脉，而且还顺手逼着富商们捐出善款。别人想破头也打不开的局面，他居然还有余力一石二鸟，这份从容和心智，着实令人惊叹。

许一城说到这里，笑意稍敛："今天这事，你们得小心点，我总觉得透着蹊跷。吴郁文跟咱们向来井水不犯河水，这次突然非要抓五脉陪绑，怎么看背后都有文章……"

他这话一说出来，刘、黄二人面色一凛，仔细琢磨一下，这里面确实味道不对。三人同时抬头，天色昏黄，混沌中仿佛隐着一只如来佛的巨掌，随时有可能扣下来。许一城忽然又摇摇头，自嘲笑道："如今有沈老爷子坐镇，药大哥打理，又能出什么事？我这也就是瞎担心。"刘一鸣忍不住脱口而出："那些人胆小怕事，能有什么用？许叔你不如回来，咱们一起从长计议。"

黄克武眼睛瞪圆，许一城离开五脉的详情两人虽然了解不多，但也知道其中必有蹊跷，没想到刘一鸣平时说一藏十，今天却这么大胆。许一城听了先是一怔，随即温和地拍了拍刘一鸣的肩膀："我正在清华跟李济先生学考古，平时可忙着呢。"

"考古？"刘一鸣和黄克武大眼瞪小眼，对这个词有些陌生。

许一城竖起一根手指："考古是洋人传进来的科学，和鉴宝有点类似，都是格古之学。不过，鉴宝归根结底是门生意，鉴的是值多少钱，图的是一个'利'字；考古不以营利为重，保存文化，纯出自一片公心……唉，让我想想怎么解释，考古是为国史鉴定，为民族掌眼，大抵可以这么说吧。"

两人面面相觑，似乎懂了点，又似乎不太懂。许一城爽朗地挥了挥手："我就住在清华园，你们没事可以来找我玩。"说完他转身离开，一会儿工夫，那笔直的身影便消失在了黄沙中。

"这就算了？"黄克武有点怅然若失。

刘一鸣镜片后的眼神一闪，嘴唇嚅动："没听许叔说吗？我有预感，这仅仅只是一个开始。"

古董局中局3

第二章

血书

北京城里这几天人心惶惶，一阵说南方军已经打到沧州了，一阵说东北又运过来几千名奉天兵和几车皮的军火，甚至还有传闻说在天津寓居的溥仪请来洋人，又组了个八国联军在天津卫登陆，气势汹汹奔北京来复辟帝制。总之，什么离谱的说法都有，加上那一阵"皇煞风"刮得邪行，老百姓们都心惊胆战。这个"恶五月"有点恶得过火了。

方老山回城时天色已经擦黑，他没走大路，沿着胡同边踅着穿行，看见人影就赶紧矮身缩在墙角，生怕碰见熟人和奉天兵。熟人怕借，奉天兵怕抢，这年头儿还有谁的命比自个儿的更重要？

方老山是个老北京，这些年见识过不少战乱，经验丰富，知道一旦打起仗来，最怕的就是饥荒。所以他这次一听又要打仗，便连忙出城，从附近农家弄了两条大萝卜、一捆青菜，还有两条比手指头粗不了多少的河鱼，拿麻绳穿起来拎在手里。真要打仗封城，这点东西勉强够一家人撑几天了，方老山心里这才多少踏实了点。

眼看快到家门口了，方老山忽然看到前头似乎有个人影，晃晃悠悠往这边走过来，走路的姿势忽高忽低，特怪异。方老山一惊，心想不是碰见胡同儿串子了吧。老北京传说，死在外头的人想回家，可人已没了记性，只能在胡同里串来串去。行人若是碰到胡同儿串子，不能跟它说话，低头过去就成，不然它跟你回去，那就酿成大祸了。

方老山也赶紧把脑袋垂下来，屏住呼吸往前走。两人很快走了个对脸儿，对方忽然发出一声低吼，伸开胳膊，朝着方老山抱过来。吓得方老山扔下手里粮食，转身就跑，这人在后面追了几步，"扑通"一声栽倒在地。

方老山回过头来，看见他摔倒在地没动静了，才壮着胆子回来。他蹲下身子，伸手去摸了一下脖颈子，还带着热乎气，才确信这不是鬼，是个活生生的人。他见这人没什么声息，不由得生起一股贪念，如果把这身衣服剥了卖到成衣铺里去，也许能换点酒钱。

方老山犹豫了一下，正要伸手过去，这人却突然把脑袋抬起来，吓得他大叫了声"哎哟妈呀"，一屁股坐到地上，硌得生疼。

这人是个年轻后生，只是面如死灰，神色枯败。他喘息着张嘴道："老伯……把这个送到清华学校，给许一城。"方老山看到他手里是一张薄薄的白纸，上头还沾着鲜血，不敢去接。那人流露出恳求的神色："有重谢，重谢……"他身子一挣，似乎要强调。方老山赶紧说："老弟，我给你叫医生去吧。"那人说："一定要送到，不然来不……"话没说完，他支持不住，再次倒在地上，没了声息。

忽然胡同那边传来急促的脚步声，人数不少。方老山一激灵跳起来，顾不得多想，一把将纸从他手里扯出来，朝自己家门跑去。他急急忙忙开了锁钻进去，轻轻关上门板，从门缝处偷偷朝外望去。

几个人影从远处快步走过来，看穿着都是奉天兵的模样，但动作麻利得很。其中一人掏出手电照了一遍尸身，又朝附近照来照去。这人身材高大，杀气腾腾，方老山吓得矮了半截身子，大气都不敢喘。那人蹲下身子，在尸身上搜检一番，起身跟周围人轻声吩咐了几句，用的居然还不是中文，然后把尸体抬起来，悄无声息地离开了。

方老山觉得脊梁骨都是冷汗，他低头一看，才发觉自己刚才扯得太快，那白纸居然只剩下半张，吓了一跳。他还指望拿这个去清华换报酬呢，于是赶紧展开看看。这半张纸是张信笺，上头是一个手写的"陵"字，字迹潦草，旁边还拍了一个血红色的手掌印，五指痕迹清晰可见。这纸的下半截应该还有字，估计被刚才那些人带走了。

方老山十分懊恼，早知道就不使那么大的劲儿了，也不知这半张纸头能不能换钱。他辗转反侧了一宿，越想越可惜。到了第二天中午，他还是决定去清华学校碰碰运气。

北京城内外风雨飘摇，此时的清华校园里也是一片混乱。几个懒散的士兵靠在校门口的沙包前，无精打采地扔着骰子；几个长衫男生打起白色横幅，慷慨激昂地向围观的人诉说着什么革命道理；一群女学生则手里捧着书行色匆匆；一地的碎纸和小旗，无人打扫。

方老山问了一圈，总算打听清楚许一城在清华国学研究院。国学研究院有自己的专属建筑，在未名湖以东，是一栋西式风格的二层小白楼。廊下围着一圈灌木丛和各色花草，墙上攀着歪歪斜斜的茑萝与爬山虎，那是前几日大风留下的痕迹。

他受人指点，找到底楼的一间办公室，一进门就吓了一跳。屋子正面墙上贴着一张人体解剖图，桌子上还放着一个骷髅头。四周堆满了石片、陶器、照片和各种洋文书籍，还放着不少奇怪的工具。一个人正伏在案前工作，听到他进来，抬起头来，和颜悦色地问他有什么事。

"我找许先生、许一城。"方老山点头哈腰。那人说他就是。方老山连忙说："有人托我给你送一封信。"许一城放下钢笔，投来疑惑的眼神。方老山也不客气，把昨晚的遭遇讲给许一城听。

许一城听完以后，眉头微皱，问他那个人是什么相貌。方老山说："瓜子脸，高鼻梁，两个眼睛分得很开，哦，对了，额头特别宽。"许一城眼神一动，他从抽屉里拿出一张照片，问方老山认不认得出来。方老山一看照片，是张合影，上头有十来个人。他找了一圈儿，指着其中一人道："对，对，就是这个人。"许一城闭上眼睛，轻轻吸了一口气，端着茶杯的手在微微颤动，良久，才艰难地开口说道："东西呢？"

方老山从怀里把那半张叠好的白纸拿出来，却没递过去。许一城知道他的意思，于是扔给他一把铜圆。方老山眉开眼笑地把铜圆接过去，数了数，看了看许一城脸色，赶紧又装出沉痛神情，把信纸恭恭敬敬地放到桌子上。

许一城把信纸展开一看，不动声色地问道："他临死前还说了什么？""没有。"方老山回答。许一城又扔过去几枚铜子儿，方老山接了钱，这才开口道："他说一定给你送到，不然来不及。"许一城又问："来不及什么？"方老山愁眉苦脸道："这我就不知道了……"

许一城眼神一凝，方老山吓得连连摆手："我是真不知道，真不知道哇，他说到一半就断气了……"他见许一城表情晦暗，又关切地凑过去："他是您朋友？"许一城轻轻点点头。

方老山不吭声了，他默默地把钱收起来，准备告辞。许一城忽然开口道："能不能请你准备香烛，在他死的地方帮我烧点纸钱？"方老山连声答应下来，他现在只想尽快离开，不太敢去直视许一城的眼睛。等走出研究院的大门口，他才松了一口气，摊开手掌数了数钱，眉开眼笑地朝家走去。

方老山不知道，许一城始终在他背后注视着他。直到他的背影消失在未名湖的小路尽头，许一城这才收回视线，回到办公室。他缓缓拉开一把木椅坐下去，半张信笺捏在手里，心中思绪万千。

死者叫陈维礼，是他的至交好友。两人都对考古有兴趣，志同道合，无话不说。后来陈维礼去了日本留学，两人已经多年不曾相见。许一城万万没有想到，当年的码头告别，竟成了永别。

许一城闭上眼睛，好友的音容笑貌，宛然就在眼前……陈维礼是个充满理想和干劲儿的年轻人，一心要开创中国考古事业。他曾经对许一城说，他最大的梦想，就是效仿大英博物馆建起一座中国自己的博物馆，将古董商手里的宝贝都放到里面去，留给后世子孙看，放在故宫就很好！谈起这个梦想的时候，陈维礼双目闪闪发亮，像是父亲在谈论自己最自豪的孩子一样。

可惜这个梦想，陈维礼再也看不到实现之日了。他的生命，在狭窄的北京城胡同深处，被永远定格在了二十九岁。

最初的悲伤过去之后，许一城的心中慢慢浮上无穷的疑惑。

陈维礼究竟什么时候回北京的？为什么不主动联系他？更重要的是，从方老山的描述来看，陈维礼应该是被人追杀灭口的。为什么他会被追杀？杀他的又是谁？为什么？

许一城重新睁开双眼，仰起头来，试图透过天花板去想象陈维礼所面临的危险境地。他在生命最后的时刻没有为自己求救，而是设法把这张纸送到数年未曾谋面的好友手里，发出最后一声呼喊：来不及了。他知道，以许一城的性情，一定不会置之不理，一定会竭尽所能把这件"来不及"的事替他办完。

这是最深沉的信赖，也是最沉重的嘱托。那张纸上到底写的什么事情，让陈维礼连自己的生死都不顾，也要把它送出来？直觉告诉许一城，此事绝不会是什么私人恩怨。以陈维礼的性情，这一定是件大事，且是件极凶险的大事。

许一城捏着这半张纸，只觉分量如逾千斤，不禁喃喃自语道："维礼啊维礼，你到底遭遇了什么？"

许一城的指尖轻轻摩挲着纸面。如果当时方老山把整张纸都取回来的话，说不定会有更多的线索。现在只留下一个没头没脑的"陵"字和五个手指印，别说替陈维礼完成遗愿，就连搞清楚发生了什么事情都很难。

忽然，许一城的手指停住了，双眉微微一动。

这是一种厚信笺，纸质绵厚密实，表面光亮，适合钢笔书写，一摸就知道是洋货。许一城的手指很敏感，很快就摸到纸上有一些凹凸不平的地方，似乎是上一页纸写字留下的压痕。

许一城推开窗子，把这半张纸对准太阳，眯起眼睛仔细观察了一阵。他又从笔筒里取出一支铅笔，拿刀削尖，轻轻地用侧锋刮着纸面。很快，一个奇妙的标记出现在了许一城的眼前，风、土两个汉字上下摞在一起，"风"字的外围和"土"字的最底一横稍微做了弯曲变形，恰好构成一个圆圈。

风土？

许一城盯着这个标记看了一阵，又拿起铅笔，继续刮起来。很快在这个标记旁边，铅笔刮出来一片浅灰色的图，线条分明，应该是一把中国宝剑的轮廓素描，不过，只有从剑头到剑锷的一半，其他部分估计在失落的另外半张纸上。

这半把宝剑的造型也颇有些奇特，似乎被画过两遍，可以勉强看到一截笔直的剑身和一截略显弯曲的剑身，两段剑身交叠在一起，好像重影一般。似乎画手拿不定主意，先画了一遍直身，又改成弯身。

再仔细一看，上头似乎还有龙纹。可惜这片痕迹实在不重，看不出更多的细节。

血手印、"陵"字、风土印记和宝剑素描，这几者之间到底有什么联系呢？许一城陷入了深深的思考。

这里最容易追查的，应该是风土印记。这个标志一看就是经过专门的美术和几何设计。应该是某一个机构的专用公章，曾经在这张信笺的上一页用过印，用力稍微大了点，纸又很软，所以在下一页留下了一道轻轻的痕迹。如果能找到这个印记的来历，那么陈维礼书写信笺的地点也就呼之欲出了。

许一城取来一张北京地图，以陈维礼死去的胡同为圆心，用圆规画了一个圆。方老山曾经说过，陈维礼脸色很差，说明以他的身体状况，跑不了多远，活动范围只可能在这个圆圈之内。而且这种信笺纸相当高级，国内用得起的人不多，一般只有使馆、洋行之类的地方才会用，这就进一步缩小了搜索的范围。

做完这些工作，许一城拉开抽屉，将那一套海底针取出来。这是沈默送给他的，用来酬谢吴郁文的事，算是相当重的奖励了。微妙而有意思的是，沈默宁可私下里把这套家宝送他，也不肯当着族人的面公开褒奖，个中意味，难以言明。

许一城从海底针里抽出一柄小铲，在一块木牌上刻上"陈公维礼之位"几个字，然后恭敬地摆在桌前。他点起两炷香，直起身子，两个大拇指交抵，八指交拢，拜了三拜，手背翻转，再拜三次。

这是江湖上的规矩，叫作生死拜，也叫托孤拜，相传是诸葛亮在白帝城传下来的。在坟前做如此祭拜，表示生者愿不惜一切代价完成死者遗愿，托孤一诺，九死不悔，手背翻转，以示不负所托。说来也怪，许一城刚一拜完，窗外一阵大风吹进屋子，霎时四处被吹得哗哗响动。那木牌晃了几晃，居然面朝着许一城倒了下来。

许一城嘴唇一颤，连忙伸手扶起木牌，双目含悲，却不见半点泪光："维礼，我不知你因何而死，也不知道杀死你的是谁。但你临终前来找我，自然有你的道理。人以国士待我，我以国士待之，为兄这两行清泪，待得为你昭雪之时，再洒不迟！"

风说停就停了，屋中立时一片寂静。

陈维礼死去的地点是在西城大麻线胡同附近，前后都是敞亮的大街，附近都是繁华之地。商旅云集，南北商铺连成一大片，就连洋行也有十几家，其他各色娱乐销金场所更是鳞次栉比。不过，最近因为战乱，好些铺子都紧锁大门、上起门板，生怕被败兵波及，放眼望去，十分萧条。

许一城离开清华，以大麻线胡同为圆心，沿着划定的范围走了几圈，一无所获，别说那个标记，就连带"风土"二字的招牌都没一个。那些洋行他都一一拜访过了，也没什么可疑之处。许一城拿着这图形问了几个路人，都说没见过。

五月天气说热就热，许一城走得有些乏了，想找个茶馆歇歇脚，喝几口茶。他一抬头，忽然把眼睛眯了起来。原来，不知不觉，他竟走到了大华饭店。这大华饭店在四九城很有名气，是专门给洋人住的高级旅馆，装潢设施据说请的都是纽约来的设计师，连"大华饭店"四字都是用霓虹灯勾出来的，一到晚上花花绿绿的，格外耀眼，是远近一景。

许一城看到有几个穿西装的东洋人走出饭店大门，向送别的人连连鞠躬，不用说，这一定是日本人。看到他们，许一城心中不由得生起一阵怀疑。陈维礼之死，许一城一直疑心与日本有关系。那印记是"风土"二字，而国外仍旧使用汉字的，只有日本一国。何况当初陈维礼出国，正是在早稻田大学就读考古系。

这附近没有其他的日本机构或商铺，如果说能和日本人扯上什么关系的话，那就只可能是住在这家大华饭店的客人了。

他信步走进旅店，径直来到柜台前。接待见他西装革履，气质不凡，赶紧过来招呼。许一城懒得跟他废话，把一枚铜圆"啪"地扣在台面上，用手拢住："你们这里，最近住了什么日本客人？"

接待大概早就见惯了这种场面，笑眯眯地把账本往上一搭，另外一只手在账本下把铜洋迅速抠走："最近政局不太稳当，来的人少。现在住的只有一个日本考察团，东京帝国大学的，个个戴着厚底眼镜。"

"哦？"许一城眉头一皱，"他们是来做什么的？"

接待没回答，只是用账本磕了磕台面。许一城又递过去一枚铜圆，他才说道："听说是来中国考察啥古迹的，我帮他们扛过行李箱，中间掉地上了一次，里头装的全是地图。"他一指："喏，那位就是团里头的教授。"

许一城顺着他的视线望去。大华饭店一层是个咖啡厅，里头靠窗的沙发上坐着一个穿和服的日本人，对面坐了个戴瓜皮帽的中国人，唾沫横飞地跟他白话着。

许一城悄悄走过去，看到原来两人玩赏的是一把竹杖。这把竹杖高约七十厘米，粗细恰好一掌可握，竹节稀疏，上面还缀着如同泪痕一样的紫斑。最奇的是，每一节上的竹面有微微凸起，如同佛面一样。一根竹杖分了五节，就是五个佛面，倒真是件精致的奇物。

那个日本人头很大，脖子却很纤细，宽阔光滑的额头向前凸起，发际线却拼命靠后，让他看起来总是一副把身子前探的好奇姿态。他双手捧着那把竹杖，厚厚的镜片后眼神略显呆滞，不知是被震惊了，还是心存疑虑。

那个中国人说："您尽可放心，我骗谁也不敢骗大日本帝国的教授呀。这湘妃佛面竹杖，可真是一件稀罕物。您看见那上头的紫晕了没？那是极品湘妃泪竹，几百年也长不出一根来……"那人正说到兴头，听到旁边传来一声嗤笑。他侧脸看到许一城在旁边似笑非笑，大为不满，挥了挥手说："快走开！"

许一城没理他，对那日本教授道："这位先生，你可要上当了。"那人大怒："你扯啥呢扯？"许一城也不客气，拿起那杖，拿指头点了点竹面上的紫晕泪痕道："这泪斑可不是长出来的，是点出来的。新竹刚生时点了几处苔钱封固，长成以后用草穰洗下苔钱，斑点就出来了，是不是？"

那人一时语塞，嘴里却不肯服输。许一城道："真正的泪痕，深入竹质；点出来的泪痕，浮于竹皮。咱们打个赌，我把这竹杖撅断了，看看它的断面有没有紫晕。如果是真的，我照价赔偿；如果是假的，咱们去日本大使馆说个明白，如何？"

那人连忙转脸对那日本教授说道："您可别听这小子胡说，他懂个屁，我可是出身五脉。五脉您听过吗？明眼梅花……"

那位教授抬起手，把竹杖双手奉还，用生硬的中文道："佛面杖，俗称定光佛杖，宋代产于龙岩、永定、武平等地。苏轼曾经送过一杖给罗浮长老，留下两句诗，'十方三界世尊面，都在东坡掌握中。'"

龙岩、永定、武平在福建，自然跟湖南的湘妃竹没什么关系，这位教授言辞委婉，不愿直言拒绝，便背诵佛面杖的典故，等于是回绝了。许一城和那男子都没料到这个日本人汉学功底如此深厚。他虽没有鉴别泪痕的古董知识，但靠着精熟典籍，从另一个角度点出了破绽。

那男子面色一红，二话不说，拿起竹杖转身就走。临走之前，他还狠狠瞪了许一城一眼，呸了一声："不帮中国人，反倒帮日本人，狗汉奸！"许一城一时有些哭笑不得，不过，也没去追究。这种骗子太常见了，专门在高级旅店附近混，拿假货哄骗外国人。

日本教授起身鞠躬致谢："我正发愁如何让他离开，您能来帮忙真是太好了。"

许一城心想，这个家伙倒真是个老实人，对骗子也这么彬彬有礼。他摆手笑道："没什么，我这个人见不得假物，所以一时没忍住，不知有没有打扰到您。"日本教授双手递上一张名片，名片颇为朴素，上面只有四个字："木户有三"。许一城把名片收好，双手抱拳："不好意思，我没有名片。我叫许一城，在清华学校读考古。"

听到"考古"二字，木户有三的眼神倏然亮了起来。他热情地请许一城在对面坐下，开始滔滔不绝地说起考古的事情来。原来，木户有三是东京帝国大学的考古学专业教授，这次和其他几名学者受邀加入支那风土考察团，准备考察中国西北一带的古代遗迹，三月下旬刚到北京。因为政局动荡，暂时还没出发。

一听到"风土"二字，许一城心中一跳，连忙拿出誊画的那个风土标记，木户教授一看就点头："没错，这是支那风土研究会的标记。"

"那是什么团体？"

"是一个基金会，和京都东方文化研究所、东亚考古学会、东亚文化协会差不多，致力于挖掘、保存和研究东亚地区历史的学术团体。我们这次考察活动能够成行，全靠了他们的好意资助。"

这就对了，许一城心想。陈维礼使用的信纸，是这个考察团从日本带来的，上面留下的印痕，则是赞助者——支那风土研究会。

如此看来，陈维礼的死，以及他舍命要传递出的信息，恐怕和这个考察团有着千丝万缕的关系。

许一城表面上没说什么，心中一阵冷笑。日本人从甲午开始，就垂涎着中国的文化。这些年来，打着考古旗号来中国的日本人如过江之鲫，不是盗掘坟墓遗址就是搜购古籍文物，几乎成了公开的秘密。这位木户有三教授是个书呆子，可他所在的这个考察团，动机就未必纯洁了。

"你们这次的考察对象是古代的陵墓墓葬吗？"许一城问。在陈维礼那张纸上，唯一可辨认的字，就是一个"陵"字。以日本人的贪婪程度，恐怕这是最吸引他们的东西。

木户教授丝毫都不隐瞒："是的，我们希望至少能有一次挖掘考察的机会，最好是汉墓或者唐墓。"

许一城忍不住道："你们不觉得这是一种偷窃吗？"

木户教授很奇怪地看着许一城："许君，你问这样的问题可真是太奇怪了。我们的挖掘完全合乎学术规范，这些都是东亚历史的宝贵财富，如果我们不尽快，那你们中国的军阀会把它们彻底毁掉的。"

"可这归根到底还是偷窃。"

"历史可不是某个人、某个团体或国家的专属物，它属于全体人民。让怀有感激之心的学者来研究，结出硕果，总比毁在那些贪婪之徒的手里要好，这就是我的想法。"

许一城盯着木户教授，后者的眼神没有丝毫愧疚，也不含任何贪婪。他意识到，木户教授是真正意义上的那种学痴，在这个人心目中恐怕没有什么民族、政治的概念，只有自己的研究课题才是最重要的。

于是，许一城果断换了话题。他是五脉出身，又受过正规的学术训练，见识和学识都很丰富，两人聊得特别投机。许一城想到信笺上那半截剑影，便有意把话题往剑器身上引，木户教授恰好毕业论文就是这个主题，兴致更浓，谈了许多古代日本和中国铸剑工艺的差别。许一城便旁敲侧击地询问，这次支那风土考察团的到来是否和什么中国宝剑有关系。

木户教授听到这个问题，歪着脑袋思考了一阵，然后摇头："团里没有这样的专题规划。不过，我曾经对这类课题做过浅薄的研究，如果这次考察碰到剑器类文物的话，应该会让我先稍微过目，我想是这样吧。"他说的时候，头朝后微微仰起，虽然口中谦逊，但神情里却带着遮掩不住的傲气，在这个专业领域，他在考察团里应该是最资深的。

许一城心中一动，把那张纸上的重影形状随手画出来，找了个借口请教。木户教授没有什么心机，他觉得许一城是同行，就知无不言，把自己知道的事情和盘托出，全无隐瞒。他告诉许一城，剑身弯曲这种情况，在许多文明里都能看到，比如日本刀、蒙古刀和波斯弯刀。不过，中原样式的剑锷配弯曲剑身这样的形态，他还没看到过。

许一城盯着木户教授半天，认为这人很真诚，或者说很单纯，不会说谎。那把剑的素描，应该不是出自他的手笔。这就奇怪了，木户教授明明是考察团里的剑器权威，可他居然全不知情。

想到这里，许一城不经意地问了一句："木户教授，你是否认识一个叫陈维礼的人？"木户有三一愣，立刻露出惋惜神色："陈君啊，我知道，他是这个考察团的翻译。可惜昨天突然去世了。我听团长堺大辅说是吸食鸦片过量，唉，真是可惜，他可是个很优秀的年轻人。"

吸食鸦片过量？许一城眉头一挑。好一个借口！在外国人的眼里，中国人无人不抽鸦片，捏造死因总是这个。他又问道："那么他的遗体现在在哪里？"木户教授想了想，回答说："今天早上应该是送到日本使馆去了，堺团长亲自送去的。"

按照法律规定，陈维礼是中国籍，意外死亡，理应交由京师警察厅来处理。日本人却把陈维礼的遗体特意送进使馆，一定是有什么缘故。

许一城本来想再询问一下，木户教授却突然站了起来，对许一城道："团长回来了，你可以直接去问他。"

四五个日本人正好走进饭店，为首一人宽肩阔面，下巴奇厚，两道浓眉始终绞在一起，如同顶着一个墨团。木户有三起身喊了一声："堺团长。"堺大辅看了眼许一城，问他是谁，木户有三道："他叫许一城，在问我陈君的事情，您比我知道得清楚，正好跟他说说吧。"

许一城暗暗叫苦，这位木户教授真是成也实诚，败也实诚。

昨夜方老山目睹了一伙神秘人把陈维礼的尸体抬走，那半张留在手里的纸肯定也被他们收缴。那伙人一定知道有人拿走了上半张纸。木户教授这么一说，这不明摆着告诉人家，纸在我手里，我是来查陈维礼死因的吗？

本来他还打算旁敲侧击，不动声色地通过考察团里的其他人来打探，现在倒好，直接被木户有三给出卖了。

果不其然，一听到陈维礼的名字，堺大辅双目爆出一团利芒。他打量了许一城一番，用中文问他和陈维礼什么关系。许一城只得回答："我是他在北京的朋友，他约我今天来大华叙旧，可一直没有出现，我过来找找看。"堺大辅将信将疑，开口道："很不幸，陈君昨晚吸食鸦片过量，已经去世了。我们刚刚把他的遗体送到日本使馆，等到尸检结束后，我们会通知他的家人。"

"尸检不应该是京师警察厅来做吗？"许一城问。

堺大辅不屑道："你们中国的尸检水平太低，根本没法信任。再说了，我们现在想找警察都找不到。"

这倒也是事实，现在从吴郁文以下，警察厅所有人都人心惶惶，政府机能趋于瘫痪。

许一城知道这一下子打草惊蛇，让对方起了疑心，没法继续试探下去了。于是，他又敷衍几句改日吊祭的客套话，借故离开。木户教授聊得意犹未尽，他扯住许一城的袖子说，中国有这种见识的人实在太少了，想约个时间去清华拜访。许一城犹豫了一下，在堺大辅的注视下，还是把地址留给了他。

在离开大华饭店时，许一城注意到堺大辅身后站着一个人，一直冷冷地注视着他。这家伙穿着中式长袍，能看到衣下微微隆起的肌肉，脖颈粗大而精悍。许一城与他擦肩而过，突然身子一矮，这家伙便迅速避让，然后立刻恢复成平常站姿。

许一城冲他笑了笑，指了一下自己的皮鞋，意思是：我只是系一下鞋带。在这个人冷峻的目光注视下，许一城缓缓步出大华饭店，头也不回，一直走到大街上，才长出一口气，发觉脊背一片冰凉。

许一城很确定，这一定是一名军人，只有军人才有这种内敛的杀气和迅捷动作。

事实很清楚了，陈维礼这次来北京，是以支那风土考察团翻译身份出现的。他发现了什么事情，情急之下扯下一张支那风土研究会曾用过印的信笺，从大华饭店逃出去，结果在半路不幸遇害。

东京帝国大学、支那风土研究会，说不定还有日本军方的影子，许一城觉得这件事越发蹊跷，也越发凶险。如果调查继续深入，那他所要面对的，恐怕将会是一个组织健全的庞大机构，而他这边甚至连报警都没人理睬。两相对比，强弱极其悬殊。

可是，那又如何？

许一城抬起头，看到一群乌鸦从头顶飞过，好似天空裂开了一道细小的黑色缝隙。他咧开嘴，露出一个自信而坚毅的微笑，抬起双手，拇指相抵，八指交拢，对着天空拜了三拜，手背翻转，再拜三次。

托孤一拜，九死不悔。

许家之人，许下承诺，就绝不会半途而废。

这一天注定无法平静。当许一城返回清华学校时，他惊讶地发现，房间里有两位年轻的客人已经等候多时了。

一个是刘一鸣，一个是黄克武。两人本来笑嘻嘻的，当看到许一城进门后脸色凝重，一时都有些尴尬。许一城问他们怎么跑来清华，黄克武一推刘一鸣，让他说。刘一鸣推推眼镜，把来意说明。

原来他们两个到这里，是为了吴郁文那件事的一点余波。

那天在吴郁文的宅子里，正德祥的王老板捐了一千五百大洋，换回来一个泥金铜磬，内里还镌着一圈梵文，形若莲花。当时是药慎行亲自掌的眼，虽未标定年代，但不会早于乾嘉。乾嘉到民国没有多少年头，铜磬本身也不算罕有，不值多少钱。王老板安慰自己，反正是花钱消灾，真的假的无所谓了。

他把这木鱼拿回家以后，随手搁到佛堂前。他的大太太笃信佛法，正好用得上。可当天晚上就出了一桩怪事。有个老妈子起夜时，听到佛堂里咯咯作响，她探头进去看，里面黑漆漆的，一个人也没有，再仔细一听，居然是那佛前的铜磬自己发出响动，一会儿工夫就停了。一看时间，恰好是十点半。

王太太第二天听说以后，挺高兴，觉得这铜磬有佛性，心想这是菩萨催促她晚上也要念经呀。到了半夜，她等在佛堂口，同一时间果然又传来铜磬的声响。她捧着蜡烛进去，往佛堂那儿一跪，突然觉得阴风四起，两条腿顿时动弹不得。

王太太瘫在那儿，只有眼珠子能转。她看见在烛光照映下，那铜磬的影子慢慢地拉长，有点怪，形状变成了一个戴着旗头的女子。王太太吓得魂飞魄散，又没法跑，只能拼命叫喊。结果整个宅子都给惊动起来了，众人进了佛堂点亮电气灯一看，王太太瘫坐在地上昏了过去，铜磬兀自响着。

这一下子可不得了。生意人最忌讳这些东西，王老板一听老婆描述，也吓毛了，当时就要把铜磬扔出去。家里老人提醒，这是邪祟之物，进门容易出门难，如果随随便便扔出去，保不齐会有什么大麻烦。

留着不是，拿走也不是，王老板左右为难，只得请人来驱邪。道士和尚请了好几个，甚至还找了一个当年义和团的大师兄，全都不管用，那铜磬还是每天晚上准时照响不误。家里人惶惶不可终日，天一黑就躲屋里不敢出来，好好一个家弄得跟鬼宅似的，就连四邻都惊扰不安，纷纷过来打听。

王老板气得大骂，吴阎王杀过那么多人，他经手的东西肯定不干净。他骂完吴阎王，又骂五脉，骂那些掌眼的人都是瞎子，这点邪气都看不出来。王老板不敢去惹吴阎王，就想让五脉负责。于是他给沈默传个话，要求他们派人来再掌一次眼，看看到底是怎么回事。

古董铺子有个行规：凡是经手的物件儿，可以有假的，但不能有不吉利的。卖人假的，这叫骗人；卖人大凶之物，这叫害人。所以玩古董的人，风水堪舆、命理术数之类的门道儿多少都要涉猎，卖货时负有解说吉凶之责。比如说谁买了面古镜，老板得先提醒人家，切不可高悬于榻前；谁要想卖件槐树芯儿的木梳，正经的大铺子都不敢收，寄卖都不肯，槐木大阴，那是给鬼梳头用的，卖出去要出人命。

这铜磬虽说不是五脉经手，但既然给人家掌了眼，也脱不开干系，于是沈默就让药慎行再去看看。

药慎行接了沈默的令，哭笑不得，只好再去一次。到了王家，药慎行拿起那铜磬，东看看，西看看，实在看不出有什么毛病。这铜磬造型素净，唯一可虑的就是内里镌的那一圈梵文，但经过辨认，也不是什么邪咒，不过是普通的佛经。

可王老板揪住药慎行死活不放，一定要五脉负起责任来。这时候在一旁帮忙的刘一鸣眼珠一转，提议说金石一类是许家的专长，要不请老许家的人来看看。药慎行一听就不乐意了，许家老爷子去世几年了，现在许家就剩许一城一个人。请许家出手，那就等于是叫许一城来。那日在吴郁文家里，这个人已经出尽了风头，让一向以接班人自诩的药慎行很有危机感。

王老板可不管那么多，听说五脉还有更厉害的高人没出山，忙不迭地催促去请。于是，刘一鸣叫上黄克武，高高兴兴地跑到清华学校来搬救兵了。

讲完前情，黄克武扯着大嗓门儿道："许叔，这事不解决，五脉还会有大麻烦。吴郁文是您解决的，好歹给收个尾，善始善终啊。"许一城嘿嘿笑了一下，颇有深意地看了刘一鸣一眼。后者连忙把视线移开，似乎做了什么亏心事。

"王老板家住哪儿？"许一城问。

黄克武大喜："这么说，许叔您愿意去？"刘一鸣赶紧捅了他一下，黄克武这才意识到自己答非所问，赶紧回答："崇文门，在崇文门。"

"那附近没有什么寺庙吧？"

黄克武对北京地理很熟，他想了想，说应该没有。许一城找出一张北京地图铺开，随手拿起一枚图钉搁到王老板家当标记。俯身琢磨了一阵，又从书架上拿起一个小册子翻了翻，一拍手："行了，我大概知道了，你们等我一下。"然后拉开抽屉，把那套海底针拿了出来。

刘一鸣、黄克武一见海底针，精神一振。这海底针号称"无宝不到"，需要它出手的无一不是奇珍异宝。许一城如今把它带上，说明那铜磬绝不简单，又有热闹可看了。

"我们走吧。"许一城说。陈维礼的事让他一直心神不宁，正好借此换一换思路。

三人离开清华园，所幸此时电车还在运行。许一城单独坐在前排，头靠椅背，任凭窗外的夕阳照在脸上，陷入沉思。两人不好意思跟他并排，坐到后面去了。电车在路上徐徐开动。半路上黄克武小声问刘一鸣："大刘，许叔这一去，你这算是把药伯伯给得罪了，你就不怕他收拾你？"

他性子虽急，但不代表没眼色。药慎行是既定的接班人，许一城这一去，等于是给他塌台子，以他睚眦必报的秉性，必定不会甘休。刘一鸣这个举动，可是捅了个大马蜂窝。

刘一鸣嗤笑一声："本来金石就是归许家管的，我哪句话说错了？嗯？再说了，他要是敢整我，我就把药来那点烂事全抖搂出去，到时候看丢脸的是谁。"

黄克武笑道："你小子一出手，肯定先算得清清楚楚，说吧，你来找许叔，到底是图啥？"

刘一鸣眯起眼睛，却不肯说，只是伸出食指和拇指，比了个八字。黄克武"哦"的一声，这才明白过来，五脉的族长之位，最多坐到八十就要退位，免得老糊涂了连累族里。今年八月份正好是沈默八十大寿，如果不出意外，会在席上让药慎行接任——嗯，不出意外……黄克武想到这儿，一下子明白过来："大刘，你这是要给许叔搞一出黄袍加身哪。"

刘一鸣扶了扶眼镜:"明眼梅花凋零腐烂,得有一位像拿破仑一样的人物来领导,才能活下去,拿破仑你知道是谁吧?"黄克武摇头说不知道,刘一鸣嘿嘿一笑,"那是法兰西的皇帝。"黄克武惊道:"你小子胆子可不小……"刘一鸣瞥了他一眼:"别装了,你如果喜欢药大伯上位,就不会跟我来了。"

黄克武抓了抓头,特别严肃地说:"我倒不是对药大伯有什么成见,他是个好商人,只不过,什么物件儿到他手里,只看作价,却不怎么真心爱惜,我不喜欢这样。"

刘一鸣笑道:"得了,得了,谁不知道你大黄是个讲究人,嗜古如命。还说我老成,我看你才是个老古董。"

"古物不好好珍惜,还收它做什么啊?"黄克武嘟囔道。

两人正在后排嘀嘀咕咕。许一城的声音从前排飘过去:"哎,这次把我叫过去,是一鸣你的主意吧?药大哥可绝不会这么做。"

刘一鸣被说破了计谋,也不脸红,索性直言道:"他当然不希望你去,他怕你抢他位子呢。"

许一城"嘿"了一声,头没动:"你们读过《庄子》的《秋水篇》吗?"两人一起摇头。许一城道:"在《秋水篇》里头,庄子讲过一个故事:话说在南方有一种鸟,叫作鹓雏。这种鸟极爱干净,不是梧桐树它不落,不是山泉水它不喝。正巧一只鸱鹰逮到一只腐烂的老鼠,正要吃,看见鹓雏飞过,生怕它过来抢,就抬头'吓'了一声,想把它吓走。"

刘、黄二人哈哈大笑。刘一鸣笑完以后,心里又起了一声叹息。许一城果然看破了自己的用心,这算是委婉地拒绝了。他望着前排重新闭目养神的许一城,忽然又在想,许一城对五脉视若腐鼠,那么他所属意的梧桐山泉,又会是什么呢?难道就是他口中说的考古?刘一鸣想问,但犹豫了一下,还是闭上了嘴。

天擦黑的时候,三人到了王老板家。刘、黄一进门,迎面看到药慎行坐在那儿喝茶,那张脸狭颊钩鼻,还真有点鸱鹰的意思,又忍不住捂嘴偷笑起来,让药慎行有点莫名其妙。

许一城摘下礼帽,冲他先打了个招呼:"药大哥,你好。"药慎行这才起身笑脸相迎,握着他的手道:"愚兄只知道古董,对捉妖一行实在不擅长,只能劳烦兄弟你跑一趟了。"谁都听得出来,这是在讽刺许一城不务正业,许一城却是微微一笑,并不着恼。

他跟王老板客套几句,说带他去佛堂看看吧。众人进了佛堂,王老板一指那磬:"就是它,每天晚上十点半准响,比西洋钟都准。"许一城走过去,没有急着碰触,而是把海底针在旁边摊开来。这套海底针铸造得极为精致,造型又怪异,外行人看来和法器差别不大。王老板看到这么专业的装备,顿时放心了几分。

许一城的双手摸在磬上,微微闭眼,过了好一阵才重新睁开,神情肃穆,似乎极费心神。王老板看他脸色严峻,便惴惴不安地问到底怎么回事。

许一城捧起铜磬,把磬口对着王老板:"你可知道这行梵文写的是什么?"王老板讪讪表示不知。许一城道:"这行梵文叫作芬陀利华,意思是大白莲花。佛经里称赞人,常说人中芬陀利华,跟咱们说人中吕布马中赤兔差不多。"

"这不挺吉利的吗?怎么还闹女鬼?"王老板纳闷。

"这芬陀利华有镇压邪魔的功效。夫人看到的那名旗头女子,恐怕是受了什么冤屈,一灵不昧困在磬中,被大白莲花镇着,一入夜便拼命挣扎,是以铜磬不敲自响。"许一城一本正经地说。类似的说辞王老板也听和尚、道士们说过,将信将疑。他问解法,许一城竖起一根指头:"今日我可叫这铜磬不再惊扰。不过,若想彻底化解她的怨气,还得要有功德浸润。"

"有,有,我太太经常抄佛经的。"王老板说。

许一城摇摇头:"抄佛经只是虔敬,行慈悲才是功德。"许一城这话一出口,刘一鸣、黄克武就知道他又要干什么了,再看他得道高人一样的神情,无不窃笑。

王老板也是个识言知趣的人,立刻表示:"明儿一早我就去再捐五百大洋给福利院。您赶紧作法吧。"

许一城点点头,从海底针里挑出一柄小锉,拿起铜磬,狠狠地锉了几下,重新搁回去。王老板问:"完了?"许一城说对,作完了。王老板大惊,说:"不用念经画符啥的吗?"许一城朗声笑道:"放下锉刀,立地就可成佛。真正的好手段,看的可不是时间长短,今晚十点半,等着瞧就是。"

看他言之凿凿,众人都将信将疑,就连刘一鸣都不知道他葫芦里卖的什么药,一把锉轻轻蹭几下就能管用?这未免也太简单了吧?

王老板晚上请他们吃了一顿家宴,可大家的心思都不在这里,只有许一城谈笑风生,胸有成竹。到了快十点半,众人再次聚在佛堂门口,支棱起耳朵仔细倾听。时间一过,那铜磬果然悄无声息,再无动静。

王老板大喜过望,连称许一城是活神仙。药慎行站在边上,手里摩挲着腰间悬着的一枚铜印,脸色阴沉得快滴出水来,他折腾了两天,一无所获,可许一城轻轻两锉就解决了。最可恨的是,自己还不知道他是怎么弄成的。这事要是传到家里,岂不是又给他许一城加分了?

可药慎行眼珠一转,又摆出一副笑脸,顺着王老板的口风连声称赞,说:"我这个弟弟天赋异禀,自幼修道,最擅长降妖除魔。"怎么玄乎怎么吹。药慎行想清楚了,棒杀不如捧杀。如果能把许一城坐实了会捉妖的身份,那对自己就再也没有什么威胁了。家里再如何败落,也不会选一个神棍来做族长。

对于这些"赞颂",许一城只是淡淡地解释一句:"我不是道士,我在清华学校学考古的。"大家只当他是谦虚,再说"考古"一词听着玄奥,保不齐也是什么修道的法门。

王老板请五脉的几位回前堂喝茶,然后叫了家里一干人等在佛堂祭拜,感谢菩萨恩德。许一城在太师椅上坐着,喝着王太太亲手泡的茶,悠然自得。刘一鸣凑过去低声问:"许叔,这是怎么回事?"他根本不信那些怪力乱神的东西。

许一城斜看了他一眼,淡淡吐出四个字:"共振原理。"

刘一鸣瞪大了眼睛,没听明白。许一城笑道:"此事古已有之,我不过是照猫画虎罢了。唐代有个叫曹绍夔的人,他有个和尚朋友,因为屋子里的磬总跟外面钟声一起响,以为有古怪,吓得病了。曹绍夔拿锉刀锉了几下,磬就不响了。他解释说,因为钟和磬恰好音律相合,击彼应此,所以有了共鸣。只要稍微改变它的形状,音调一变,声音就消失了。用现代的科学道理来说,就是物体频率恰好一致,产生了共振。"

刘一鸣奇道:"可这附近并没有寺庙,也没听到钟声啊。"

许一城竖起一根指头:"没钟声,可有别的,你仔细想想。"刘一鸣想了一圈,突然"啊"的一声:"火车?"许一城赞道:"一鸣你脑子果然好使。正是火车。这里位于崇文门内,距离京津铁路不远。我刚才在学校查过时刻表,每晚十点半,有一趟火车从天津开到正阳门火车站,恰好路过这附近。火车轮子在铁轨上滚动,声音低沉,恰好跟这个铜磬的音律对上了。"

"敢情这铜磬不是闹女鬼,而是闹火车啊。"刘一鸣笑道。

黄克武急问:"那许太太看见的那个女鬼呢?"

"那个铜磬下窄上宽，两边略凸，烛影一照，可不就有点像旗头女子了？其实天下本无事，庸人自扰之，多少烦恼，无非就三个字：想多了。"许一城别有深意地瞥了一眼药慎行。后者此时站在廊下，负手望着漆黑的夜色，一言不发。药慎行也不信怪力乱神，但他琢磨不明白，许一城是怎么解决的，又不愿露怯，只好远远站开，故作深沉。

此间事情已了，许一城捧起茶碗又啜了一口，掏出素白手帕擦擦嘴角，准备起身走了。正在这时，门外传来一阵脚步声。众人一抬头，看到王家管事挽着一位须发皆白的老头子，直入前堂。

北京都已经快入伏了，但老头子还披着一件掐边银鼠皮袄，似乎耐不住半点风吹。他脸上的老皮沟壑纵横，后脑勺还梳着一根长长的银白色辫子，整个人佝偻着背，像是一只快被晒干的虾，唯独那两只眼睛亮得很，像是海东青的鹰眼。

管事的对他十分恭敬，口称富老公。老头子进了屋，开口便道："听说你家里有个刻着莲花的铜磬，拿给我看看。"富老公的声音有些细柔，口气却强硬得很。管事的有些为难，老头子拐杖一蹾，管事的一哆嗦，赶紧说他去问主人。过了不多时，王老板匆匆转出来，一躬到底："富老公，这么晚了，什么风把您给吹来了？"

"那个铜磬，我要看看。"富老公说。王老板想这磬才被封印，不宜轻动，可又忌惮这位老人家，就把征询的眼光投向许一城。许一城点点头，表示不妨事。王老板这才吩咐仆人去佛堂取来，自己陪着富老公说话。

许一城在一旁冷眼旁观。这个富老公从称呼到做派，都像是在宫里做过太监，职位恐怕不低。清帝逊位以后，太监们也都被赶出宫去。其中一些大太监有手段，有身家，也有人脉，转投了其他行业，照样做得风生水起。他们互通声气，彼此帮衬，在京城地面上隐然也成了一股势力。这些人为了表示仍旧效忠于清室，都不剪辫子。这位富老公大概就是其中的一位。

很快那铜磬被人取了过来。富老公还没等王老板转交，便上前一步拿在手里，搭眼一看，突然放声大哭起来。他这一声哭，可把前堂所有人都惊呆了。大家只猜这老头子是来夺宝，没料到居然是这么个反应。富老公怀抱铜磬，弓背不住地颤抖，似乎十分伤心。王老板劝了好一阵，富老公才收了眼泪，红着眼睛，怀抱铜磬问："这……这是从哪里来的？"

王老板心想坏了，不知道这铜磬又出了什么么蛾子，他心里这个恨哪，为了这个铜磬，自己先是关在宅院里被人胁迫讹诈了一千五百大洋，然后又闹鬼搞得家宅不安，现在又惹出富老公来，没一件好事！

王老板把来龙去脉简单说了一遍，富老公听说里面封印着女鬼，瞪了许一城一眼，面带怒色："简直是胡说八道！"他对王老板道："这个作价多少，我两倍给你。"

王老板赶紧摆手说："这件宝器在下无福消受，送您得了。"富老公一挥手，说："我不占你的便宜，明天你派人去我账房里支钱。"

他不容王老板再说什么，抱着铜磬径直朝门外走去。从头到尾，富老公都没往五脉这边看一眼。众人万万没想到，最后居然是这么个莫名其妙的结局，不由得面面相觑。

铜磬既然已经不在，那么继续留在这里也没意义。眼看已经十一点多了，许一城和药慎行起身告辞，带着刘一鸣和黄克武两个小家伙一起离开了。

此时天色已近子时，阴云遮住星月，正是一天之中阴气最重的时候。一出王宅，胡同里一片漆黑，伸手不见五指。只有王宅门口挂起一个纸灯笼，幽幽的小光只能照亮一米之内，这段时间北京城兵荒马乱，供电时有时无，夜里出行得有副好眼力才行。

从王宅到大街就这么一条路，药慎行纵然满心不情愿，也得跟许一城一起走。刘一鸣跟在他们俩身后，饶有兴趣地看着两人的背影，不知又在琢磨什么。黄克武瞪圆了眼睛，把全部注意力都放在了脚下。四人一路无话，沉默地朝前走去。很快王宅的灯笼在身后吹灭了，整条胡同如同被迎头泼下了一碗黏稠的松墨，霎时彻底陷入黑暗，两侧高高低低的墙屋夹出一条状若墓道的胡同小路。偶尔有野猫飞奔而过，双目幽亮如坟冢磷火。

四人默不作声地挪动着脚步，前行了大约一百米。黄克武突然"咦"了一声，上前一步，厉声喝道："谁？！"

四个人里就他是个练家子，耳目自然比别人灵敏。听黄克武这么一喊，其他三个人也停下脚步，警惕地四下望去。在药慎行的左侧，突然传来一阵咯吱咯吱的低沉杂音，这声音连续不断，像是什么东西滚过砖石路在逐渐逼近。药慎行脸色大变，下意识地朝右边躲去，恰好撞到许一城身上。许一城身形一晃，伸手扶住他的肩膀，沉声道："别怕，那是车轱辘。"

就在这时，数盏大灯笼突兀地亮了起来。药慎行这才看到，自己正置身于一个胡同岔口,前方一条出路,左边还有一条斜进去的路。在那条路的正中是一辆胶轮灰篷大马车,那咯吱声正是胶皮轮胎轧在路面的声音。

车前两匹高头枣红辕马,车厢用蓝布帘围得密不透风。马车两侧是两个膀大腰圆的保镖,手里各自提着一盏刚刚点亮的防风竹骨大黄灯笼,面无表情地看着这边的人。

古董局中局3

第三章

东陵盗案

黄克武一步当前，横掌于胸。这时，一只枯槁的手掀开蓝帘，从车厢里探出头来，居然是富老公。他扫视一眼，缓缓开口道："五脉的朋友，请留步。"那张苍老的脸在烛光照映下，显得颇有些诡异。

四个人都没作声。富老公道："刚才在别人家里不便相谈，所以老夫特地在这里等候，希望能与两位一叙。"

他说的两位，自然是指药慎行和许一城。这个邀请来得突兀，许一城和药慎行都有些愕然。药慎行心念一转，这铜磬是吴阎王不知从哪里弄来的贼赃，说不定这位是正主儿。现在都快半夜了，这么诡异的邀请说什么也不能去。

许一城也没有答应，他盯着马车顶部，注意到正前方的车檐下左右雕着两条龙，正中是一颗日珠。

富老公见他们不言语，又道："请两位放心，老夫绝无恶意。只因这铜磬干系重大，牵扯到一件极为骇人听闻的大事，所以不得不请两位帮忙参详参详。"说到"干系重大"四个字时，富老公整个人变得特别狞厉，四个字咬得极重。

药慎行问："什么大事？"富老公摇摇头："这里不是叙话之地。两位不妨移步寒舍，听老夫详细道来。对两位没有害处，反而还有些好处。"药慎行深吸一口气，说："按礼数请人叙话得挑个白日下帖，哪有深更半夜截人的。"富老公呵呵一笑，笑意有些冷："老夫说的这件事，见不得光，非得这时辰说不可。"

话说到这份儿上，药慎行心里不由得"咯噔"一声。既然都明告诉你这是见不得光的大事，那你就没法走了。两位保镖提着灯笼向前三步，朝车厢各自伸出一只胳膊，齐声道了一声"请"。黄克武瞳孔猛缩，他注意到这两位的手掌都带着厚厚的老茧，想来是积年的老手，想要收拾他们四个人可谓轻而易举。

这时，突然从远方传来一声清脆的枪响，随即又归于寂然，仿佛在提醒他们，北京此时已成了无法之地。

药慎行一看，知道今天是推托不了了，只得说："好，我们俩去，但你得告诉我们去哪儿。"富老公知道药慎行的用意，便把视线转向刘一鸣和黄克武："我带你家大人去城东郊通惠河畔的高碑店，明天就回城。"

那地方在城东二十里以外，再往东走就是通州，是南方走货进京的必经之地，人烟繁盛，不是偏僻荒野。药慎行听了，稍微放下心来。许一城转过头去，对刘一鸣道："一鸣，麻烦你跑一趟豫王府，跟我媳妇说一声吧。"刘一鸣"嗯"了一声，许一城趁机压低声音，又交代了几句，这才放开他的肩。

药慎行也吩咐黄克武回五脉交代一声，然后他和许一城一前一后，上了马车。

马车的车厢里头十分宽敞，包铜的门边，苏绣的罩垫，座位下还有个雕花方格，夏天搁茶具，冬天放炭炉。布置不见得如何奢华，但透着股精致的贵气。富老公端坐在正中，两道银眉耷拉下来，闭目养神。那个铜磬被他捧在手里，似乎十分珍视。药慎行和许一城分坐左右，也没法说话，只得各自想着心事。

药慎行心想富老公是官里头出来的，这个铜磬莫不是和宫里的哪位贵人相关。他侧头一瞥，看到许一城身子向后靠着，双手搭在小腹上，居然睡着了。仔细一听，还带着轻轻的呼噜声。他哭笑不得，不知是该说这家伙有大将风度，还是没心没肺。

等会儿还是跟富老公说清楚的好，五脉是五脉，他是他。多事之秋，可别惹出什么乱子来。药慎行心想。

深夜京城的路上空无一人，又不像前清那会儿有宵禁，连城门都无人值守。马车在道上疾行，一会儿工夫就出了城，一路沿着官道向东。胶轮车比木轮车稳当，丝毫不觉颠簸。过了不多时，马车就到了高碑店，来到通惠河畔的一处独院前。光从朱门前那缠花的门楣和两尊虎纹石礅，就能看出这宅院不大，气度却不小，主人非富即贵。

保镖过去轻轻拍门，很快有一个年轻丫鬟把门打开，让他们进来。富老公向二人拱手道："老夫去请主人出来，两位暂在客厅稍候。"许一城和药慎行心中一惊，原来这富老公居然不是正主儿，只是个老奴，这排场可不小。

院子不大，中间最醒目的是一棵笔直粗大的老槐树。两人看见这树，心中都是一震。北京种树有规矩，所谓"前不栽桑，后不栽柳，中间不种鬼拍手；桑枣杜梨槐，不进阴阳宅"，槐树字旁有鬼，讲究人家都只在门前栽槐，图个进宝招财，院子里是绝对不种的，不吉利。不过，北京槐树奇多，打从明代起就有，所以还有句话讲"院有古槐，必是老宅"。这宅院中间既然堂而皇之有棵槐树，想必年头一定久远，能在这里居住的人，身份恐怕非同一般。

丫鬟引着他们穿过庭院，进到客厅。一进去，两人霎时以为回到宣统年间了。除了两个落地电灯罩，屋里布置与前清贝勒府完全一样。他们各自坐定，丫鬟奉了两杯清茶和两碟小点心。药慎行拿起茶碗，习惯性地看了一眼，禁不住"啧"了一声。这是珐琅游鱼瓷，瓷面浮着一层光釉，倒进茶去，茶水一晃，可以隐约看到鱼在茶中游。这瓷具年代不远，却是宫里的御制精品，搁到市面上，一套这样的茶具能换回两间瓦房。

许一城对瓷器没什么反应，随便啜了一口，拿起千层糕来吃，神态自若。

这时，一个声音传来："这糕点师傅当年在宫里奉职，外头可是吃不到的哟。"

两人放下手中物什，看到一个富态白净的中年胖子迈着四方步从屏风后转出来，戴着一副玳瑁腿的圆眼镜，手里敲着把折扇，腰上扎着条明黄布带，皮肤保养得好似婴儿，一点褶皱都没有，与紧随其后的富老公形成鲜明对比。

"民国不兴打千，咱们还是改拱手吧。"胖子笑眯眯地说。他双耳厚长，笑起来像是佛陀，声音醇厚，吐字不疾不徐，有几分谭派的韵味，看来是个积年的票友。他左拳抱右拳拱了拱手道："在下毓方，一介京城闲散之人。"

口中说是闲散之人，可他下巴微微抬起，带着淡淡的矜持劲儿。一听他这名字，两人都是一惊。在北京，这个毓字可大有讲究。当年康熙定下规矩，爱新觉罗家的近支宗室按字排辈，定了胤、弘、永三个字；到乾隆又添了绵、奕、载三个字；道光再添溥、毓、恒三字。满人习惯有姓不用，再加上民国初年怕人报复，所以宗室子弟都不提爱新觉罗，而以本辈的字名自称。

换句话说，眼前这胖子是清宗室中人，毓字辈，比溥仪小一辈。要是没有袁世凯，这又是一位贝勒爷。难怪富老公在他面前以老奴自称。民国优待清宗室，那些昔日的龙子龙孙虽没了特权，可日子过得不算坏。

这都民国了，他还是一副王公贵族的派头，张口闭口都是我大清，腰上还扎着黄带子。这黄带子是前清皇族嫡系的标志，他到了民国都不肯摘下来，辫子也不剪。

毓方一抬袍襟，稳稳坐定在圈椅上，抚着折扇道："刚才富老公都跟我说了。让两位深夜到此，未免失了礼数，只是事出有因，还望恕罪。赶明儿我亲自登门给两位赔不是。"

药慎行开口道："时候也不早了。您直说吧，这到底是怎么一回事？"

富老公把怀里的铜磬搁到毓方身前，毓方抬手摸了摸磬沿，玉扳指轻轻叩了一下铜磬边，发出悠扬的响声。他长长叹了口气道："你们可知道这铜磬的来历？"

"若我猜得不错，这该是宫中之物？"药慎行不动声色。

毓方点头道："药先生说得不错。我大清同治帝在位时，有一位妃子是镶黄旗人富察氏，员外郎凤秀的女儿。老佛爷亲自点她入宫，本来要封皇后，后来慈安反对，只封为皇贵妃。富察氏笃信佛法，每日礼佛。有一位活佛曾说她是莲花托世，所以她特意请人打造了一只铜磬，铸造的时候放进了她的三根头发，上刻莲花梵文，当作自己的替身，就是这个了。"

药慎行当时曾判定此物制成于乾嘉，现在证明猜对了，不由得面带得意之色。

这时，富老公微一躬身，接口道："光绪三十年，富察氏病逝，谥号淑慎皇贵妃，葬在东陵，陵寝就在惠陵西侧的妃园。这件铜磬作为陪葬，也一并下葬。还是老奴亲自放进她棺椁之中的。"说到这里，他眼泛泪光，又要痛哭。

药慎行和许一城两人都是古董行当里的高手。原本在棺椁里的陪葬品，如今却出现在了市面上，淑慎皇贵妃身后到底遭遇到了什么事，不言而喻。这富老公当年应该是皇贵妃的身边人，难怪一见铜磬要失声痛哭。

药慎行试探着问道："您是想查查，这个墓有没有被盗？"

毓方折扇"啪"地砸在手掌上，恨恨地"咳"了一声："这个不用查。就在两个月前，三月二十九日，一伙强人带着火器进了惠陵妃园，盗掘淑慎皇贵妃的陵寝，把里面的陪葬劫掠一空，遗骨扔在墓道中途。我大清皇帝逊位不过十几年光景，居然出了这样的事！真是岂有此理！"

两人听到这个消息，大为骇然。东陵在直隶遵化州马兰峪，里面葬有顺治、康熙、乾隆、咸丰、同治五个皇帝，以及包括慈禧、慈安在内的十四个皇后和一百多个嫔妃，是清宗室第一大陵。清帝逊位十七年，余威犹在，所以民间虽然盗墓成风，但皇室陵墓一直还保存完好。想不到今日终于出现了第一个敢吃螃蟹的贼，居然打起了东陵的主意。

中国历代对于陵寝极为重视，自先秦至清代，挖坟掘墓都是有悖人伦的一等大罪。现在居然有人冒天下之大不韪，要对帝王陵寝下手，可真是骇人听闻。

"宗室不是有专门护陵的人吗？"药慎行问。

毓方摇摇头："唉，说来惭愧。负责守陵的是我弟弟毓彭，之前他接待过一个日本来的考察团，人家送了几瓶洋酒，结果这个蠢蛋那天喝得酩酊大醉，被人堵在屋里不敢出来。一直到早上贼人都跑光了，他才去联系马兰镇总兵署，发兵搜剿。可二位也知道，这时节兵不如匪，总兵署敷衍了一阵，这事从此就没有下文了。"

药慎行暗暗松了一口气，富老公又是"干系重大"，又是"骇人听闻"，还以为是什么惊天动地的阴谋，原来不过是个妃子墓被盗而已，便转头去看许一城，却发现他神色目光严峻，忍不住心里发笑：到底是个没见过世面的，对于古玩行当的人来说，这种事司空见惯，真算不得什么大事，若没了土夫子，还怕古玩没了货源呢。

他不知道，让许一城心中掀起惊涛的，其实是毓方的一句话。

在东陵被盗之前，宗室接待过一个日本考察团？

仔细一想，那个时间，恰好是支那风土考察团抵达北京的时候。许一城忙问那个日本考察团的名字，毓方说叫支那风土考察团，团长的姓挺怪的，叫作堺。

考察团前脚刚走，后脚东陵即告失窃。这未免也太巧合了。

木户教授也提到过，他们这次来中国，主要目的是为了考察墓葬，甚至有计划开掘几座。许一城蓦然想起那半张信笺上，那一个潦草的"陵"字和那五个血色的手指印。一个荒谬的想法浮上他的心头，说不定这代表的正是安葬着五位帝王的东陵。

难道说陈维礼拼死传递的信息是，这些日本人觊觎的目标并不是普通墓穴，而是东陵？

这未免也太荒谬了。东陵是帝王陵寝，且不说这种行为会造成多大的外交纷争，单从陵墓规模来看，也不是这十几位教授的考察团能吃得下的。除非……日本人暗地里出钱出技术，买通国内的盗墓贼代劳，他们则在幕后吃货。这不算新鲜事，国内许多古董商人，就暗中豢养着许多土夫子专门挖货，谓之"养蝼蛄"，是时下最流行的一种"合作"。

念及于此，许一城搁下茶碗，身子略微前探，盯着毓方问道："若只是这一座墓穴，想必您也不至于深夜把我们两个叫过来，这后头还有什么别的事吧？"

毓方叹息道："许先生所言不差，墓被盗了以后，毓彭见总兵署对此事不上心，于是只得报告给了东陵承办事务衙门，然后又上报给了在天津寓居的皇上。皇上一听，当时就伏地大哭，然后召集了一干元老议事，下了两道旨意：一是让宗室筹款，重新安葬淑慎皇贵妃，还要对整个事件严加保密；二是调查清楚盗墓真凶。第一件事有几位王爷负责，已经重新措置安葬；第二件事就落在了我头上。我到了现场一看，发现那伙盗墓贼一次便挖开了墓道，从正面炸开石门，直入地宫，四周没有别的挖掘痕迹，这意味着什么，两位都该清楚吧？"

两人都点点头。盗墓者盗墓的手段，一是打盗洞到墓室上方，然后砸开墓壁，这叫"放大炮"；二是直接打通墓道，这叫"穿针眼"。前者麻烦，但只要蒙中墓穴大概位置就好；后者省事，不过，需要精准地知道墓门所在。如毓方所言，这伙盗墓贼没有半分犹豫，一次就准确地挖到墓门，打开地宫，没有半点偏斜，绝对是熟知东陵内情的人干的。

毓方继续道："盗墓贼得手以后，彻底销声匿迹，丢失的陪葬品不知所终。直到昨天我听说王老板家闹鬼，一打听那铜磬的样子，才知道丢失的陪葬终于开始流到市面上了，这才派富老公去看看。想不到赶得早不如赶得巧，遇到两位五脉高人，可见这是天意。"

说到这里，他起身郑重其事地深鞠一躬，诚恳道："我早有耳闻，五脉是京城古董圈的定盘星。希望两位能够不吝援手，查出那伙盗墓贼的来历，免教我等成为不肖子孙。"

药慎行一听，心想这清朝遗老果然是来求五脉做这件事的，心中不免有些为难。

以五脉在京城的人脉耳目，想要查清楚淑慎皇贵妃陪葬明器的去向，不算什么难事，只是有一个难办之处：历代以来，古董商人和盗墓贼之间的关系千丝万缕，暗里牵扯极多。是以对盗墓之事，古董行的人不会公开支持，但也不会公开反对，只是采取不闻不问的态度。五脉若是下手去查，只怕会坏了规矩。

药慎行脑子一转，笑道："富老公果然是忠心耿耿，那么这对于他来说，确实是一件骇人听闻的大事。"毓方听出他的意思，五脉不是富老公，跟清室没什么恩义，犯不上为这么个八竿子打不着的妃子得罪同行，脸色顿时有些阴了下来。

这时，许一城在一旁开口道："人心不足，欲壑难填。毓方先生担心的，只怕是这个吧？"

毓方目光一凛："正是！若单单只是这一个皇贵妃的墓，倒也算了。可凡事有一即有二，有二必有三。这伙盗墓贼胆大包天，又对清陵布局十分熟稔，今日挖了皇贵妃的墓，不可能止步于此，只会把胃口养得更大，明天说不定就会去打皇陵的主意。若不及时逮住他们，只怕整个东陵都危如累卵！危如累卵啊，整个东陵啊！"

说到这里，他双目泛起血丝，重重一拍桌子，铜磬差点摔在地上，幸亏被富老公伸手接住。这老头老态龙钟，接东西的动作却迅捷如电。

药慎行这才意识到此事有多严重。不怕贼偷，就怕贼惦记。这一伙人一日不落网，东陵就一日不安。倘若清朝皇陵真被盗掘，那可真的是自民国以来古董界第一件惊天动地的重案，只怕举国都要为之震惊。

药慎行不由得问道："这种行径，是重大犯罪，怎么不报请政府解决呢？"才说出口，他自己先笑了，如今政府自顾不暇，哪还有余力管这些前朝死人骨头的事？于是又改口说道："即使政府不管，也可以在报纸上刊载新闻，让民间团体一起呼吁保护东陵。这也是一种做法。可宗室为何对此秘而不宣？"

毓方苦笑道："我们哪敢声张啊？此事一经宣扬，等于是昭告天下东陵已经无人保护，满地金银任人取走。到时候盗墓贼蜂拥而至，东陵就彻底完蛋了。所以皇上特意叮嘱，此事调查务必低调保密，知道的人越少越好。"

这回他算是把事情说清楚了。宗室想抓贼，又怕招惹更多的贼来，只能暗中请行家来调查。

药慎行问："以你们宗室在京城的底蕴，为何不自己去查，反而找外人来呢？"

毓方摸了摸指头上的扳指，一脸恨铁不成钢："大清没了，宗室的脊梁骨也断了。不肖子孙太多，为了抽大烟就敢把祖宗卖了。我如果动用宗室的力量去查，让那群小兔崽子知道东陵也能盗掘，准没好事！"

发完一通牢骚，毓方再度看向药慎行和许一城："所以，深夜请两位过来，也是为保密起见，这事涉及列祖列宗的身后安宁，毓方不敢马虎。不知两位，意下如何？"

两个人都没立刻回答，陷入沉默。

毓方见两人没吭声，拍了拍巴掌，丫鬟端进来两尊玉貔貅，放在两人跟前。这两只貔貅通体绿莹莹的，质地通透，一望便知是精品。毓方道："这两件玩意儿不算报酬，只是给两位深夜造访的赔礼。如果两位愿意接手，我们宗室绝不亏待。"

药慎行犹豫片刻："兹事体大，不是在下所能做主的。等我回禀族长，再给您答复。不过……"他拖长声调，去看许一城："至于许兄弟什么意思，我就不敢做主了。"他这是暗示，许一城跟五脉不是一回事，得分开算。

毓方眉头一挑，没想到这两个五脉人之间还有隔阂，又看向许一城。许一城从容地掸了掸衣领："这事可不小，我也得琢磨琢磨。"

毓方本来也没指望他们马上答复，呵呵一笑，把扇子"啪"地打开扇了几扇："自然，自然，两位仔细考虑便是，只是得尽快。我等得，那伙盗墓贼可等不得。"说完他对富老公丢了个眼色，富老公躬身道："两位贵客，天色太晚，回城也不安全。两位不妨就在这宅院里休息一宿，明早再走。"

许一城临走前，忽然问富老公道："丢失的陪葬品中，有宝剑之类的东西吗？"富老公不悦道："淑慎皇贵妃笃信佛法，茹素吃斋，怎么可能会放刀兵之类的凶物在里面，不要胡说！"许一城又追问："那么其他陵寝里，是否会有刀剑兵刃？"富老公道："我大清以武开国，陪葬刀剑不说一千也得有几百把，嗯？你问这个做什么？"

许一城"哦"了一声，随口敷衍过去。支那风土考察团对中国剑有着奇妙的兴趣，东陵里这么多刀剑，两者之间说不定有什么关系。他在堺大辅眼前已经露了形迹，无法深入调查，如果能从东陵这起盗掘案顺藤摸瓜，说不定能独辟蹊径，窥见真相。

他揣着这些心思，和药慎行各自被带到一间客房，彼此安歇，两人一句话也没说。

一夜无话，到了次日清晨，两人起床，用过早餐之后与毓方和富老公拜别。他们出了门口，还没上马车，就听远处传来一阵发动机轰鸣之声，一辆涂成黑白颜色的伦士大卡车气势汹汹地冲过来，正好停在马车旁边。两匹辕马吓得不轻，连连尥蹶子，许久才被车夫安抚住。

从卡车后头噜噜跳下来五六个警察，把宅院大门给围住了。为首的警察身材不高，尖削的下巴微微凸起，眼神里却带着狠戾，如同一只悍狼。他走到毓方跟前，毫不客气地说："你就是毓方？"毓方一拱手："高碑店的警官我都认识，这位脸有点生？"那警察嘿嘿冷笑，根本不接他的话："有人举报，说你这里有绑匪行凶。"

毓方一听，知道是冲他们两个来的，连忙解释道："这是误会，两位都是我朋友，我是招待他们来谈事的。"那警察哼了一声，把目光投向许一城。许一城道："确实不是绑票。"

他这话说得不清不楚，只否认绑票，可也没承认是被招待来的。警察背着手来回扫视了一圈,忽然"嗯"了一声,猛然抬头,一指那马车车厢上雕的花纹:"二龙?你是宗社党的?"

这一句话问出来,毓方、富老公和药慎行面色都是一变。

宗社党又叫君主立宪维持会,乃是清末的一个团体,由不甘心失败的清朝贵族子弟组成,以双龙为标志,一心恢复帝制。核心骨干良弼被同盟会炸死以后,曾经一哄而散。后来善耆在日本重新建立宗社党,想在东北起事,结果事涉暗杀张作霖,被强制解散。奉军入关以后,张作霖惦记着这个仇,把宗社党定为反动团体,把京津两地的宗室狠狠收拾过一顿。

一听那警察这么说,毓方连忙抬手指道:"长官,您看清楚,这中间还有枚珠子呢,这叫二龙戏珠,和宗社党没关系。"警察眯着眼睛又看了一遍:"我看这珠子有点新,不会是后加上去的吧?"

"不会,不会。"毓方偷偷递过去一串珍珠手链,警察也不客气,抓了搁在怀里,又看向富老公。富老公怒目以对,手下两个护院作势要拔枪,不料那警察拔得更快,"唰"地抬起枪对准毓方脑门,一个字一个字吐出来:"要造反?你们真当这北京城里没王法了吗?"

毓方苦笑着摇摇头:"有点心思的宗室,张勋复辟时已经被冯玉祥洗过一遍,剩下的只想安安生生过日子。我们只要能守着祖宗陵寝就好,别的一无所求。"警察冷笑:"那样就最好。"然后把枪收了,一招手,说走吧。

许一城、药慎行跟着那一队警察一起上了卡车,扬长而去。富老公趁着卡车掉头之际,看见副驾位子上坐着一个少年人,相貌像是刘一鸣,立刻明白过来,这是许一城搬来的救兵啊!

"这个许一城,真是不识抬举。咱们以礼相待,他却找警察来堵门勒索!"富老公怒道。

毓方非但不怒,反而微微点头:"幸亏咱们以礼相待,不然这就是他的后手。你注意到了没有?昨儿晚上谈话的时候,许一城一共就说了几句,可全问在了点上。这等眼光、这等手段,这个人不简单,真的不简单。"

他望着远去的卡车,又把两根指头搭在扳指上,细细摩挲,不知在想些什么。

卡车开出去几里,许一城对为首那冷脸的警察一拱手:"付贵探长,辛苦你了。"

付贵眼都没抬，冷着脸，靠在车厢边上爱搭不理："你一句话，害得我们一帮兄弟忙了半宿，一直到早上才查到这里。"

许一城笑道："赶明儿我在鸿宾楼请客，好好犒劳一下诸位。"付贵一摆手："免了，这席我可不去吃。我告诉你，没下次了。"许一城拿出那玉貔貅，递给付贵："这是好东西，给哥儿几个拿去喝茶吧。"付贵眼皮一翻："你要是给我，我下次就按这个价码收费。"许一城把玉貔貅硬往他怀里一揣，笑眯眯地说："你不说没下次了吗？"

付贵无奈，把貔貅扔给手底下人，说找个铺子卖了，大家分，警察们一阵欢呼。

卡车开得快，一阵劲风吹过，付贵一拳把警帽砸住，对许一城道："如今兵荒马乱，警察厅也维持不住局面。这种来路不明的地方，以后少来。嫂子就快生了，你得上点心。"许一城呵呵一笑，笑声里有收不住的得意。

刘一鸣坐在副驾，耳朵听着两人谈话从后窗传过来，心想这个付贵就是许一城说的在警察厅的朋友吧。

昨晚他得了许一城面授机宜，先去了豫王府。这个豫王府不是前清的王爷府，而是东单的协和医院。那医院是石油大王洛克菲勒捐助的，用的地原来是豫亲王的府邸，于是老百姓都这么叫起来了。许一城的太太，在协和医院里做护士。刘一鸣见到她时，她挺着肚子，已有七八个月身孕，还在值着夜班。这让刘一鸣很惊讶，这年头肯让妻子出来做事的人很少，来做护士的更是凤毛麟角。

许太太一边听刘一鸣讲述，一边写着病历。听完以后，她给付贵打了一个电话，简单交代了两句就挂掉了，继续伏案工作，不见半点心情波动。刘一鸣很好奇，问她不担心自己丈夫吗，许太太摸了摸肚子，淡淡道："他不会有事的，他是许一城。"那份信赖和镇定，让刘一鸣佩服不已。

许一城的生活，跟五脉的生活似乎是截然不同的两个世界。了解越多，就觉得两者距离越远。刘一鸣甚至发觉，他非但没把许一城扯近五脉，反而使他走得更远了。想到这里，刘一鸣闭上眼睛，靠在车窗上的头随着汽车晃动而微微摇摆。

眼看着卡车马上就进朝阳门了，付贵问许一城去哪儿。许一城看了一眼药慎行："我还有事。你把我们俩送到五脉那儿去吧，药大哥，沈老这几天在哪儿？"

药慎行一直在车厢一角待着没吭声，听到许一城发问，这才开口道："他这几天在素鼎阁守关。"

五脉虽然以鉴宝为主，但也有自己的产业，京津豫陕等地都有铺子，一般都有高手坐镇,谓之守关。这个素鼎阁算是五脉在京城比较大的一家,就在琉璃厂。沈默虽然快八十了,但偶尔也会在几个重要的铺子轮流守一守,以示看护之意。

付贵说好,看也不看药慎行,吩咐司机直接开去那边。琉璃厂街比较狭窄,汽车不易通过,于是就停在了街口。许一城、药慎行、刘一鸣三人徒步走进去,付贵带着人返回警察厅。

这琉璃厂本是京城一等一的古董集散地,平日里雅客极多。如今战乱一起,琉璃厂的热闹大不如前。各个铺子前头人还是不少,可大多是面色惶然急着卖东西变现钱的,富贵闲人没几个。这是捡漏的好时节,可如果光收不出,古董商们也要发愁。电线杆上的乌鸦嘎嘎一叫,透出热闹中的丝丝萧索。

三人来到素鼎阁前,跟伙计问了一声,刘一鸣留下来,其他两个人直奔后堂。沈默此时正坐在桌子前,拿着一柄放大镜仔细观察着一块蟠龙玉佩,他见到药慎行和许一城联袂而至,不由得愣了一下,这两个人什么时候走到一块儿来了?

沈默招呼两人坐定,放下玉佩感慨道:"这放大镜还真是个好东西,玉上的磨沟纤毫毕现,比眼珠子好使多了。不过……"药慎行立刻接口笑道:"不过,根本之图,在人心不在技艺。器物只是术,归根到底还得磨砺自个儿的道,才能有出息。"沈默笑道:"你倒记得牢。"药慎行道:"您的教诲,时刻不敢忘。"

寒暄几句,沈默问他们什么事。药慎行把东陵盗掘和宗室委托的事讲了一遍,把毓方送的玉貔貅拿出来搁桌子上,说:"这事得请您定夺。"沈默双手拄起拐杖,沉默不语。

挖坟掘墓是大罪,但对于古董商来说,不算大事。熟坑货就那么多,没有坟里挖出来的生坑货,古董生意根本做不大。但到了东陵这个级别,就不能小觑了。一旦声张出去,一定舆论哗然,无论哪个政府,都得严查。五脉这次出手,会牵扯到方方面面的利益,不可不慎。

沈默思忖片刻,眼皮一抬,说:"你们两个人的意见如何?"

药慎行在回来的路上已经想清楚了:"咱们五脉鉴宝,向来不问来历,只辨真假。不管是家传的、土藏的还是偷的抢的,跟咱们都没关系。清宗室的这桩委托,咱们办成了,也获利不多;不成,那就要被牵扯进惊天大案,一个不慎就成了替罪羊。"他说到这里,上前一步,忧心忡忡:"再说了,敢盗掘东陵的,肯定都是不怕死的匪人。咱们五脉是正经做生意的,断人财路,如杀人父母哪。"

沈默听完以后，没有表示，又问许一城意见。许一城微微抬眼，似笑非笑："东陵这件案子，可未必那么简单，这背后说不定还有日本人的事呢。"

沈默和药慎行同时一愣，怎么这件事又扯上日本人了？

许一城缓缓将陈维礼的离奇死亡说出来，然后拿出那半张信笺："我怀疑这五个血指印和这个'陵'字，指的就是安葬了五位清朝皇帝的东陵。如果咱们从东陵失窃这条线顺藤摸瓜，说不定便能找出盗墓贼和日本人的关系，搞清楚维礼之死的真相。我需要五脉的力量来支持。"

药慎行不悦道："就为了给你朋友报仇，要让家里担这么大的风险？"

许一城声调陡然升高："你还不明白吗？维礼拼死送信，说明此事已不是什么私人仇怨，说不定关系到了整个东陵的安危！"

药慎行哈哈笑道："许兄弟你又异想天开了，我也接触过一些日本人，他们最重礼节、懂礼貌，怎么会打东陵的主意？"

许一城冷笑道："这些年来，他们打咱们的主意打得还少吗？滨田耕作在旅顺，松本信广、西冈秀雄在江浙，大谷的中亚考察队在新疆，鸟居龙藏在辽东，关野贞在龙门石窟，常盘大定在响堂寺……你知道日本人每年派多少人打着考古旗号来中国偷东西吗？"

他所列举的那些，都是近十几年来日本学者在中国比较有名的案子，每一件都震惊中国学界，令人扼腕叹息。许一城师从李济，而李济对中国这种考古乱象最为痛心疾首，这些事他无时无刻不铭记于心。

药慎行不以为意："日本人愿意来拿就拿，愿意买就买，于咱们又没什么损失，做买卖嘛。"

许一城转过脸来，前所未有地严肃："你错了。这不是买卖，这是在挖咱们中国人的根！"

沈默见他说得严重，皱起眉头："那你的意思是……"许一城正色道："沈老，此事必须得查下去。于公于私，咱们都不能置之不理。"

药慎行呵呵一笑："贤弟，你这么上心，看来毓方把你侍候得不错嘛，心向清室啊？"许一城缓缓站起，双目紧盯着药慎行一拍桌子，厉声道："东陵虽然是满人皇帝的陵寝之地，但如今已是民国，它归属于全民。看见贼子入室行窃，岂有袖手旁观之理！"

他声音不大,却震得房梁嗡嗡直响,言语诛心,药慎行面上挂不住,沉着脸道:"说得冠冕堂皇,别以为我不知道。你在清华学的那个什么劳什子考古,还不就是把挖坟换了个好词儿吗?你那个老师李济,不也是到处乱挖吗?"

"无知。"许一城轻蔑地吐出两个字来。

沈默抬手让两人不必吵了,他沉思片刻,缓缓开口道:"你们两个说得都有道理。这样吧,一城,东陵之事你来主持。需要族里什么支持,直接让慎行帮着协调。"

他说得委婉,可两个人都听明白了。这一决定,明显就是偏帮。八月就是沈默寿宴了,在宴会上要移交权力,这个节骨眼上,药慎行不求有功,但求无过。许一城与五脉若即若离,败,可由他一人承担后果;胜,宗室承的仍是五脉的人情。至于五脉支持许一城的力度有多大,可就要看药慎行的心情了。

许一城早料到了这个结局,他也不再劝说,朗声道:"一城不敢代表五脉,但我已答应维礼,此事一定会一查到底,除死方休。"然后他推门而出,头也不回地离去。

望着兀自摆动的门扇,药慎行和沈默对视一眼,表情都有些复杂。两人都没想到,他一听五脉不肯插手,立刻就走,毫无恋战。

"他从小就是这个性子,喜欢什么就豁出命去喜欢;没兴趣的,看都不看一眼。太过极端,不合中庸之道哇……"沈默叹道,口气说不上是伤怀还是感慨。

后堂安静了许久。沈默拿起放大镜,犹豫了一下,重新搁回到盒子里,叹了口气:"这件洋物虽然好用,终究是以术害道,还是不用了。"他颤颤巍巍地站起身来,把那蟠龙玉佩拿起来,交给药慎行:"慎行,东陵这件案子,你到底是怎么看的?说实话。"

药慎行吐出两个字:"凶险。"

沈默把眼睛重新闭上,嘴唇嚅动:"你都能看出来,一城他……会看不出来?"药慎行没来由地涌起一阵嫉妒,族长以五脉为重,要扶自己上位,可听得出来,他在内心最赏识的始终是许一城。

就在这时,屋子里突然传来一声细微的脆响。两人悚然一惊,发现声音是发自那一尊搁在屋角的貔貅。药慎行拿起来查验,只看了一眼,脸色便"唰"地煞白一片。

这只玉雕的辟邪瑞兽,脑门竟无端裂开了一条缝,如邪似佞。

古董局中局3

第四章

追凶

清东陵位于直隶遵化州的一处山沟里。据说当年顺治皇帝前往遵化打猎，最喜欢的一条猎犬突然发了狂一样地向前狂奔，他与一干侍卫策马紧追不舍。那条猎犬翻过一道山梁，就地一滚，累死在山顶下，死时头向南方，昂首不垂。顺治皇帝追到猎犬尸体旁，顺着犬首方向登高一望，惊讶地看到一股龙气蒸腾而上，在半空盘成一圈，方圆几十里的山水全都笼罩其下。

顺治皇帝下令安葬猎犬，并宣布"此山王气葱郁，可为朕寿宫"。说完把手中佩鞭掷出，佩鞭飘飘悠悠飞到山下。侍卫们下山去找，很快找到落地之处，即插杆标旗，定为吉穴。

这山，就是东陵风水的核心——昌瑞山，而佩鞭落地之处，即是昌瑞山下的顺治皇帝的孝陵，东陵最核心的区域。此后安葬于此的皇帝、皇后、妃子的陵寝皆以孝陵为中心，分布左右，错落有致，形成一个气势宏大的陵墓群落。

乾隆时有一位风水大师卢麟祥，曾主持皇家园林有功，被皇帝下令建八字门楼风水堂。他前往东陵堪舆，进去以后手一抖，罗盘"啪"地掉在地上摔了个粉碎。弟子问他为何手抖，卢麟祥说此地风水佳至极致，四面环山而格局开阔，二河中流而不壅滞，沙水齐谐，朝案并臻，千岩万壑，朝宗回拱，实在是一处天造地设的帝王陵寝。这么好的风水，一望便知，根本不须罗盘勘测。

这些传说，真伪不知，但以风水而论，东陵确实是一块极品宝地。可惜风水再好，也保不住清朝的气运。清帝逊位以来，原本守陵的八旗兵、绿营、礼工部、内务府等部因为无人发饷，跑了一大半，只剩下一个东陵承办事务衙门驻在马兰峪的镇子上，靠着民国政府的微薄拨款和宗室捐助勉强度日。

这一日正是正午时分，大晴天，五月的日头已显出几分毒辣，整个东陵地势开阔，被这无遮无阻的阳光泼洒下来，好似滚油入锅，地面隐有蒸蒸的热气升腾。这么热的天，偏偏有一个人站在最南端的石牌坊前，饶有兴致地端详着这清室先人的归宿。

许一城身着淡黄色的卡其布短裤和短袖马甲，头戴遮阳扁帽，俨然一位考古学者的模样。他时而眯起眼睛，举起一个三角板对准北方，时而在一块随身图板上勾画着什么。烈日当空，他的额头上很快沁出了汗珠，然而，他并没有去擦拭，只是嘴唇紧抿，全神贯注地涂画着，就像是一个沉浸在有趣游戏中的孩子。

从他的视线向北望去，一条笔直的宽阔神道，一直延伸至昌瑞山南麓，与孝陵相连。神道两侧诸陵、碑、殿排列严整，宽阔坦荡，弥漫着一股庄严的气势。可惜神道上的青石被人撬走了不少，坑坑洼洼，像是康熙脸上的麻子。地面满是枯叶灰土，四周残墙破殿，护陵树木所剩无几。偌大的一个东陵，看似宏大，细处却透着无比的萧索。

极宏伟的死宫阙前，站着这么一个极渺小的活人。一大一小，一静一动，构成了难以言喻的奇妙意象。

过了不多时，一队骑士也来到陵区。骑士们一到石牌坊前，纷纷下马，先在牌坊前跪地叩拜一番。为首之人双耳厚长如弥陀，正是毓方，紧跟其后的是富老公，还有一个浑身贵气的胖子，走起路来战战兢兢，好像地上撒满了钉子似的。在胖子身后是一名年轻漂亮的大姑娘，齐耳短发，穿着白衫黑裙的文明新装，队伍吊尾是一个精瘦老头，胡子花白，动作却敏捷得很。

这一行人走过石牌坊，聚到许一城身后。毓方好奇地探身过去看了一下，忍不住问道："许先生，你这是在画什么？工笔不似工笔，白描不像白描。"许一城转过头一推扁帽，咧嘴笑道："难得来一趟东陵，我顺便做一下考古素描。"

"哦……"毓方听不懂这词，又不愿意露怯，便一摇扇子笑道，"也就是在民国，这要搁到大清那会儿，窥探圣陵那可是砍头的罪过。"富老公冷哼一声，显然对许一城这种僭越十分不满。许一城径自收起画板往身后一背，把三角板与铅笔插回口袋："放心好了，这跟堪舆没半点关系，乱不了你们的龙脉风水。"

清朝灭亡十多年了，现在还谈什么龙脉风水，自然是在打脸。富老公双目一瞪，就要发作，却被毓方拦住，轻轻摇了摇头。富老公气哼哼地一甩手，站到了一旁。毓方扫视一圈："药先生果然没有来，这么说，五脉是不打算插手此事了？"

许一城淡淡答道："东陵盗墓之事，一城一力承担。"毓方盯着他看了一阵，呵呵一笑，不再追问，侧身让过身后几人，一一介绍。

那个战战兢兢的男子，叫作毓彭。许一城一听才知道，原来他就是东陵守陵大臣。一看他那两个黑眼圈，就知道这小子这些天来没少挨骂，寝食难安。毓彭一躬到底："毓彭戴罪之身，见过许先生。"他穿的还是前清官服，就是旧了点。一打千，许一城闻到一股香甜的味道，再一看，两个马蹄袖边都有火燎的焦黄痕迹。

毓方又指着队尾那头发花白的老者道："这位是东陵左翼长阿和轩，镶白旗的，姓瓜尔佳。"说到这里，又叹息着摇了摇头："当年驻守此处的有两千兵马，如今护陵衙门里能使唤得动的，只有他麾下的几十名忠勇兵丁了。"

阿和轩虽然年纪不小，头发花白，整个人却极有精气神儿，往那儿一立，如同淬火的精钢铁条一般。许一城注意到，他穿的仍是八旗的军服，腰间悬一把短刀，那只骨节粗大的右手始终握在刀柄上。至于那个穿文明新装的姑娘，毓方说是阿和轩最小的女儿，叫海兰珠，刚从英国留学回来。这一对父女都不怎么说话，只向许一城微微点头致意。

许一城看了看天色："时辰不早了，咱们快动身吧。"这一次他来东陵的目的很简单，就是做一次现场勘察。许一城的老师李济曾经说过，耳听为虚，眼见为实，凡事不可只依赖文献，一定要亲自调查一下原发现场，综合考量，才有意义。虽然他说的是田野考古，但天下万事道理皆通，若要查清东陵盗墓一案，实地调查是必不可少的。

毓方对此不太理解，觉得他只要查文物来源就足够了。不过，许一城再三坚持，他只好答应，但终究有些不放心，于是也从京城赶来，说是陪同，但也有点监视的意思。

这一行六人穿过石牌坊，顺着神道朝里走。清朝规定陵区严禁驰马，恐惊扰了地下安宁。这些满人不敢坏了规矩，于是大家都步行。

毓彭知道许一城是来调查盗墓的，一直在刻意讨好。他操着一口流利的京片子，边走边给许一城讲解陵区布局，那声音嘎嘣脆儿，煞是好听："从这儿往北，有大红门、大碑楼、石像生、龙凤门、七孔桥、小碑楼、隆恩门、隆恩殿、方城明楼，这还只是孝陵。西边儿是裕陵、新太后和旧太后陵、定陵，东边儿是孝东陵、景陵、惠陵，诸陵分别还有八圈九营，听我数给您听啊……"

"好家伙，您这是报菜名呢。"许一城啧啧赞叹。毓彭赔笑道："嗐，总在这鬼地方待着，除了数坟头还能干啥？"毓方眉头一皱，低声喝道："别胡说！讲正事！"毓彭一哆嗦，似乎很怕他这位大哥，连忙正正官帽，把那天盗墓的情况仔细讲给许一城听。

在事发前一日，也就是三月二十八日，日本的支那风土考察团来拜访东陵。这些学者彬彬有礼，礼数周全，还捐了一大笔钱用于维护东陵。毓彭带着这个团在东陵溜溜儿地转了一整天，然后日本人就回北京了，团长堺大辅还送了毓彭几瓶洋酒以示感谢。

当天晚上，阿和轩带队，去了陵区最东边的定陵。只剩下毓彭和其他几个人在最西边的惠陵圈营房里待着。圈是指各陵内府人员居住的营房，九陵共有八圈，虽已废弃，但营房设施比较好，住得舒坦。

毓彭嗜酒如命，阿和轩一走，他就迫不及待地开了酒瓶畅饮，喝得五迷三道，很快就沉沉睡去。到了夜里二更时分，毓彭突然没来由地惊醒，听到外头有怪声。他准备下地去看看，刚一趿拉上鞋，低头一瞅，顿时吓得一身冷汗。他看到地板上竟冒出半截被拉长的人形黑影，头正对着床边。

毓彭惶然抬头，才发现营房外头正站着一个人，背对月光立在窗玻璃前，影子正是他映进来的。毓彭忙问是谁，然后就听"哗啦"一声，门玻璃被捣碎了一块，伸进一支黑漆漆的辽十三式长枪。外头人自称是义和团的后人，当初爷爷帮着老佛爷打洋人，现在讨点饷银，并不想伤及人命，只要他不出屋，彼此相安无事，不然，休怪枪下无情。

毓彭吓得筛糠一样，哪还敢出去，就待在屋里。外头那人影举着枪，始终对着窗户里。过了好一阵，听到外面一声爆炸，毓彭才意识到，他们不是来抢地上建筑，而是要深入陵寝地宫。可那枪始终架在那儿，他一动都不敢动。外面那人没再说话，始终保持着一个举枪的姿势，双肩僵硬，脖子反而有点歪。

直到了阿和轩巡视回来，他们才发现，外面站着的竟是一具不知哪个坟里刨出来的干尸，全身斜靠在窗前，那长枪是挂在窗玻璃上的，连扳机都没有，不知是贼人从哪里捡来的。阿和轩把毓彭从地上拽起来，急忙出去查看，找了一圈才发现，被盗的墓是淑慎皇贵妃的。

"当时可把我给吓坏了，幸亏盗的不是惠陵。这要是同治爷的墓被撬开，我爹还不剥了我的皮！"毓彭口无遮拦地拍着胸膛。

"那人什么口音？"许一城问。

"像是关外的，跟奉军口音差不多。"

"还有什么特征？"

"隔着玻璃呢，又是背光，哪看得清楚。再说了，就算看清楚，那也是副死人骨头，活人我一个都没瞅见。"

许一城问："你就没想过冲出去？"

毓彭支支吾吾说喝醉了腿软站不起来。毓方恨铁不成钢，说堂堂护陵大臣，居然让一把死人骨头吓得缩在屋子里一宿不敢动，实在太丢人了，说着便又把他训斥了一番。

许一城"哦"了一声，没再询问，继续赶路，一路上都在沉思。整个东陵陵区广大，又是步行，一行人足足走了半个多小时，才走到位于双山峪的惠陵。天气太热，大家累得满头大汗。只有阿和轩大概是走惯了，丝毫不喘。

惠陵在整个东陵的最东边，同治皇帝生前未选择陵址，驾崩以后两宫皇太后才选在了双山峪，不过，那时候清廷已经财政恶化，无法大兴土木，连神道和石象生都没有，仓促建成，比其他诸陵都寒碜。

被盗墓的淑慎皇贵妃是同治的妃子，自然陪葬惠陵附近。妃园在东，惠陵在西，隔一条马槽沟相望。相比起其他陵寝来，惠陵群孤悬整个陵区的东边，盗墓贼选择这一座，也是花了一番心思的。

毓彭先引着众人去了惠陵圈营房，亲自打了桶井水给大家解渴。海兰珠不知从哪儿弄来几个小白瓷杯子，大家各自舀了一杯。这里山清水秀，这井水品质极佳，清冽冰凉，极解暑气，不比玉泉山的差。许一城喝完水，便在营房左右转了几圈，毓彭还把那扇被砸碎的窗玻璃指给他看。许一城问那具干尸去哪儿了，毓彭说反正是无主的饿殍，扔山沟里去了。

"够意思了，能扔到皇陵附近，算他修来的福气。"毓彭嘟囔道。

许一城站在营房门口，抱臂观瞧。这个位置可以俯瞰整个惠陵，方城明楼清晰可见。他突然眉头微皱，回头问道："这营房瞧着可有点特别，可又说不上哪里特别。"毓彭笑道："您看出来啦？这营房是护陵用的，所以和一般南北朝向的房子不一样，门是开在西边的，正对着惠陵，我们都叫望陵房。"

许一城大为感叹："这些细节，不亲自来看一眼，是根本不知道的啊。"他照例拿出图板，勾画了一阵。富老公斜眼看去，低声哼道："谁知道他不是为了日后盗墓方便。"海兰珠挽起他的胳膊，笑着劝解道："您想多了，素描是洋人学画画儿练手用的，指着这个盗墓，还不如拿相机拍呢。"姑娘声音清脆，煞是好听，富老公不再言语。

大家歇了一气，然后离开营房，前往惠陵妃园。

妃园本来也有值守，如今也荒废了，燎炉和铜鹤早已被盗，享殿香火已绝，连仪树都被附近百姓盗伐一空，飞鸟无处可落，整个陵园静悄悄一片死寂，只余一片惨绿色的琉璃瓦顶。进了寝门，正对着的，就是淑慎皇贵妃的宝顶，四周用朱红色的墙垣围住。所谓的宝顶，用老百姓的话说就是一个大坟包，上植树木，周围以砖墙围住，放置棺椁的地宫墓室就在宝顶下方。

这座陵寝最醒目的部分，是宝顶下方那一条巨大漆黑的豁口。豁口边缘发黑，一看便知是被蛮力炸开的。盗掘案后，宗室派人收拾过这里，遗体也重新入殓，可修补这个豁口的工程量太大，如今还未完工，只搭了几个竹质脚手架在上面。从寝门向里头望去，宝顶状如人头，豁口为嘴，两侧封树长枝如爪，真有点像一个旗头女子在幽冥中张口惨叫，伸出手要爬出地面，格外扭曲诡异。

尽管烈日当头，众人看到这个豁口，周身都是一寒。看来王老板太太所见的鬼影，倒也未必是虚妄之言。

富老公一踏进妃园就神情激动，此时看到这等惨状，忍不住又放声大哭。海兰珠过去，轻轻扶住富老公。阿和轩的刀柄握得更紧了，面露自责之色。

不过，这些宗室的心思，许一城一点也不关心。他背着手，围着这座陵寝来回转了几圈，或俯身去捏弄碎石，或登高眺望。许一城观察了一阵，突然"咦"了一声，停住了脚步。毓方问他怎么了，许一城说这里的布局，有点古怪。

毓方咳了一声，让毓彭给解释。毓彭一遇到自己拿手的话题，就精神百倍，问："您觉得哪里古怪？"许一城抬手一指："咱们一进来，迎面正对着的就是一座宝顶，后面还有三座排成一条线。这前一后三的布局是怎么回事？这里葬的都是妃子，又不是皇后，难道不该左右相称吗？"

毓彭笑了："这您就有所不知了，同治爷一共有一位皇后和四位皇贵妃，这园子就是为她们四位修的。大清那会儿只葬进了一位淑慎皇贵妃富察氏，七年前恭肃皇贵妃才入葬此处，其他两位至今都还健在呢。老佛爷一直最怜爱富察氏，看她与别人格外不同。她去世以后，老佛爷便下了道懿旨，把格局改了一下，富察氏在最前，其他三位在后头，以突显宠爱。"他顿了一顿，指着那个豁口道："您进去看就知道了，只有淑慎皇贵妃用的是石券拱门，其他几位都用的是砖券。总之处处都格外关照。"

"支那风土考察团来过这里没有？"许一城忽然问。毓彭回答说没有，这里太偏，他们参观的是西边的裕陵和定陵，而且没靠近陵园，只远远望了几眼，拍了几张照。

听完毓彭的介绍，许一城走到那大豁口里，信步迈进，顿时凉气扑面。他往里走了几步，就走不动了。里面其实很狭窄，重新入殓后这里已经被打扫干净了，地宫通道用砖重新砌妥，进不去。整个空间除了阴森一点以外，并无异状。

许一城看了一阵，从那个豁口重新往外钻，身子刚出来一半，突然耳边听到一声轻微的"咔啦"声，心中立刻涌起一阵警惕。他还未顾上左右观察，海兰珠在外头突然惊呼："小心！"许一城一抬头，眼见头顶的竹制脚手架不知为何猛地坍塌下来，几十根尖锐的毛竹朝他身上扎来。

阿和轩眼中精光暴射，"唰"地拔出佩刀掷出去，霎时钉在许一城头顶的土壁之上。刀身挡住了冲在最前面的几根尖竹，许一城得了一点点缓冲时间，身子急忙往回一缩。随即那些尖竹噼里啪啦地掉落下来，有十几根直直扎在了许一城刚才站立之处。倘若晚上半秒，只怕许一城已经被万箭穿心了。

这一通砸搞得整个宝顶前尘土弥漫，毓方和毓彭赶紧冲过去，拨开尖竹，把灰头土脸的许一城拽了出来。毓方问他有没有受伤，许一城掏出大白手帕擦了擦脸，说还好，只是手背蹭破了一点皮。毓彭在旁边愤愤地看着宝顶尖念叨："您老人家有气朝贼人撒啊，冲自己人来算什么？"毓方瞪他一眼，训斥道："你督工不力，还想找借口？"

海兰珠身上带着擦伤药，她走过来大大方方拿起许一城的手掌，涂上药膏。许一城冲她谢恩。海兰珠道："先生言重了，这点药膏算什么救命之恩。"许一城道："刚才若没姑娘那一声喊，恐怕我已经死了。"海兰珠抿嘴一笑，涂妥了药，把他的手背拿到唇边，轻轻吹了几口气，这才淡然笑道："您是帮我们宗室做事的，我不去救您，难道还要害您不成？"她笑得明艳，许一城却听得眉头一动。

毓方问他有什么收获没有。许一城望着金顶，叹息说："事隔太久，已没什么线索可寻，看来还是得从铜磬来源入手去查才行。此地事情已了，还是早日返京吧。"

"好，回城以后我做东置一桌酒席，为许先生压惊。"毓方抚掌笑道。宗室的人对望一眼，看来许一城被这一场意外折了锐气，没心思再多待了，不知为何都松了一口气。这个家伙自从进了皇陵以来，既不敬畏也不刻意蔑视，而是带着一种好奇的闪亮眼光，仿佛整个东陵只是一个有趣的研究对象。这对于他们来说，是一种从未见过的心态，令他们心中莫名不安。

众人转身离开妃园，许一城走在了队伍的最后头。他迈出园门的一刹那，突然转回头去，多看了一眼那状如鬼妃嘶吼的豁口，露出了一丝奇妙的笑意。

位于户部街的京师警察厅最近比较清闲，虽然各个单位还在照常运转，但所有人都没什么心思。倘若有人来报案，往往连笔录都不做，随口就打发走了。大家跟抽走了主心骨一样，魂不守舍，三五成群低声谈论着时事。

吴郁文坐在自己的办公室里，拿着新出的《世界日报》，一杯清茶热气散尽，他也没喝上一口。报纸上在副版有一条新闻，说京师警察厅侦缉处吴处长会同京商义卖古玩，所得善款用于各处济良所、养济院、留养局和务本社善堂等处，呼吁各界体恤战乱孤苦，足彰慈善仁德云云。可吴郁文更关心的，是下面一条不起眼的小豆腐块儿新闻：京奉铁路局三名比利时籍工程师前往山海关检修线路，日方以管辖权不同提出抗议，国府未发表评论。

他心里明白，这是要给张作霖离京打前站了。这几天时局更加飘摇，本来警察厅每日都要呈报《治安咨文》给上级，这是顶顶要紧的事，如今也没人催了。总统府那边什么都不管，估计都在忙着打包装行李呢。现在的警察厅，全依靠惯性在运作，不知何时就会突然"啪"地停掉，散成一地的沙子。到了那时候，京城会乱成什么样，就没人能预料了。

这时，有手下来报，说一位许先生求见。吴郁文一听，赶紧吩咐请进来，然后叠起报纸，正襟危坐。许一城西装革履迈步进来，一脸淡笑。

吴郁文当日放过五脉，其中一个重要原因就是许一城在南边有人，可以做北伐军的介绍人。所以两边一落座，他就急不可待地问南边的事如何了。许一城从怀里掏出一张名片，轻轻搁在办公桌上，吴郁文拿起来一看，眉头一皱，这名片上的名字陌生得很，姓戴名笠字雨农，头衔也不是很大，不过是国民革命军总司令部上尉联络参谋。

"一城老弟，这是怎么回事？"吴郁文阴森森地问道。他好歹是处长，跟一个上尉联系也太跌身价了。

许一城跷着二郎腿，悠然用指头晃了晃："您再仔细看看。"

吴郁文也是老于宦海，他再去看，果然看出端倪。这个上尉联络参谋虽小，却是总司令部出来的。经常随侍蒋中正身边的，必是亲信。近水楼台先得月，这可比认识什么师长旅长更方便。

许一城道："年初蒋公下令，成立了一个联络组，专事对北方诸省联络，就是我这位朋友管着。你与他联系，恰到好处。"吴郁文听了，心中有些惊讶，原来这机构才新立不久。许一城看穿了他的顾虑，又说道："正是新机构，才好办大事。他急于立功，您急于投效，这价钱就好谈了。"他用指头点了点片子："不是我夸口，这位戴雨农将来可会成大气候，不趁他未起之时熟络，等到成龙成虎之时，再攀附那可就晚了。"

吴郁文立刻把阴脸给散了，眉开眼笑，把片子收好。两人又客套了几句，许一城不经意地一抬眼："一城此来，其实还有另外一件事求吴处长帮忙。"吴郁文知道这是要提条件了，一拍胸脯："只要兄弟我能做到，一定义不容辞。"许一城说："那天拍卖物中有一件铜磬，不知吴处长可还记得从何处得来？"

吴郁文一愣，随即笑道："王老板家又闹鬼了？"他身为侦缉处长，京城耳目众多，这点事情瞒不过他。

许一城不能说出东陵的事，这些人都是贪狼星转世，如果知道那一条生财之道，断然不会放过。他索性将错就错，回答说："我是帮人帮到底，查问下这东西的源头，也好对症下药，帮他驱邪。"

吴郁文双手抱臂，陷入沉思。他不懂古玩，所有收藏都是从犯人家里抄来的，能抄多少抄多少，经手数量一大，他自己也记不清楚了。

许一城盯着他的脸，手指轻轻敲着桌子，脑子里也在飞速转动。淑慎皇贵妃的墓是三月二十九日被盗，到了五月份铜磬就落到了吴郁文手里，这期间周折肯定不多。如果要追查来源，从吴郁文这里最快不过。

吴郁文实在想不出来，一拍桌子喝道："长发，进来！"一个马脸愣小子跑进办公室，说："叔叔你找我？"吴郁文说："咱们原来弄过一个铜磬，你还记得是从哪儿得来的吗？"长发挠挠脑袋，想了一圈，一拍巴掌："我想起来了，那不是裴翰林拿来赎他儿子的吗？"

许一城这才知道，原来在上个月月中，六马路的日本商人报案说丢了一批烟土，警察厅一查，是一个姓裴的小子干的，人赃并获，当时就拘了回来。他爹是个前清的翰林，除了如数上缴罚款，还送了吴郁文几件古玩，这才把人给赎出去，其中就有这件铜磬。

"那位翰林是不是叫裴涛？"许一城问。长发找出当时的保书来，一看底下签名，龙飞凤舞的两个字果然是裴涛。许一城眉头一展，笑了："哦，原来是他。"

这位裴涛裴翰林，在京城古董圈里可算是一位名人。不是因为他文采风流，而是因为这个老头子对古物十分痴迷，到处搜罗。可惜他眼力欠佳，收的东西几乎都是假货，好多骗子时常上门卖些假东西。裴翰林家里藏着伏羲氏的九棘金币、大禹的青铜鼎、颜鲁公祭侄文的拓石、唐太宗的二十尺葵口大盘，经常孤芳独赏，感叹世人都是不识货的蠢材。这已经成了古董界茶余饭后的笑谈。

东陵的盗墓者居然把铜磬卖到裴翰林家里去，这可真是个好算计。铜磬是东陵的陪葬物件，流到市面上难保不会被人发现。而裴翰林名声太差，铜磬收在他的手里，根本不会有人当真。

"他送这件铜磬来时，有没有说是哪个朝代的？"许一城问。

这可把长发给难住了，他不识字，抓耳挠腮了半天，才说好像提了一句是啥周代的货。许一城听了有点蒙，佛教在汉代才传入中国，周代那会儿佛祖还没出来呢。这裴翰林再糊涂，也不至于买一个周代的佛家法器吧？

"哪个周？"许一城追问了一句。

"您可把我给问住了，五……五，反正有五个周还是六个周来着。"长发翻转着手掌，反复念叨。

听他这么一说，许一城才明白。武周，那就是武则天称帝那会儿了，她没用大唐国号，改为大周。武则天笃信佛法是出了名的，估计卖家说那铜磬是她亲自敲过的法器，那位裴翰林真信了。

麻烦在于，裴翰林这人虽然鉴古水平不济，脾气却偏执得很。他自信绝无走眼，是捡漏圣手，谁敢说他的藏品是假的，那一定是出于嫉妒。包括五脉在内，京城正经玩古董的人都被他骂过一圈。他最常说的一句话是："你们这么能耐，怎么你们不是翰林哪？"

这么一个固执老头儿，想从他嘴里挖出来源，可不是件容易的事。

许一城心中一转，大概有了主意。他不动声色地跟吴郁文又闲扯了两句，起身告辞。一走下警察厅的窄台阶，他正左右张望找黄包车，忽然听见对面茶馆里有人喊他名字。许一城一抬头，看见刘一鸣和黄克武正趴在临街的茶座边冲他挥手。许一城没想到这两个小家伙居然守在这里，略微一怔，然后走了过去。

这茶馆叫天汇轩，当年是提督衙门的差役们常聚的地方。后来提督衙门改组成了警察厅，这里就更热闹了，只要是打官司的、跑人情的、刺探消息的，都会来这儿喝口茶，顺便盯着对面的动静。老北京说去天汇轩喝茶，意思就是惹上官司了。

最近战事纷乱，茶馆里头的人不多。许一城进了天汇轩，一屁股坐到刘、黄二人对面。黄克武叫伙计加个茶碗，给他倒了一杯。许一城也不客气，一仰脖喝了个精光。两人的茶壶不知是续了第几次水了，茶水淡而无味，看来是等了好一阵了。

许一城把杯子搁下，十指交叠，似笑非笑："你们两个都听说啦？"两人点点头，都露出愤愤的神色。

沈默和许、药二人在素鼎阁的谈话并未公布，但刘一鸣从药慎行的一系列动作里，轻而易举就推断出了谈话结果。

"既然知道五脉不会插手此事，你们又何必来找我呢？"

"他们又想做缩头乌龟，把责任推给您一个人扛。我们实在是看不下去。"黄克武愤愤不平地说。刘一鸣也严肃地点点头。

许一城竖起一根指头，正色道："这你可说错了。调查东陵盗掘案这件事，不是沈老或药大哥推给我，而是我自愿的。有些事情，旁人看着再蠢，也得有人去做才行。还记得谭嗣同当年说过的话吗，自古未闻变法不流血而成功者，有之，则从嗣同始。"

一提谭嗣同，黄克武血气"呼"地上涌。谭嗣同最好的朋友是大刀王五，那是京城武术界所有年轻人的偶像。他一拍胸脯，脱口而出："习武之人讲究侠义，路见不平，拔刀相助。许叔你要当谭嗣同，我俩就当您的大刀王五。"

刘一鸣推了黄克武一把："别胡说，多不吉利。"黄克武吐吐舌头。刘一鸣转头对许一城道："许叔，双拳难敌四手，这趟差事您一个人去办太困难，得有几个帮手。甭担心五脉，我们俩用个人的名义参加，他们管不着。"

许一城却摇摇头："这次东陵的事情太过凶险，说不定会有性命之忧。你们是五脉的种子，可不能出事。"这话不说还好，一说出来，两人当即就炸了，纷纷表示这是看不起人，黄克武梗着脖子，甚至说："要不签个生死契，性命我们自己担着！"

来回争了几回合，饶是许一城也被这两个热血少年吵得头昏脑涨，无奈地揉了揉太阳穴道："你们两个真想帮忙？"两人异口同声地说是。许一城道："这样好了，咱们按照五脉的老规矩来。我给你们出一道宝题，做出来，我就答应你们；做不出来，乖乖给我回家去。"

刘一鸣和黄克武面面相觑。宝题是五脉针对小字辈的入门培训，长辈会给出一件物品，可能是古玩，也可能是今物，不给任何提示，要求说出这件物品特色何在，值钱在哪里，或者蕴藏着什么门道儿，一物一题。宝题的目的不是辨认真假，主要是培养小孩子对各种物件儿的观察和熟悉程度，这是鉴古的基本功。

他们两个都是各门的精英子弟，从小到大宝题做过不知多少。现在听到许一城要出一道宝题，都大感兴奋。黄克武一拍桌子："许叔你可不能食言！"

许一城笑道："你看我这身材就知道了，从来不食言而肥。"他想了想，又道："我今天出来，身上也没带什么，就拿茶馆里的东西来出题吧……"他扫视一圈，最终把视线停留在曲尺柜台后头，伸直胳膊说，"就它吧。"

刘一鸣和黄克武同时抬头，看到许一城指尖的延伸线上，是茶馆二柜后的一座神龛，龛里供着一块包着红纸的木牌，正面贴着绉金纸剪的五个字：天地君亲师。

"这……这有什么可说的？"黄克武一愣。

天、地、君、亲、师五个字，是儒学认为需要拜祭的五位对象，象征了伦理纲常。这五个字古已有之，到了雍正年间定下次序，供奉这个五字牌位的地方多了起来。无论是私宅中堂、私塾、祠堂、书房、商铺、衙门还是茶馆，都得给它准备个位置。任何一位老夫子，都可以就这五个字的意义喋喋不休地说上一天。

这道题，未免太简单了吧？

许一城指头在半空一划："我给你们出的题，不是那个牌位，而是牌位上的字儿。"他们俩一听，又把视线挪了过去，想看出有什么端倪。许一城站起身来，掏出一把铜圆付了茶钱："我正好还有点东西要准备，你们俩慢慢琢磨。半天以后，咱们还在这儿见。"然后就走了。

刘、黄二人顾不上跟他道别，两人聚精会神地研究起那五个字。这字是馆阁体，但写得有点丑，"天""地"二字扁扁的，跟后面三个字大小不搭。那个"君"字底下的口封得拘谨，"亲"和"师"甚至缺了几笔，整个看起来潦草得很。可这是宝题，跟真假没关系，不是找破绽，而是寻道理。

两个人从小长在大家族里,这五个字不知看过多少遍,真不知道这里头又能有什么奥妙。

"你看出来没有?"黄克武问。刘一鸣摇摇头,仍旧盯着那字看。黄克武拿起茶壶,给自己倒了一杯淡而无味的茶水,却捏在手里不喝。过了好一阵,刘一鸣摘下眼镜,揉了揉眼睛,问黄克武:"你记不记得五脉祠堂里贴的那张是怎么写的?"

"去看看不就知道了?"黄克武把杯子重重搁下。

两个人连忙离开茶馆,跑去五脉的祠堂。让他们惊讶的是,家里祠堂前供的五字红纸木牌,虽然书法比天汇轩强得多,写法却极其类似。"天""地"二字浑扁,"君"字拘谨,"亲"和"师"少了一笔,而且连缺少的位置都一样,就跟商量好了似的。两人大为吃惊,又去别处转了几圈,甚至还去了国子监,发现京城里的五字牌位,大部分都是这样的写法,也不是没这么写的,但多是新立的牌位。

有些东西太过习以为常,反而会视而不见。他们从小看得太多了,所以对这五个字从来没仔细留意过,一经提醒才发现,这里头居然还隐藏着从未发现的细节。他们蹲在国子监的集贤门前,神情沮丧。若是因为一道简单的宝题而不能参与许叔的大事,那可是要抱憾终生了。

黄克武犹豫道:"要不咱们去问问别人?"然后赶紧又摆了摆头:"不成不成,这不就是作弊了嘛。"听到这句,刘一鸣镜片后的眼神一闪,他拍了一下身旁的石碑,开口道:"你说许叔为什么给我们出宝题?"

黄克武愕然,他不知道刘一鸣为何问这个问题。刘一鸣也没打算等他回答,喃喃道:"如果许叔不想我们插手,直接出一道真伪鉴别的难题,咱俩就没戏了,可他却出了一道宝题。宝题是做什么用的?不是辨认真假,而是教你道理的……"他说到这里,猛然跳了起来,"我明白了!许叔不是要拒绝咱们,而是想借着出题,让咱们明白这五个字里隐藏的道理!"

"这不是回到老问题了嘛,咱们不知道是啥道理啊!"黄克武丝毫也不兴奋。

"你第一次被大人问宝题,是怎么解决的?"

黄克武回忆了一下说:"我爹拿了一把诫子椅让我坐,我说不出道道儿,又怕挨打,只能到处去问,最后问到沈家二哥。他家是青字门,精通木器。我帮他做了三天木工活儿,他才告诉我,说这椅子是训诫小辈坐姿的,象征君子正襟危坐。"

刘一鸣一拍脑袋:"对呀!就是这样!宝题的用意不是为难你,而是逼着你主动去找、去问！这样学来的东西，比老师教记得更牢。许叔出宝题，就是让我们去寻找其中道理，不正是要请教别人吗？"他想通了此节，撒腿就跑，黄克武也赶紧跟了上去。

半日之后，许一城重新回到天汇轩，刘一鸣和黄克武已经坐在对面，满面笑容。许一城一坐下就问："那五个字儿你们弄清楚了？"

刘一鸣朗声道："'天''地'二字宽写，取天宽地阔之意；'君'字下方口字封严，寓意君王口不乱开；'亲（親）'字目无底，寓意亲不闭目；'师（師）'字无左撇，意为老师不当撇开。"

许一城轻轻鼓了一下掌："完全正确。谁告诉你们的？"两人面色都是一红，刘一鸣道："我们问了好几个人，最后是国子监边上一个遛弯儿的老学究告诉我们的。"

许一城喟叹道："这五个字的本意是要讲清一番道理。可惜现在世风日下，很多人光知道这五个字，天天顶礼膜拜，却不知其中深意，可谓是买椟还珠。"他看了两个小家伙一眼，竖起指头："其实每样东西里头，都藏着一个道理。看透它的道理，可比计算其价钱更有意义。"

刘一鸣反应快："考古与鉴宝的差别，即在于此。所以您想告诉我们的是，调查东陵之事，出于公心，与其中古玩值多少钱没有关系。"许一城的方正面孔上浮现出笑容，对他的回答很满意。

黄克武不管这么多弯弯绕绕，瓮声瓮气道："这么说，我们可以帮您喽？"许一城故作无奈："我现在就算不答应，你们也不干哪。"两人一阵欢呼，引得周围茶客纷纷看过来。

"那我们接下来要做什么？"刘一鸣眼神闪亮，摩拳擦掌。

许一城把目前的调查进度略做解说，然后开始分配任务："克武，你一会儿跟我去趟裴翰林家。"黄克武一听，一下挺直腰杆，满眼喜色。许一城又看了一眼刘一鸣："至于一鸣你，回五脉去吧。"

刘一鸣先是微怔，旋即嘴角微翘，面露兴奋，仿佛觉察到了对方意图。许一城大笑："真的是什么都瞒不过你。"他从怀里掏出一沓信纸，云边红格，上头密密麻麻许多墨字，"我叫你回五脉，不是信不着你，而是请你帮我暗中调查一件事。"

"这是？"

"这是淑慎皇贵妃墓里的陪葬品名录与特征，富老公亲自写的。你回到五脉，设法搞清楚市面上最近是否有名单上的东西出现过。"

沉默已经表态，五脉不参与此事。许一城让刘一鸣回去，自然是想要偷偷利用五脉的人脉，里应外合。刘一鸣想到自己成了许一城安插在五脉里的间谍，心中一阵窃喜。跟随许一城去调查不算什么，凭自己本事做出巨大帮助，这才是刘一鸣想要的。

"可是，咱们不是有铜磬的下落了吗？为何还要去追查其他物件？"刘一鸣问。

"你再仔细看看。"许一城道。

他打开信纸，忽然发现一共有两张，明显是两份名单，不由得一惊。许一城低声解释了几句，刘一鸣"哦"了一声，把信纸郑重其事地叠了两叠，揣到怀里，恢复到滴水不漏的沉静神态。

"事不宜迟，尽快开始，预祝咱们马到成功。"

刘一鸣和黄克武一听，连忙要拱手，却看到许一城笑眯眯地伸出右手。两人对视一眼，也各自伸出手臂，三只手紧紧地握了握。他们俩觉得这礼节颇新鲜，比拱手更显得亲近。

握罢了手，刘一鸣带着名单高高兴兴离去，留下黄克武一个站在原地，腰杆挺得笔直，就是眼神总往左右扫视，颇有些局促。以往都有刘一鸣出主意，他照办就是。现在两人分开行动，黄克武单独面对偶像，多少有点紧张。

许一城端详他片刻，后退一步，突然伸出右掌朝他轻轻一推。黄克武平时拆招拆习惯了，下意识地左臂一弯，身子轻转，连消带打。两人过了三四招，许一城收住招式："架势不错。你们黄家历来是文武兼修。你的形意拳练了多少年了？"

"十一年了！"黄克武回答。

"哦？童子功？不得了啊。师傅是谁？"

"大兴宋世容。不过，五脉有规矩，习武不是正业，所以我们师徒相称，却不列入山墙。"黄克武说到这些武学话题，神情就轻松多了，"怎么您也会这个？"

"我这就是花拳绣腿，健身而已。"许一城摆了摆手，双眼朝远处望去，"接下来不知会碰到什么样的敌人呢，我不能分心，就靠你保护了。"黄克武一挺胸膛大声道："您放心！有我在，绝不会让别人碰掉您一根毫毛。"说完以后，警惕地左右看去，许一城笑着说："你也不必这么紧张，咱们这还没开始调查呢。"黄克武挠挠头，不太好意思地笑了起来。

两人离开茶馆，许一城问黄克武听没听说过裴翰林，黄克武老老实实答道："听我爹提过，说那个老头子又蠢又顽固，脑袋比卢沟桥的狮子都硬，咱们怎么对付他？"许一城一拍衣衫："我已经有了几个法子，不过，既然有你在，咱们可以先这么试一下。"黄克武看到那衣衫高高隆起，里面似乎藏着什么东西，大概就是许一城这半天准备出来的。

许一城忽然问："哎，你演过话剧没有？"

"那是啥啊？没参加过。"黄克武呆愣愣的。

许一城嘿嘿一笑，猛拍了下他的肩膀："这次你可以试试。"说完他迈步开走，不明就里的黄克武赶紧跟上。

裴涛裴翰林家在东直门，临街不远，虽不是豪门宅邸，但门面相当敞亮，两边还贴着一副馆阁体的对子："海东日南就瞻王会，佛书道藏依据圣言。"横批："玉堂清秘"。玉堂是翰林院的雅称，清秘是翰林的别号，可见这位老先生对自己前清翰林的身份十分自得，唯恐旁人不知。

门口的大杨树下常年都蹲着几辆黄包车，车夫们都知道，时常有人去裴翰林家卖古董，出来都带着真金白银，心情好，坐车愿意多打赏几个钱。

这不，一个车夫正斜靠在车座上，布毛巾盖脸正犯着瞌睡，忽然被同伴捅醒。他揉揉眼睛起来，同伴说："快看快看，裴翰林又有买卖上门了……哟！这回新鲜嘿，是个小孩儿。"那一群车夫定睛一看，看到一个穿着绸子衫的少年怀揣着布包，探头探脑地到了裴府门口。

这个少年虎头虎脑，在门口转了几圈，几次想走，走了几步又转回来，一直犹豫不决，脑袋一直低着，生怕让人瞧见。车夫们在旁边看得不耐烦了，开始吹口哨起哄，少年吓了一跳，脸色一红，这才下定决心去叩门环。

过了不多时，裴家的一个胖丫鬟打开门，一看是个抱着布包的年轻后生，就知道大概又是给老爷献宝的，见怪不怪。丫鬟问他名字，少年涨红了脸不肯说，翻过来掉过去就一句话，说要见裴翰林卖东西。丫鬟没办法，回去禀报老爷，裴翰林听着乐，说叫他进来吧。结果少年又不肯，说深宅大院进去就出不来了。裴翰林哭笑不得，不过，献宝之事不拘身份，脾气越怪，东西说不定越好，于是他亲自来到门口。

少年见了裴翰林，也不作揖，直通通地说："我这里有件东西，你买不买？"古董行的一般不说买卖，说收让，这家伙上来就来了一句"卖东西"，一听就是外行人。裴翰林捋了捋花白胡子，笑着说："你要卖什么？让我先看看。"

少年把布包一打开，里头搁着一个木鱼。这木鱼脊圆中空，两侧弯成双龙衔首，腹部卧虎，雕工相当精美。裴翰林见这个木鱼雕工不凡，先有了几分喜欢，他从少年手里接过去，伸手摩挲了一番。这木鱼质地是紫檀木，不过表皮灰白暗淡，像是日积月累磨蚀而成，只隐隐透着几分檀木光泽，看上去颇有些古意。

裴翰林听别人说过，瓷器看釉，木器看漆。但凡是木器，老物的漆暗而剥，新物的漆亮而油。他自负是鉴宝圣手，伸手去蹭这木鱼上的表皮，触感有些毛刺刺的，这是漆面长年累月破蚀成极小的细缝所致，若是假的，碎不成这么均匀，只会裂成大块。于是，裴翰林立刻判断，这木鱼的年份肯定不近。

他放下木鱼，问少年："你这东西哪里来的？"少年脸色又涨红了，说："你要买就买，管我哪里来的。"裴翰林一捋胡子，语重心长道："你这孩子，幸亏今日碰到老夫，不妨教诲你一下做人的规矩，卖人器物，须得说清来历，不然这若是贼赃，岂不是陷老夫于不义吗？孔子尚且不饮盗泉之水……"

少年一听盗字，脸色大变，一把夺回木鱼说"我不卖了"，转身要走。裴翰林一看，赶紧一把拽住，说："老夫不过是打个比方，又没说你。"两人正在拉扯，从街对面跑过来一个男子，身材颀长，脸色蜡黄，戴着副小圆墨镜，手里拿着根文明棍。少年一看是他，吓得立刻把包裹一卷，矮身要跑，却被蜡黄脸一把拎住衣领，破口大骂："不长进的东西，又偷家里的东西来卖！"劈手把那包裹夺了下来，挥起文明棍狠狠抽了他一下。少年跟被火燎了似的，猛一蹦高。

旁边围观的车夫一阵起哄，都兴奋得不得了。

蜡黄脸打完少年，冲裴翰林歉意地一拱手："这个兔崽子把家里的传家宝偷出来换烟土，家门见辱，让您见笑了。"裴翰林一听，顿时感同身受。他那个儿子也是抽大烟上瘾，上个月就因为偷人家烟土，差点被抓到牢里去，眼前这又是一个偷自己家东西出来的家贼。

蜡黄脸把布包一卷，转身要走。裴翰林赶紧拦住他，说："这位先生，你刚才说，这是你们家的传家宝？"

那个木鱼虽然看着古，但毕竟就是件木器，裴翰林觉得值不了多少钱。如今听说它居然是一件传家宝，可见背后必有名堂。裴翰林一向自诩捡漏高手，于草莽间救回无数至宝，哪肯放过这个机会。

蜡黄脸犹豫了一下，说："没错，这是我们家传的宝贝。"裴翰林道："老夫忝为前清翰林，经眼过不少古物。适才略作赏鉴，恕我眼拙，没看这木鱼有何家传之妙哇？"蜡黄脸一听，顿时不干了。他把布包重新打开，指着木鱼道："您老年高勋著，可不能乱讲话。这个木鱼，当年可是唐明皇在明堂礼佛时用过的。"

"唐明皇？"

"对啊，唐明皇给杨贵妃建的明堂嘛，戏文里不都写了？"

裴翰林哈哈大笑，手指点着那人："这可真是贻笑大方了。明堂乃是武则天所建，后有天堂，中有大佛，后来毁于大火，跟李隆基、杨玉环有什么关系？无知，无知甚矣！"

蜡黄脸大惊："真的假的？"

"我一个翰林，还能骗你不成？"

"可我们家世代相传，就是这么说的啊？你看，底下还有花纹呢。"他忙不迭地把木鱼翻过来，裴翰林这才注意到，木鱼底部雕有一些玄妙花纹，他觉得有几分眼熟，可又说不上来。蜡黄脸道："您看，这花纹是梵文芬陀利华，意思是大白莲花，那不就是杨贵妃在莲花池里头吗？"

裴翰林又好气又好笑："古史古物，就是被尔等半通不通的人搞乱的。什么莲花池，那叫华清池！能和莲花联系到一起的，只有武则天！她自称是弥勒佛转世，有莲花相伴。这莲花标记的法器，既然是供奉在明堂里，是给她用的才对。"

"啊？您是说，这是武则天的？"

裴翰林点头，心中大为得意，自己慧眼通识，又断了一桩公案。蜡黄脸摸着木鱼喃喃自语："我说怎么祖上说这木鱼不可丢弃，原来不是杨贵妃在华清池里泡着的，是武则天明堂用的。哎，裴老板，你知道哪儿有带莲花纹的磬没有？"

裴翰林没计较他称呼错误，反而心中一顿，皱眉道："你说什么？"

"我家祖上说的，说明堂里除了这木鱼，还有一个磬，都是莲花纹的。叫我多多留意，如果能凑成一对，就有大功德……"

裴涛听在耳里，心中顿时划过一道闪电：哎呀，不会这么巧吧？我上个月为了去赎那个败家子，送了一个武周时期的铜磬给吴阎王，好像上头也有莲纹。他连忙又把木鱼讨过来，反复看那莲纹，越看越像，越看心里越着急。

释门弟子在诵经礼忏时，木鱼铜磬两件法器并用，以节制经颂，所以这两件物品，向来是焦不离孟，孟不离焦。古玩讲究成对，一套茶具，齐全的比缺一只的得贵上数倍；一对屏风，比两扇单屏的价格高出许多。裴翰林心念电转，这武则天明堂用过的木鱼和铜磬倘若能凑成一对，将是何等的至宝啊！

吴阎王不懂古玩，那个铜磬说不定还能赎回来，再把这个木鱼收了，我就又拯救了一件国宝！

想到这里，裴翰林咳了一声："君子不夺人所好，但老夫曾经在菩萨面前发过誓愿，要供奉一百个有佛缘的木鱼，如今只差一个就圆满了。不如你成全老夫，价格你开。"

蜡黄脸却连连摇头："孩子胡闹拿出来卖。家传的东西，岂能随便出卖。"裴翰林再三要求，蜡黄脸就是不从。最后，裴翰林说："你找到我府前，也算缘分，咱们不谈买卖，进府里坐坐总可以吧？莫非我前清翰林的面子，还不够吗？"

蜡黄脸无奈，只得答应。裴翰林把他领进书房，引着他看自己的收藏。不过，这蜡黄脸显然是个白丁，不知其中之精妙，评价只有一个标准，凡是大的就好，凡是小的就不好。裴翰林无论拿什么出来，他就四个字儿："挺好，挺大。"

裴翰林解说了一阵，觉得实在是对牛弹琴，索性也不说了，只拉扯些闲话。谈了一阵，裴翰林觉得火候差不多了，长长叹道："如今是斯文扫地，道统沦丧，古董一道被一群无知的商贾之徒把持，他们读书少，偏又爱信口雌黄，党同伐异。倘有外人指斥其非，就群起而攻之。老夫虽然苦心孤诣，抢救了不少，奈何世风日下……"他拖了个长腔儿，慢慢睁开眼睛看着那男子，"实不相瞒，这东西我是真心喜爱，不如让给我吧。"

蜡黄脸有些尴尬，说这是祖传之物不能出让，上个月有人出高价要买，他都没答应。裴翰林一听是四月份，顿时上了心，那个铜磬他也是四月份买的，忙问是谁要买。蜡黄脸说是什么铺子的人，又好像是哪个店里的，嗯啊了半天也没说清楚，裴翰林着急了，问是不是垦殖局的。

蜡黄脸一听，立刻点头说："对，对，那人个头也不算高也不算矮，长得挺有意思，是姓……哎，姓什么来着？"

"姓孙？右眼下有颗黑痣？"裴翰林道。

"对，对，您也认识他？"

"孙六子嘛，哼，他出高价买？他自己就是个穷鬼，哪出得起钱收古董。"裴翰林更加确信自己的猜想，他凑近对方，心跳开始加速，"他还说了什么？"

"他说自己手里有个啥铜器，正需要我的木鱼凑一对。不过我没理他。"

"莲花纹的铜磬？"

"啊？对，您见过？"

裴翰林捋髯道："你没答应就对了。这小子经常来我这儿卖东西，假的居多。那个铜磬前一阵他也拿来给我看了，一看就是假的。"他看了蜡黄脸一眼，语重心长道："敬惜祖传的宝物，这是对的。不过，这木鱼流传了一千多年，能和原来那铜磬凑一对的可能性有多大？还不如老夫帮你收着，供在佛前，还有几分功德可赚。"

可这蜡黄脸脾气够倔强，任凭裴翰林晓之以理动之以情，就是不松口。僵持了半天，裴翰林拗不过，说："你给我留个地址吧。"男子接过笔去，一下子没抱稳，那木鱼"啪"地摔在地上，竟然裂成了两半。

两个人一时间都有些愕然。那蜡黄脸俯身把木鱼拿起来，哭丧着脸说现在怎么办。裴翰林见这宝贝居然摔开了，顿时意兴阑珊。他生怕这小子借机讹钱，一挥手，说："这是你自己摔的，与我无关，请你快快出去吧。"

蜡黄脸失魂落魄地离开裴翰林家，走出去不远，突然收起穷相，迅速拐进附近一条小胡同，钻到一家成衣铺里。刚才那少年正等在里间，一见他，急忙问套出来没有，男子摘下墨镜，掏出手帕把脸上的蜡黄都擦掉，露出熟悉的从容笑容："得手了。"

少年是黄克武，这个蜡黄脸的人自然就是许一城。

许一城把手帕叠好揣进口袋，坐到藤椅上拿起茶杯，咕咚咕咚一口饮干："这个裴翰林真够可以的，我进门跟他唠了那么久，连杯茶都舍不得沏，渴死我了。"

黄克武对许一城佩服得五体投地，他才进去裴邸没一个小时，就把消息探出来了。许一城放下杯子，摆了摆手："其实这事说来也简单。裴翰林这个人眼高于顶，太过自负，听不得别人的劝。所以你得喂着话，让他觉得所有的判断都是他自己做出来的，就好办了。"

"从前我只听人说过'上杆子'，没想到许叔你玩得这么熟。"黄克武钦佩地说。

"上杆子"不是古玩行里的术语，而是天桥黑话。要布这种骗局，骗子要先拿话钩住目标，故作疏远，让目标主动凑上来，非要上杆子进套。一般人觉得，越是不愿意卖的人，越不可能是骗子，不知不觉就会着了道儿。

许一城往椅子后一靠，十根修长的指头交叉在一起，唇角微翘："这是我不想骗他，才故意摔碎木鱼。要真想骗钱，后头还有一连串手段呢，想把这宅院拿过来都不难。"

黄克武听了暗暗咂舌。他印象里许一城是个温文儒雅之人，想不到也有如此桀骜的手段，如此霸气的一面。他又问那个木鱼是怎么弄来的。

许一城一指成衣铺后头，那里有一面新墙，用布帘挡着，地上搁着一个脏兮兮的石灰木桶，说这事再简单不过：先找一个大小合适的檀木木鱼，泡到石灰水里，几分钟就能泡出灰白颜色，再用成衣铺里常用来蜡染的英国蜡抹上一遍做旧，最后拿海底针里的小刻刀在木鱼底部工出莲花纹就得了，前后花不了半天工夫。

"就这么简单？"

"就这么简单。卖古玩三分靠鉴，七分靠嘴。只要你言语上能把对方忽悠住了，什么破绽他都看不出来，再假的东西都卖得出去。"许一城说到这里，看了一眼黄克武，语调严肃，"现在你明白为何五脉老祖宗定下'绝不作伪'的家规了吧？五脉在赝品这个领域的经验太丰富了，如果真的没了约束，只怕整个古玩江湖都要大乱。"

黄克武问："咱们接下来去哪儿？"许一城端起盖碗，不疾不徐地说："哪儿也不去，在这儿等！"然后不说话了。

若是刘一鸣这样卖关子，黄克武早就挥拳打去。可许一城亮出这副做派，黄克武不敢再问，就在后院里打拳拿桩。许一城端着茶杯跷着二郎腿，看黄克武一招一式练得认真，说："其实克武你演技也不错，不考虑去清华参加个话剧社什么的吗？那里的女学生不少。"黄克武脸一低，继续打拳。

"对了，克武，我问你个问题，你可得说实话。"许一城忽然道。

黄克武仿佛受到侮辱一般，一拍胸脯："我可从来没撒过谎。"许一城笑道："一鸣这孩子一直撺掇我去夺五脉族长之位，他是心气儿高。你跟着他起哄，又是为什么？"

黄克武怔了怔，开口答道："我记得我小时候做宝题，每样物件儿都拿麂子皮仔细擦拭过，我是真喜欢，捧在手里可经心了。现在家里风气变了，好多人张嘴就是钱。我二叔有一次收了两只秦铜匜，每只都出了大价钱，然后，他居然当众给砸了一个，说全天下就剩这独一份儿了，结果那件价格当场翻了好几番。是，钱是赚大了，可我总觉得这样不对，很不对……"

许一城看他说得眼神有点发直，知道这孩子心思惑，碰到想不通的事情，容易郁闷。他叹道："我当初离开五脉，多少也有这样的原因在里头。"

"许叔您跟他们不一样,跟着您,我觉得特舒坦,心里踏实。"黄克武说得特认真。许一城呵呵一笑,还没回答,外头传来脚步声。随即门帘一挑,进来的居然是毓方,身后跟着毓彭。

毓方不认识黄克武,只当他是小伙计,直接冲许一城开口问道:"您探听得怎么样了?"

许一城道:"问出来了,把铜磬卖给裴翰林的是垦殖局的人,叫孙六子,右眼下面有颗大痣。"

一听到"垦殖局"三个字,毓方和毓彭眼神陡然一凛。

这个垦殖局听起来像是个农业机构,背景却绝不简单。此局设于民国十年,当时有一个天丰益的商号,常盗伐东陵附近的树木。毓彭无法阻止,求告政府。直隶省省长曹锐亲自下令,严加查办。不料曹锐根本是醉翁之意不在酒,他打着查办的旗号派兵霸占了东陵,成立了一个机构叫作垦殖局,名为垦殖,实为盗伐,一直肆无忌惮地乱砍滥伐。在宗室奔走运动之下,此局在民国十五年被裁撤,但东陵里的仪树、海树被砍了个精光,成了秃山。

毓彭愤愤道:"这些年我可没少挨这些王八羔子的欺负!一个个特别嚣张,全都不把咱们宗室放在眼里。"毓方也黑着脸道:"这几年垦殖局把东陵糟蹋得够惨的了,想不到这些人贪心不足,竟又打起陵寝的主意了!"

许一城止住两个人的牢骚,开口问道:"只要有主儿就好,这个孙六子你们认识吗?"

毓彭摇摇头:"垦殖局的人都是从京郊、直隶、天津一带招募来的流氓混混,盗伐时一拥而上,分了钱就一哄而散,没有固定编制。到底有多少人,什么来历,怕是连他们上司都搞不清楚。"说到这里,毓彭忽然一顿:"不过,垦殖局的账房先生我倒认识,他管发钱的,说不定能知道。"

毓方斜眼不悦道:"那你还在这里废什么话,还不赶紧去问?"毓彭吓得一缩脖子,连声说好,然后转身出去了。毓方又对许一城拱手:"等搞清楚孙六子的下落,还得劳烦许先生出手。"

许一城眯起眼睛,没有回答,反而端起盖碗,不紧不慢又啜了一口清茶。

古董局中局3

第五章

恶诸葛

花开两朵，各表一枝。刘一鸣领了许一城的名单，就立刻往家里赶去。这是许一城交托的事情，可不能办砸了。他一路上一直在琢磨，这事该怎么办。

古董业和别的行业不同，所卖物件不存在竞争关系，所以，同行不是冤家，反而要定期互通声气。谁家新收了什么宝贝，谁家藏着什么东西，都敞亮。倘若有客人去买，这家没有，老板就会推荐他去有的那一家。五脉身为京城古董定盘星，与诸多古董商交流最多，市面上有什么存货看得一清二楚。清宗室当初找到五脉头上，就是看中这份人脉。

如果是沈默或药慎行来做这事，那么简单至极。只消把名单分派给京城里的五脉掌柜们，让他们各自去相熟的圈子打听，不出半天就能有消息。五脉的面子，在这圈子里相当管用。可刘一鸣只是一个毛头小子，使唤不动这些掌柜，而且万一被药慎行知道，就会觉察出他在偷偷帮许一城做事，麻烦会不小。

眼看走到大门口了，刘一鸣还是毫无头绪，脚步不由得变得有些沉重。他扶了扶眼镜，一抬头，忽然看到一个影子在门口探头探脑，然后"嗖"地蹿出来，消失在对面的胡同里。

刘一鸣一推眼镜，嘿嘿乐了：真是打瞌睡就送来个枕头，让我撞到这家伙，可见是天助我也。他毫不犹豫，抬腿也朝着那方向偷偷跟了过去。

那黑影是个孩子，比刘一鸣还小上半头，动作却灵活得很，在密如蜘蛛网的胡同里七转八拐，一点都不迟疑。刘一鸣远远追在后头，好几次差点跟丢了。好在那家伙并不防备，贴着墙脚走得很急，走街串巷很快来到一处僻静的青砖高墙拐角，等在一扇不起眼的小木门前。那高墙另外一侧是栋高耸的雕栏彩楼。刘一鸣定睛一看，脸色大红，轻轻啐了一口。这是陕西巷附近的胭脂胡同，远近闻名的烟花之地。哪怕是在现在这个世道，楼上还是隐隐传来莺歌燕语，热闹非凡。

刘一鸣远远躲在一根电线杆后头，探头去看。只见那小木门打开，从里头走出一个四十多岁的胖女人，装扮妖艳。她见了那少年，先伸手去捏他的脸。少年也不躲闪，两个人调笑了几下，姿态轻佻。然后那妇人从怀里掏出一个墨色小圆盒，少年精神一振，一把要抓过去。妇人却收了回去，少年会意，连忙从怀里摸出一枚翡翠质地的寿星捧桃挂件，双手递了过去。妇人接过去把玩了一下，这才把墨色圆盒交给他。

少年拿了那盒子，如获至宝，赶紧揣到怀里兴冲冲地往回走。没走两步，旁边有人突然按住他的肩膀，沉声道："好你个药来！又偷你爹的藏品出来卖！"

那被唤作药来的少年听着一声喝，吓得筋骨一酥，差点瘫坐在地。他惶然回头，才看到原来是刘一鸣，不由得松了一口气："我当是谁，原来是刘哥你呀。"他的京片子带着胡同串子味儿，油滑得很。刘一鸣板着脸道："你上次挨了十几板子，这么快就忘了疼了？"药来连忙作揖："哎哟，哎哟，我的刘哥哟，您可别说出去，咱这也是有苦衷的。您听我慢慢道来……"他动作急了，那小盒子骨碌一下掉在了地上。

刘一鸣低头一看，面色大变。那墨色的圆盒上头还写着四个红字儿："一颗金丹"，旁边漆着几朵艳丽无比的小花。刘一鸣不认识这牌子，但他认得那是罂粟花。

这个药来是药慎行最小的儿子，特别得宠，脾性顽劣，经常偷家里的小件儿出来卖钱。可刘一鸣没想到，这家伙居然敢沾鸦片。刘一鸣的嗓门陡然提高："你胆子也太大了，偷家里的东西也就算了，还拿来换福寿膏？"药来一听，顿时就不乐意了，抬头纠正道："什么福寿膏，那都是老皇历了。这叫一颗金丹，大连产的，日本人的技术，味儿正，带劲儿，还不用熬，可方便了。我跟你说，现在还不好买呢，若不是我跟孙姐熟……"

刘一鸣毫不客气地打断他的话："那不还是鸦片？这要让你爹知道……"话未说完，药来"咕咚"一下跪在地上，抱着刘一鸣大腿哀求："只要你别告诉我爹，让我干什么都行。"刘一鸣吓了一跳。他本来准备了一套说辞来胁迫药来，想不到药来服软得这么干脆。

药来眼皮一翻："咳！你拿住我的把柄，肯定要我做事。我就算苦苦哀求，你也不会松口。所以，何必搞那些一推二请的虚文儿呢，大家都这么忙，不如痛快点。"见他如此识相，刘一鸣忍不住笑了，开口道："你把你爹那方关老爷铜印弄出来，我借用一下，这事我就不说出去。"药来一听，不由得"啊"了一声。

药慎行刚出生那会儿，有人来找五脉献宝，献的是一方汉代的螭虎铜印，上头刻着"寿亭侯印"四个字。看过《三国演义》的都知道，汉寿亭侯，那可是关公的爵位。这印是关老爷用过的，那还得了？五脉的人差点就要花重金买下来。说来也怪，药慎行在旁边突然大声啼哭，手脚乱舞，把书架上一本书打落在地。

负责鉴定的五脉长辈俯身一捡，发现是《后汉书》，恰好翻开在《舆服志》中一页。长辈一看，陡然惊醒，书上写得很清楚，汉代规定螭虎只有天子印可用，列侯之印不可能用这个。长辈再一细细查考，才知道关羽的"汉寿亭侯"，"汉寿"是地名，"亭侯"是爵位。后人无知，以为是汉／寿亭侯，断错了句子。那印前头少了个"汉"字，自然是假货无疑。

五脉以掌眼为主业，倘若在这上面失手，那可是颜面尽失。药慎行未满一岁时，就立了大功，挽救了五脉颜面。那位前辈便把这方假印当玩具给了他。药慎行从小到大，这印一直带在身边。药慎行成年后接掌家族事务，索性就用此印作为信物。四九城里的玩家都知道，药家老大有一方关老爷印，久而久之也就成了一个标志，真假倒是没人在乎了。平时有什么书信契约来往，药慎行都会用此印来落款。

刘一鸣打的主意，就是钻这个空子，把这方印弄到手来伪造书信，支使掌柜们去调查。

刘一鸣本以为药来会推托一下，不料这小子眼珠一转，毫不犹豫就答应了，一点心理负担也没有。刘一鸣暗暗感叹这个败家子儿，问他打算怎么盗。药来立刻来了精神，挽起袖子道："这事好办。我爹每天中午得睡一小时，雷打不动，我进屋给他摘走就行。"

"那你爹醒了不就发现了？"

药来得意道："我今天偷走那件翡翠寿星挂件，是他的宝贝。等到他醒了，我往那儿一跪，说偷了您的寿星挂件去还赌债了，他肯定得数落我一下午，顾不上别的事。"

刘一鸣一阵无语。人家被要挟的，无不是心情沮丧百般不情愿，像药来这样主动出谋划策的，还真没见过。药来看刘一鸣不吭声，以为不信任他，一拍胸脯说："咱爷们儿做事，滴水不漏，童叟无欺。"

"好，就按你说的办。"

刘一鸣思前想后，觉得没什么破绽。计划这东西，其实越简单越好。药来做惯了家贼,这点事驾轻就熟。

药来这人虽然性子惫懒,行动却极有效率。他跟刘一鸣订下计划,转天中午居然真的把那方印给偷出来了,递给等在大门外的刘一鸣。

"你用完赶紧还回来啊,我身子骨弱,未必能挨得住打。"药来说得大义凛然,跟革命义士似的。刘一鸣仔细端详,这家伙年纪不大,脸色却已微微显出蜡黄,袖口也烟熏火燎,不由得叹道:"药来,不是我说你,鸦片这东西沾不得,你还是趁早戒掉吧。"

"知道,知道,你别说出去就行。"药来不以为意地晃了晃脑袋,一转身往家里走,忽然又回过身来,"对了,你用这个,是打算伪造我爹的书信吧?"

"是啊。"刘一鸣有把柄在手,也不打算瞒着他。

"那你可得小心,我爹用这印的时候,会在底下垫着一粒米,盖在纸上,中间会留下一个小白点。没这个暗记,那些掌柜的可不认。"

刘一鸣一惊,原来药慎行还藏了这么一手,不由得惊出一身冷汗。若不是药来提醒,恐怕书信一寄出去,底就漏了。

"多谢。"刘一鸣心中浮起微微的愧意。

药来满不在乎地摆摆手:"我尽心尽力,也是指望你尽早完事,我尽早脱身,大家都方便。你出了娄子,我肯定也得倒霉不是?"说完他哈哈一笑,转身负手,悲壮地迈步走进院子里。

刘一鸣收了关公印,悄悄回到自己的房间。他是五脉红字门出身,红字门精研书画,所以这一脉子弟的书法造诣都相当高,伪造别人笔迹那是轻而易举。刘一鸣略抖手腕,就仿造出了十来封药慎行的短信。然后他只消垫上一粒米,盖上关老爷的大印,事情就成了。

用完了印,刘一鸣再去找药来,发现药来正趴在屋里龇牙咧嘴地揉着屁股,看来又吃了一顿好打。他一见刘一鸣,便挣扎着从床上爬起来,表情凄苦。刘一鸣问他怎么样,药来冲自己一跷拇指,说:"爷们儿硬挨了几十大板,面不改色,气不涌出。"刚说完不知哪儿碰疼了,又愁眉苦脸地吸起凉气来。刘一鸣把印递过去,问药慎行发现印丢了没有。

药来大为不满:"刘哥你这是看不起我,我豁出这么大面……不,豁出这么大屁股去挨打,还能出问题?对了,你的事情都弄好了?"刘一鸣点点头,药来松了一口气:"那咱们两清了。你可别再拿这事来要挟我。"

"你不要再碰鸦片了,这东西碰不得。"刘一鸣真心诚意地劝道。药来眼皮一翻,敷衍地说:"知道了!知道了!"一边勉强地从床上爬起来,他得赶紧把印放回去,免得被药慎行发现。

刘一鸣没再多留,他离开五脉,把这些信亲自送到京城各处的五脉店铺。那些掌柜的和刘一鸣都很熟,知道他经常替家里跑腿,药慎行的印记也没什么破绽,所以一个起疑心的也没有。刘一鸣把信一亮,他们就赶紧吩咐人去查一下。这些古董铺子互通声气,一问就知道彼此最近收了什么东西、出了什么货,效率高得很。

刘一鸣花了半天,跑了七八家铺子,把消息打探得差不多了。这段时间政局混乱,古董市场没什么大买卖,所以很容易就能查清楚。调查显示,除了裴翰林的铜磬以外,没有任何淑慎皇贵妃墓里失窃的陪葬物品在市面上流出来过。但是许一城给他的另外一份名单,却颇有收获,但至于这意味着什么,刘一鸣就看不太懂了,许一城也没说。

此时天色已晚,整个京城陷入一片黑暗之中,只有少数地方亮起灯来,星星点点。刘一鸣急着去找许一城汇报,就给清华园打了个电话,没想到接电话的却是黄克武。黄克武说许一城这时候不在清华园,而是在协和医院。刘一鸣问:"那你在干吗?"黄克武支支吾吾,说许叔派了个任务,但不能说。

刘一鸣也不多追问,挂了电话,匆匆赶往协和医院。许夫人在协和医院做护士,许一城自然是去陪她了。

协和医院就在东单,离刘一鸣不算远。他叫了一辆黄包车,二十来分钟就到了。协和医院是要害机构,政府再糊涂,也会对这里着重保护。所以东单一带游荡的奉军残兵不多,再者路灯也多,治安尚算良好。

乱世归乱世,老百姓也得做买卖讨生活。好些原来在隆福寺、天桥、菜市口、牛街、东岳庙等地的小摊贩看中这里清净,都跑这里来支摊子做生意,把路口堵了个水泄不通,跟庙会似的。

黄包车车夫不愿意往里走了,刘一鸣没办法,只得下了车,自己朝里头挤去。此时五月光景,大风一落,温度就上来了,微微已有了初夏的热劲儿,各种各样的小吃全部出摊儿了,什么冰酪、豌豆黄、酸梅汤、江米藕一字排开,吆喝声此起彼伏,香气四溢,好多人在这儿吃碰头食。刘一鸣挤着往前走,忽然看到前头一人特别眼熟,再定睛一看，不是许一城是谁？

刘一鸣连忙拨开人群朝那边走去，看到许一城正站在一个粉鱼儿摊儿前。刘一鸣喊了一声，许一城看见他，做了个手势，示意稍等片刻。老板见来了客，连忙停了打扇，口中吆喝也顾不得了，急急忙忙抄起葫芦瓢没命往滚水里挤豆糊。许一城回得头来时，老板早已做出两大碗粉鱼儿，抄过冰凉井水递到他的眼前。许一城从怀里掏出一只青花大碗，把老板的两碗粉鱼儿都兑在自己的碗里，又多讨了两抓黄瓜丝和一勺辣子，然后掏出那方大白手帕扣到碗口。前几日的大风才歇，空气里的土腥味还是有点重。

结过了饭钱，许一城端着碗过来，笑着对刘一鸣道："媳妇加班想吃点清爽的，我出来买点夜宵。"刘一鸣刚要张口，许一城却伸手阻止："等会儿说。"

两人从人群中挪出路口，朝协和医院走去。许一城一路小心翼翼地端着碗，脚步比平时更稳，仿佛那碗是柴窑所出的珍宝。在他前方，深沉的夜幕勾勒出协和主楼楼顶极富特色的大屋檐曲线，一排排红柱竖向分割，如同宫阙一般严谨而威严。此时医院依旧在运转，灯火通明，不时有医生和担架匆匆进出。

两人进了主楼，来到护士值班室。许夫人正在低头写着病历。许一城把碗搁在桌子上，又摸出一副裹着布套的筷子，倒了杯开水烫了一下，柔声道："先吃点东西吧。"许夫人抬起头，冲丈夫笑了笑，问有没有加辣子，许一城说："加了加了，不过这东西不能吃多，对胎儿不好。"

"说得好像你比我还懂似的。"许夫人嗔怪地瞪了他一眼，把那手帕从碗口拿开，交还到许一城手里。

刘一鸣之前就注意到许一城这条从不离身的白手帕，这会儿才看清手帕全貌，棉制，不算是完全素白，在一角用金色的丝线绣了一个英文单词：peace，不知道是什么意思。

许夫人是饿坏了，拿起筷子吸溜吸溜开始吃。许一城坐在旁边，双手搁在膝盖上，一直注视着她吃，眼神温柔而平静。一会儿工夫，粉鱼儿就被吃了个精光。她摸摸隆起的肚子，打了个舒畅的饱嗝，这才发现刘一鸣在侧，顿时变得不好意思。许一城笑着起身，拿起手帕给她擦去嘴角的芝麻酱："你这吃相，可别遗传给孩子。"

许夫人轻轻推了他胳膊一下："我吃饱了，别在这儿给我添乱了，你去忙你的吧。"然后冲刘一鸣微微点头，重新伏案开始工作。

许一城和刘一鸣并肩走出值班室，在侧面走廊的汉白玉栏杆旁停住了脚步。许一城向着远方望了一会儿，转身问刘一鸣："调查结果出来了？"他的语调平缓，刘一鸣却发觉，许一城迈出屋子的一瞬间，神情陡然有了变化。刚才还是一个温和细心的丈夫，现在眉宇间却有微微的锋芒展露。

刘一鸣把结果递给他，许一城认真地翻阅片刻，露出笑意："辛苦你了，这么快就查到了这程度，真是不错，药大哥没觉察？"刘一鸣把药来盗印的事一说，许一城不由得也笑了起来，说："这个小家伙可真是个妙人，药大哥竟然生出这么一个儿子来，有机会应该认识一下。"

"这个对许叔你有帮助吗？"刘一鸣忐忑不安地问。

"有，甚至可以说是一锤定音。"许一城赞许地抖动纸页，双眼望向远方的黑暗，神情愉悦。刘一鸣松了一口气，他一直担心自己没办好事，让许一城失望。

"今天辛苦你了，早点回去休息吧，明天给你看一场好戏。"说完，许一城把调查结果折叠好，和那方白手帕放在同一个口袋里。刘一鸣按捺不住好奇，问那白手帕是什么来历，许一城居然面色微微露出羞赧："这是她在上海哈佛医学堂读书时买的，后来送给了我，算是我们的定情信物吧。"

"那句洋文是什么意思？"

"Peace，意思是和平。我们的孩子，就打算叫这个名字。"许一城满脸洋溢着幸福。刘一鸣低声念了几遍："许和平，许和平……果然是个好名字。"

"希望等到他长大的时候，已经天下太平了。"许一城长长叹息一声，胳膊支在协和医院走廊的扶栏上，身子朝前倾去，双眼仰望着璀璨星空。那些星星正在以人类肉眼看不见的速度移动着，缓慢而坚定，不会为任何人、任何事所阻挠。

不知为何，刘一鸣心中浮现出一种奇妙的预感，却说不清是什么。

两个人又闲谈几句，刘一鸣看看时候确实不早了，便向许一城告辞。许一城叮嘱他小心点，然后说明天具体怎么安排，回头黄克武会通知他。刘一鸣本来想问问黄克武在干吗，不过，想想以许一城的风格，尘埃落定之前应该不会轻易说出，于是便作罢了。

他孤身走出协和医院的大门，正琢磨着是叫一辆黄包车还是溜达回去。突然一只手猛然从后面伸过来，拍在肩膀上。刘一鸣吓了一跳，转头去看，看到一个少年笑嘻嘻地站在那儿，另外一只手里还捧着一碗雪花酪。

"药来？你怎么会在这里？"刘一鸣一惊。

"礼尚往来嘛。"药来说，"刘大哥你截我的和，我就也来挖挖你的事。"刘一鸣面色一沉，看来这小子怀恨在心，一直尾随他至此。药来眼睛朝协和那边贼兮兮地瞟了一眼："刚才我都看见了，你跟那个许一城在一起，还交给了他什么东西。"

刘一鸣保持镇定，扶了扶眼镜，冷冷地说道："你也认识他？"

"哎哟，这名字我爹一天念叨三遍，我不想认识也认识了。"药来眼珠子骨碌骨碌地转，得意非凡，"我爹最讨厌的就是他，要是他知道你偷了印跟许一城厮混，恐怕麻烦不小哟。"

刘一鸣苦笑一声，药来这家伙报复心还真重，非要原样奉还一次。药来一口把剩下的雪花酪倒进嘴里，爽得长出一口气。他抹了抹嘴，说："你害怕了吧？体会到我当时的心情了吧？"

说实话，刘一鸣还真不怕这种要挟。他对这个大家族已经失望透顶，药慎行最多不过是把他革出家门，这正中他的下怀。不过，他还得尽量避免这种情况发生，因为许一城让他潜伏在五脉，还有用处。于是刘一鸣没好气地说："废话少说，你想让我做什么？嗯？"

"呃……"

这倒是把药来给问住了，他光惦记着抓刘一鸣的把柄，还真没想过拿到把柄以后做什么。药来抓耳挠腮愣了半天，问："你和许一城见面是要干吗？"

刘一鸣哪里肯说。药来见他吞吞吐吐，大为兴奋。这家伙的逻辑很简单，凡是吞吞吐吐，必然是隐藏着大秘密，凡是大秘密，必然刺激有趣得很。药来又逼问了几句，刘一鸣只是摇头，说："我不会骗你，但也不会说出来，你还是换个要求吧。"

"这样好了，你们在做什么，也算我一个，我就不向我爹告发。"药来提出个令人匪夷所思的要求。

这次轮到刘一鸣发愣了，他还以为药来会敲许一大笔钱去买鸦片什么的呢，想不到居然是这种要求。药来眼神闪闪发亮，语气里充满兴奋："我爹这一辈子没怕过谁，偏偏对许一城这么忌惮，我对他好奇很久了。他做的事，一定是件很有意思的大事。"

刘一鸣听出来了，这家伙是个好事的性子，哪儿有热闹就去哪儿，至于是对是错他全不在乎，整一个浑不吝。刘一鸣犹豫了一下，说："这样好了，我让许叔来见你，由他定夺。"药来拍手说好。

于是，刘一鸣只得再度返回协和。跟许一城那么一说，许一城也是吃惊不小，药慎行的这个儿子劣迹斑斑，他耳闻已久，没想这小子居然主动跑过来投靠。刘一鸣说："事出反常必有妖，会不会是药慎行派来的间谍？"许一城却不以为然："咱们要做的是正经事，不怕放到台面上来说。他药慎行最多是不配合，以他的胆子，断然不敢从中阻挠。怕什么，见见吧。"

许一城刚一走出协和医院，药来就立刻迎了上来，跟评书里小英雄艾虎见欧阳春似的，来了一个单膝跪地，双手抱拳，嘴里一套一套的词儿，变着法儿地恭维许一城。许一城也不拦着，笑意盈盈地听着。等药来说得口干舌燥，许一城双手把他搀扶起来，态度客气。药来大喜，以为这事成了。

不料许一城话锋一转："一鸣和克武入伙时，是要受考验的，你自然也不能例外。我这里有宝题一道，你做出来，我才能答应你。"药来一拍胸脯说："尽管来，爷们儿眨一眨眼都算输。"

许一城道："你是药家人，玄字门内的专精瓷器。我也不欺负你，就给你出一道瓷器的宝题吧。"他回转到值班室里，端出刚才盛粉鱼儿的那个青花大瓷碗。药来接过碗来，端详了一圈，碗沉釉厚，勾着荷莲纹，四方四字，写的是"德风绵远"，除此以外，也没什么特别之处，想来是某个大家私用的器物。在碗的底部有一个小款，上头写着"居仁堂"三字。

药来抬头笑道："许叔，这玩意儿就是个普通的瓷碗，有啥讲头？"

许一城眉头纹丝不动："再看看。"药来拿指头敲敲碗边，无奈说道："非说有啥讲究，就是居仁堂这个款识，但也不值什么钱啊。"

民国五年，袁世凯称帝，效仿明清帝王在景德镇设了御窑，任命郭葆昌为督陶官，烧制官廷御用瓷器。不料称帝闹剧很快收场，袁世凯黯然去世，声名狼藉。郭葆昌没办法，只得把这批瓷器重新打上"居仁堂"的款识，向民间发卖，以支付工钱。

药来虽然顽劣，瓷器这方面的家学还是有底蕴的。这玩意儿虽然出自名家之手，可到今年才十二个年头，说破大天去也值不了多少钱。

"再看看！"许一城还是那三个字。

药来一愣，只得低下头去，这回足足看了十分钟，才勉强开口道："青花斑点凝重，深入胎骨，这是孙瀛洲的手笔？"

孙瀛洲是民国一位制瓷奇人，专擅长模仿永乐、宣德年间的青花瓷，几可乱真，就连五脉都很难判断。有传闻说他曾在景德镇出没，说不定这个青花瓷碗就是他的手笔，但这碗连赝品都算不上，因为人家从来没有说过这是明青花，清清楚楚地印着"居仁堂"仨字儿。

"再看看！"许一城还是那三个字。

药来反复猜了几次，许一城始终一脸平静地让他再看看。过了一个多小时，药来开始打起哈欠来，眼角也流泪了，精神似乎不大好。他勉强抓住碗边，又说出一个答案，许一城仍旧摇摇头。药来不耐烦地嚷道："这也不对，那也不对，您不是故意消遣我呢吧？"话未说完，又是一个哈欠打出来，不得不拿袖子擦了擦眼角和鼻孔。

许一城微笑着把瓷碗拿过来，接过青花碗，突然脸色一变，把碗狠狠地摜在地上，摔了个粉碎。这一下横生变故，把药来惊得一跳，如同被人打了一闷棍。许一城指着那一地碎瓷厉声道："药来！这碗上写的什么字，你可还记得？"

药来被许一城突如其来的喝问和突然爆发的强大气场震慑，哆嗦着嘴唇嗫嚅："德……德风绵远。"

"这四个字是什么意思？"

"家……家风……"

许一城一字一字犹如尖针，声如炸雷："瓷碗已碎，补得回去吗？家风已丧，追得回来吗？"药来先是摇摇头，又赶紧点点头，完全方寸大乱。刘一鸣在旁边看着，咂舌不已。一直以来，他看到的都是一个温文和气的许一城，没想到此时许一城金刚怒目，威势竟是如此强大。药来在家里可是个出了名的惫懒人物，没想到被许一城这么一当头棒喝，那些油滑和贫嘴，竟半点不剩。

许一城揪住药来的衣领，一字一顿训斥道："亏你还知道家风！五脉严规，不得沾染鸦片烟土，你的规矩都学哪儿去了？"药来垂下头去，不敢吭声。

许一城不依不饶："我与你父亲虽然不睦，但无论是谁，也绝不会容忍五脉中出一个大烟鬼！你今天让我撞见，就别想蒙混过去！"许一城一想到陈维礼被人害死，却要背上吸食大烟过量的恶名，对这个恶习深恶痛绝到了极点。药来这副模样，正触中了他心中的伤痛怒气。

刘一鸣这才明白，许一城一直拖延时间，就是在等药来烟瘾发作，借此来教训一下他。

看来他对五脉嘴上说没兴趣，但其实仍存关心嘛。刘一鸣暗笑。

药来此时已是涕泪交加，只得连连告饶。许一城这才松开他，脸色严峻："这道宝题，就是要告诉你，这鸦片一碰，家风尽丧，想后悔都晚了。你从现在开始，给我好好戒除，否则，我就让你爹把你绑去禁毒局关起来！"

"那……那入伙的事呢？"药来到这份儿上还惦记着。许一城眼睛微眯："只要你诚心悔过，我就带你一起。但若是被我发现你旧习复发……"

"不会不会，爷们儿一言九鼎，驷马难追，若再沾那玩意儿，直接给我送菜市口砍头。"药来一贯浑不吝，在许一城面前却是束手缚脚。许一城道："你起来吧，我有几句话要问你。"药来强打精神，许一城盯着他道："你吸的这大烟，叫什么？"

药来乖乖答道："这叫'一颗金丹'，东洋货。原来北京的地面儿上都是抽国产的鹰牌，那个味儿不够纯，抽着麻烦。现在都改抽这个了，不用烟枪，捻碎了拿纸一卷，仰脖子往鼻子里吸，我们都叫'冲天炮'。"

"这个多少钱？"

"一块银洋这么一盒，够三天的量吧。"药来把那个鸦片盒掏出来，比画了一下。

刘一鸣和许一城倒吸一口凉气，这么贵，照这个抽法，一个小富家庭不用半年就能给抽垮了。药来又解释道："当然了，好多人舍不得这么抽，都会掺点别的，有的还用香烟带一下，叫'娘带儿'，就为多撑几天。"

"如果鸦片吸食过量，有可能致死吗？"许一城问。

药来歪着脑袋想了想，说："如果是国产的够呛，里头掺的杂质太多，没抽死就先呛死了；若是外国货就不一样了，这'一颗金丹'味儿纯，里面还有啥海洛因，一过量就容易蒙圈。"

许一城又问了几句细节，药来答得有点心不在焉，明显是瘾头上来撑不住了。许一城扣下鸦片盒，转身走进协和医院，不一会儿拿出一个小药瓶。

"美国最近制成了一种专治鸦片瘾的药，这些你拿回去吃。你沾染不久，还能有救。"然后他嘱咐刘一鸣，"一鸣，你把他送回去吧。他若是再沾，就来告诉我。我不是五脉的人，可不会留什么情面。"说到这里，他的眼神放出锐利的光芒。刘一鸣不敢多问，便搀着药来离开了。

许一城站立在黑暗中，手握鸦片盒，目送他们离去。直到两个人的身影彻底融入夜幕看不见了，他才轻轻摇了摇头，不知在感叹什么。

次日还不到中午，毓彭那边就传来了消息，说经过多方打听，已经找到孙六子的下落了。垦殖局裁撤以后,他一直也没找什么正经工作,就在外头厮混,家住京城南边丰台大营旁一个叫大泡子的村子里。

按照毓方的意思,暂时先不报官,能私下解决最好。所以宗室那边来了毓方、毓彭还有富老公,以及那天一起去东陵的海兰珠姑娘。许一城则带上了黄克武,药来也嬉皮笑脸地跟着一起来了,全无昨晚的窘态。

富老公看不惯,说:"许先生你怎么带了一群孩子,是要做孩子王吗?"许一城淡淡一笑,不去理会,没说什么,反而是药来正想反唇相讥,说"总比你这老东西要强",但他忽然看到娇艳如花的海兰珠,这话就说不下去了,只是贼兮兮地盯着她。海兰珠也不发火,笑意盈盈,最后反倒把药来看得不好意思了。

毓彭带路,这一干人匆匆去了丰台大营,七转八弯,找到了那个村子。这村子旁边是个大池塘,所以叫作大泡子。他们进了村子,跟村民一打听才知道,这个孙六子只跟着他老娘住,也没娶妻,不算村里人,在村子东头的池塘边上搭了个棚户,勉强度日。

这一行人得了指点,一路寻过去,远远地看到远处有个隆起的小土山,土山上稀稀拉拉有几棵枣树,下头是个池塘。这池塘方圆不小,没有通往外头的水路,是一片死水。水面上糊着一层深绿色水苔,味道特别冲,上头还萦绕着无数蚊蝇,让人一看就浑身不自在。一个用烂木头搭起来的歪斜棚户就立在土山和池塘之间的杂草堆里,黑乎乎的,还散发着霉味。几捧荆棘围住就算是院子了。

他们走近棚户,远远地传来一阵哭声。毓方和许一城对视一眼,三步并作两步赶过去。门没有锁,他们一推就开,看到里头一个衣衫褴褛的老太太正靠着灶台哭。

老太太见突然有这么多人闯进来,吓得立刻不哭了。毓彭俯下身子,放缓语气:"大娘,我们是孙六子的朋友,他在哪儿呢?"老太太一听,眼泪又流了出来:"在外头泡子里哩。"众人听了,心中都是一惊。那水泡子实在太脏,刚才他们都不愿意多看一眼。孙六子待在这样的泡子里,那岂不是说他已经死了?

黄克武眼力最好,他爬到土山往下一张望,果然在水泡子深处的草丛里看到一具浮起的尸体。黄克武和药来找了一根长杆子,把尸体捞上岸。尸体泡了一宿,已经肿胀不堪,但眼皮下那颗大痣是错不了的。

尸体散发着一股不知是腐烂还是塘水的臭味,毓方和毓彭两兄弟都掏出手帕,捂住口鼻。反倒是海兰珠面色如常,饶有兴趣地上上下下打量着尸首。许一城问老太太怎么回事。老太太战战兢兢地说，昨天晚上她儿子被人叫了出去，就一直没回来。晚上黑灯瞎火老太太不敢出去，到了早上才出来找，结果发现自己儿子淹死在自家门前的泡子里。

那孙六子漂在水泡子深处，老太太孤身一人，根本拖不动，找村里人又不愿意搭理，她无可奈何，只能靠在灶台边哭泣。听她讲完，一时间所有人脸色都不太好看。孙六子是贩卖铜磬的重要线索，他一死，那这条线可就彻底断了。

富老公面无表情地把尸体翻转过来，眼光一扫，伸手拨开孙六子后脑勺的头发，许一城和毓方一看，脑后有一处明显凹下去的伤口。

毓方倒吸一口凉气："这是有人先咱们一步灭口哇。"他转头看向老太太，语气明显不善："昨天晚上是谁把您儿子叫出去的？"老太太摇摇头，说不知道，没看见。毓方连唬带吓，也没问出什么有用的答案。

这时，一直观察尸体的海兰珠忽然喊道："哎，你们快看他的手腕上是什么？"药来存心想表现一下，鼓起勇气，把死者右胳膊抬起来，扯开破布袖，发现孙六子手腕上居然戴着一串珠子。珠子戴的位置比较高，被长袖遮挡，加上整个人都浮肿，所以大家都没发现。海兰珠眼神够犀利，只从袖口的一点点隆起就看出了端倪。

药来强忍着恶心，把珠子摘了下来，忙不迭地又把胳膊扔回去。大家凑近一看，原来这是一串黄澄澄的虎纹蜜蜡珠子。

佛家七宝，为蜜蜡、红玉髓、砗磲、珍珠、珊瑚、金、银，其中，蜜蜡多用来串成佛珠，相当宝贵。像这么大的蜜蜡珠，价值绝对不菲，挂在穷鬼孙六子的手腕上，格外滑稽。

这蜜蜡佛珠的来源再明白不过了，肯定是笃信佛法的淑慎皇贵妃的陪葬品。这也证明，孙六子确实跟东陵盗墓案有关系，他把泥金铜磬卖给了裴翰林，却把蜜蜡佛珠留了下来。

一见到这珠子，富老公情绪变得激动起来，他趋前几步，想要从药来手里拿过来。许一城一伸手，把他给拦住了。富老公眉头一竖："你要干吗？"许一城严肃地说："你们谁都先别动它，想要找出杀人凶手，得指望这串珠子了。"

富老公见他说得认真，只得悻悻退后。毓彭愣道："靠这一串珠子，怎么能抓到凶手？难道它会说话不成？"

许一城让药来轻轻拿住那佛珠，千万别动。药来愁眉苦脸地站在原地，想自己何必出这个风头,心里一百遍骂这该死的孙六子。他抬眼去看海兰珠,人家正好奇地盯着许一城,完全不朝这边看。

许一城环顾四周,露出一个微笑:"你们听说过指纹学吗?"

大家面面相觑,只有海兰珠点了点头。许一城抬起手掌:"咱们都画过押、按过契书,应该都知道指纹这东西因人而异。千人千纹,绝无重复。洋人就此发明了一门学问,叫指纹学,用白粉搜集留在桌边、窗棂、碗筷刀叉上的各处指纹,再与人对比,便可知道是谁。用来破案,无往不利。"

当时,指纹学刚传入中国不久,连各地警察厅都不曾普及,更别说普通老百姓,大家听得将信将疑。这时海兰珠道:"许先生说得不错。我在英国读书时,也听说过苏格兰场用指纹找过嫌犯,相当厉害。"

许一城冲海兰珠微微一笑,指着药来手里的蜜蜡佛珠道:"蜜蜡这种东西,乃是上古松油所凝,质软而黏。谁的指头碰过它,都会留下痕迹。这串珠子是从东陵盗出的,上头除了孙六子的指纹,一定还会留有杀人者的痕迹。咱们只消做简单的比对,便可知道是谁灭的口。"

毓方皱眉道:"怎么做?"

许一城道:"今天来找孙六子的事,只有咱们几个知道。所以,为了洗脱嫌疑,咱们先把各自的指纹都留一下,与蜜蜡上的指纹对比,证明一下清白。"海兰珠拍手笑道:"是了,这可真是好计策,一目了然。"她这么一说,毓方、毓彭、富老公等人也没法反对。

黄克武跑到附近的村里,很快弄来几张白纸和一盒印泥。许一城道:"药来是我家小辈,刚才摸过了佛珠,不算他。咱们几个各自留一下左右两根食指的印记。"

食指最为常用,留在佛珠上的可能性也最大。于是,除药来以外,其他六个人各自领了一张白纸,用指头沾了印泥,留下指纹,然后统一交给许一城。许一城看过一圈,沉默不语。富老公催促道:"看出什么没有?又在装神弄鬼吧?!"

许一城淡淡道:"看来这位凶手就在我们之中,而且已经自己招认了。"众人都是一惊,富老公问是谁,许一城道:"现在大家把双手都抬起来,手心冲外。"

所有人都听他的吩咐而做,富老公狐疑地看了一圈,没看出什么问题。许一城道:"您再仔细看看?"富老公又看了一圈,突然"嗯?"了一声,目光如刀子一样扎在了毓彭的左手上。

大家刚刚都用了印泥，所以两根食指上仍旧留有红迹。只有毓彭与众不同，变红的是右手食指和左手中指，不仔细看就忽略了。

许一城道："毓彭，你为什么用中指留印？"毓彭胖脸一哆嗦，嘟囔道："食指中指不是都一样嘛。"

"不一样！"许一城走近一步，"是不是之前你把蜜蜡佛珠送给孙六子时，用左手食指碰过，所以心虚怕被发现，就想用中指蒙混过去？"

毓彭瞪着眼睛怒道："你不要血口喷人！"

"那就是他送给你的？"

"那本来就是我应得的！"

毓彭一句话说出口，周围立刻寂静下来。毓彭这才恍然大悟，气急败坏地大叫："你在诈我！"

"你若心中没鬼，谁也诈不到你。"许一城道。

毓方在一旁勃然大怒："好哇，日防夜防，家贼难防，原来你才是那个吃里爬外的东西！"说着抬脚就要踹他，毓彭抱住毓方的大腿哭叫："哥哥，别听这浑蛋挑拨！我真没干过那种事！"

富老公拦住毓方，一双鹰隼般的锐眼看向许一城："我看着毓彭从小长大，这孩子虽然顽劣，可还不至于对不起祖宗。你刚才只是玩弄口舌，可还有别的证据吗？"

许一城看了一眼毓彭，摇摇头叹息道："你们如果这么护短，我有证据又有何用？东陵这事，你们另请高明吧。"说完转身就要走，毓方连忙扯住他："许先生，单凭一句错话，确实不好治他。您若是还有其他凭据，宗室绝不姑息。"

得了毓方的保证，许一城这才停下脚步，走到毓彭面前："你要证据是吧？好，我来问你，惠陵的望陵房是什么朝向？"

毓彭不知他为何问这个，张口答道："面西背东，正对惠陵，方便观察动静。"

许一城道："记得在东陵之时你讲过，失窃当夜你就住在惠陵望陵房，到了二更时分，有人站在外头拿枪对着你，你借着月光只看到一个人形，不敢动弹，事后才发现是具尸体，对不对？"

"对啊？"

许一城冷笑道："夜晚二更，月亮明明在东头，哪里来的月光能从西边照进屋子？"

毓彭一下子被问愣住了，结巴了半天，才回答说："可能是我记错了。"许一城道："这些家伙连东陵都敢炸，如果要盗掘，直接把你杀了就得了，何必费尽心机挖具尸体把你堵在屋子里？他们怎么对你这么好？"毓彭答不出来了。

富老公和毓方听在耳里，脸色越发阴沉起来。毓彭的故事他们都听过好几遍，原来只是气恼这小子胆小如鼠，没想到里头有这么多的破绽。

许一城一招手，黄克武赶紧从怀里拿出一张纸来。许一城道："我那天在墓前搜集了一点爆炸粉末，在清华请人做了检验，是一种威力很大的炸药。这绝非一般盗匪所能弄到的，毓彭啊毓彭，难道你勾结的是军队？"

毓彭挣扎着辩解道："我盗祖宗墓干吗啊我？我至于吗？"

许一城一把扯住他的袖子，对药来使了个眼色，让药来闻闻味道。药来拿着佛珠走过来，鼻子像狗一样在毓彭袖口嗅了嗅。许一城问这是什么味道，药来笑嘻嘻道："这味道问我就对了，太熟了，是福寿膏啊。抽大烟得点烟灯，化烟泡儿，所以，常玩的人，袖子烟熏火燎，还带着股烟甜味儿。"

这下子毓方和富老公算是全明白了，大烟这东西，只要一上瘾，什么祖宗亲人、礼义廉耻，全都不顾了。毓彭兀自强辩道："我抽大烟跟守陵没关系，你就是找个碴儿诬陷我！"

许一城缓声道："你可真是不见黄河不死心啊。"他从身上摸出两张纸，递给毓方和富老公。他们一看，第一张纸是富老公亲笔书写的失窃陪葬物品。

许一城道："我已通过五脉打探过，整个直隶的古董铺子，都没见过这份名单上的陪葬品，目前流出来的除了泥金铜磬，就只有这串蜜蜡佛珠。不过，我还顺便打探了另外一份名单，你们看看。"

两人再看第二张纸，眉头顿时大皱。这份名单上罗列的，都是鼎炉、香炉、铜鹿、铜鹤、铁树什么的，一看就知道是东陵地面建筑丢失的祭器。

"我在东陵看到祭器残缺不全，所以自己做了一份名单，结果发现，近几年来，这些东西在市面上都有露面。巧得很，每次交易的人，都是这个孙六子。若没你这个守陵大臣的纵容和指使，他一个穷汉能有这么大的能耐？"

最后这一刀，彻底击溃了毓彭的防线，他似泄了气的皮球瘫坐在地上，一言不发。许一城道："打从东陵开始，我就怀疑你了。只是没料到你下手这么狠，直接把孙六子灭口了。我只好诈你一诈，让你自己跳出来了。"

海兰珠在一旁拍手笑道："毓彭哥哥这次可真是吃了没文化的亏，一听指纹比对是洋人发明的东西，就以为真能抓住真凶了。其实指纹这东西，就算能留在蜜蜡上，在水里一宿也早泡没啦。他真的是在唬你呢。"

许一城对她微微一笑："海兰珠小姐你反应可不慢，配合得恰到好处。若没你在旁边补上那么一句，毓彭还未必会信呢。"

海兰珠道："许先生你骗起人来，可真是……我也想知道到底是谁惊动了陵寝，让我父亲愧疚到现在。"说到后面，她瞥向毓彭，脸上虽然犹带笑意，语气却森冷起来，让毓彭冷得一哆嗦。

毓彭此时走投无路，只得乖乖交代。原来，他很早就染上了烟瘾，开销极大，守陵那点俸禄根本入不敷出。于是，他跟垦殖局的孙六子勾结起来，偷偷盗运东陵的东西出去卖。最开始毓彭不敢打陵寝的主意，只拆些祭器，可自从接触了"一颗金丹"以后，烟瘾越发大了起来，偷卖祭器也不够花了。这时，有人找上门来，让他里应外合，配合外人去盗妃园，答应事成后分他一半。

毓彭财迷心窍，真就答应了。当天晚上，他把阿和轩支开，自己装作酒醉，其实是给那伙盗墓贼指路。淑慎皇贵妃的墓被炸开后，那伙人突然翻脸，只分给他一件铜磬、一串蜜蜡佛珠。毓彭心惊胆战了很久，委托孙六子把铜磬和蜜蜡佛珠尽快出手。孙六子知道东陵被盗的事，威胁毓彭要去告官，硬讹走了他手里的佛珠，只把铜磬卖给了裴翰林。

许一城介入此事以后，很快挖出了孙六子的踪迹。毓彭越想越害怕，后来一琢磨，不如让他们找到一个死孙六子，把所有的事都扣到他身上，这事就算是结了。于是，毓彭故意引他们来找孙六子，先行一步将其灭口，没想到弄巧成拙，被许一城捉了个正着。

许一城问："盗墓的贼人是谁？"他最关心这个，因为这条线可能连着陈维礼之死。毓彭低头道："不知道，跟我接触的时候，都蒙着面。不过，那晚他们埋炸药的时候，我听他们一直在喊一个名字，说不定是地名，嗯……嗯，对了，绍义！"

"绍义？"许一城一怔。绍义这名字，可有点俗气，满北京城没有一千也有五百。他又问详细情形，毓彭摇头说真不知道了，那伙盗墓贼找上门来的时候，都藏头藏尾。他知道那些人都是亡命之徒，也不敢去打探，只想着分钱就得了。

听完毓彭坦白，毓方气得脸都白了："你这个……你这个……"富老公伸手过去，似乎要搀扶他。毓彭赶紧伸开双臂，哭着说："我错了，我错了。"不料咔吧咔吧两声，富老公竟出手把他两条胳膊给卸掉了，毓彭疼得发出杀猪一样的叫声。

刚才富老公还站出来维护毓彭，大家没料到他突然下手如此狠辣。收拾完他，富老公站起身来，退到毓方身后，脸色阴沉，一句话也不说。

药来吓得咂舌，偷偷捅了一下黄克武："哎，你能卸膀子卸得这么利索不？"黄克武摇摇头："举重若轻，少说也得几十年功夫，我差远了。"他又看了一眼许一城，钦佩不已："你看见没有，那串蜜蜡佛珠刚一发现，许叔立刻就做了一个局出来，跟那天吓唬吴郁文一样。这脑子，可比药大伯强多了。"药来也不生气，眼珠子骨碌骨碌地盯着海兰珠："海兰珠小姐反应也不算慢嘛，马上就接茬儿说英国如何如何，他们俩倒是真默契。"

海兰珠似乎觉察到这边两个小家伙在窃窃私语，杏眼一斜，两人立刻不敢吭声了。

这边毓方硬着头皮对许一城道："家门不幸，让先生见笑了。这个兔崽子，宗室一定会好好处置，至于盗墓贼之事，先生还得多费心……"

"我既然接手此事，自然会把它查个水落石出。不过，还请您别会错意，我可不是为了你们满人宗室。你们只要约束好自己的人，别再添乱就行了。"许一城毫不客气。毓方有些尴尬，无言以对，和富老公押着毓彭匆匆离去。

海兰珠跟着他们走了几步，突然回过头来，好奇道："许先生您既然说不为宗室，那又是为了什么？"许一城负手而立，没有回答。海兰珠眼神闪动，也没继续追问，娇俏地行了个英式淑女礼，然后追着前面几人离开了。

许一城站在水泡子边缘，面上殊无喜色。虽然这次揪出了内奸，可距离陈维礼之死的真相，还不知有多远。"绍义"是什么意思？东陵被盗原因何在？跟日本人以及那柄长剑图影有何关联？

他觉得自己仿佛在拔一棵枯藤，看似浅浅的一层，越深入挖掘枝蔓却越多。一直到黄克武喊他，许一城才回过神来，神色疲倦地一挥手，说先回去再说吧。

当天晚上，许一城在鸿宾楼宴请了付贵探长和他手底下的几个人，以感谢前两天的事。

当此乱局，平日里觥筹交错的鸿宾楼也冷清了不少，只有寥寥几桌，伙计们都百无聊赖地趴在柜台上。付贵手下那几个警察难得吃点好的，推杯换盏，吵吵闹闹。只有付贵面无表情地一筷子一筷子夹着精美菜肴，却坚决不喝酒。许一城知道他的脾气，也不相劝，便给自己倒了一杯，拽了把椅子笑眯眯地凑过来。

付贵抬抬眼皮:"你又惹事了?事情还不小?"许一城道:"你怎么知道?"付贵冷哼一声:"你每次惹事来找我帮忙,都是这副德行。"

许一城哈哈一笑,端起酒杯一饮而尽:"放心吧,这次不是大事,就是想让你帮我打听些事。"

"讲。"付贵一点废话没有。

"绍义。"

付贵眉头一皱:"这是什么?人名还是地名?"

"就是这两个字。"许一城拿筷子蘸了酒在桌子上写出来,"北京附近,有没有类似的地名、典故、建筑、绰号或者人名跟这个有关系的?"

付贵盯着这两个字看了半天:"你这两个字太宽泛,有没有别的话?"

"嗯……应该和军队、土匪、强盗什么的有关系。"

付贵嘴角一抖,"啪"地把筷子放下,神色变得严厉起来:"许一城,你到底想查什么?"许一城一看他的反应,就知道有门儿,笑着说:"我就是找件古董而已,你知道来历?"付贵霍地站起身来:"许一城,你最好说实话,否则这事我不管了。"

许一城知道付贵这人是狗脾气,说急就急,连忙把付贵按回去,低声把从陈维礼之死到揪出毓彭的事讲了一遍,讲完之后他正色道:"付贵,若是我负屈身死,临死前托愿给你,你会不会替我查明真相,洗清冤屈?"

付贵毫不犹豫地点了点头。许一城道:"陈维礼是我最好的朋友。他莫名横死,托愿于我,所以,我也是不能不管的。我跟你说了实话,你也别再劝我收手。"付贵盯着他,知道这个浑蛋是个驴脾气,决定了的事,八匹马也拉不回来。他沉默了半晌,才干巴巴地答道:"好。"

"那你赶紧告诉我,绍义到底是什么?"

付贵一字一顿道:"绍义这个名字,如果限定在直隶有势力的军人或土匪里,那就只有一个人——王绍义。"

"王绍义?"许一城对这个名字没什么印象。

付贵本来就板着脸,而现在他的脸色绷得更紧,仿佛这名字是个禁忌:"你不知道很正常,普通老百姓都没听过。但在京师警察厅、直隶警务处以及整个国府,王绍义这个名字就是阴魂恶鬼。一经提及,必有血光之灾,而且不是小灾,是大灾。"

许一城见他说得郑重其事,不由得挺直了腰杆。

"王绍义是活跃在直隶一带的悍匪。他的拜把大哥马福田是头领，他自甘做军师，手底下的匪徒足有一两千人，专门袭扰京津冀乃至热河、关外地区。民国十二年，福祥通银号大掌柜全家离京出关，一家十八口人中途失踪，最后在蓟运河河边发现一排头颅一字排开，身子与货物不知所终；民国十三年，京师慈德女校十二名女学生加三名老师外出春游，暴尸山谷，死者均饱受蹂躏，肢体不全；民国十五年，天津保通镖局护送德国商团进京，全数死于郊野。警察厅迫于外交压力，派员追查，结果七名干探被人碎成几十块送了回来。国府震怒，调遣几个营前往征剿，却毫无收获……"

饶是许一城的心性，都为之一寒。这动辄碎尸戮首的残忍手段，已经超出了一般为了求财的土匪，他们根本就是乐在其中，光听付贵描述，都能闻到那刺鼻的血腥味。

"这些案子，人人都知道他们是真凶，但就是没人敢去缉拿。这个王绍义外号叫'恶诸葛'，极其狡诈。派员来查，他们就杀；大兵来剿，他们就跑。到了后来，部门之间互相推诿，警察厅说这是剿匪，须由军部出兵；军部说这是地方治安事件，军人不便干涉。一来二去，索性谁都不提这个名字，当他不存在了。"

旁边打打闹闹的警察们听到付贵说起这个名字，都忽然不敢闹了，一个个低下头去夹菜，大气都不敢出。付贵冷冷地看了他们一眼，又道："最近一次想动王绍义的是张少帅，想拿这伙土匪立威，于是带着亲信前往征剿，结果几仗下来，张少帅反而成了阶下囚。这王绍义虽然疯，却不傻，没伤少帅性命，原样送了回来。张大帅没办法，只得在名义上进行收编，给了他们一个团的编制，然后对外宣布大捷。如今这一部就驻在平安城，平时听调不听宣，反而打起奉军这杆大旗，更加肆无忌惮。"

听付贵这么一说，这马福田、王绍义根本就是游荡在直隶地面儿上的一群嗜血的贪狼。许一城手指敲着桌面，迅速把直隶地图在脑子里过了一遍，平安城就在遵化不远，离马兰峪的东陵很近。如果盗墓的是王绍义，那么很多事情就能解释通了。这种土匪，杀人戮尸都干得出来，盗墓又算多大个事？他搁下酒杯，说："多谢你介绍，我明白啦。"

"你不明白！"付贵一瞪眼，"你要面对的不是一个人，而是一支军队！"

"放心吧，我又不是去剿匪，我只是去看看而已。"许一城说得和气，语气却无比坚定。他起身让伙计结账，付贵却伸出手来，一把拽住他的胳膊。这家伙手劲儿比许一城大得多，如铁钳一般。许一城抽不出手，无奈道："哎，咱们不是说好不劝我的吗？"

"我不是劝你不要去,我是要跟你一块儿去。"付贵说。

这次轮到许一城愣住了:"你去干吗?"

"我是警察,调查那几件积年悬案是职责所在。"付贵冷冷回答。

许一城盯着这个冷脸探长,他认识这家伙好多年了,这家伙几乎从来不会笑,但也不太会撒谎。许一城笑了笑,笨拙地从他的"钳子"里缩出手来,低声说了声谢谢。付探长岿然不动,仍是一副漠然神态,手里的筷子连抖都没抖一下。

又吃了一阵,他们结了账,一起走出鸿宾楼。此时已是晚上八点多,天早黑透了,许一城和付贵走在最前,低声讨论去平安城的事。后头一群警察吆五喝六,吵吵嚷嚷。这一群人刚出饭店门口,付贵突然眉头猛皱,随即暴喝一声:"闪开!"一脚把许一城从台阶上踹下去,自己朝后一个仰倒。

与此同时,一颗炽热的子弹穿过许一城和付贵刚才站立的地方,穿过身后一名警察的肩膀,把饭店大门的玻璃击得粉碎。

这一下横生惊变,让所有人都呆住了。那些警察第一时间都趴在了地上,瑟瑟发抖。那名被打中的倒霉蛋跌倒在地,大声呻吟。许一城反应很快,被付贵踹下台阶以后就地一滚,藏身在一处大花盆后。他有些狼狈地张望着,看到付贵靠在一根廊柱后头,露出小半张脸,目光死死盯住远处被夜色笼罩的起伏屋顶,原本挂在腰间的驳壳枪已被握在手里。

鸿宾楼为了招揽生意,门口也挂起了内置电气灯的大灯笼,一溜八个,璀璨耀眼,给潜伏在夜色中的枪手提供了最好的照明。他一直耐心地等在门口,等着许一城出门的那一刻。而付贵把许一城一脚踹到台阶下的花盆边,让他脱离了照明范围,枪手就再也无法瞄准了。

这个杀手一定是冲着许一城来的,付贵凭直觉就猜得出来。

果然不出他所料,那几个警察在大灯笼照耀下一动不敢动,都是活靶子,对面却一直没有再开枪。

闻讯赶来的伙计推门出来一看,大惊失色。付贵一瞪他:"快拉灯!"伙计赶紧把门口的大灯笼电全断掉,鸿宾楼前顿时一片黑暗。付贵这才从廊柱旁猫着腰走出来,吩咐那几名警察赶紧把受伤的同僚送去医院,然后走到许一城身边,带着他沿斜角退到鸿宾楼里。

付贵把身子靠在隔板旁,探头看向门外的黑暗,对面是一片民房,错综杂乱,是个适合伏击的好地方。即使一下击不中,也可以及时撤走。他眯起眼睛估算了一下,喃喃自语:"四百米,一枪,基本没有误差。许一城,你可是惹了不得了的人。"

这个距离有这样的射击精度,无论枪械还是枪手素质都不是奉军士兵所能达到的。枪手背后的势力,一定相当强大。枪手应该是自从他们进了鸿宾楼就埋伏下来,静等着离开的这一刻。如果不是付贵反应及时,许一城此时恐怕已经死了。

死里逃生的许一城脸色变得十分严峻,但他不是在害怕,而是在思考枪声背后的意义。这是为了警告他,还是为了杀他灭口?他们和杀陈维礼的是同一伙人吗?

"你还去吗?"付贵在黑暗中发问。

许一城捏起拳头,却开心地笑了起来:"当然,这一枪说明我快接近真相啦。"

古董局中局3

第六章

平安城死局

平安城在北京城东边，距离北京差不多两百多里路。此地在遵化西南，与玉田、蓟县交界。这里南北都是燕山余脉，东边是翠屏湖，中间是一大片肥沃的平原，算是直隶比较富庶的地方。这里只要按时纳粮，就能太太平平地过日子。名叫平安城，真是名副其实。

这一天正午，通往平安城的官道上跑来了一辆胶轮马车，拉车的两匹辕马趾高气扬，神气十足，八只蹄子错落有致地敲击着黄土路面，健步如飞。官道沿途都是前清修的民房、庙宇和水渠，没怎么被战火波及，倒别有一番情致。

在车厢两侧的外座，左边是黄克武，右边是付贵。黄克武一身镖师打扮，黑衫劲装，可神色颇有些局促紧张。付贵的眼神始终盯着马车两侧，好像任何一丛杂草里都会跳出几个杀手似的。他的腰间两侧鼓鼓囊囊，带了恐怕不止一把枪。

在车厢里，许一城正背靠座椅闭目养神。他脱掉了西装，换上一身丝绸马褂，还在鼻梁子上架了一副小圆墨镜。在他的两根食指上，左右各戴着一枚晶莹剔透的玉扳指，手里还攥着一对大紫核桃，活脱儿一个古董暴发户的形象。

这些行头包括马车都是清宗室赞助的，要把许一城打扮成一个下乡来收古董的商人，排场必不可少。但作为交换条件，许一城不得不同意让海兰珠也一起跟来。

海兰珠这时就坐在许一城身边，一身纯白洋装，还戴了顶超大的波斯菊风帽，蕾丝帽檐挡住了她大半张脸，只露出一张樱桃小嘴，洋气十足。她把戴着手套的纤细手臂撑在窗边，优雅地托住下巴，朝外看去，不时发出小小的惊呼。

许一城知道清宗室肯定会派人随行，取个监视之意。可万万没想到来的居然是海兰珠。他要去的平安城可不是什么太平地方，王绍义凶残狡诈，万一真出了什么事，海兰珠一个娇滴滴的女孩子，可不知会碰上什么事。不过，毓方再三保证，海兰珠自己会照顾自己，许一城这才勉强同意。

看着打扮好似郊游的海兰珠，许一城对这个女孩子忽然有些好奇。她到底有什么能耐，能让宗室如此放心？不过，他没有把好奇宣之于口，而是把视线挪开，闭目养神。他现在必须把全部的精力放在对付王绍义上，别的可顾及不过来。

海兰珠注意到了他这个细微的变化，换了个更优雅的坐姿，还打了个小小的哈欠。车厢里的气氛安静而尴尬。

许一城这次去平安城，除了海兰珠以外一共挑选了三个人：付贵、黄克武、刘一鸣。但枪击事件的意外发生，让许一城不得不把刘一鸣留在京城，因为另有安排。

付贵问过他到平安城后有什么打算。许一城说很简单，就两个字：好处。

王绍义绰号是"恶诸葛"，说明他很聪明，而聪明人的思维方式都是可以捉摸的，只有疯子才无法预测。王绍义再凶残，他的行动也是紧紧围绕"好处"二字，只要让他相信有足够的利益，那么自己这一行人的安全就可以保证。

至于怎么让王绍义相信，就得看许一城的表现了。

这辆马车很快来到了平安城的城门前，门口有两个穿着奉军军装的卫兵。马福田、王绍义的队伍现在名义上归奉军的岳兆麟统辖，所以有自己划定的驻地。他们的举止，居然比北京城里的正牌奉军还友善一点。卫兵听说许一城是来收古董的，没怎么检查就放进去了。不过，他们看向海兰珠的眼神，却颇有些炽热。付贵狠狠地瞪了他们几眼，才把他们逼退。

平安城里很是热闹，店铺、饭庄、银号、杂货铺一应俱全，居然还有个戏院，虽不及京师繁华，但该有的都有了。海兰珠隔着车厢朝外望去，啧啧称奇道："我还以为这贼窝得有多脏多乱呢，原来和普通镇子也差不多嘛。"

"兔子不吃窝边草。谁都希望自己住得舒服点。"许一城简短地评价道。不能被这个假象所迷惑，这是直隶最凶残的一伙匪徒，小看他们的人都已经死了，而且死得十分凄惨。

"既然如此危险，那许先生你为什么会接这个委托？"海兰珠忽然问，这是她第二次发问。

这次在狭窄的车厢里，许一城没有了回旋的空间。他思索了一下，轻声答道："我要为一个朋友报仇，可也不只是为朋友报仇。"

海兰珠微微偏过头，表示有些困惑，企盼着更多解释。可许一城却没有继续说。

他对宗室的人不想谈及太多。他们总有种淡淡的优越感，让他很不喜欢。海兰珠感觉到这种敌意，抿嘴一笑："我知道许大哥你心存疑虑。其实我和毓方他们可不一样，我是心疼我父亲。东陵失窃，最难过的就是他，他夜不成寐。我陪你来，只是为了尽一个女儿的孝心，亲手为他解决这件烦恼之事。"

阿和轩看起来年纪不小，很可能年轻时就在守陵，一辈子的事业突然遭到了否定，难免会被打击。许一城理解地点点头，伸出手指撩起车帘看了眼外头，忽又叹道："东陵失窃，你父亲会难过，宗室的人会着急，可其他人就未必了。"

"嗯？为什么？"海兰珠不解。

"你不知道中国现在乱成什么样子了。各地都疯狂地挖掘古墓，盗卖明器，很多古董商会亲自雇用盗墓的土夫子，就守在坟地等着，一箱一箱地往外运，运不走的就地砸毁。大家全都挖红了眼，像东陵这样的宝地，只要谁敢咬第一口，其他人就会如饿狼一样上来将它撕咬一空。"

海兰珠瞪大了眼睛，她留学归来不久，不知道国内居然能乱成这副样子。

许一城手指微微捏住扶手，语调中开始略带激动："我的老师李济在清华开办田野考古之学，就是想把这股风气扭转过来，再将考古纳入正规的学术轨道上来。贩卖古玩，只是私利，考古才是公心之所在。你在大英帝国留学，应该知道文明世界对文化遗产的做法。中国再这么乱下去，只怕是文物尽失，人心尽丧，连根都要被盗掉了。"

海兰珠忽然问道："这么说，许先生，如果东陵被盗和你那个朋友无关，你还是会接这个委托喽？"

"会！"许一城毫不犹豫地回答，"这已经不只是个人或你们宗室的麻烦了，而是整个中国历史的危机。我怕东陵这盗掘的口子一开，盗墓贼们再无忌惮，局面就完全不可收拾了。东陵之后还有西陵；西陵之后还有明陵；河南有宋陵，陕西有唐陵、汉陵。想想看，倘若这些陵寝全被挖空，那么这个国家还能剩下什么？无论如何都不能容许这样的事情发生！"说到这里，他的声音居然微微发颤。

海兰珠看着许一城，不禁一怔。她印象中的许一城总是带着一副云淡风轻的笑容，没想到他会如此激动。中国历史吗……她凝视着小圆墨镜下那副沉痛的面容，她本以为许一城不过是个手段高明的掌眼大师，没想到他居然有如此的思想。

许一城把小圆墨镜往上推推，又变回了一个市侩商人，唯有声音依旧洪亮："所以，于公于私，我都得追查到底。这一点，还请海兰珠小姐放心。"

海兰珠摘下镂空的蕾丝手套，把手伸到许一城面前，甜甜一笑："您都亲自来平安城了，我有什么不放心。不过，总算了解了许大哥你的心思，咱们现在是在同一阵线就够了。"她忽然改口，从"许先生"变成"许大哥"，许一城也并未计较，伸出手，两人大大方方握了一下。

海兰珠觉得这人的手非常烫，很温暖，可惜一握即松，没机会多感受一下。

马车最终在平安城最大的一家客栈门口停下。许一城下了车，立刻进入角色，摆开了大谱，张嘴就要了三间最好的房间。老板见他出手阔绰，自然是满面笑容，招待得无微不至。入住安排妥当以后，许一城赶走伙计，把其他三个人叫进房间，简单地把自己的想法说了一下。

在之前的调查里已经确定，东陵被盗的陪葬品只有泥金铜磬和虎纹蜜蜡佛珠在市面上流出，而且还是毓彭私藏下来的，其他大部分陪葬品肯定还压在盗墓者的手里。很多人盗墓之后，东西一捂三年五年，等风头过了再卖，但这两个人肯定不会。他们麾下的人马有一两千人，每天人吃马嚼就是好大一笔费用。对于军阀来说，什么都没有现洋钱更吸引人。如果王绍义是东陵盗墓者，那么他们一定急于把这些东西套现以充军饷。

可是，古董买卖有它自己的门道儿。这些赃物太过敏感，贸然拿去铺子里卖，吃亏不说，保不准还要被扭送官府。所以，王绍义不能亲自去卖，而是非得找个靠得住的古董商，来替他神不知鬼不觉地销赃。

这就是为什么许一城要打扮成一个下乡收古董的商人。只要取得王绍义的信任，替王绍义销赃，就能掌握住这批东陵明器的下落，他这次平安城之行就算是大功告成了。

其他人对这个计划没有异议。许一城让黄克武去找客栈老板，把带来的一只铜制金蟾摆出去。

古董商收东西，分为两种。一种是亲自去乡下跑，挨家挨院地转悠，这叫"数佛珠"，意思是一粒一粒地数过来，非常辛苦，但捡漏的概率高，往往可以用很便宜的价格拿下好物件儿；还有一种叫"等兔子"，一般是在镇子里最热闹、消息最灵通的地方，比如客栈，摆那么一只金蟾，头上压起一摞铜钱。这就是告诉当地人，我来贵地收货，家里有什么好东西，可以拿来客栈，当场买卖，守株待兔。

两者之间有微妙的差别。像是河南、陕西之类的古玩大省，古董商一般都是数佛珠，宁可一趟趟找，因为好东西多。等兔子一般是路过一些不那么盛产古迹的地方，人生地不熟，又不一定能挖到好东西，就索性亮出招牌让人主动上门。

许一城摆金蟾出去，就是打了个广告，告诉平安城所有人，包括王绍义在内：我路过宝地，顺便收点古董，有意者请与我联系。

过了一阵儿，黄克武回来，一脸怪异，许一城问他怎么了，黄克武说柜台上已经搁了仨金蟾。这就是说，已经有三个古董贩子也来了平安城，都摆出了等兔子的架势。

平安城附近没什么古迹，从古至今都不是什么大都大城，很少有古董贩子专程跑来。这一下子凑了四拨人，那事情可蹊跷了。

许一城斜斜靠在藤椅上，用指头敲着膝盖，说其他几家八成是听到点东陵的风声，想跑过来收货，这是好事，只要有人能把王绍义手里的货钓出来，就算成功。

"我先出去溜达一圈。"付贵说道，也不等许一城说什么，转身就出去了。许一城跟他有默契，不用多说什么，就叮嘱了一句小心。付贵不懂古董，他得负责所有人的安全，所以，这平安城的地形虚实，得事先踩好了才行。

海兰珠站起身来，推开窗子往外看去，这里是个临街的二层房间，正对着平安城唯一的一条大街。她把帽子摘下来，解开洋装上的第一个扣子透气。黄克武面色一红，转身要出去，许一城却对他低声喝道："克武，别乱走，对面有人。"黄克武先是一惊，随即反应过来。他借着余光，看到客栈对面的屋子窗边闪过一个人影。海兰珠只怕是一进屋就发觉了，才故意做出这种轻松姿态，好让人放松警惕。

这女人可不简单，许一城心想，然后打开报纸，跷起二郎腿慢慢地浏览。海兰珠斜坐在床边，从包里取出一把小巧的指甲刀，开始修剪起指甲来。只有黄克武有些尴尬，觉得站也不是，坐也不是，他想想自己的身份是保镖，就靠墙站好。

过了不多时，伙计跑过来敲门，恭敬地说："许爷，下头有人找您。"

许一城和其他两人对视一眼，想不到这么快就有人送货上门了。不过，再仔细一想，平安城也就麻雀那么大，有点什么动静，肯定一传就是满城皆知。

"克武你在房间里看好行李，海兰珠小姐，你跟我去。"许一城道。海兰珠妩媚一笑："许大哥，别这么生分，会被人看出破绽。叫我安妮就可以了，这是我在英国起的名字。"许一城点头表示知道了。

趁着往楼下走，海兰珠好奇地问道："为何你会让我陪你下来，让克武守着房间呢？"她很清楚，许一城对她是怀有戒心的。

许一城道："前清时候，在关东有个习俗，看见牵着骆驼的，就知道卖药的来了。因为关东人从前没见过骆驼,不知它脾气温驯。所以,他们一看卖药的居然能把这么一个庞然大物收拾得服服帖帖,本事一定很大,卖的药肯定管用。"

海兰珠先是一愣,旋即才明白过来,许一城这是拿她当骆驼用呢。她笑眯眯地贴了过去:"那我可就当你的骆驼了,你想让我怎么服服帖帖的?"这次轮到许一城狼狈地快走几步。海兰珠难得见他面露尴尬,掩口咯咯地笑了起来。

两人下了楼,远远地就看到一个老农站在柜台前。这老农头戴斗笠,皮肤黝黑,双眼被层层叠叠的褶子挤压成一条细细的缝,门外头还搁着一副挑大粪的担子,虽然已经晒干,但臭味还是不小。

伙计把老农叫过来,老农赶紧点头哈腰,说听街上有人说收宝贝的来了,他也来献宝。许一城既然扮了古董商,就得开张,于是,他抬起下巴,故作不耐烦,说:"你有什么东西?"

老农把手在裈子上用力擦了擦,然后从担子边上拿起一个瓷枕来。这瓷枕是个胖孩儿造型,仰卧着,两只胖乎乎的小手托起一片莲叶。那莲叶纤毫毕现,叶茎叶纹清晰可见,十分精致。不过,瓷色黯淡,估计是蒙尘已久,虽经人草草擦拭,但还是没显出什么光泽。

许一城把东西接过去看了几眼,老农特别紧张,也伸着脖子瞅。海兰珠瞪了他一眼,老农尴尬地笑了下,退后几步,生怕弄脏了她的衣裙。许一城端详了一阵,还屈起指头弹了几下,瓷枕发出闷闷的响声。

瓷枕也归瓷器一类,但不算特别值钱。隋唐时候才有,到宋代更是大量生产,多是民窑所出,造型多,来历多,而且陪葬时一定会把主人的瓷枕搁进去,枕到头下。所以,这玩意儿多是盗墓挖出来的明器,家里祖传的反而少见。

许一城问老农这是哪里来的,老农说是头年刨地挖出来的,一直搁在家里头压大缸。有人说这是件宝贝,刚才听说有人来收,所以特意拿过来碰碰运气。

许一城检验一圈,已经大概有底儿了。

瓷枕分两种,一种是生枕,是活人枕的;一种叫尸枕,也叫寿枕或阴枕,死人专用。两者的区别在于,生枕朴素实用,因为真的拿它枕着睡觉;寿枕方硬华丽,反正死人不会嫌硌得慌。这个明显是个尸枕,应该是宋瓷,定窑所出。因为看胎色是白里透着一点点黄,积釉如蜡泪,还能在边角看出竹丝刷纹的痕迹。这是个尴尬物件儿,说值钱吧,瓷枕卖不出特别贵的价;说不值钱吧,好歹也是定窑出的宋货。

老农看得着急，连声问这个能卖多少钱。许一城沉吟片刻，眉头一皱，把瓷枕扔回去，说："这东西又笨又重，做工也不怎么样，也就是样式还算讨喜，给你两个大洋吧。"老农问能不能多给点。许一城冷笑说："这客栈里还有别人来收，你看看他们能给你几块？"随后又补了一句："你问了他们，可就不能后悔了。"

这东西搁到市面上，起码能叫上五百大洋。如果是地道的一个古董商人，这时候就要拼命贬低，尽量压价，让卖主觉得不值钱，才好赚取差价。

"有人不要？那拿给我看看。"

正说着，从客栈后头又转出来一人。这人中年微胖，粗眉毛，装扮跟许一城差不多，胸前还揣着一块金怀表。原来，伙计不只叫了许一城一家，还叫了另外一个等兔子的。

这人走过来，许一城冲他点了点头，算是打过招呼，然后把瓷枕递过去了："这玩意儿您也过过眼？"言语里带了暗示：我已经看过了，而且叫了个低价。如果不是什么特别值钱的东西，对方往往就会退开，犯不上为这点东西得罪人。

但那人居然伸手接了过去，反复看了几圈，还掂量了一下，然后问了老农同样的问题。老农不敢不耐烦，老老实实又答了几句。那个古董商看了眼许一城，说："我加一枚鹰洋，这个让给我吧。"许一城故作不满道："朋友，得有个先来后到，我已经问过价了，您横插一杠子，可是坏了规矩。"

那古董商居然也不坚持，抬手说："行，这个我不争了，你收着。"转身就要走。许一城却不依不饶起来："我刚才已经谈妥了两枚大洋，您这一开口就加一枚，还不要了，怎么着？是成心给我添堵不成？"那古董商怒道："你这人怎么这么不讲道理，要，坏规矩；不要，也坏规矩？"

老农战战兢兢地凑过来，伸出三个指头："那这个，三枚？"他混浊的眼神里闪着精光，这是典型的农民式的小精明。许一城脸色一沉："刚才说好了两枚，就值这么多。有本事你卖给他去。"老农犹豫了，既想多占点便宜，又怕错失了机会，左右为难。

那古董商懒得跟他们吵，说："好好，三枚卖给我，你拿来吧。"说完他从怀里掏出三枚银晃晃的现大洋，扔给老农，然后瞪了许一城一眼，卷起瓷枕就要上楼。

这时老农忽然喊了一嗓子："我这儿还有东西，您还看看不？"那古董商回过头来，本来翘起嘴唇，打算把他骂退，可嘴张到一半，却看到那老农手里握着一把手枪，黑洞洞的枪口正对准自己。

"等一下，我……"古董商还没说完，就听一声枪响，他右膝陡然爆出一团血花，惨叫着从楼梯上摔下去。

老农的眼皮翻动几下，奋力把层叠的褶皱朝上下挤开来。那个贪婪的老农嘴脸霎时不见了，取而代之的是一对阴森狰狞的眼睛。老农慢慢走过去，看到古董商人捂着腿号叫，抬起枪，又在他肩膀上补了一枪。这次是近距离射击，大半个肩膀血肉横飞，古董商人发出一声更为凄厉的惨叫，躺在地上剧烈地抖动着。海兰珠尖叫起来，往许一城身后躲。

老农俯身探探他鼻息，对客栈老板道："把他抬下去，别死了，没那么便宜的事。"说的时候，嘴边还带着一丝笑意。其实，他第一枪已经把那商人打废了，第二枪纯属是为了听到惨叫声，他似乎还乐在其中。

来了几个客栈伙计，七手八脚把古董商人抬下去，地板上拖了一路的血迹。除了许一城和海兰珠以外，其他人都面色如常，仿佛这种事每天都在发生。

老农掂着枪走到许一城面前，上下打量，裤腿上还带着飞溅出来的血。海兰珠低下头去，死死抓住许一城胳膊，双肩瑟瑟发抖。许一城一把将她扯开，嘴里骂道："没见识的娘儿们！"然后赶紧从怀里掏出一包美人儿香烟，给老农递上一根。

老农也不客气，叼着烟抽了几口，点头道："嗯，地道。"他慢慢地吞云吐雾，许一城在旁边就候着，也不敢说话。

老农抽了半根儿，开口道："知道为什么我收拾了他，没收拾你吗？"许一城道："知道，知道。他这个人，不地道。"老农眉头一抬："有点意思，怎么不地道了？"许一城道："我正在看您的东西，谈妥了价儿，他非要往上抬，这是不义；把价抬上去了，我一争，他又不要了，这是不信；最后您一纠缠，他不趁机压价，反而给了钱就走，这是不智。正经收古董的，没人这么做买卖，这人每一步都没走在点上，明显就不是这行里的人，心思不在这儿。"

"哦，那你说他心思在哪儿？"

"这在下就不知道了。"许一城又要给老农递一根烟过去。老农眼睛一斜，没接烟，猛地抓住许一城的手。许一城脸色一变，却又不敢挣扎。老农嘿嘿笑道："他那手上都是老茧，一看就是玩枪的老兵，以为戴块金怀表就能装文明人了？哪像你这手细皮嫩肉的，才是摸着瓷器字画出来的。"

许一城把手抽回来，赔笑道："您抬举，您抬举。"老农突然眼睛一瞪，声音又阴狠下去："可这平安城是个穷地方，正经收古董的，一年也来不了一回。你跑来这儿等兔子，是不是心思也不在这上头啊？嗯——"他故意拖了个长腔儿，看着许一城，只要一句话说错了，他也不介意多费一颗子弹。

许一城笑道："在下来这里，自然是冲着钱来的。可这事能不能成，不在我，得看您成全不成全。"老农眉头一挑，嘴巴咧开："俺一个乡下人，能成全个啥？"许一城道："话说到这份儿上，再不知道您是谁，我这一双招子干脆自己废了得啦，您说对不对？王团副？"

老农忽然哈哈大笑，把枪扔给旁边的客栈掌柜，拍了下许一城的肩膀，说："你这人，有意思。"这人自然就是外号"恶诸葛"的王绍义。他几乎没有照片流传，付贵在警察厅也只能找到几段彼此矛盾的口供，一直到现在，许一城才发现他是这么一位瘦小干枯的乡下老汉，真是出乎意料。

王绍义道："别怪老汉我招待不周，这年头，想来平安城打探消息的奸细太多，不得不防。老汉我信不过别人，只好亲自去试探。"他磨了磨后槽牙，发出尖厉的声音，似乎还意犹未尽。许一城看了眼那瓷枕："您这件东西选得好，不贵不贱，鉴别难易适中，是不是行里人，一试即出。"

"嘿，所以看着外行的古董商，那一定是奸细；就算不是，那也是手艺不熟，死了也活该。"王绍义说得理直气壮。

这个王绍义果然警惕性十足，连一个收古董的住进来，都亲自挑着粪担子来试探。幸亏许一城是行家里手，稍微一个不注意，就会像那位不知哪儿派来的探子露了底，还不知会怎样生不如死。

许一城心想着，冲王绍义一拱手："这次在下前来平安城，其实是听了点风声，想在王团副这儿走点货。只是苦于没有门路，只好学姜太公在这儿先摆出架势了。"从刚才的一番接触，他知道王绍义这人心思狡诈，猜疑心极强，与其等他起疑，不如自己先承认。

王绍义淡淡道："我这儿是正经八百的奉军子弟，保境安民是职责所在，可不是做买卖用的，能有什么货？你从谁那儿听说的？"许一城道："毓彭。"王绍义似笑非笑："哦，他呀，看来我有时间得进京去跟他聊聊了。"

许一城也笑："您不一定能见着他，我听说毓彭让宗室的人给逮住了，至今下落不明。"他这是告诉王绍义：你盗东陵的事，宗室已经知道了。这么一说，是在不露痕迹地施加压力。王绍义"哦"了一声，似乎对这个漠不关心，又问道："北京最近局势如何？"

许一城摇摇头，露出一副忧心忡忡的样子："乱套了，一天一个消息。一会儿说张大帅要跑，一会儿说南边已经打到城边，一会儿又说要和谈，没人有个准主意。"王绍义道："这么乱了，你还有心思来收古董？"

"乱世收古董，盛世卖古董，咱赚的不就是这个钱嘛。"许一城乐呵呵地说着大实话。

王绍义一怔，没想到这家伙这么实在，哈哈大笑。许一城趁机拿出张片子，恭恭敬敬递了过去："甭管有没有货，能见到王团副，那也是在下荣幸。鄙人许一城，就在客栈这儿候着，随时听您吩咐。"

"那你就等着吧。"

王绍义拈过名片，什么承诺也没做，转身就走。他走到海兰珠身旁的时候，停下脚步，对海兰珠咧开大嘴："小姑娘刚才那一嗓子尖叫演得不错，就是欠点火候，还得多磨炼一下。"海兰珠脸色"唰"地变了颜色，后退一步。王绍义呵呵一笑，伸出皱巴巴的指头在她粉嫩的下巴上一滑："敢来这平安城的，会让这点血腥吓到？"然后走出客栈，依旧挑起粪担子，又变回了乡下老汉的模样，一步一晃悠地走了。

许一城和海兰珠回到房间。一进屋，海兰珠歪斜一下差点瘫坐在地上，幸亏被许一城一把扶了起来。王绍义带给她的压力太大了，她差点没绷住。许一城道："早叫你别来，你偏要逞强，现在走还来得及，我让克武送你回去。"

海兰珠咬着嘴唇："我不回去！我得替我爹逮到盗墓贼！"许一城道："这事毓方已经委托给我，你何必多此一举。"海兰珠摇头："不走，王绍义已经知道我了，现在我一走，他肯定起疑。"

她说得也有道理，许一城叹了口气，不再坚持。海兰珠问接下来怎么办。许一城道："咱们的来意王绍义已经知道了，接下来就只有等。别忘了，柜台上除了咱们的，一共有三只金蟾，打死一只，还有两只呢。"

过了一阵，付贵回来了。许一城问他怎样，付贵道："一出门就让人缀上了，跟着我兜了整整一圈。"看来这平安城是外松内紧，看似松懈不堪，其实他们一进城就陷入了严密监视之中。

于是屋子里又安静了，这次感觉和刚才截然不同，如同陷入了一个鸟笼子里。王绍义到底是什么意思，谁也不知道，更不知道等着自己的是拔毛还是放血挨宰还是别的什么东西。许一城道："他还是在试探咱们，如果这会儿沉不住气，夺路而逃，那就是往死路上撞了。"

海兰珠白了他一眼："刚才还有人要把我撵走，照你这么一说，那可真是自寻死路了。"许一城说不过她，只能苦笑着打开报纸，继续看起来。

整整一个下午，客栈外头再没什么别的动静，当然更没有人来献宝。到了晚上，许一城叫老板送来几样小菜，跟其他几个人胡乱吃了几口。许一城一点不急，拿起本书来慢慢翻着看。海兰珠却有点心浮气躁，在屋子里来回走动，黄克武沉默寡言，只有付贵拆下手枪，擦了一遍又一遍。

到了晚上十点多，平安城关门闭户，不见一点灯光，黑压压恍如酆都鬼城，连声音都没一点。屋子里的诸人本来要各自回房休息，突然听到脚步踩在木板上的吱呀声，一步一步煞是诡异。很快一团昏黄烛光逼近门口，吱呀一声，客栈掌柜推开了房门，面无表情地说道："几位，带上行李，请上路吧。"

这话说得阴气森森，许一城问："这是王团副的意思？"客栈掌柜面无表情，说："您不去也没关系，我回禀就是。"许一城冲其他几个人使了个眼色，四人只好跟着过去，很快出了客栈，走上街道。

一行五个人在寂静无人的街道上朝前走去，客栈掌柜提灯走在前头，好似招魂一般。很快他们就被带进了一处黑乎乎的建筑。借着烛光，许一城认出来了，原来这是平安城的城隍庙。

庙里鬼气森森，正中城隍老爷端坐，两侧牛头马面、黑白无常，个个泥塑面目狰狞。在城隍老爷头顶还悬着块褪色的匾额，上书"浩然正气"四个字，两侧楹联"做事奸邪任尔焚香无益，居心正直见吾不拜何妨"，写得不错，只是此时看了，真是说不出的讽刺。

他们没等多大一会儿，王绍义便从城隍庙大殿后头走了出来，他换上一身戎装，腰插盒子炮，周围士兵如同鬼影环伺，手持长枪，面目僵硬。

"到时辰了，跟我去阴曹地府转转吧。"王绍义咧嘴笑了起来，一指许一城和海兰珠。

黄克武和付贵也要跟上，却被旁边的士兵长枪一横，拦住了。王绍义说："咱们是去谈买卖,这些拿刀拿枪的事就免了吧。"两个人对视一眼,这是故意要把他们分开啊,可是人家手里有枪,稍有反抗就得横尸当场。许一城拉住付贵,递过一个无妨的眼神。如果王绍义要杀他们,早就动手了,不必等到现在。付贵和黄克武没办法,只得跟着小头目出去了。

他们走了以后,许一城上前一步,递过一支烟去:"王团副,您说下阴曹地府,是什么意思?"

王绍义接过烟说道:"你不是来找我做买卖吗?不下去怎么谈?"说完一伸手,把许一城往城隍庙后面请。

许一城和海兰珠走进城隍庙后头,里面有一间极小的砖屋,上瓦下砖,墙皮涂成暗红色,屋子左右不过三米见宽,木门槛倒有将近一丈。许一城一看这小屋子,眉头一动,对海兰珠道:"你来过城隍庙吗?"海兰珠摇头道:"我很早就被送去英国了,城隍庙只是听说,没进来过。"许一城道:"哦,那你可要留神了。"海兰珠大奇,问为什么。许一城还没回答,王绍义已经催促两人进那屋子了。

他们高抬腿迈过门槛,才看到屋子里头啥也没有,只在正中地板有一个黑漆漆的大洞,似乎是一个地窖。旁边搁着一把木梯,不知是通向哪里的。

"请。"王绍义的表情在灯笼照耀下阴晴不定,说不出的诡异。

许一城攀着梯子往下走去,这地窖很深,一股子霉味。他到了梯子底下,看见海兰珠也慢慢爬下来。她对黑暗的地方似乎有点恐惧,手一直在抖。一碰到许一城,她就一把抓住他的胳膊,死死不放。

先是许一城和海兰珠,然后是王绍义和客栈掌柜,四个人依次下了地窖,外头"砰"的一声,把地窖的口给盖上了,里头彻底陷入黑暗。许一城感觉黑暗中似乎还有人,可只能听见呼吸声,影影绰绰不知有多少。海兰珠的指甲都快抠进他肉里去了,问他是不是鬼。许一城没有正面回答,只说让她做好心理准备。

"唰"的一声,掌柜的划亮一根火柴,点起了一个白纸大灯笼,把整个地窖照亮。海兰珠突然发出一声尖叫,差点把许一城掐出血来。

灯光一亮,她才看到四面那些影子全都是鬼,个个青面獠牙,面目狰狞,有吐着长舌的吊死鬼、满脸血污的跌死鬼、手拎肠子的腰斩鬼,还有什么虎伤鬼、科场鬼、溺死鬼,等等,各有各的凄惨死状,全都立在四面墙前,身子前倾,仿佛在极近的距离要跃然而出,一对对无瞳的眼珠子几乎贴着海兰珠。

海兰珠面如土色，身子不断颤抖。许一城拍了拍她的手背："不用怕，这都是泥塑。"海兰珠定了定神，再仔细看，才发现这些都是泥彩塑像，只是雕得栩栩如生，在昏黄的油灯照映之下，油泥浮动，真好似活着一般。

许一城道："你在国外长大不知道，在城隍庙后头，一般都有个暗室叫作阴司间，就是这里了。里面供着各种鬼像，供游人观看，算是免费游了一回阴曹地府。"海兰珠眼神游移，惊魂未定，明知这些东西是假的，可气氛着实惊悚。

王绍义笑道："小姑娘这一声惊叫，才算是真情实感，不错，有进步。"

如果是大城大镇的城隍庙，阴司间里琳琅满目会有几十种鬼像，以警示世人不可做恶事。不过，平安城是个小地方，阴司间里只有七八尊泥塑。许一城环顾一周，发现这里也不全是鬼。阴司间正中居然摆着一张方桌，桌子旁已经坐了两个人，一胖一瘦，都穿着马褂。他们看向许一城，没吭声，眼神都颇为不善，却也带着几丝惊慌。

王绍义请许一城在桌子一边坐下，海兰珠松开他的胳膊，站在旁边眼睛低垂，根本不敢往左右看。那两个人各自眼观鼻，鼻观心，装作若无其事，也不打招呼。

掌柜提着白纸灯笼恭敬地站在后头，王绍义自己拽了把板凳大马金刀坐定，头顶恰好对准窖门。他环顾四周，指头朝上一指："鬼门一关，咱们就算是进了阴曹地府，阴阳隔绝。在这儿天不知、地不管，人间更是没关系。诸位有什么话要说，不必再藏着掖着了。"

他这话一说出来，所有人都顿觉阴风阵阵，下意识地缩了缩脖子，仿佛真在阴曹地府一般。整个地下室只有一个地窖口，还被王绍义牢牢关上了。他想干什么就干什么，天不知、地不管，叫谁都不灵。在座的几位，都是砧板上的鱼肉，任人宰割。

掌柜的提着灯站在王绍义身后，看不清他的面目，只看得到一片阴影，如同判官。许一城心中冷哼一声，王绍义故意选在这个鬼地方，只怕是别有用心。别的不说，单是这鬼气森森的氛围，就足以让人先挫了几分锐气。

王绍义对他们的反应很满意，他伸手道："你们三位，都是确实来平安城收货的，彼此认识认识吧。"在座的两位冷淡地彼此一拱手，互相道了姓名。瘦的那位叫高全，一口天津话；胖的那位叫卞福仁，说话带着山西人特有的腔调；他们俩只报了名字，来自哪里，什么铺子的，一概不提，可见彼此都有提防。

海兰珠这才知道，那客栈外头搁着四只金蟾，正是来了四拨古董商人。王绍义亲自去查验，干掉了一个探子伪装的，剩下三家，才有资格受邀到阴司间来。

一干人都打完招呼了，王绍义眼睛一眯："我先问个问题，兄弟我在东陵做的事，你们是怎么知道的？"

许一城已经回答过这问题，坦然说是毓彭，另外两位却有些支支吾吾。王绍义一拍桌子，恶狠狠道："我刚才说了，鬼门一关，谁都不许藏着掖着！当着这么多恶鬼都敢说谎，可是要遭报应的！"高、卞两位还是有些为难，王绍义冷笑道，"咱们都说实在话。爱新觉罗家的坟，是我刨的，这是机密事，只有自家兄弟知道。你们来平安城，肯定是得了内部走漏的风声。我不怪罪你们，求财嘛；但嘴不严的，却一定得有个交代。你们把透露消息的人告诉我，咱们的买卖接着做；不说，我就拿你们开刀，自个儿掂量掂量吧。"

他这一句话出来，阴司间里顿时一片寂静。高、卞二人垂下头，心里都在紧张地做着斗争。在这昏暗的小地下室内，又被鬼怪环伺，人心本来就极度压抑，所以，王绍义几句话轻易就动摇了他们的心防。

许一城微微叹息，王绍义这句话相当厉害，等于是分化了这两人与内线的利益，这些求财的人，哪里会讲什么义气，为了自己的好处，什么事情干不出来？

果然，两人很快各自说出一个人名。王绍义点点头，对掌柜的耳语几句。掌柜的把灯搁下，重新爬上地面打开盖子交代了几句，又爬了回来。过了不多时，外头传来两声清脆的枪响，高、卞二人都一哆嗦。王绍义咧嘴笑道："你看，大家都实实诚诚地讲话多痛快？行了，咱们说正事吧。"

掌柜拿来一个口袋，搁到桌子上，一件一件往外掏。很快在桌子上堆了一堆。有缀着珍珠的凤冠、织金的经被、大小玉佛、翠佛、各种金银法器、鸡卵大的宝石，林林总总大概有二十件。灯光昏暗，许一城只能粗粗一扫，和淑慎皇贵妃墓里失窃的陪葬品似乎都对得上号。跟它们比起来，剩给毓彭的那个泥金铜磬和蜜蜡佛珠算是不值钱的了。

高仝、卞福仁两个人眼睛都直了，这些东西都是硬货。所谓硬货，是说东西凭着本身质地，就能值不少钱，比如说鸡卵大的祖母绿，不用看年代，光是原石都能卖出天价；与之相对的是软货，比如字画，本身一文不值，只因为和名人有关系，方才身价大涨。

这些东西非金即玉，若是放到市面上，少说也是十几万大洋的买卖。要不然，他们也不会听到风声以后，巴巴地跑来平安城。许一城忽然听身后海兰珠发出粗重呼吸,知道这姑娘有点忍不住了,偷偷咳了一声,示意她少安毋躁。王绍义笑道:"娘儿们看了金银首饰,都是一副德行。"

在座的人都哄笑起来,气氛稍稍轻松了一些。王绍义道:"这些玩意儿,都是从同治的妃陵里弄出来的,兄弟我也担着好大的风险,你们可别不领情。"

高全满脸堆笑道:"王团副过虑了,清室都没了多少年了,谁能找您的麻烦?"卞福仁也接口道:"就是,东陵荒着也是荒着,与其让那些死人霸着,不如拿出来给活人造福。"王绍义听得连连点头,忽然一抬下巴,直勾勾地盯着许一城:"你怎么不过来恭维恭维我?"许一城道:"挖坟掘墓,有损阴德。我来平安城是为了求财,这嘴上的便宜还是不占了。"

高、卞二人眉头大皱,忍不住出言讥讽:"你都坐到这阴司间里了,还充什么圣人?"他们对王绍义说:"此人如此无礼,还睁着眼睛说瞎话,别有用心!"他们二人都存了同样的心思,今天这些明器一共三家来分,少一个竞争对手,自己就能多得两成。

王绍义淡淡道:"许老弟说得不错,咱们刨了人家的坟,就别捡便宜卖乖了。其实呢,兄弟我也不是为了自己,而是为了这两千多号人的生计。人喂马嚼,当家不易啊……"说完他伸出手去,把这堆珠宝明器推到桌子中央:"兄弟我想销赃,你们想赚钱。不过,买卖只能两个人做,今天你们却来了三伙儿,这让我有些为难。"

三人都屏住呼吸,知道正题终于来了。王绍义道:"兄弟我思前想后,一直不知该咋办才好,就跟马福田马团长说了。马团长到底是过来人,有见识。他问我:'这些玩意儿都卖了,能卖多少银钱?'我说怎么也得十来万吧。马团长又问我了:'咱们团一个月发饷钱得多少?'我说五万不止。马团长说:'你就算都卖喽,也不过是三个月军饷,这哪儿够啊?眼光还得放长远不是?'我想也对,这个妃子墓,就算刨了几座,也不过是一两年的收入,没意思!要挖,就挖个大的。"

说到这里,王绍义一拨桌上的明器:"这点玩意儿,不过只是添头儿。今天把诸位聚到这儿来,是想跟你们做笔更大的买卖,东陵里头最富贵的,那得算是老佛爷的墓。诸位有没有兴趣?咱们吃个慈禧太后的现席!"

一言既出,举座皆惊。那张沟壑纵横的脸在烛光映照下,比那周围的鬼面雕塑更为恐怖狰狞。

年纪稍微大点的北京人都还记得,当年慈禧出殡时无比奢华的风光,恐怕是前无古人。而他们专业搞古董的人，自然也读过李连英和他侄子写的《爱月轩笔记》，知道慈禧墓里的陪葬品之丰厚，恐怕要冠绝诸陵，全部发掘出来的话，将是一笔惊天财富。

王绍义居然打算开掘慈禧墓，这份野心和胆量，可真是不得了。慈禧墓的等级，不是淑慎皇贵妃的坟墓能比。虽说此时盗墓成风，可公开搞这么大的事情，众人心中都有些惴惴不安。

王绍义看他们被吓住了，嘿嘿一笑："这陵墓哇，就跟整娘儿们一样。头一回都紧张得够呛，可有了第一次，就有了第二次，慢慢就习惯了。"

这个笑话大家都没笑。无论是许一城还是高全、卞福仁，都敏锐地捕捉到，王绍义刚才用了一个词，吃慈禧的现席。

吃现席，这是民国以来才有的事情。民国开国以后，各地一直动乱，挖坟掘墓的事屡有发生，无人监管。于是，就有古董商人掏钱雇用土夫子，专门挖古坟取明器。后来土夫子觉得这么做自己吃亏太大，所以索性反向操作，先找准坟墓，然后叫来几家古董商，当场挖坟，现场拍卖，价高者得。因为往往是几伙人围着坟坑盯着，跟开宴席似的，所以就叫作"吃现席"。

这种吃现席的做法，古董商都要先付一笔钱给土夫子，当作定金。土夫子收够了定金，才开始挖坟。无论坟里挖出什么，定金都不退，这就是保底。王绍义说吃慈禧的现席，自然是打算先跟他们三家收取定金，然后再去开掘。

高全先一拍桌子："好！王团副难得有此雄心，我就舍命陪君子。"卞福仁不甘示弱，也跟着说道："慈禧墓里，都是民脂民膏。王团副为民做主，取来也没什么不可。"王绍义又把眼睛看向许一城，说："那你呢？怕了？"许一城淡淡道："慈禧墓有多大，几位应该知道。那不是寻常的坟墓，说开就开。别的不说，那墓道在哪儿你们谁知道？若不知地宫入口，就是几百人硬挖，也得花费几天的工夫。北京政府再无能，这么大动静也传出去了。王团副说开慈禧墓，可也得告诉我们怎么开。财帛动人心，也得有命花才行。"

王绍义哈哈大笑："你问到点上了。我就给你们吃颗定心丸吧。当年慈禧墓修到最后一道手续的时候，留下了八十一个石匠封闭墓道。本来这些人是要被灭口的，可其中有个姓姜的石匠，在施工中途被大石头砸中，晕死过去。监管太监以为他死了，怕弄脏了地宫，便让人把他拖出去扔在山沟里。姜石匠后来悠悠醒转，逃回村里隐姓埋名，活到了现在。"

三人都没想到还有这么一段故事，若这是真的，那么墓穴定位根本就不成问题。高全惊喜道："莫非……莫非王团副已经找到那个姜石匠了？"

王绍义道："还没，不过已经有了眉目，很快就能找到他了。"他停顿了一下，忽然看了三人一圈，"几位，你看，这等机密大事我都跟你们说了，兄弟我算够实诚吧？那现在轮到你们表示一下诚意了。"

三人面面相觑，心想这就是要钱了吧。王绍义却下巴一抬："这次吃现席，咱们改改形式，你们也别吃了，代我走货即可。"

寻常的吃现席，古董商给了定金，土夫子挖出东西交给古董商，这事就完了，这是为了防止万一坟是空的，土夫子白干一场。王绍义的意思是，这慈禧墓里头肯定有宝贝，不用猜，所以他挖出来，都算自己的，但会指定一人代为出货，拿到市面上去换现大洋。

要知道，慈禧墓的东西虽然值钱，但都见不得光，必须有门路找到那些匿名收藏家才行。古董市场水太深，如何找人，如何透口风，如何收款，如何保证不被曝光，其中门道很多。王绍义杀人如麻，可在卖货上就是个白丁，必须得找一个行家代为出手。

想想看，慈禧墓里那么多宝贝，光是抽水就能拿到手软，果然是一桩大买卖。

王绍义又道："慈禧墓的事，兄弟我也知道影响不小，所以知道的人越少越好。你们三位，我只能挑一位来出货。"

在座的都是人精，仔细一琢磨这句话，无不脸色大变。刚才王绍义已经把盗掘慈禧墓的大计坦然说出，连姜石匠的事都交代清楚了，现在居然只挑一个人合作。那么剩下两个人呢？知道了这么多秘密，难道王绍义还会把他们放回去？

现在，他们终于明白，王绍义那句"慈禧墓的事，知道的人越少越好"是透着何等的杀气。留一个，杀两个。这已经不是求财，而是求生了。赢了，荣华富贵等在眼前；输了，性命就交待在这平安城里。王绍义不在乎手里再多这么几条人命。

阴司间，果然是阴司间。生人进了阴间，又怎么能活着回来？

高全嘴角开始哆嗦起来，卞福仁面无表情，可额头上的细汗却在一层一层地出。海兰珠站在许一城背后，不知道他的表情是如何。她突然起了好奇之心，这个平时总是嘴角带着一丝从容笑意的家伙，在这种情况下会是怎样一副表情？可惜这阴司间里的气氛太沉重了，谁也不敢动。王绍义身后站着掌柜的，手里不知何时已经举起了一把枪，在这狭窄空间里，任何人想暴起伤人都是不可能的。稍微一个突兀的动作，都可能会使他开枪。

王绍义没有催促，他抱臂后靠，留给这三个人充分的时间去消化。没过多久，高全哑着嗓子道："就依王团副的意思。"卞福仁和许一城不约而同地点了点头，表示对这个安排没有异议。

富贵险中求，输了掉脑袋，赢了却可以得到无穷富贵。唯一横在自己前面的障碍，就是桌子上的另外两个人。高、卞二人有胆子来平安城，自然不是什么等闲之辈，看彼此的眼神，都带了几丝锐利。从这一刻起，他们就是生死仇家了，地地道道的你死我活。阴司间的气氛转向杀伐狠戾。

海兰珠打了个寒战，悄悄朝前靠了半步，手轻轻去碰许一城的衣角，许一城纹丝不动，她的指尖接触到许一城的肩膀。那一瞬间，她感觉自己似乎摸到一块古碑，纹丝不动，坚实无比。她这才知道，许一城的肌肉也已经紧绷。

卞福仁道："那您打算怎么挑选？"王绍义一推明器："规矩很简单，这一堆东西里头，有真的有假的。你们一人轮流拿一件，拿完为止。谁手里的真货多，就算胜出。"

吃现席，比的是财大气粗；代人出货，讲究的就是眼力和口才，王绍义出这么一道难题，就是为了检验一下这几个人的眼色。阴司间光线暗淡，只靠掌柜的举着的一盏灯笼，鉴别起来颇有难度。但话又说回来，若一点难度也没有，又怎能考较出手段来呢？

海兰珠心中一喜。淑慎皇贵妃的墓里丢了什么东西，富老公开列过一张详细单子，许一城都看过。这一场考较，对于许一城来说，可谓是毫无难度。可她再仔细一琢磨，发现不对。王绍义宣布规矩的时候，只说有真有假，可没说真的是不是全来自淑慎皇贵妃墓。他这是故意玩了个小花样，让人琢磨不透，如果自以为有了名单就高枕无忧，搞不好就会聪明反被聪明误。

海兰珠想到这里，不由得轻轻"啊"了一声，在阴司间里格外清晰。其他人瞪红了眼睛朝这边看，吓得她心中一颤。王绍义别有深意地看了她一眼："这位小姐，这赌局事关重大，你可不要再发出声音来了，不然我也保不了你。"

这时，许一城忽然开口道："王团副，给这些东西掌眼，可以用工具吗？"王绍义一怔，随即道："随便你们用什么，只是不许离开这阴司间。"许一城便说那好，从腰间解下来一条宽大的黑带，正是五脉珍藏的那一套海底针，原来他一直随身带着。

这海底针是乾隆年间一位名匠为五脉所铸，气质不凡。它一亮出来，在场的人包括王绍义和掌柜的都发出一声惊叹。不过，高全和卞福仁也不甘示弱，也从怀里各自掏出一套称手的工具，扔到木桌上，示威似的发出"砰"的一声。大家都是有备而来，谁也不是傻子。

王绍义哈哈大笑，说："这回有意思，嗯，有意思。"他摸出一枚骰子，让三个人掷点。许一城投出一个三点，高全是四点，卞福仁是六点，点大者先挑。

桌子上这一堆东西，差不多有二十多件，有凤冠、经被、玉佛、玉观音、各种金银法器以及数粒大宝石。先挑哪件，后挑哪件，其实大有讲究。

卞福仁第一个，他毫不犹豫地伸手过去，先端走了最醒目的凤冠。这件凤冠上面是七只金丝勾成的凤凰，有展翅翱翔者，有高栖枝头者，有引颈高歌者，造型不同，却又彼此相连形成一个整体，极为精致。下面还缀着米粒大小的珍珠几十颗，点翠珐琅，极为抢眼。即使在阴司间这么逼仄昏暗的地方，都光彩耀人。

这就是俗话说的开门货，凤冠一半价值都在做工上，所以真假一目了然。卞福仁先取这个，算是为自己先奠定了一分。

次一个轮到高全。高全不像卞福仁，十分慎重，没有轻易出手。他盯着这堆东西看了一阵，拿起一枚放大镜来，凑近了端详。其他两个人不作声，冷眼旁观，任他随意看。

这个规矩的妙处就在于，不怕你看得仔细，因为每次你只能拿一样，你看出真品，未必能拿得走。反而是你看得太仔细了，旁人会从你的表情里读出端倪，等于是给别人作嫁衣了，但你也可以故意装腔作势，误导别人。总之是尔虞我诈，虚虚实实。

高全看了有十来分钟，一直到王绍义不耐烦开口催促，他才从中挑了一片经被。经被又叫陀罗尼经被，织有金梵字经文，都是诸佛菩萨真言秘咒或功德名号，盖在亡者尸体之上，使其罪灭福生，去往西天极乐世界。这东西不是谁都能用的，非得皇上御赐才行。淑慎皇贵妃品级不够，只因得了慈禧宠爱，才得幸用一片覆面。

高全挑选这个也是有原因的。经被这东西，少有人伪造，因为经被是藏羚羊羊绒混着金线织就，质地一摸就知道，不易造假。这堆东西里面，只有凤冠和经被属于大开门,断无打眼之虞,一前一后被挑走以后,第三个人心中一定起急,一急就会乱了方寸。刚才高全那么长时间的观察,其实是故意的,有意给许一城制造心理压力。

这两次挑选,看似无甚奇处,其实颇有深意。高、卞二人看来已暗暗达成默契,先将许一城驱逐出局,再作竞争。就连海兰珠都感受到,这两位行家先后出手,阴司间的气氛变得凝重无比。一时间,就连那些鬼怪塑像,都似乎被杀气冲撞而敛去了几分狰狞。

王绍义道:"许先生,到你了。"许一城肩头一动,从海底针中抽出一柄小巧的铁锤。锤头只有两寸见宽,相当精致。其他人只道他要取金银器,用敲锤之法来看质地。不料许一城拿起这小铁锤,没有半分犹豫,朝着桌子上的一颗东珠就砸了过去。

锤声落下,东珠应声而碎,化为一堆粉末和数十片晶莹的残渣。现场一片寂静,大家都傻了。

东珠是东北黑龙江一带所产珍珠,因为个大圆润,为皇室所青睐。真正的东珠,如果用暴力弄碎,会化为粉末。有人用鱼骨胶和南珠混裹成假东珠,这种假珠被粉碎后,鱼骨胶只会散碎成片状,不能成粉。

这种鉴别方法,在古董行当里叫作死鉴。意思是,鉴定结果出来了,东西也没了,只有在极端的情况下才会有此做法。

可是,谁也没想到,许一城会做出这个选择。

这枚东珠是假的,没错。

问题现在是生死之局,比的是谁拿到的真货多。许一城没有去为自己争取到一件真品,反而是挥舞锤子,去砸毁了一枚假货,让桌子上可以分的物件少了一件,岂不是便宜了别人?他脑子里到底在想什么?他还想不想赢了?

或者说,他还想不想活了?

对许一城这出人意料的举动,别说海兰珠和高、卞二人,就连王绍义都面露惊讶之色,右手不由自主地摩挲自己的下巴,打量着这个奇怪的家伙,不知他葫芦里卖的什么药。

许一城脸色不变,稳稳坐在椅子上,露出高深莫测的笑容,不打算做什么解释。高、卞二人虽然不解,但那是许一城自己犯傻,他们可没义务去提醒他。

紧接着第二轮,卞福仁亮出一套分玉三宝,分为棒、片、镜——这是鉴玉的利器。卞福仁招呼掌柜的把灯笼端过来,拈起三宝中的镜,这东西叫镜,其实是片磨得极薄的透明玻璃，周围镶嵌着一圈铜套。就着光亮，透过这镜去看玉器，可以滤出玉中真正的色泽。比如祖母绿，真品过镜一照，看到的是红色，反之则呈绿色。这镜子一照，真伪立现，是一件不可多得的宝贝。

卞福仁凭着这件宝贝，很快选中了一尊翡翠滴水观音像，搁到自己面前，面露得意。

高全从鼻子里哂了一声，对卞福仁那嘚瑟劲儿很不屑。他伸开五指，故意从许一城面前抓起一把混金六指长独股金刚杵，放到自己面前。

这件东西挑得十分有水平，因为金刚杵这种东西，乃是密宗之宝，样式、度量以及用法都有严格规定。加持神用，金刚杵为三股；修金刚部法，杵为五股；修大威德明王法，用九股。只有行道念诵，修莲华部法，才用独股杵。淑慎皇贵妃笃信佛法，但她是女子带发修行，又相信自己是大芬陀利华、白莲花转世，放进棺材里的自然该是独股金刚杵。高全这个选择，不光是精通佛门仪轨，同时，也对清宫掌故做足了功课，这一选，可以说是示威了。

果然，卞福仁的气势为之一夺。他急忙转头去看许一城，发现这家伙居然把眼睛给闭上了，压根儿没看。一直到王绍义开口催促，许一城才把眼睛睁开，高、卞二人不由得屏住呼吸，看他到底还会做出什么惊人之举。

许一城果然没让他们失望，他挥舞小锤，又击碎了另外一颗珍珠。不用问，也是假的。

过了五轮，高全和卞福仁各自选了五个物件，而许一城每次出手，都要毁掉一件赝品。他们逐渐觉察出不对劲来了，这个姓许的，居然厉害到了这种程度？如此昏黄的灯光之下，他看也不看，直接连续五次出手，居然五次都把藏在其中的赝品给揪了出来。这是什么眼光？

更令他们不解的是，许一城如果认真一点，应该不输给这两个人。他为何舍弃优势，去做这无意义的事情呢？

要知道，这不是赌钱、赌物，这可是赌命啊。

海兰珠感觉自己几乎紧张得透不过气来。自己的身家性命，以及东陵安危，全都系于许一城一身。他如此做法，堕入深渊的可不只是他一个人。她的一口浊气憋在胸口，无处抒发，窄小黑暗的地下空间让这种情绪更加恶化。她终于无法忍耐，从后头推了一把许一城的背，大声问道："你到底在干吗？"

出人意料的是，这次王绍义居然没出言呵斥她扰乱秩序，高、卞二人也没抗议。阴司间里的人都想知道，许一城到底想干吗。面对质问，许一城缓缓回过头来，居然笑了，笑容爽朗，和他前两天在东陵门前写生时一样。海兰珠呼吸一窒，居然不知该如何问下去。

"放心好了，一切都交给我。"许一城淡淡地说了十个字，然后重新转回身去。海兰珠长长呼出一口气，虽然仍不知许一城有什么盘算，但听他这么说，胸中烦恶稍减，便不作声了。

"你快点挑。"卞福仁忍不住催促道，他刻意把"挑"字说得很重，山西腔儿充满了嘲讽。原本桌子上一共有十九件明器，高全和卞福仁各得五件，许一城砸毁五件，还剩下四件。就是许一城把剩下的全揽入手中，也无法胜出。

许一城淡淡地扫了他一眼，目光平和。卞福仁后续的那些刻薄话一下子堵在喉咙，说不出来了。

许一城也不看周围人的眼神，径直从桌子上拿过一件錾刻缠枝花卉的金瓯永固杯来。这个金杯形如宝鼎，底部象鼻托足，双立夔耳，做工极为精致。许一城将其把玩了一阵，把海底针摊开来。所有人的目光都集中在他的左手，看他这次要抽什么工具出来。只见他的手像变戏法一样，手指一翻，一把海底针就像是自动跳出来一样，落到掌心。

这是一柄如同人牙一样的器具，末端突起，头略显扁平，似牙如锤。许一城先用锤头轻轻敲击杯体，听了下声响，然后用人牙那一侧在杯体上一划，用手指一拂，上面几无痕迹。

高、卞二人同时"嗯"了一声。金器有个特点，真品易变不易断，赝品易断不易变。这个金杯声响沉闷，又不易留下痕迹，显然金质不纯。而这永固杯是天子每年元旦开笔仪式上专用的，"金瓯永固"寓意大清国祚绵长。这等重要的礼器，怎么可能不是纯金的？再说了，这种重器出现在一个皇贵妃的墓中，也是极不合理的。

毫无疑问，许一城又一次挑出了赝品，可这又能如何呢？

第六轮开始，这桌子上只剩下三件物品。高全和卞福仁各自挑了一件，放在自己跟前，只留下一件东西给许一城。

在他们两个眼中，许一城已经没有威胁了。他们各自手里都有六件物品，旗鼓相当，胜负打平。两人对视一眼，都射出一道寒意。他们很快便把视线挪开，等着许一城完成最后的选择和判决。

在众人注视之下，许一城这次终于没有动用海底针，而是伸出手去，把最后一件物品放到自己面前。这是一件奇特的物品，它是件高杯大小的银制圆筒，形状如花生，筒外表绘着一个洋人女娃娃，金发含笑，身子与四肢撑满圆筒表面，看起来圆滚滚胖乎乎的。这娃娃的穿着风格与中原风格迥异，四周还镶嵌着几圈宝石花纹。造型古怪，用料却相当珍贵。

这应当是国外进贡的东西，高、下二人一直不选它，是因为拿不准真假，为保险起见，索性剩给许一城。

事到如今，就算这是真的，又有什么用呢？

王绍义狞笑一声，看向许一城："许先生，你眼力真是不错，把我掺进去的假玩意儿都给挑出来了。不过，我也讲过规矩，真货多者胜。"

许一城微微一笑，抬起食指："你们等等。"

王绍义道："我立下的规矩，谁也别想变。你趁早省省吧。"说到这里，他忽然停住，他的视线越过许一城，看到许一城身后的海兰珠眼睛发亮，那是一种无比欣喜的眼神。他天性狡诈，觉得此事来得蹊跷，可蹊跷在何处，就实在想不出来了。

许一城轻轻拈住娃娃头顶，往上一摘。下、福二人眼珠都瞪圆了，原来这娃娃里头，居然还套着一个一模一样的娃娃，只是尺寸小上一圈。

这简直就跟变戏法似的，许一城连拈了五次，里头一个娃娃套着一个娃娃，最后，一共摆出来六个娃娃，一字排开，蔚为壮观。许一城笑道："你们不知道也不奇怪。这东西并非中国所产，名叫罗刹套娃，层层嵌套。这东西是俄罗斯人在光绪二十六年发明的，后来沙皇钦点为外交礼品，金铸银造，让公使送到中国几个，分发给宫中玩赏。光绪三十年淑慎皇贵妃去世，她的这个金银套娃也作为陪葬放了进来。"

如果一层套娃算一件物品的话，那么这里正好六件，与高、下二人恰好打平。

高全霍然起身，愤愤道："你这分明是把一件拆成六件，不能这么算！"许一城悠然道："那四扇屏风算几件？一套汝瓷茶具又是几件？"高全顿时哑然。

古董行当里"一套"和"一件"的概念截然不同。比如屏风，一扇扇分开来卖要称"件"，凑在一起，称"套"。论套卖，可比论件去卖值钱多了。这个俄罗斯套娃合起来是一套，拆开来每个都是一尊独立的娃娃，没什么不妥。

"可你自己也说了……这是光绪二十六年才有的东西，怎么能算古董？"高全说到后来，自己也突然哑然，自觉理亏。

海兰珠几乎要笑出声来，中国的古董商们一心钻古，哪会知道这些西洋的新玩意儿。但这套娃镶金嵌银，又是从皇贵妃墓里挖出来的，说它是件古董，还真合规矩。许一城这个空子，钻得可谓高明。

高全还要指责，卞福仁在一旁冷冷道："高老弟，您坐下来好好琢磨琢磨吧。"高全眉头一立，刚要开口反驳，忽然一下想到什么似的，眼神陡变。

没错，许一城是钻了空子，把一件变成了六件。那么结果是什么？

结果是每个人都有六件真品在手，打成了平局。

许一城若是有心要赢他们两个，只消每轮都挑出一件真品，最后选中套娃，即可以轻松夺魁。可许一城没有这么做，反而一直在砸毁赝品。高全这时候才意识到，这个平局不是巧合，是许一城一手促成的。他急忙把视线转向卞福仁，对方微微点头，表示他想得没错。

他开局后的一举一动，全都是在算，算他需要捣毁多少件赝品，算每个人手里保持多少件真货，才能让最后变成平局。换句话说，许一城必须在一开局就对所有的明器真伪胸有成竹，而且连他们两个人都算了进去，算准他们不会去取那个最关键的套娃。

取胜不难，难的是打平。这得需要多强大的计算能力和心态？

高全咕咚一声坐回到椅子上，双眼迷茫。

为什么？他为什么要这么大费周折？

这个结果也大大地出乎王绍义意料。他搓着手指，表情阴晴不定，那脸上一道道的沟壑，在油灯下映出阴影。这时，许一城拱手道："王团副，慈禧墓的物品奇多，不是一家可以吃下的。既然打平，可见是天意，何妨三家分货。一城虽不信佛法，却也知为人当有好生之德，不必闹出无谓的人命来。"

听到这一席话，高、卞二人不约而同身体前倾，眼睛瞪大，几乎要从喉咙里滚出惊叹声来。

许一城居然是为了救他们两个——两个一心要置他于死地的人。

两个人都不是蠢货，一琢磨立刻就反应过来。王绍义设下的这个局，只要分出胜负，就是一生二死。许一城如此苦心孤诣，冒着如此之大的风险，就是为了促成三人打平的局面。有了平局，三人谁都不用死，与王绍义也有了商榷余地。一想到这里，高全、卞福仁的表情复杂极了，有敬佩，有感激，有愧疚，甚至还有那么一点点不甘。

海兰珠知道许一城事先熟知陪葬明器，本来可以轻易取胜。可她没料到他居然做出了这样的选择，她向许一城望去，见他凝神望着王绍义，平眉淡目中居然隐隐露出几丝悲悯的佛相。

许一城这时又开口一拱手道："王团副，咱们就此罢手，三家分货，您意下如何？"

若是一开始许一城就说这话，别说王绍义，就是高、卞二人也不会赞同，只会以为许一城示弱。如今许一城露了这么一手，震慑全场，再提这个要求，那就是高风亮节了。

王绍义没有急着回答，他从桌子上把右手抬起来，在鼻子下面擦了擦食指，方才反问道："富贵动人心。你有独食不吃，为什么要把巨利分给其他人？那两个人，刚才可是还要弄死你呢。"

许一城正色道："城隍庙里的阴司间，正是为了警告世人不要作恶，否则死后下地狱，下场凄惨。若为图暴利而伤人命，有损阴德，在下可不想去真正的阴曹地府走上一遭。"他说完环顾一圈，把那些泥像扫了一圈。

海兰珠长长呼了一口气，嗔怪地推了他的肩膀一下："许一城，你骗起人来可真是……"许一城淡淡道："事急从权，以骗救人而已。"

王绍义突然大笑道："说得好！你小子有手段，有担当，有魄力，我喜欢这样的人。"他这一发话，阴司间的气氛为之一松。高、卞二人连忙起身，朝许一城拱手致歉。两人在鬼门关走了一圈，这才如释重负，纷纷表示愿意让出大利给许一城，自己占小头。

三人正谈得热络，王绍义手腕一抖，手中不知何时多了一把短枪。啪啪两声枪响，震得小小的阴司间内尘土扑簌簌往下落，许一城下意识挡在海兰珠身前，两个人都眼前闪黑，耳鸣不已。好不容易恢复正常以后，许一城抬头一看，眼神霎时凝滞。

高全和卞福仁两个人躺倒在地，胸口都是一片殷红，已然气绝身亡。鲜血飞溅，洒在恶鬼泥塑和白纸灯笼上头。许一城脸色铁青："王团副，您何故出尔反尔？"

王绍义吹了吹枪口青烟，淡然道："老子从没答应你什么，这里是我的地盘，我的道儿立规矩。你赢了，他们两个就死。"许一城身子前倾，肩膀微颤，显然气愤至极。王绍义又把枪抬起来，对准他的额头："记住，别再自作聪明替我立规矩了，知道不？"

许一城双目死死地看着王绍义，没有躲闪，也没有求饶，海兰珠不由得手心沁汗，似乎是过了很久，又似乎只过了几秒，许一城闭上眼睛，第一次露出疲惫神态。海兰珠站在一旁，看到此情此景，心中泛起悲凉。纵然他智谋通天，算计过人，在这不讲理的土匪面前，也是毫无用处。

两人僵持一阵，王绍义忽地把枪给撤了回去，笑道："小子还挺倔。现在还指望你给我出货，我暂时不动你。"看得出，王绍义对许一城还是颇为欣赏。许一城冷冷道："王团副，您就不怕我返回京城去报官？"王绍义不以为意地伸开腿，踢了踢那两具尸体："这两个人都是你纳的投名状，你去报什么官？"

当年林冲上梁山，王伦让他下山随便杀个人，背了人命官司在身上，叫作投名状，然后才能入伙。如今高、卜二人，就是王绍义替许一城纳的投名状。这一招，可是够阴毒的，阴司间的赌局传出去，没人会相信许一城救人的义行，只会认为高、卜二人是赌败而死，把账算在他头上。王绍义"恶诸葛"之名，真可谓名不虚传。

许一城还未言语，王绍义又一指海兰珠："还有，这位姑娘甭管跟你是什么关系，不妨暂且留住在平安城赏赏风景。等事成以后，再回去不迟。"

许一城和海兰珠闻言，面色大变。王绍义这不光是纳了个死投名状，还要留下一个活质。许一城喝道："不行！这跟之前说的不一样。"

王绍义咧开嘴笑了："是不一样。你若是痛痛快快赢了，本来没这么多事。谁让你自作聪明，非要搞什么三家分货呢？我的货，倒要你来做主了？不留个活人质，我怕你又耍什么心眼儿。"说完他也不等许一城答应，收枪在腰，转身对掌柜的说："开门，收尸。"

掌柜的拿起一根长杆，朝上头门板捅了一捅。上头很快有人掀开木门，新鲜空气涌进来，阴司间里的血腥味稍微淡了一点。王绍义先爬了上去，然后下来几个壮丁，七手八脚把那两具尸体抬上去，他们一走，里面安静了许多，只剩下他们两个。反正这里没别的出路，土匪们也不催促。

许一城如佛塔一般站在原地，一动不动。海兰珠伸手过去，摸到他拳头紧攥。海兰珠急道："许大哥，你没事吧？"过了一阵，许一城才发出一声长长的叹息，疲态毕现："自作聪明，我真是自作聪明。非但害死两个无辜的人，还要连累你身陷险境。"

海兰珠劝道："碰到这些不讲理的土匪，许大哥你已经尽力了。我身为翼长之女，做人质就做人质吧，为宗室尽心也是本分。"

"可是，这里实在太危险了。王绍义这伙人，可不是一般的土匪。"

"所以你尽快回去通知毓方他们，回来救我。"海兰珠展颜一笑，"你可别小看了我，我在英国可学了不少东西呢。不然毓方哥哥也不会放心让我来。"她忽然想恶作剧一把，看看许一城为自己着急的模样，"实在不行，就嫁给这糟老头呗，当个压寨夫人。"

许一城脸一板："不要胡说！"

两个人正说着，外头门板响动，掌柜的自己又拎着灯笼下来了："两位，这里不好久待，请上去吧。"

许一城和海兰珠正要往上走，掌柜的忽然又开口道："请留步。"许一城停下脚步，没有好脸色："你又让我们上去，又让我们留步，什么意思？"掌柜的把灯笼搁下，双眼注视着他："你是五脉中人？"

许一城这次来没用假名，因为他在古董圈里其名不显，没什么声望。想不到一个平安城的客栈掌柜，居然在这里一口叫破了他的真实身份。

这可麻烦了，万一有什么事情，引得匪帮去报复五脉，可就要出大乱子了。

掌柜的看出他一霎的慌乱，语调平淡，伸手一指许一城腰间那一圈缀着海底针的黑布："这东西，是不是叫海底针？"许一城点头称是。掌柜的呼吸略显急促，伸手想要摸一下。许一城以为他要索贿，便开口道："你想要就拿去，只是得为我做件事。"

掌柜的咯咯笑了起来："我又不玩古董，要这东西做什么？只是它与我家祖上有旧，我一直听说却没见过，这次难得有机会，想看看罢了。"

许一城皱眉道："有什么旧？"掌柜的伸手点在牛皮旁那一枚四合如意云的小印上："先前我还不大敢认，但看到这四合如意云中多了一轮日头，就知道了。这叫作破云纹，乃是我家的标记，看来这海底针，是我家祖上亲手打制的。"

这话一出口，许一城可吃惊不小。这海底针，是乾隆年间一位姓欧阳的能工巧匠所打造的。当时那位欧阳工匠犯了事，幸得五脉鼎力相助才逃过一劫。欧阳工匠为了报恩，就为五脉度身打制了一套鉴定工具，完全贴合五脉的鉴定手法，所以被历代奉为宝具。想不到在这平安城的土匪窝里，居然碰到了一位后人。

他能一口叫出牛皮小印的样式名字，看来此事多半是真的。

"您姓欧阳？"

"不错。刚才你一亮出来，我就认出来了。我家曾祖父曾经留过遗言，若遇此物，即是恩人后代。就算是死敌，也要留三分情面。"

"那你……"许一城有所意动。

掌柜的语带讥诮："几代前的人情了，就算留到现在，也剩不下什么了。何况就算我想救你们，王团副也不会答应。看在这海底针的分上，我答应你，会好好照顾这位姑娘，不会让闲杂人等来骚扰。我能做的就这么多了。"

"如此，多谢了……"许一城知道，这算是运气好了。不然，这一伙如狼似虎的匪徒环伺，海兰珠一个如花似玉又手无缚鸡之力的姑娘，还真有危险。

"快上去吧，不然王团副又该起疑了。"掌柜的催促。

三人爬到地面。海兰珠贪婪地深吸几口空气，胸口起伏，引得周围几个匪兵窃窃私语。掌柜的带着他们离开城隍庙，来到了大街上。过了不多时，许一城看到迎面又有几个士兵押着两人，从县衙门走出来。不用问，自然是黄克武与付贵。

几个人见了面，都有一肚子话要说，可碍着掌柜的在侧，只得用眼神简单交流。

掌柜的说："许先生你的马车就在城门口，随时可以走。海兰珠姑娘得跟我们回去。"海兰珠看了眼许一城，忽然伸手过来，像洋人一样勾住他脖子，下巴垫在他肩膀上，顿时泪如雨下，哭着说："你可一定得来接我，别把我一个人扔在这儿。"

许一城浑身一僵，下意识要把她推开。海兰珠低声道："做戏得像一点，他们才不会起疑。"许一城斜眼看了下站在一旁的兵匪们，知道海兰珠说得不错。王绍义之所以放心把许一城放回北京城，除了因为有那两条人命的投名状以外，还因为扣押了海兰珠这个人质。海兰珠越是表现出不舍，这枚筹码才越有价值，处境才越安全。

于是，许一城略带尴尬地拍了拍她的背，海兰珠伸手推开许一城，擦了擦眼泪，一甩头发对掌柜的说："带路吧，我可得住间上房，太破的地方我可受不了。"掌柜的面无表情道："王团副吩咐过，不会亏待你。"

海兰珠就这样被欧阳掌柜带走，其他人则被押送出城，马车就停放在城门口，上头居然还挂着盏白纸灯笼，沾着斑斑血迹，显然是刚才欧阳掌柜在阴司间里提的那盏。这就是王绍义送给许一城的警告了。

马车夜行十分危险，辕马不辨路途，随时有倾覆的危险。可许一城一秒都不愿意多等，上了马车就吩咐回北京，越快越好。付贵和黄克武见他脸色铁青，不敢多问，也随之登车。

马车朝着北京城辚辚地驶去，许一城在车里把阴司间里的事情一说，黄克武和付贵都大为震惊。这个王绍义一步三算计，手段还如此狠辣，不愧有恶诸葛之名。付贵道："你也忒滥好人了，能从他手下逃生已经算侥幸，还想着去救人？"许一城神色黯然："两条性命……就这么没了。谁知道这个王绍义和日本人之前又害过多少人命。"

黄克武犹豫了一下，对许一城道："许叔，我觉得……这次你可能弄错了。"许一城缓缓转过头来，眼中不解。黄克武从怀里取出一块东西，许一城一看，立刻分辨出这是一块石碑的碎片，面露疑惑。

黄克武道："你们被带进城隍庙以后，我和付贵叔被押到城隍庙隔壁的县衙，关在监牢里。我很生气，质问看守的人怎么把我们当犯人，问他们知不知道我们是许一城的人。看守的人说：'这是平安城的规矩，怕你们乱说乱动，等到王团副谈完，自然放你们出来，关在这里的又不是只有你们一家。'"

"还有别人在监牢里？"

"嗯，还有几个人都是短装打扮，抱臂站在监牢里，表情都有些不高兴。"黄克武回答。付贵补充道："客栈里还有两只金蟾，看来找王绍义出货的人不只我们。这些人估计是其他两位老板带来的保镖。"

"那估计他们现在也活不成了。王绍义就是故意把人分开，谈不成生意就弄死。"许一城叹息道。

"其实，监牢里还有其他几个人，大多是这伙人从附近乡村里绑架来的富户，准备勒索赎金的。不过，其中一个人却和咱们有关系——"黄克武不会卖关子，继续说了下去，"那是个瘦小的中年人，身穿探险短装，鼻梁上架着一副厚厚的眼镜。他一听到我们提到你的名字，就从地上爬过来，问我们是不是认识许一城。他的口音很怪，说不上哪里人。"

"木户有三？"许一城眉头一挑，隐约觉出不妥。

黄克武点头："对的，他自称是木户有三教授，是您的朋友。木户教授说他是跟随支那风土考察团来北京的，与您偶遇，一见如故，只可惜一直没有时间去清华拜访。几天前，支那风土考察团组织了一次北京附近的田野考察，他也参加了，结果在遵化附近遭遇了土匪。考察团主力及时撤回，他运气不好被土匪绑了回来，关在此处。刚才他听见我们两个提起许一城，这才爬过来询问。"

许一城脸色微微发白。

他不是担心木户教授，而是意识到自己犯了一个大错。

他有一个假设，他认为陈维礼之死和支那风土考察团来中国的目的密切相关，支那风土考察团觊觎东陵，雇用盗墓贼来盗掘淑慎皇贵妃墓，所以只要查出盗墓贼的来历，就能够顺藤摸瓜找到此事与日本人的联系。这也是他潜入平安城的根本原因。

木户教授出现在平安城的监牢里，却让这个推论变得岌岌可危。

东陵盗墓者是马福田、王绍义的匪帮，这个匪帮袭击了支那风土考察团，绑架了木户有三。这等于说，盗墓贼和日本考察团之间根本没有任何合作关系，许一城的推论，从根子起就错了。

这样一来，许一城推断日本人觊觎东陵的证据，也只是那半张纸上的"陵"字和五个指头印，从证据上来说，太牵强了。

换句话说，这次来平安城付出了很大代价，但很可能不会有任何收获。一想到这里，饶是以许一城的冷静，背后也渗出细细密密的一层汗珠来。可他很快就调整了思绪："就算与维礼之死无关，如今也已经无法回头。救海兰珠小姐，揭发东陵盗掘真相，这都是不能置之不理的。"

黄克武看许一城的表情时阴时晴，唯恐他忧虑过重，便岔开话题，说："许叔你确实认识木户教授？"

许一城虚弱地点点头："一面之缘，不过此人是个书呆子，倒没什么心机，这次来中国就是单纯想做学术。对了，木户教授还说了什么？你手里的残碑碎片是怎么回事？"

黄克武继续讲道："我在监牢里告诉木户教授，许叔现在正在平安城谈生意，谈妥了争取把他也带走。木户教授却拒绝了，说：'我背后是大日本帝国，这些土匪不敢伤害我。不过，我这里有一样东西，希望你能够拿给许君，让他转交给堺团长。'说完他转过身去，走到监牢角落，掀开烂稻草席子，拿过来一样东西。我一看，居然是一块碑石残片，上头刻着几个字，看字体像是北魏时代的。这东西已经碎成这副样子，不值钱了，无论是土匪还是监牢里的人，都懒得去抢这东西。木户教授把残片递给我的时候，一脸痛惜。他说他们在这次田野考古中发现一个半挖开的北魏古墓，正在勘察，结果遭遇了这些土匪。这些人只顾着掘开墓穴翻找陪葬品，根本没注意记录开墓后的物品次序和泥土分层。本来这块石碑保存完好，结果被这些人搬起来砸开墓门，活活给敲碎了。他用尽力气，才抢回这么一块残片。这可是北魏的古碑呀，如果及时拓下碑文，说不定可以解决许多中古历史的疑问呀，怎么就给砸了呢，真是太可惜了……"

黄克武自己也是个爱惜古物的人，所以对木户教授的遭遇，感同身受。那些土匪根本什么都不懂，在他们眼里，只有金银珠宝算是好东西，其他的能砸就砸，能毁就毁，多少东西就是这么没了的。

"木户教授让我把残碑收好，仔细叮嘱说这样东西一定得送回日本才行，所以，务必妥当地把它带出去，至于他，我们不用管。然后他絮絮叨叨说了一堆我听不太懂的话，对了，他说那些话的表情，和许叔你谈考古的时候特别像。"

黄克武知道玩古董的人里，颇有爱物成痴的，有石疯子、扇疯子、镜疯子什么的。这位教授可真称得上是位考古疯子，只要能保住这残碑，连自己的命都不顾及了。他是发自内心地喜欢这些东西啊，五脉里这样的人却不多。黄克武自幼接触古董圈子，所见所闻，全是各种利益龃龉。他看到木户教授这种"痴人"，内心震动委实不小。

许一城面沉如水，陷入沉思。

"对了，他还跟我说了一些话，我也不知道对不对。我告诉木户教授，说这古碑是我们中国的，应该留在这里。木户教授却瞪着我，问我打算把它放在哪里保存。我一下子就被问住了，现在兵荒马乱，人都活不了，更别说一块古碑了。木户教授告诉我，日本有一流的博物馆，这些东西放在那里，可以得到最妥善的保存。这一点，我们中国是不可能做到的。如果我是真心喜欢文物，就该给它找一个好的归宿，而不是带有国别的偏见和民族情绪。"

许一城看着他："你觉得这些话有道理？"

黄克武有点迟疑："我是觉得有些不妥，可又说不上来。木户教授说，文物的存续，是数千年的事业；与这相比，国家的兴亡只是几十上百年，根本微不足道，与其争执国家的归属，不如考虑谁保管得更好，让它能延续的年头更长……"

许一城听完以后，眉头略蹙："他是这么说的？"黄克武点头。许一城把眼神移向车厢之外，语气却郑重起来："你听说过昭陵六骏的故事吗？"

黄克武一愣："唐太宗的昭陵？"

"唐太宗生前有六匹坐骑，分别叫作拳毛䯄、什伐赤、白蹄乌、特勒骠、青骓、飒露紫。他希望死后也有这些骏马陪伴左右,就让阎立本作画、阎立德雕刻,在昭陵里摆了六块浮雕。这都是无上珍品。可在民国年间,有个叫卢芹斋的古董商人把拳毛䯄和飒露紫全都撬下来,以十五万美元的天价卖给了美国人。为了方便运输,他们居然把这些浮雕打碎,装上轮船卖去了美国。"

黄克武听到这里,不由得"啊"了一声。浮雕贵在完整,他们居然只为了运输方便就毁掉了,这手段实在是恶劣。

"另外四匹在民国十一年也被卢芹斋所盗,幸亏在运出西安的时候被截获,总算是保留下来了。"许一城道,"所以,克武你看,文物之爱没有国别之限,但考古学家却是有祖国的。美国人肯花这么大价钱来买唐代的浮雕,确实是热爱我们中华文化,可你看看六骏的遭遇。若是怀了图利之心,无论卖到什么国家,都是一场灾难。日本人对我中华文化之热忱,冠绝全球,爱之深,因此才贪之切。爱物成痴,以致害人性命之事,五脉也不少见,何况日本?你可要留点神。"

黄克武脸一红,讪讪应和。许一城重新闭上眼睛,陷入沉思。

这一夜总算是老天爷长了眼,马车一路狂奔,居然一次都没被沟坎绊倒。马车跑到北京城西直门外时,恰好是黎明前最黑暗的时候。不过,跑到这里,马车的速度不得不降下来了,付贵从车厢探出头去,发现这一大早的,通往城外的路上居然乱哄哄的好多行人。有扛着大小包裹的老百姓,有头缠绷带的兵丁,有拎着藤木箱子的小商人,还有不少戴着眼镜和礼帽的政府文员。这些人都好似逃荒一样,从西直门的城门里拥出来,朝城外散去。黑暗中哭喊争吵声四起,时不时还有冷枪飞过。

马车好不容易挤到城门边,突然一个黑影斜斜冲了过来,一把拽住辕马的缰绳,大声叫道:"你们可算回来了!"

三个人定睛一看,居然是药来。这么黑这么乱的地方,他能分辨出这辆马车,可真是不容易。

"药来,你怎么跑这里来了?大刘呢?"许一城问。

药来带着哭腔喊道:"可等到你们了。大刘他……他让日本人给抓走了!"

古董局中局3

第七章

《支那古董账》

这事要从许一城离开北京以后说起。

刘一鸣本很想跟去平安城，可许一城告诉他，他有一个更重要的任务，那就是设法查清枪击事件的主谋。刘一鸣很高兴被委派了这么一项重要的使命，说明许一城将自己倚为心腹。他现在自己也说不太清楚，到底是为了把许一城扶上位才如此尽心，还是自己打心眼儿里崇拜这个人。

不管怎么说，黄克武只是去做个保镖，跟着许一城就好。而调查枪击事件则非要头脑和行动力不可，这件事只有他能做，刘一鸣有这个自信。

那颗子弹已经从鸿宾楼里找到了，它先穿过一名警察的肩膀，击碎玻璃，然后深深嵌入里间的一根红漆柱子。本来京师警察厅没有技术力量来做鉴定，可巧付贵认识一位从德国留学归来的枪械迷，以个人身份帮忙查考了一下，还咨询了几位洋人朋友，最后才得出结论：这枚子弹，是英国产李－恩菲尔德弹匣式短步枪 MkV 的特制弹药。这种枪制造工艺复杂，不适合列入制式装备，只生产了两万支就停产了。但这一型号比起普通量产步枪来说，远距离时的射击精度更高，多被私人收藏。

在中国，极少会有人拥有这种步枪。换句话说，对许一城的袭击，不可能是游荡奉军的流弹走火，绝对是一次处心积虑的刺杀。而且，刺杀者能够动用李－恩菲尔德 MkV 这种罕见的珍稀步枪，说明背后势力能量很大。

刘一鸣对枪械一窍不通，但至少知道子弹射出枪膛以后走的肯定是直线。他回到鸿宾楼，站在那根带着弹孔的柱子前，眯着眼睛朝前望去，视线穿过玻璃窗，一直看到鸿宾楼前的那一排民房。

李－恩菲尔德 MkV 的有效射程有一千码，差不多相当于两里路。那么，刘一鸣只消以鸿宾楼为圆心，画一个半径两里的圆，在这条圆里的民房屋顶，都有可能是杀手射击的阵地。刘一鸣又排除掉了几间明显不适宜射击的屋子，最终锁定了一间小瓦房。这间瓦房已经废弃很久，没人居住，又是临街而起，杀手可以在不惊动任何人的前提下，攀上去埋伏，然后在射击后迅速离开。

在这间瓦房里刘一鸣没找到任何痕迹，但他在周围的居民里挖出了一个目击者。那是一个老太太，跟儿子住在一起，枪击当晚她跟儿媳妇吵了一架，结果被赶出门了。老太太又羞又恼，在胡同口生闷气。她看见一个人从后街走过去，个头很高，肯定不是街坊。那人背上有支枪，老太太还以为是奉军伤兵，不敢吭声。算算时间，这事差不多就是枪击前两个多小时发生的。

刘一鸣问老太太那人还有什么特征，老太太想了半天，说他右腿好像有点瘸，除此以外就说不出什么了。

紧接着，刘一鸣又去了大华饭店，支那风土考察团是枪击事件最有嫌疑的团体，需要进一步接近。许一城已经引起了他们的警惕，刘一鸣还是生脸，正适合接近。可刘一鸣到了一问，掌柜的告诉刘一鸣，考察团前两天就离开北京了，不知道去哪儿了，但房间都还留着没退。

刘一鸣很失望地离开，可那一瞬间，他看到一个人走出饭店。虽然这人一身马褂，和寻常中国人毫无二致，可浑身透着精悍，让他和周围的路人显得格外不同。

刘一鸣古董世家出身，眼力自然不弱。他一扫过去，立刻发现这个人虽然极力掩饰，但右腿确实有点瘸。他问掌柜的这是谁，掌柜的说他不住在这里，但是经常过来跟考察团的日本人接触，到底是哪国人就不知道了，因为这人几乎就没开过口。

刘一鸣立刻意识到，这是他一直要找的人。他离开大华饭店，远远地跟在那人身后，紧跟着一路往南走。这个人走起路来腰杆挺得笔直，走的路也是一条直线，从不东张西望。此时的北京，已经接近临战状态。南方的战事越发不利，报纸上的传言也越来越多。街上行人稀少，大家都是行色匆匆。跟踪这样一个人，可不是一件容易的事。刘一鸣装作若无其事的样子，逐渐拉近与他的距离，呼吸慢慢变得急促。这人如果是杀手的话，发现有人跟踪很可能就要痛下杀手，到时候别说报警，就是当街呼喊都未必会有人搭理。

前方是一个十字路口，那个人走到路边，突然驻足停住了。刘一鸣的心跳顿时漏了一拍，前方明明没车，为什么他会停下来？是他想起什么事情，还是发现自己在跟踪？

刘一鸣正犹豫是紧跟一步上前，还是找个地方躲避一下，这时，一只手从后面搂住他的脖子，然后一个惫懒的声音大声传来："你爹正到处找你呢！还在瞎玩！"刘一鸣还没来得及反应，那只手已经拎住他脖领子，把他拽到一旁去。刘一鸣侧头一看，居然是药来。

药来也没去平安城，许一城怕他大烟瘾上来惹事。刘一鸣调查的时候也没叫他，让他老老实实在家里待着。刘一鸣没想到他突然跑出来，还把自己给拦住了。他眉头一皱，正要说什么，药来却用严厉的眼神一瞪："你疯了？有这么跟人的吗？"他探头朝前看了眼，又故意把嗓门提高："买大烟你找我借钱哪，偷你爹的宝贝算怎么回事？"

路过的行人纷纷侧目以对，以为刘一鸣是个败家子，被人当街逮住。刘一鸣有点怒了，这明明是药来自己的事，偏偏往他头上栽。但药来是为了救他，刘一鸣不好发作，心想这小子可真会找时候报复。药来又絮絮叨叨说了一阵，把刘一鸣拖开，悄悄探头去看，那人已经不见了。

"我好不容易才跟上他，被你这一搅，丢了不是？"刘一鸣不满地看着药来。药来耸耸鼻子，不以为然："你这也叫跟踪哪？你就跟地里的萝卜似的——等人揪出来。你没看出来，那家伙站在路边，右手正往外伸，你要是再靠近，保不齐会出什么娄子。要不是哥们儿及时给你圆场，你死都不知怎么死的！"

"哼，前两天也不知道是谁被我给跟上了。"

"那是哥们儿急着买烟土，一时疏忽，平时眼观六路耳听八方，不会犯这种错。"

刘一鸣不悦道："别贫了，现在人跑了，怎么办？"

药来笑嘻嘻道："放心好了，我有几个小兄弟，最擅长跟人。有他们轮流盯着，跑不了。不过，他们就是有点馋……"说完他搓搓手指。刘一鸣知道这小子结交广泛，三教九流都认识，这是来要酬劳了，没好气地说："只要能找到，我自然有钱给你，嗯？"药来道："有你这句话就放心啦。"

药来的那几位小兄弟确实厉害，没过多久就传来消息，那个人出了南城，进入附近某个货栈，一直没出来。药来朝刘一鸣讨要赏钱，刘一鸣只得拿出自己的私房钱来。药来拿了钱，朝远处一招手，三四个衣衫褴褛的小脏孩子跑过来。刘一鸣这才知道，药来口中的小兄弟都是京城里的流浪儿。

药来自己一分没留，把所有钱都分给他们，说去买点糖吃吧，那些孩子欢天喜地地走了，只留下一个带路的。药来看看刘一鸣："这些娃娃可怜哪，没爹没妈，我就当是替你做善事了。"

刘一鸣一板脸："别废话了，赶紧带路！"

北京城里寸土寸金，所以，从南边来的客商，都把大宗货物屯到城外不远的地方，久而久之，就形成了一大片货栈。货栈一律条砖平顶，长长的一溜儿。刘一鸣和药来找到这个货栈，发现那是一处私人产业，上面写着几个日本字，四面院墙围住，栽种着一圈杨树，朝东边是一个供车马进出的大门。货栈里头有四列长条仓库，中间用防火带隔开。

货栈门口有人看着，进不去，四面围墙又特别高。刘一鸣和药来躲在附近的一个小土地庙边。刘一鸣问："确定看见那人进这里了？"药来点点头，说那群野小子天天城里城外乱跑，北京没人比他们更熟悉这些犄角旮旯的事了。

跟着他们来的是一个小泥猴儿，穿的衣服破破烂烂的，鼻头上沾着泥，头发乱糟糟好似鸟窝。他看见药来，把细瘦的胳膊伸过去，小拳头握得紧紧的。药来问他："找到什么宝贝啦？"小泥猴儿说是从那货栈出来的马车上掉下来的，让他给捡着了。药来一捅刘一鸣，刘一鸣不情愿地又拿出块糖给他。

小泥猴儿一下把糖塞进口中，咂咂嘴，这才把手松开，把一个小巧的油布包亮出来。药来一看这油布包，脸色顿时就变了，仿佛触电一样，身子猛然缩回去。刘一鸣有点纳闷，油布还没打开，他怎么就怕成这个样子？药来躲得远远的，手直发抖："你拆，你拆……"刘一鸣把油布包打开，里面是一片压成圆饼状的黑东西，问药来是什么。药来喘息着说："这……这就是上次我买的那个'一颗金丹'呀，不过，这是没装盒压模的原丹……哎哟你拿远点，不然我这瘾头又上来了……"

刘一鸣一惊，再仔细一看，确实和上次药来在青楼买的玩意儿差不多。他说："许叔不是给你吃戒烟药了吗？"药来气急败坏地回答："那也不能送到我眼前呀，哎哟，我躲远点，你自个儿琢磨吧。"眼看着他的眼泪鼻涕就下来了，赶紧连滚带爬地躲远了。

刘一鸣问泥猴儿是不是那马车上都是这东西，泥猴儿点头说是，还说仓库里堆得更多呢。刘一鸣大惊，他本来是想追查刺杀许一城的凶手，却没想到找到一处烟土大仓库。这货栈不小，如果都堆满了这"一颗金丹"，那量可真是不小呢！

刘一鸣记得药来说过，这"一颗金丹"是大连产日本厂的产品。可他想不通的是，支那风土考察团的人，怎么会跑到藏烟土的货栈来了？难道这些人打着考古的旗号，其实是来贩烟土的？他觉得事情有点朝着诡异的方向偏离了。

刘一鸣把这价值连城的东西扔到泥地里，用脚跟狠狠蹍了几下，直到化为碎渣才罢休。他把药来叫回来，药来一脸狼狈，听说整个货仓都是这东西，不由得把眼睛瞪圆："这……这都够整个华北抽半年的啦，这不是明摆着要欺负人了吗？"

刘一鸣一听，赶紧问欺负谁，药来晃着指头道："北京市面儿上，最多的就是国产鹰牌鸦片，不如'一颗金丹'，可胜在便宜。如果日本人把这么大一笔货放出去，价格降下来，那国产货就一点活路都没有了。"

原来还有这一层缘由。刘一鸣眯起眼睛，想得比药来更多。

民国初年，北京禁过一阵烟，很快袁世凯开始收鸦片税，从此死灰复燃。此后，历届北洋政府对鸦片都表面上反对，私下里纵容，个别如曹锟等人，还要搞官卖军卖。所以这些年来，别看民间的禁烟呼声一直很高，官面儿上也一个又一个禁令地颁布，但实际情况却愈演愈烈。日本人如今要横插一杠，这是打算趁张作霖溃退、革命军未及北上的政府力量真空期，攻占整个华北的鸦片市场，所图非小啊。

没抓到古董，却引出了大烟。这个意外之得让刘一鸣哭笑不得。他扶了扶眼镜，盘算着接下来该怎么办。

"嘘！"药来忽然把刘一鸣的脑袋按下去。那个货栈的门突然开了，从里面走出一队人。刘一鸣一眼就看见那个高个子身在其中，但药来一声低声的"哎哟"，让他把注意力放在另外一个人身上。

那是一个中年人，面如鹞鹰，正是药慎行，难怪药来差点喊出声音来。

五脉的下一任族长，居然背地里在存鸦片的仓库跟日本人见面，这个惊人的发现让这两个年轻人一时间都僵在原地，动弹不得，越来越看不懂这局面。

远处的人浑然不觉被窥视，两人简短地交谈了几句，然后握手告别。药慎行没叫黄包车，而是谨慎地步行离开，很快就消失了。药来低声道："我觉得我爹跟鸦片的事应该没关系，只是借这个地方谈别的事。"他看刘一鸣眼神狐疑，赶紧解释说："我爹一向最讨厌鸦片，身体对那玩意儿过敏，得病的时候医生都不敢用。"

药来在絮絮叨叨，刘一鸣脸色却阴沉下来。如果不是为了毒品，那只能是为了古董之事。许一城一直认为东陵失窃和日本的考察团有密切联系，只是没有实质证据，这次算是间接证实了。

可药慎行在这里扮演的是什么角色？

刘一鸣看了一眼药来，把这些揣测藏在肚子里。父子连心，他现在可不知道药来会怎么想。

这时，药来大喊一声："不好！"刘一鸣抬眼去看，发现那个高个儿朝着土地庙径直冲过来，速度奇快，来势汹汹，明摆着就是冲他们来的。刘一鸣一惊，一定是刚才他们俩被药慎行的突然出现吓住了，不留神露出了破绽。

那个日本人的眼神非常可怕，跟鹞鹰似的，瞪一眼比蜇一下都疼。他跑得非常快，刚发现他们俩，三步两步就扑过来了。刘一鸣刚来得及把药来推开，药来若不是平时习惯躲他爹的竹板，油滑得像泥鳅一样，只怕也会被抓进去。他跳进小河沟，侥幸逃走，刘一鸣却被日本人带了回去。

药来不敢回五脉，生怕被他爹发现，也找不到人商量，只好守在西直门城外，等着许一城他们回来。

听药来讲完遭遇以后，所有人都傻了。药慎行这个人平时权欲心重了点，可做事严谨，恪守家规，许一城万万没有想到，他居然会去南城货栈跟日本人碰面，这到底是怎么回事？

付贵率先打破沉默："事不宜迟，我们先去救人，再说其他的。"其他人对这一点没有异议。

于是，马车即刻掉头，在药来的指引下，朝着南城外的货栈飞奔而去。中途付贵还碰见了几个相熟的长警，他告诉这些长警有个查货的机会——警察说查货，那就是敲竹杠，是个肥差，于是，那几个警察兴高采烈跟了过来。

付贵问警察怎么北京城突然变得这么乱，警察告诉他，原来今天下午一股浓烟从总统府飘起来，缭绕了大半个府右街，半个北京都看得见。都说张大总统准备跑回关外了，所以要把机密文件什么的烧掉。甭管是不是真的，老百姓真信了，都开始收拾东西往城外跑。吴郁文自己也不知跑哪儿去了，京师警察厅陷入瘫痪，更别说维持治安了。

总之一句话，北京城现在是彻底乱套了，他们回来得可真是时候。

这一行人来到货栈，正赶上晨曦初亮。货栈里头隐隐还亮着灯，门口还加派了两个人站岗，一副如临大敌的样子。看来对方也已经存了戒备之心。

"咱们怎么办？直接冲进去？"许一城问。他对古玩考古熟稔无比，但对这些事情就完全无知。付贵没搭理他,直接看向药来:"你说你看见他们运烟土出去了?"药来一拍胸脯:"绝对没错,运的是'一颗金丹',那可是上好货色。"

付贵点点头,回头对警察们说:"你们听见了?这里私藏烟土,可得好好查一查。"警察们发出一阵兴奋的议论声,摩拳擦掌。

烟土这东西,虽说广为流通,但明面儿上却属于违禁品。历届政府暗地里纵容,但从来不敢公开宣布鸦片合法。所以警察最喜欢查禁这类东西,师出有名,油水丰厚。付贵心细如发,早就看见了货栈前的日本字,如果没有一个合适的理由,这些长警胆小如鼠,不会去招惹日本人。打着查禁鸦片的名义,厚利当头,就能让他们鼓起勇气了。

付贵叫上四名警察,径直走了过去。到了货栈门口,那两个守门的喝令站住,付贵把自己的证件一亮,冷冷道:"京师警察厅,现在怀疑你们这里私藏大烟。"守门的面面相觑,有点不知所措。其中一人说:"我们这是芹泽株式会社的产业,不归中国管。"付贵脸色一沉:"放屁,这里又不是租界。只要是在北京城,就是我们警察厅的地盘!"他一挥手,四个警察如狼似虎,把这两个门卫的枪给下了,直接按倒在地。付贵双手一动,两个人的下巴和手腕都给卸了。不伤人命,但战斗力是彻底废掉了。

这种手段让黄克武脸色一颤。如果换了是他,最多是找绳子捆住,拿毛巾塞嘴,可没付贵这么狠辣。

付贵打开货栈大门,让藏在附近的许、黄、药等人过来,就这么大摇大摆地走进去,喝令搜查!那几个警察兴奋不已,一个个抄起警棍,吆喝着奔向货仓和值班室。不一会儿工夫,他们就撵出了七八个人,大部分是中国人,还有两个日本人。这些人一副桀骜不驯的模样,嘴里嘟嘟囔囔,对突如其来的搜查大为不满。付贵掏出枪,朝天开了一枪,大声喝道:"警察办事,都给我趴下!"那些人立刻趴在地上双手抱头,比兔子都利索。

这时,在黑暗里传来哎哟哎哟几声惨叫,付贵顺着声音望去,看到两个警察从货仓里飞了出来,摔在地上。他眉头一皱,这两个人虽然不是什么强手,但体重在那儿摆着,现在居然被人直接扔出来,那个对手的力气可不小。又有两个警察冲过去,很快也惨叫着躺倒在地。

货仓门口出现一个高大魁梧的身影,药来一指:"就是他!我们就是跟踪他找到这里的,一鸣也是被他抓走的!"许一城对付贵道:"这个人我在大华饭店见过,堺大辅身边的,我怀疑是个军人,要小心点。"

正说着,黄克武已经扑了上去,与那个人战成一团。黄克武是形意拳的高手,起手不留情面,而那个人左支右挡,显得游刃有余。如果有练家子在旁边就能看出来,这个人动作洗练,只是在试探黄克武的拳路,等到十几招过后,他突然抬起右拳,朝前猛然一刺。这么一个简单的动作,黄克武双臂急忙一封,却感觉一股巨大的力量涌来,"扑通"一声仰面跌倒在地。

那人晃了晃脑袋,脖子发出嘎嘣嘎嘣的声音,凶悍无比。黄克武从地上跳起来,大吼一声,又扑了过去。那人没料到黄克武居然这么快就回过气来,两人又打成一团。

此时,整个货栈大院都被控制住了,所有人的注意力都集中在他们两个身上。许一城不会功夫,只能旁观。他看得出,那人的拳法简单直接,毫无花巧,力量却极大。黄克武虽然身体素质很好,但临敌经验就差很多了,完全处于下风。

没有人注意到,这个时候付贵如鬼魅一般钻到两人身旁的货栈台阶旁,如同一只躲在阴影中的狼,冷冷地盯着那个人。黄克武和日本人又一次硬硬相撞,结果被震退了两步,勉强站住。趁两人分开的一瞬间,付贵猝然出手,手里扬出一把白灰,全钻进了那人的眼睛里。

那人猝然遇袭,眼前一黑,然后觉得眼窝生疼无比。他的性子坚忍,经过极短时间的惊慌后,居然生生忍住,疾步后退,谨守门户。黄克武哪肯放过这个机会,弓腿一弹,整个人如炮弹一样冲到他胸前,猛地一撞,把他撞倒在地。

付贵毫不犹豫,又一次出手。这次他撒的不是白色烟尘,而是一碗水。水恰好浇在那人满是白灰的眼窝里,发出嘶嘶的声音。那人终于发出一声惨叫,双手捂住眼睛,在地上滚动。付贵立刻冲上去,咔吧咔吧两声,把他胳膊的关节卸掉,这才站了起来。

黄克武喘着粗气,一脸鼻青脸肿地过来,低头一看,才明白那白色粉末是生石灰。每个货栈的旮旯都会堆放一点生石灰,在夏天当干燥剂用。刚才付贵估计是随手抓了一把在手里,又抄了一碗守卫用来解渴的井水,派上了大用场。

黄克武的心情很复杂,那家伙的战斗力太强,若没这把灰肯定拿不下来,可师父也教导过,说撒石灰是下三烂的手段,学武之人绝不能用。付贵看出了他的心思,冷冷道:"我不是习武之人,我是办事的警察。"

药来这时钻进货仓,把刘一鸣给搀扶出来。刘一鸣鼻青脸肿,精神萎靡,所幸没有生命危险。据他说，被抓进货仓以后，那个人审问过自己被谁指使，还拷打了一番，但他一直咬紧牙关没说。

几个警察在货栈里搜出不少烟土，又喜又惊。喜的是，这些烟土若是充公，好大一笔收入；惊的是，他们现在回过味儿来了，这是日本人的地盘，得罪了外国人，可未必会有好果子吃。付贵对他们说，天塌下来他顶着，他们这才忐忑不安地开始清点存货，救治受伤同伴。

他们找了一间空货仓，把那人捆好，然后取来干布和菜油替他洗了眼睛。许一城蹭到他面前问道："你是谁？"那人先用日语说了一句，然后用生硬的中文回答："姊小路永德。"这是一个很有中国风味的名字，不过，看他棱角分明的面相，可不像是温文儒雅之士。

"你是支那风土考察团的人？"

"我受到了不法侵害，我要求联系日本大使馆。"姊小路永德答非所问，语调机械冰冷。

"堺大辅去哪里了？"

"我受到了不法侵害，我要求联系日本大使馆。"

"陈维礼到底是怎么死的？你们来中国到底有什么企图？"

"我受到了不法侵害，我要求联系日本大使馆。"

许一城相信姊小路永德掌握着很多关键情报，可这个浑蛋除了报出自己的名字以外，一直只在重复这一句话，有恃无恐。这种真相近在眼前却无法触及的憋闷感，让许一城气不打一处来，心情极度烦躁。

平安城的挫败让许一城特别郁闷，现在碰到这么一个闷葫芦，他更是心浮气躁。陈维礼的死、半张神秘信笺、宝剑图影、支那风土考察团、东陵盗掘，每一个谜团都彼此关联，可偏偏一个都没解开，就像是一个九连环，怎么解都解不开。

这时，付贵把手按在许一城肩膀上，淡淡说道："掌眼，我不行；审问，你不行。"他让黄克武拿来一个铁皮水壶，打满水，然后让姊小路永德平躺下来，从怀里掏出一块白纱布。

其他人都被赶出去了，付贵把白纱布蒙在姊小路永德的脸上，慢慢说："在我们中国，这叫龙王拜寿。"然后拎起水壶，轻轻一点，让水一滴一滴地流出来。这些水滴先是滴在纱布上，然后慢慢渗透下去，扑到鼻子里。开始时，纱布能吸水，还不怎么觉得，等到纱布吸水饱和了，就开始呛鼻子了。受刑的人会有强烈的窒息感，偏偏水又滴得缓慢有致，便把这种恐惧感放大到最大，不出一个小时，犯人就得精神崩溃。

京师警察厅别的能耐没有，严刑拷打师承大清，什么阴损手段都有。这个龙王拜寿已经算是比较文明的一种了，对付有身份的犯人才用这招，为的是不落下伤痕，万一日后翻案还能留有余地。付贵知道这个日本人身份特殊，打得骂得，但如果真弄死了，可会惹起很大的风波。

不过，这家伙还真是硬气，在龙王拜寿之下，居然还一直死扛着不吭声。付贵连倒了三壶水，胳膊都拎酸了，他仍旧不说话。付贵觉得不对劲，掀开纱布，发现这日本人居然昏过去了。

付贵走出仓库，冲许一城摇摇头，表示暂时拷问不出什么东西。他比了个手势："借一步说话。"

两个人走到仓库外面，付贵道："现在局势越来越坏了，南边的军队越打越近，张作霖也要跑了，北京城已经成了无主之地。"

"你的意思是？"许一城猛一抬头，眼神锐利地瞪着他。

"暂时放弃吧，现在没有人会帮我们。"付贵说。

他说得有道理。五脉就是一群废物；清宗室有钱，但力量十分有限；政府和警察厅形同虚设。放眼北京城，他们寻不到任何一个强援。而他们的对手，姊小路永德背后是支那风土考察团，考察团背后是日本帝国；王绍义背后是马福田匪帮。这两个一大一小，都是无可撼动的庞然大物。

"等局势平静点，再去查陈维礼之死也不迟，你明白我的意思吗？"

付贵盯着许一城。他的言下之意，陈维礼的事可以搁置，至于海兰珠，那并不是许一城的责任。宗室强行要她跟随，责任就该由他们自己承担，向毓方通报一声就够了。

"越是混乱，越会有人趁火打劫。王绍义打算盗东陵，那个现在不知在哪儿的风土考察团也一定别有用心。如果我们不管，那就没人能管，维礼可就白白死了。"许一城的犟脾气也上来了，他平静地盯着付贵，话语中却是分寸不让。付贵毫不避让，挺直了胸膛，用同样凶狠的眼神瞪着他："你别忘了！你还有老婆！马上还会有孩子！现在城里乱成这样，你忍心把他们娘儿俩扔下吗？"

听到这句话，许一城的态度霎时软了下来。他垂下头，似乎无言以对。付贵也不逼他，转身走开，扔下一句话："你自己好好想想吧。"

许一城独自站在货仓里，茫然地盯着外面。此时日头已经慢慢升起，光芒一缕缕地从顶棚缝隙洒进来，照在他的身上。许一城仰起头，看向天空，似乎在寻找答案。可老天爷对人世间的乱象一点都不关心，今天又是一个亮堂堂的艳阳天，仿佛在讽刺这片土地上所发生的事情。

他看了许久许久，逐渐恢复了平静。他把视线收了回来，面色紧绷，背起手来在院子里转了几圈，如同一只被困的野兽。末了，他走到刘一鸣身前，仔细看了一下他的伤势，然后对黄克武道："克武，劳烦你去找毓方，把平安城的事情通报给他们。"黄克武答应下来，许一城又对付贵说："麻烦你把一鸣和这个日本人安置在一处稳妥的地方。"付贵一点头，看来许一城已经被自己说服了，便又问道："那你去哪里？"

"我去找一趟药慎行。"许一城阴沉着脸淡淡道。

付贵眉头一皱："我不是说……"许一城打断他的话："我必须问清楚，他跟日本人碰面到底是为什么。这个不搞清楚，我不会心安。"

这时，刘一鸣挣扎着起来："许叔，如果王绍义绑架了木户教授，那说明盗掘东陵的人与支那风土考察团无关。药大伯跟他们碰头，大概是为了别的事情吧，可能跟我们想的不一样。"

许一城冷冷地回了一句："谁说觊觎东陵的只有一伙人呢？"

刘一鸣吃力地扶了扶镜片："许叔，我得跟你去。"许一城拍拍他的肩膀："你好好歇息吧，药来陪我就成了。"药来一听要去找自己父亲对质，便露出愁眉苦脸的神色。不过，他看看刘一鸣，又瞅了瞅黄克武，又把胸膛挺直。

付贵急道："嫂子那儿……"许一城道："我去找了五脉就去看她，正好顺路。"

许一城和药来跨出院子，直奔城里而去。越往城里走，越有些心惊。街上满地垃圾，无比寂静，时不时就会有几个黑影钻来钻去。连鸟都不得安生，被惊扰得飞来飞去，发出瘆人的叫声。以往老北京城那悠闲雍容的气氛荡然无存。

唯一还带点活气的，就只有满街跑的报童，喊着"号外，号外"，说张作霖总统宣布退出北京。

他们一路赶到五脉的宅子，发现这里中门大开，许多人里里外外地忙活着，门前还停着好几辆运货的马车。药来拦住一人，问怎么回事。那人看是药来，急得一跺脚:"小祖宗,你还玩呢?张大总统都要跑了,家里这正收拾东西,出去避祸呢!"药来问:"我爹呢?"那人一指:"在里头盯着装玩意儿呢。"

药来和许一城迈步就往里走,那人见是许一城,一愣,手里的铜盆"当啷"一声落在地上。

许一城走到堂屋前,对药来说:"你就在这里等我吧,别为难。"然后推开屋门。堂屋里头大大小小开着几十个红绸木箱,沈默和药慎行站在中堂,居中指挥,七八个五脉子弟轻手轻脚地将各种古玩装箱,每装一个,药慎行就在账簿上记一笔。

见许一城一脚闯进来,药慎行和沈默都有些惊讶。药慎行放下手中的账簿,迎了上去,还未开口,许一城抢先厉声问道:"你昨日和姊小路永德为何见面?"

药慎行不防他突然来这么一句,神色立刻变得不那么自然,一时间居然说不出话来。堂屋里的伙计们听说他和日本人见过面,不约而同地停下手里的活,朝他们俩望去。沈默挥起拐杖在地面一跺:"看什么看!赶紧装箱!"

老掌门发怒,那些子弟都是一哆嗦,连忙重新开始打包。沈默抬起拐杖指向二人:"你们两个,都跟我去后屋。"药慎行知道沈默的心思,大乱当前,他不允许家里人心浮动。于是,他和许一城跟着沈默来到后屋,药慎行还不忘把门掩上。

"怎么回事?"沈默端坐在太师椅上,有些疲惫,也有些恼怒。许一城把南城货栈之事一说,沈默初时听着还算平静,可一听牵涉到烟土,眼神立刻变了。他眼角一斜:"慎行,这可是真的?"

药慎行连忙恭敬地答道:"是这样。昨天有一个叫姊小路永德的人来店里,说是代表支那风土考察团,想找咱们五脉谈谈合作。他约在南城货栈,我赴约。至于烟土什么的,我不懂,也没注意。"

沈默道:"谈合作?日本人找你合作什么?"

药慎行道:"日本政府和几个大财团有意斥巨资在中国进行古董收购活动,这个支那风土考察团就是其中一个前期调查的团体。他们知道咱们五脉在古董界的地位,所以希望能跟咱们合作,一起完成这个收购计划。"

沈默道:"这么大的事,你为何不告诉我?"药慎行道:"最近家里这么多事,我是不想老爷子您分心。何况姊小路永德只是跟我提了个意向,八字还没一撇呢。我想的是,等对方正式提出来,再请您定夺也不迟。"

许一城站在后屋中间,双手抱臂冷冷道:"这么说,你是打算伙同日本人偷咱们中国的东西了？"药慎行看了他一眼，十分不理解："都是市面上有的东西，明码标价，一手交钱一手交货，算什么盗卖？中国人买得，日本人买难道就买不得？不都是买卖吗？"

"拍拍你自己的良心，日本人会这么简单？你这是开门揖盗！"

药慎行从容道："五脉从前也不是没做过日本人的生意。人家说话算话，给钱痛快，又识货，买回去都搁到博物馆里头，精心供奉着，可比中国的买主强多了。"他又看向沈默："这次日本政府的收购计划很大，数量惊人，咱们五脉哪怕只是居中掌眼，都能有丰厚的抽成收入。"

许一城斥道："你为了这点钱，可是连节操和五脉的脸面都不要了！"

药慎行闻言大怒，他上前一步，瞪着许一城："你有什么资格这么说？！你自己甩手去了清华，舒舒服服读你的考古，家里的事，你关心过没有？五脉这几年来每况愈下，若不是沈老爷子和我勉力支撑，这一大家子人都得喝西北风去！你喊几句大义轻松，可是管过五脉的死活没有？"

许一城针锋相对："偷抢也能发财，烟土赚得更多，你怎么不去做？君子爱财，取之有道。五脉为何能传承这么多年，就是因为恪守自己的本分，不是什么钱都能去挣的。"

沈默见两人又要吵起来，咳了一声："这个收购计划到底有多大？"

药慎行道："他们有一本《支那古董账》，里面有一个详细名单，我估计怎么也得有个几千件，每一件都是好东西。"他又补充道："慎行绝非是贪财才跟他们接洽。如果您觉得不妥，我这就去回了他们。"

沈默这次出乎意料地没有立刻做出决定，而是问道："那本《支那古董账》你看过了？"

"是。姊小路永德借给我扫了一眼，不过，没让我抄录。"

"我问你，你说实话。这份名单里，有没有阴货？"

出现在市面并且被人盘玩过一阵的古玩，叫作熟货；刚刚从墓里或地下挖出来的，叫生货；还有一种古玩，大家都知道搁在某一座墓里，但还没人挖开，这叫作阴货。阴货数量很少，但件件名气很大，价值连城。比如王羲之的《兰亭集序》真迹，大家都知道唐太宗临终前吩咐陪葬，如今就在昭陵底下，算是最著名的一件阴货。

沈默问这份名单里有无阴货，实际上就是在问，日本人有没有打算在中国挖坟掘墓。要知道，帮日本人鉴定古董，这是一回事；带着日本人去盗墓，那就是另外一回事了。其时"汉奸"一词尚未流行，如果帮日本人做这种事，传出去五脉名声不保。

药慎行肌肉一抖，扑通跪倒在地："我看到的名单，大多是熟货，以汉唐宋明几代居多。慎行这点轻重还是分得清楚的。"

许一城敏锐地捕捉到了他的用词："大多？这么说，你还是看见了几件阴货喽？"药慎行脸上露出一丝恼怒，但许一城紧抓不放，他只得无奈答道："那本古董账是按照年代排序的，我无意中翻到最后一页，只看到那么一件阴货，标明是清代的。"

"是什么？"

"乾隆皇帝的九龙宝剑。"药慎行回答。

听到这个词，许一城心中陡然一惊，一下子想到陈维礼那信纸里潜藏的剑影素描。

那素描不甚清晰，且只有一半，一直不知出处何在。在此前的调查中，大部分证据也与这把剑没什么关联，许一城几乎已经要放弃这条线索，可没想到，现在居然在《支那古董账》里找到了可对应的记载。

那把形体模糊的长剑，突然间从简略的素描里跳了出来，变成了鲜活可触及的物品。

沈默奇怪道："《支那古董账》里，只有这一件清代的东西？"药慎行说是，沈默摩挲着拐杖顶端，双眼带着疑惑："清代去今不远，日本人最推崇唐代，对清古董没兴趣很正常，但他们为何对这一把九龙宝剑情有独钟呢？"

许一城连忙请教沈默这到底是件什么东西。沈默捋髯一笑："这玩意儿啊，知道的人不少，可看见的人却没几个。可巧咱们五脉与它有那么一点渊源，所以我还算知道一点。"

话说在乾隆五十六年，北京起了一阵大风，经月不停。好不容易风住以后，紫禁城里突然连连落雷，先后劈坏了七八株名贵树木，甚至还劈死了一个小太监，乾隆皇帝以为这是不祥之兆，便找来一位姓卢的高人算命，高人名叫卢麟祥。卢麟祥告诉他，这风是皇煞风，一出现就有改朝换代之危。

乾隆自称十全老人，好大喜功，对于这个说法十分不安，问卢麟祥该如何处置。卢麟祥说此风是自阴间吹来，须有真龙天子入阴间去镇压。乾隆大怒，说你这是让我去死呀，要杀他。卢麟祥连忙献上一策，建议铸造一把神兵，让乾隆随身携带温养。

等到寿终之日，此剑陪葬入陵，贴身而放。这样乾隆一灵不昧，便可携剑入阴，把吹松清室根基的皇煞风斩断，可保江山永固。

于是，乾隆召集能工巧匠进宫，花了三年的时间铸造出一把宝剑。依照卢麟祥的指引，剑柄为中原式的，剑身却略有弯曲，融合了蒙古刀的风格。上伏九条龙纹金线，象征"九九归一"。九九是数之极阳，对阴间诸鬼有绝大的克制之力。乾隆对这把剑可下了心思，极尽奢侈之能事，剑身错金有纹，剑格以一整块玉雕成，剑鞘以南海角鲨皮裹制，上面镶嵌着十几颗宝石与明珠。后来乾隆驾崩，这把剑就跟随他入了裕陵，所以，后人再没见过这件宝贝。

许一城听完这个描述，确认这把九龙宝剑应该就是那张纸上绘制的剑影。不过，尚有一个疑问，剑影的剑身部分，绘者画了两次，一次略带弯曲，与九龙宝剑的蒙古刀样式相同，一次却是笔直。不知这是因为什么。

还有另外一个疑问。这把剑在乾隆驾崩后就被陪葬，那么日本人怎么知道这把剑的样式？那张图上的剑影虽然不甚清晰，但细节很明确，若不知其形貌，断然画不出这么详尽。

当然，这两个只是无伤大雅的小疑问。真正奇怪的，是它本身的价值。

九龙宝剑确实珍贵，不过说到底，也只是一件奢侈的工艺品罢了。若说价值，在阴货中只能排得上中等。日本人若想要这东西，必须要挖开裕陵，但裕陵里的好东西太多了，乾隆是古往今来第一大收藏家，手里字画古玩不可胜数，而且其中很大部分都随他陪葬。这九龙宝剑在其中的价值，只排得上中等而已，他们为何对这个情有独钟，特意郑重其事地写入古董账内呢？

难道说，九龙宝剑只是一个引子，日本人觊觎的其实是裕陵内那无比丰富的收藏？

一想到这里，许一城眉头就是一跳。这些疑点虽未澄清，但日本人要对东陵出手，当属无疑。陈维礼一定是觉察到了支那风土考察团的阴谋，才被人灭了口。

东陵今年可真是流年不利，居然同时被中日两伙匪徒看中。

沈默虽不及许一城知道得那么清楚，但也品出其中味道不对。他对药慎行说道："你以后不要去见那个日本人了，咱们五脉先搬去乡下，等避过这阵子风头再说。"

药慎行急道："可是，不能凭他的一面之词，就毁了这么大盘生意呀。"

沈默道："倘若日本人真为开陵而来，你怎么办？"

"那自然是不能参与。"药慎行毫不犹豫道。

沈默叹了口气："这就是你和一城的不同。你不会参与，他却是会拼了命去阻止，头撞南墙也不回。"

药慎行听见他又拿两人比较，眉头一动，不由得脱口而出："既然您更属意许一城，我甘愿让贤。"沈默"啧"了一声，摇摇头："你这孩子，说你几句又闹起脾气来了。掌眼行事，你不如他；执掌家业，他不如你。五脉这一大家子，还得有个稳当人来管才是。"

药慎行听到这一席话，心情才稍稍平复。他偏过头去，想看看许一城什么反应，可视线一扫，整个人愣住了。许一城不知何时已经离开了，连招呼都没打一个。

沈默眯着眼睛，神色有些复杂。刚才许一城走的时候，他看见了，但也没说什么。他太了解许一城的秉性了，步子迈出去，谁也别想给拽回来。其实，自己年轻时又何尝不是这样，可惜慢慢被世故磨平了性子，快意恩仇这种事，只能偶尔感怀了。

他自嘲地弹了弹手指，对药慎行道："时辰不早了，你快去准备吧。"

药慎行小心翼翼地探前了身子，犹豫问道："东陵之事，真不用给一城什么支援？"他纵然性狭侵疑，可这终究是一件大事，自己偷偷去见日本人也颇有些心虚。

沈默别有深意地看了他一眼，慢慢道："你就快是五家之主了，什么事别由着自己性子。"

药慎行低头答应，然后转身离开，只剩下沈默一个人在屋子里枯坐，久久不曾动弹。

许一城心急如焚地离开五脉，九龙宝剑的现身，终于让他一直以来的调查有了个坚实的基础。可这个发现非但没让他如释重负，反而让他觉得整个局面更加诡异。

王绍义盯上了慈禧墓，日本人盯上了乾隆墓。日本大使馆里躺着陈维礼冰冷的尸体，而在平安城还陷着一个海兰珠。每一件都是惊天大事，每一桩都无法置之不理。千头万绪，饶是以许一城的头脑，一时都有些不知所措。

此时，街道上已经没有黄包车了，他低头在路上一路疾行，脑子里在反复想着这些事情。一会儿觉得此事干系重大，若放手不管只怕会酿成惊天盗案；一会儿又有些犹豫，因为面对的都是大敌，实在非自己所能匹敌。他就这么摇摆不定，一抬头，发现自己不知不觉已经到了协和医院的门前。

协和医院此时也比平时混乱得多，医生护士行色匆匆，都在小声谈论着局势。医院正门口站着一排洋人士兵,荷枪实弹。这应该是各使馆凑出来的卫兵,以防止医院这种中立机构遭受冲击。

许一城走进医院,许夫人刚刚值完夜班,正躺在行军床上睡觉。许一城一走到房间门口,她仿佛有心灵感应一样,"唰"地睁开了眼睛,先"扑哧"笑了一声。许一城这才想起来,自己穿的仍旧是那身收古董的长衫,戴的是小圆墨镜,一直没腾出工夫来换掉。

他说:"我来得匆忙,没买早点。"正要迈进房间,许夫人却抬眼淡淡道:"你还是别进来了。"许一城一愣,许夫人从床上下来,挺着大肚子走到门口:"我怕你一进来,就舍不得走了,会耽误你的正事。"

许一城有些尴尬地笑了笑,不知该说什么好。许夫人用指头轻轻点了下他的额头:"你这个人哪,心里有事没事,根本就藏不住。"许一城笨拙地搓着手:"唉,是这样……"许夫人阻住他:"不用跟我解释。你说了我也不懂,就算懂了也帮不上忙,干着急,还不如不知道。你要做的事情,一定很重要。放心好了,协和医院有各国使馆保护,再乱也乱不到哪里去。你去忙你的吧,不必挂念。"

许一城恋恋不舍地摸了摸她隆起的肚子,许夫人抿嘴笑道:"感觉到了吗?小东西踢了你一下。"许一城蹲下身去,把耳朵贴在肚皮上仔细倾听着。她弯着眉毛,把那条洗得干干净净的大白手帕叠好,揣到许一城的怀里,轻轻一推:"你快走吧。"

"等这阵子忙完了,我给你带粉鱼儿过来,这回多放辣子。"

许一城吻了吻妻子,然后转身离开。他的眼神重新变得清澈而坚定,仿佛所有的惶惑都被滤去了。

许一城的下一个目的地是宗室。东陵是清宗室所管,这事无论如何不能绕过他们。虽然他已经派黄克武去通报,不过,乾隆的九龙宝剑这个线索一浮出水面,所有的事情都不一样了,他必须得亲自过去一趟。

"您说什么?日本人打算对裕陵下手?"毓方手里的盖碗"哗啦"一声掉在地上,摔得粉碎。他不见一丝皱纹的白净胖脸,因为极度震惊而变得扭曲。

许一城点点头。

"好哇,难怪他们提出来要去东陵考察,原来是没安好心。"毓方背起手来,在屋子里来回踱步,一边踱步一边摇头。

富老公在一旁冷声道:"我就说他们没安好心,你们却偏要答应。"

毓方急躁地拿折扇敲了敲自己脑袋："这事可不是我做主的,是在天津那几位王爷答应的。咳,谁知道他们收了日本人多少好处!"他又走了几步,抬头对许一城道:"日本人什么时候动手?"

许一城道："日本人只来了一个支那风土考察团,人手有限。他们很可能会寻找当地的合作伙伴,原本我以为是王绍义,但现在看来不是。失踪的堺大辅,恐怕就是去寻找适当的人了吧?"

"那王绍义什么时候动手?"毓方又问。比起日本人,说实话他对恶诸葛更为忌惮。许一城道："他把海兰珠扣在了平安城,催促着我回城来找买主,说明他对东陵志在必得。只要找到姜石匠,动手恐怕就在这个月之内。"

毓方想了想,说先顾一头儿吧,对富老公道："跟阿和轩联系一下,让他把手底下的人都召集起来,加紧巡视,把精神都给我打好了。"

许一城这时却给扣下一盆冷水："现在,张大帅马上就离京了,无人管束,若我是王绍义,肯定是以移防或演习为名,率大军直接进驻东陵,明火执仗地挖墓。阿和轩那几十号人,能挡得住人家一个团?"

毓方一琢磨,顿时面露愁容,许一城鄙夷地看了他一眼,这家伙看似沉稳,其实跟他弟弟毓彭也差不多,耍小心机还凑合,真碰上大事,一样发蒙。毓方问许一城该怎么办,能不能设个局把王绍义骗住。

"王绍义这个人太狡猾,手底下实力又强大。跟他玩小聪明,一枪就把你崩了。"许一城摇头否认。在平安城阴司间里的遭遇让他印象太深刻了,任凭他智计百出,在绝对的力量之下也无济于事。

"那您觉得该怎么办?"

"对付王绍义只有一个办法,以硬碰硬!只要有足够的人护陵,能把王绍义挡在东陵之外,时间不用长,一天就够了。盗掘东陵,毕竟是一件犯忌讳的事。他如果知道事先有准备,肯定就会知难而退。你们宗宰在京城经营这么多年,这点人还是能凑出来的吧?"

毓方听了,脸上却没什么喜色："宗室这几年,钱是攒了点,人脉也还算广,可败家子儿更多。若是捐个款起个楼,还好说,这拉队伍去打仗就……"

许一城皱眉道："四百人……不,三百人都拉不出来?"

毓方摇摇头,抬起手指："钱的事姑且不说,这兵荒马乱的,去哪儿找壮丁?就算找到了,会不会打仗?能不能挡住恶诸葛那伙悍匪?再说,就算人齐了,枪从哪儿弄?弹药怎么补给?"说到这里,毓方又斜眼看了眼许一城:"再者说,自从张勋以后,宗室一直被人猜忌,连马车上挂了二龙戏珠都被人怀疑。如果宗室一下子在北京城里拉出这么大的军队,这不是作死吗?"

发完这一通牢骚,毓方颓丧地坐回到椅子上,"啪"地打开折扇,徒劳扇动,全没了那副智珠在握的劲头。富老公"哼"了一声,恨声道:"大不了把我这副老骨头填在那儿!"

许一城望着这位遗老,想毓方还不如一个老太监有血性,心想有他们这样的人在,清朝不亡可真是没天理了。许一城一想到自己唯一的盟友就是这些家伙,又是无奈又是气愤。

三个人在屋子里沉默了一阵。富老公突然想到什么,走到毓方面前耳语几句。毓方眼睛一亮,手里折扇"啪"地一打,对许一城道:"许先生,是不是只要找到一支军队,跟王绍义硬抗一天就成了?"许一城说:"这自然是最好的办法,可你们不是拉不起来队伍吗?"

毓方这次脸上带了一点喜色:"宗室没兵,可咱们可以借嘛。富老公刚才想起一人,如果能得到他的帮助,此事就有着落了。"许一城"哦"了一声,抬起头来。

古董局中局3

第八章

局势大乱

富老公说的这个人，叫李德标，此人的发迹颇有传奇色彩。他是辽北法库县人，十九岁加入奉军，在奉军大将郭松龄麾下当了个普通小兵。

民国七年，张作霖当上了东三省巡阅使，正式成为东北王。他踌躇满志，觉得自己住的宅邸规格也得提升。于是，奉天城内的帅府进行了一次翻修，范围比从前扩大了不少，郭松龄当时担任卫队旅参谋长，特意多派了几个警卫连在四周加强戒备，其中李德标所在的这个连，就把岗哨设在了大帅府东门附近。

张作霖这人有个习惯，喜欢微服私访，经常戴着一顶瓜皮帽，穿一件马褂，什么人也不带，孤身一人溜达出去。这一天，他又一个人出去转悠，考察了奉天城里几处要害设施和军营，到了夜里才回来。张作霖走到大帅府东门，正要往里走，被正在岗亭里执勤的李德标看到。李德标一看有个商人模样的家伙鬼鬼祟祟接近大帅府，立刻举起枪来大喝，让他赶快离开，否则开枪。张作霖又好气又好笑，以为卫兵没认出来自己，又往前走了两步。不料李德标咔嚓一声拉动枪栓，竟然真要动手。气得张作霖张嘴大骂，说："老子就是张作霖，你个小王八羔子赶紧把枪放下。"

这李德标也是个直性子，非但没把枪放下，反而大骂："你是张大帅，我还是你亲爹呢，赶紧滚！不然我真开枪了。"两个人僵持了半天，最后张作霖怕这小子犯浑真开枪，只得悻悻离开。他去了大南门里路东的教导队机关枪中队部，在那儿给大帅府挂了个电话，让郭松龄赶紧过来接人。

郭松龄接了电话有点莫名其妙，大帅回大帅府什么时候需要特意去接了？但他不敢怠慢，连忙赶到中队部，把张作霖接了回去。张作霖进了帅府，第一件事就是让郭松龄把东门岗亭里的李德标叫过来。

李德标被带到以后，张作霖故作不悦，指着他说："你现在看看我是谁。"李德标一看，才发现刚才门口那人果真是大帅。旁边郭松龄脸色铁青，汗如雨下，这个浑小子居然连大帅都不认识，还拿枪指着他，简直是不知死活。张作霖一拍桌子，说："你不让我进就算了，还说是我亲爹，占我便宜啊？"李德标这才知道自己闯下大祸了，整个奉天城里，敢自称张作霖亲爹的，恐怕就他一个。

李德标脾气硬，非但没有跪地求饶，反而脖子一梗："我们连长说了，不许任何可疑分子靠近大帅府。您一不带卫兵，二不亮证件，我是照章办事！"张作霖不但没生气，反而十分满意，一指郭松龄："你的兵不错，有种！如果奉军将士个个像他一样，严格执行命令，不打半点折扣，那天下就没人能干得过咱们了。"

就因为这件事，李德标因祸得福，反而受到褒奖，很快升了官。张作霖听说他是法库人，还给他介绍了一个同乡，巡阅使署总参议杨宇霆。杨宇霆对这个硬骨头小同乡十分欣赏，给他找了个媳妇，还把他送去讲武堂深造。从此，李德标平步青云，在东北军里成为一个传奇人物。到了民国十七年，他已经升到了上校团长，带着一个独立步兵团，隶属第十四军，在军长孙殿英麾下做事。

许一城听完，说："此人倒也是个奇人，不过，为什么找他？"

毓方说："前些天我听说，孙殿英被冯玉祥打得大败，十四军一路北溃，现如今在蓟县休整。而这个李德标独立团驻军的位置，就在蓟县和遵化之间，离平安城和东陵都很近。富老公也是法库人，跟李德标有点交情，还曾经救助过他的军饷。如果能请他出手，不指望剿灭王绍义，起码能护得住东陵平安吧。我们宗室的人情，在京城附近也只有这一家能使唤得动啦。"

许一城沉吟片刻："军事上的事我不太懂，不过，李德标的顶头上司孙殿英没有下达命令，他能随意行动吗？"

毓方笑道："这您就有所不知了。孙殿英是个三姓家奴，全靠抱着张宗昌的大腿才混进了奉军序列。张作霖对非嫡系部队都有很深的戒心，他把李德标的独立团编入孙殿英的十四军，是带有监视的意思。所以，李德标的独立团，在孙殿英那儿根本是听调不听宣。"

许一城琢磨了一下，觉得这个提议似乎没什么破绽。几个人商量了一下，决定让富老公和许一城去找李德标。这时，富老公眉头一皱，沉声说："不行，这样还不够。"两人问他怎么了，富老公道："李德标这个人我很了解，做事非常一板一眼，从来没有通融。你想，他当小兵的时候，都敢拦张作霖，现在这脾气更不得了。这件事涉及军事部署，他未必买我这个面子。"

"那就给钱！咱们再帮他点军饷不就得了？我就不信，一箱子银圆砸过去，他会不动心？"毓方不以为然。

"不够，还是不够。"富老公摇摇头。

毓方沉思片刻，看向许一城，露出一个奇怪的笑容："许先生，这时候就得借助你们五脉的力量了。"许一城何等敏锐，立刻就猜出了他的意图："你想伪造一份张作霖的手令，假传命令让李德标去打王绍义？"

"聪明。"毓方抚掌而笑，"李德标对张大总统忠心耿耿，对他的命令，一定会不折不扣地执行到底。"

"这不合理吧？你就不怕他一通电话打到总统府或参谋部去核实？"许一城皱眉。

毓方得意地道："若换作平时，这个计策自然行不通，但如今奉军上上下下都乱成一团，兵不知将，将不知兵，电话电报全都不通，李德标这种心腹嫡系，只会认张作霖的手令。这就是咱们的机会。"他说到这里，满怀期待地看向许一城："至于如何模仿张作霖的笔迹，就得使用五脉的手段了。"

五脉中的红字门，也就是刘一鸣所在的这一脉，专精字画古书，门下子弟从小都要揣摩各家书法，让他们模仿张作霖一个大老粗的笔法，简直是轻而易举。

许一城盯着毓方，看到他面上闪过一丝狡狯的神色。毓方什么小心思，许一城知道得一清二楚，他想借此把许一城和宗室绑得再紧些，最好是把五脉一起拉下水。

可惜许一城也没有别的好办法，毓方的这个提议，确实是目前最合适的，没有其他的选择了。

毓方趁机又道："我知道五脉从无作假的习惯，不过，事急从权，若能挡住王绍义，日本人自然也会知难而退。一封手令，能退两路兵马，这是多上算的买卖呀。"他虽不理解许一城为何对日本人如此关注，但知道把这件事抬出来，这个人肯定无法拒绝。

许一城沉思良久，长呼一口气："好吧，我去跟五脉联系。你手里有没有张作霖的手令？"

毓方道："手令没有，真迹倒是有一份儿。前两年张作霖在北京接见过皇上，送了幅字儿。皇上嫌不吉利，就没带去天津，在我这儿收着呢。"富老公转到后屋，过了不多时抱出一个卷轴。

许一城打开一看，明白为啥溥仪嫌不吉利了。上面写了四个龙飞凤舞的大字："再造共和"。给一个逊位的皇帝写这四个字，那真是再讽刺不过了。更奇特的是，落款居然是"张作霖手黑"。许一城奇道："不是手墨吗？"毓方尴尬地答道："他说宗室每年拿政府的补贴已经嫌多，难道还想占片土地不成？所以'墨'字下面少了一个'土'，成了手黑。"

许一城纵然愁绪满腹，听到这个说法也不觉失笑，这位大帅倒也是个性情中人。他收起卷轴，转身离开。毓方在后头一拱手，恭敬道："成败，就在许先生你了。"

不知为何，许一城听到这句话，突然遍体生寒。他这时才注意到，自始至终，毓方和富老公都没问过海兰珠的情况，也没考虑过如何去平安城营救海兰珠。他们是相信自己不会见死不救，还是根本漠不关心？这位海兰珠姑娘，到底是什么来头？

不过，大事当头，许一城暂时也顾不得那么多。他出了门，药来正等在门口。药来告诉许一城，刘一鸣已经被送到付贵家暂歇，其他的人也都在。

付贵家就在离警察厅不远的一条胡同里，是一间大青瓦房外加一个带柴房的小院。付贵一个人住，所以屋里屋外都很简朴，没有任何多余的东西。本来付贵让刘一鸣回五脉，但刘一鸣不愿意回去，怕错过什么大事，于是，就暂时在这里落脚。

许一城抬帘进来，刘一鸣正躺在床上，黄克武满头大汗地给他清理伤口，姊小路永德大概对刘一鸣不是很重视，所以没有用心拷打，万幸都是皮肉淤伤。付贵一看许一城的神态，就知道他肯定没把事情放下，一板脸："嫂子你安顿好了？"许一城道："她在协和医院，比家里安全，姊小路永德呢？"

付贵下巴一抬，没好气："扔柴房了，这会儿正睡着呢。"

刘一鸣看他来了，挣扎着要起来。许一城快步过去，让他躺好："你没事吧？"刘一鸣道："还好，对了，药大伯的事……您跟沈老爷子说了没？"他眼中满是期待。药慎行勾结日本人贩卖烟土，这事要是传出去，沈默再护着他也没法偏袒。这族长之位，必然旁落。

许一城也不隐瞒，便把跟药慎行、沈默的对谈和盘托出。听到药慎行说去见日本人是为收购古董的事，刘一鸣情绪激动："药大伯他那是托词！许叔你应该当场戳穿他！这是多好的机会呀！"

许一城平静地摸了摸他脑袋："一鸣，你别费这个心思了，五脉是五脉，我是我。"刘一鸣瞪大眼睛，怒火中烧地争辩道："您也看见了，这些人只是一群太平犬。

如今这个局势，若没个明白人领着，早晚得翻沟里去！您不去争，就是放弃责任，看着这一大家子完蛋啊！"

刘一鸣一直想把许一城推上族长之位，这个大家都心知肚明。但这么一个性子深藏之人，现在居然一反常态如此直白地喊出来，可见执念到了什么地步。他一动，牵动伤口，疼得龇牙咧嘴，眼睛却一直盯着许一城，不容他退避。

黄克武和药来都沉默地看着许一城，五脉的三个年轻人各怀心思，都在等着他的回答。许一城道："这件事，咱们容后再说，眼下有一件急事，还得要你帮助。"刘一鸣只道他是推托，不料许一城拿出一个卷轴，说出他和毓方商量的计划。

"五脉虽有严规不得作假，不过，事急从权，这也并非牟取私利。一鸣，你是红字门这一代最杰出的子弟，模仿张作霖的手令，应该不在话下。"

刘一鸣接过卷轴展开一看，突然抬头："许叔，这字我能模仿，不过，你得答应我一件事。"黄克武在旁边一捅他，急道："大刘，你干吗？这是要挟许叔吗？"刘一鸣淡淡道："放心好了，这不是要挟。就算许叔拒绝，我也一样会把手令写得漂漂亮亮，绝不含糊。"

刘一鸣这是以退为进，不过，手法略显稚嫩。许一城道："你说吧。"

"东陵之事如果顺利了结，很快就是沈老爷子八十寿诞，我希望您能到场。"

沈默会在自己寿宴上宣布五脉接班人的名字，刘一鸣让许一城出席，自然就是希望他去争一争。出乎意料的是，许一城答应得非常干脆："好，我答应你，我会出席。"

许一城的意思是，我只答应出席宴会，可没答应去争位子。刘一鸣想的是，只要你在宴会里出现，本身就是一个姿态，就是一个胜利。于是，这两边终于达成了一个微妙的共识，刘一鸣长舒一口气，似乎卸下了一个大包袱："帮我准备笔墨吧。"

他重新把卷轴展开，仔细观察。许一城把毓方备的上好纸、笔、墨都铺好了，忽然听到门板一响，回头一看，发现药来推门闪身出去了。许一城把墨柱递给黄克武："你来帮一鸣磨墨。"然后也走了出去。

药来正蹲在小院柴房门口，一声不吭，垂头不知在想些什么。许一城走过去："怎么了？觉得难受？"药来半抬起脑袋，收起以往嬉皮笑脸的油滑："您和刘哥当着我的面商量怎么在寿宴上给我爹难堪，我没法儿听啊，只能躲出来了。"他又补充道："我爹是做得不对，可他毕竟是我爹呀。我知道，我平时没少给他找事，也没少挨打，不过，让我听着你们说这个，我真不知道该……"

许一城蹲到他旁边，双眼望天："你知道我当年为何要离开五脉吗？"

"嗯？为啥？"药来年纪比较小，许一城离开是他出生前的事。何况他是药慎行的儿子，别人也不会告诉他。

"我是被我爹硬生生打出去的。"许一城仰起头看向天空，阳光很强烈，让他不得不眯起眼睛，像是对过去有着无限感慨。

"你爹也打你啊？"

"嘿嘿，你如果见过他打我的样子，就知道你爹绝对是手下留情了。这么粗的藤条，他打断过三根。"

许一城用手指比画了一个长度，让药来脸色都变了。挨打这个行当，药来可是宗师级别的人物，他知道这种藤条有多结实，能打断三根，不知得用多大力气。

"我爹属于那种极端的老古板，信奉的是严师出高徒、棍棒出孝子。外头人都夸他是个端方君子，但当他的儿子可就惨了。从小我就没少挨打，有一点稍微做得不妥当，就会一顿棍棒砸下来。你们小时候做宝题是当游戏，对吧？对于我来说，那是生死攸关的大事，他老人家对掌眼鉴宝的规矩非常固执，容不得半点离经叛道。一旦做错，那就得在床上躺上三天。"

药来同情地看了他一眼，不知该说啥才好。

许一城叹了口气："那次有人拿来一个正德鲜红百鱼暗花盘，想请五脉鉴别一下。我记得那个盘子很漂亮，胎质细腻，盘壁上画着鲭、白、鲤、鳜四尾游鱼，这你知道是什么意思吧？"

"取其谐音，清白廉洁。"药来脱口而出。

"不错。我爹有意想考较一下我们两个年轻人，于是就让我和你爹药慎行一起掌眼。这件盘子的鉴定难度不大，我们俩都判断这是一件赝品。可问题就出在掌眼的手段上。你爹是老一套做法，看釉色，看胎质，看开片，看绘工。我那时候对西方的科技很有兴趣，恰好刚读到一篇新闻报道，说英国发明了一种瓷器鉴定法，用高倍显微镜观察瓷器表面的老化痕迹，宋代汝瓷能看出半环形腐蚀线，元代钧瓷能看出腐蚀小坑聚成斑点状，不同年代的老化痕迹会有微妙不同。于是，我便跑到孝顺胡同的同仁西医院，借洋人的显微镜来看这个瓷盘。虽说那个显微镜倍数不算高，我手里也没有每种瓷器在不同年代的具体腐蚀特征，但我想了个办法，拿了一个真的正德盘，跟这个在显微镜下做对比，如果不一样，那肯定有问题。"

"这办法真不错。"药来啧啧称赞。

"我也这么觉得，兴高采烈地跟家里人说，希望能从英国买几个显微镜回来。没想到我爹大怒，说我这是投机取巧，不去勤练眼力，不去揣摩器物中的道理，却用一个破玻璃片儿妄断真伪。我怎么跟他解释科学原理，他就是不听，还骂我是糊弄人，品行有亏，五脉的名声都被糟践了。我年轻气盛，气不过就跟他吵，他就拿藤条打，我不躲，也不服软。当时，五脉的人都过来劝，有的拉住我爹说别打出人命，有的劝我赶紧认个错。可我们爷儿俩都是倔脾气，谁都不肯后退一步。最后，我在床上躺了足足有半个多月才恢复过来，然后听说我爹跑到同仁西医院那儿，差点把人家化验室给砸了。我一怒之下，离家出走。我爹更干脆，登报宣布断绝父子关系，从此再没搭理过我。一直到他前几年去世，我回去看他最后一面，他都不让我进门，一直到咽气都头冲门口，双目圆睁，生怕家人把我放进来。"

药来听了，久久不能说话。这对父子，可真是一对驴脾气。

他知道五脉对于现代科技一直颇有抵触，他们更信赖自己的眼光和经验。用沈默的话说，器物只是术，归根到底还得磨砺自个儿的道，才能有出息。药来一直以为这是沈老爷子的信条，现在才知道根子居然在许一城他爹这里。

许一城把脑袋靠在柴房门板上，感慨道："虽然我对我父亲已经没什么恨意，但对于离开五脉的那个决定，至今都不后悔。"说到这里，他突然又露出一丝微笑："何况我也不是没有收获。"

"哦？"

"我离开五脉以后，去了同仁医院，给人家化验室打工，赔偿我爹闹事的损失，顺便学习。在那儿我认识了我太太，她当时恰好在那儿做实习护士。"

药来瞪大了眼睛，他原先还在揣测两人到底怎么认识的，原来和五脉还有这么一层渊源。

许一城拍拍他的小脑袋瓜儿："所以说，你根本不必如此纠结。人活在世上，总得坚持点特别蠢但你自己认为对的事。"

药来苦笑着摇摇头："我跟您可不一样。您是个天才，我就是废物一个，没多大出息，还抽大烟，这辈子就这样了，还坚持个啥？没大刘的头脑，也没大黄的沉稳，五脉里也没人当我是回事。"他眼神里带着自嘲。看得出来，他平时的嬉皮笑脸，都是出于自卑而披上的伪装。

许一城正色道："若没有你，我们根本发现不了烟土和支那风土考察团之间的关系，更走不到现在这一步。这不就是你的价值吗？而且，我看得出来，你对瓷器的敏感，比我和你爹年轻时候都强，只是没用心。我让你戒掉大烟，也是因为不忍心看一个好坯子被毁了。"

药来无精打采地回答："您这是在宽慰我，我这样的人还能有救吗？"

许一城道："我再给你讲另外一个故事吧。就是前几年，我在郑州街头碰到过一个小混混，这人长得很有特点，一只眼睛大，一只眼睛小，拿了一个假青铜器设局骗我。他设的那个局太粗糙，我没费多大力气就给破了。没过两天，他不知从哪儿学了一招，又设了个局让我撞见，我又给他破了。他连续设了四五次圈套，非但没骗到我，反而自己赔得灰头土脸。最后一次他叫来一群土匪，本来是想吓唬我，结果那群土匪却要动真格的，他怕闹出人命，便把我从他自己设的局里给救出去了。他这也是救了他自己，如果他跟那群土匪一样动手，我已安排好了后手，一个都别想逃掉。我看这小子在鉴定上还算有悟性，而且良心未泯，就教了他几招，给了点本钱，让他务点正业。如今人家在开封一带名气可大了，外号阴阳眼，是远近闻名的掌眼高手。"

刚讲完，刘一鸣在屋里喊说弄好了。许一城拍拍药来肩膀，说"你自个儿琢磨吧"，起身走进屋子里去，剩药来一个人眼神闪动，独自沉思。

刘一鸣递给他一张纸，上头墨汁淋漓，写的是要求李德标尽力守护东陵，不得有误云云，语气严厉而不失亲密，一看就是写给亲近之人，落款三个大字：张作霖。许一城把这封手令跟卷轴对比了一下，几乎一模一样，暗暗佩服。刘一鸣才多大年纪，书法就已经有了这样的造诣。

黄克武道："许叔，要不要我陪你去？"许一城道："你和付贵等我通知。如果李德标和王绍义对上，你们趁乱潜入平安城，把海兰珠救出来。"

"那木户教授呢？"黄克武问，他还惦记着这个人。许一城叹口气："能救就一起救吧，他也是个痴人。"黄克武用力"嗯"了一声，面露喜色。

许一城收好卷轴，正要往外走，看到一旁付贵脸色如冰，知道他肚子里有气，不敢招惹，一低头，想走出门去。这时，付贵开口道："许一城，你等等，我有话跟你说。"许一城回过头来，一脸苦笑，被他拽着胳膊到了外院。

许一城赔笑道："你别生气，这次真是事出有因。"付贵冷哼一声："我对你的借口没兴趣，把东西给我。"许一城一愣，问是什么。付贵道："陈维礼的那半张信笺。"

这份遗物许一城一向是随身携带，他从怀里掏出来，递给付贵，带着期待："你有什么新发现？"没想到付贵毫不客气地回答："没有。"

"那你要它做什么？"

付贵没吭声，就这么若有所思地盯着他手里的信笺，直待许一城等着急了才缓缓说道："我刚才去了趟大华饭店，不只木户教授，其他的考察团成员也一直没有返回。于是，我就搜查了一下他们住的那几个房间。可惜日本人把东西收拾得很干净，没找到什么有价值的东西——除了这个。"

付贵伸出手，拿出一张和陈维礼遗物质地一样的信笺，许一城注意到上头有好多涂鸦样式的墨点。

"这是我在饭店柜台后找到的。据店员说，他是在整理团长埭大辅的房间时，在废纸篓里发现的。他觉得这纸的质地不错，上面又没写字，就拿来给孩子当草纸，应该和你这半张遗书是在同一个本子上撕下来的吧？"

许一城知道他所谓的"搜查"，肯定不是通过正规渠道，不是撬锁闯入，就是要挟店员。而且，要在偌大一个饭店里找到相同质地的一片信笺纸，需要的不光是敏锐的观察力，还需要惊人的耐心。付贵不动声色地做了这么大一件事情，这让许一城一阵感动。

"我不知道这有用没用，你留着琢磨吧。没别的事了，你滚吧。"付贵一转身回到屋里，不容许一城再多说一句。

许一城把这张纸仔细收好，现在还顾不上看。他先带着假手令回去找毓方，宗室已经利用在京城的人脉搞清楚了李德标的驻地，得知他就在马伸桥镇，离东陵不过三十里地，离平安城也不过六十里地。

连这等军事机密都能打听到，可见奉军上下已经乱成什么样子了。

毓方留在京城，调度宗室资源，通知阿和轩做好护陵准备。前往游说李德标的人，除了许一城以外，只跟着一个富老公。两人互相都看不顺眼，更没什么话好说，在马车上，一路无语。

许一城乐得不必搭话，就把付贵找出来的那张纸研究了一番。

这张纸和陈维礼的半张遗书质地相同，是特制的明治王子纸料，中国绝无。所以，付贵推测得不错，两张纸想必是出自同一个笔记本。

这是一个相当重要的细节，它说明陈维礼从大华饭店出逃之时带出来的纸，是从堺大辅的笔记本上撕下来的。也就是说，堺大辅这个人在整个阴谋里，扮演着非常重要的角色。

虽然现在已经查明日本人垂涎乾隆陵寝里的九龙宝剑，可许一城心中总带着那么一丝不安，总觉得有什么地方还未得清澈。日本人的动机，真的如此单纯？陈维礼真的是因为日本人要挖东陵，才会牺牲生命发出警告吗？

这张纸上只有寥寥几个日文假名，毫无意义，所以堺大辅才会随手扔在废纸篓里。许一城拿出一根铅笔，试图像擦出遗书印痕一样，也在这张纸上擦出点东西。可惜这纸已经被小孩子画上了许多涂鸦，很难再还原什么了。许一城擦了半天，只勉强擦出了几个汉字。

"言中……飘沦……虽复沉……无……用。"

这像是从什么古籍里抄下来的句子，又或者是什么诗句。这几个字似乎在抱怨自己志气未展、怀才不遇。这类题材写的人太多，许一城想了半天，也没想起来是引自哪本典籍。日本人的汉学水平不低，说不定这只是堺大辅自己郁闷，挥毫写下一首来抒抒情而已。

可惜对于许一城来说，这些字的信息量几等于无，也许跟这件事之间根本没有关系。许一城叹了口气，把纸揣回怀里。

"维礼啊维礼，你到底想对我说什么，哪怕托梦也好哇。"许一城望着窗外不断后退的景物，觉得陈维礼的孤魂依然在雾中影影绰绰，模糊不清，心情一阵黯然。不过，他很快就振作了起来，无论怎样，先把东陵保住再说。

富老公和他在第二天傍晚赶到马伸桥镇的独立团驻地。此时天色渐晚，天空隐隐聚着一团黑云。蜻蜓低飞，空气湿重。五月底六月初的天气说变就变，不知何时就有雨点落下来。独立团的营地就设在马伸桥镇子外面，放眼望去异常安静，井井有条。到底是真正上过战场的军队，四处弥漫着一股血腥的肃杀气息，直透阴云。他们从前线退下来以后，就一直驻守此处，与孙殿英的十四军主力相隔较远。主力驻扎镇外，少数军官和警卫团驻在镇子内。

他们两人到了军营门口，说明来意。三名卫兵把他们带到团部。这是一处乡绅的民房，不过已经改造成了临时指挥部。正面墙上挂着一张烧掉一个角的北洋五色旗，几个军备木条箱垒成了一张大宽桌，上头摆着一张大地图，几名参谋正趴在上头，勾勾画画。中间一人身材矮小，体型却十分敦实，如同一座打铁砧子。

"团长，人已带到。"

那人抬起头来，两条浓眉缠在中心，脸上疤痕纵横，唇边还有两撇精心修剪过的小胡子。十年时光，历经战火，当年那个二愣子如今也淬炼成了一员骁将。北军不利，他的眉宇间带着几丝疲惫，但腰杆笔直，浑身都散发着凶悍之气。

"富老公。"李德标立刻认出了来人，不过，他不动声色，站在原地，听不出是亲热还是淡漠。

"李将军还能认出老朽，真是十分荣幸。"富老公连忙施礼。

"当年富老公犒军之恩，李某一直记在心上，怎么会忘。"李德标神色略微解冻，伸手把他迎过去，扶到唯一一把太师椅上，又把目光投向许一城。富老公道："这是我们宗室的一位朋友，姓许。"

许一城立刻道："在下奉张总统之命，前来转达一份手令。"

李德标眉头太浓，一动就额前阴云翻滚，让他看起来阴晴不定："雨帅的命令，为何不通过参谋部下发？"雨帅就是张作霖，因为张作霖字雨亭。尽管他现在贵为总统，可旧部总喜欢如此称呼，以示亲近。

许一城道："因为张总统说此事必须机密，外人不得予闻。"

张作霖治军，经常越过指挥级，直接给一些亲信发布命令。这是他控制奉军诸部的不二法门，因此，直发手令这个举动不算稀奇。李德标又问："那总统府的人呢？他为何让你这么一个外人传令？"许一城道："您看了手令就知道了。"

李德标狐疑地瞪了他一眼，接过手令看了一遍，抬起头："守护东陵？这到底是怎么一回事？"

富老公和许一城告诉李德标，此前东陵被盗，宗室探知是马福田、王绍义所为，现在听说他们计划去挖慈禧墓，因此溥仪亲自求到总统府。张总统宅心仁厚，深为不安，于是亲发手令，让他们来找李团长襄助云云。

李德标道："马福田、王绍义我知道，确实是一伙悍匪。但他们如今在奉军有正式番号，我若去打，岂不是攻击友军？"

许一城道："雨帅的意思，并非要将军您去剿匪，而是驻守东陵。人不犯我，我不犯人。他们知难而退，就不必大动干戈了。"富老公紧接着跟道："宗室备下一点薄礼，用来犒赏诸位将士护陵之恩。"

富老公这次前来，宗室下了血本，带了四大箱子现洋。任何一个军阀，面对这么大笔数量的银钱都不会不动心。果然，李德标拿起手令，走到屋子门口，举高借着灯光看了一眼，又道："雨帅对宗室还真优待呢，这都什么时候了，还顾得上这个——他还有什么别的吩咐没有？"许一城道："没别的了，张总统说只需守上数日便好。"

李德标面无表情道："眼下战局紧急，我不想擅离职守。不过既然雨帅吩咐，我也不得不遵令行事。"富老公连连拱手感谢，说："李团长义薄云天，还请赶快派人去卸下马车上的东西吧。"军饷到手，李德标的冷脸也带出几丝和善之意。他吩咐手下去抬箱子，然后一伸手："我送送两位吧。"

看得出来，李德标对这事很抵触，不想跟他们多寒暄。富老公做了个无奈的手势，跟许一城表示先离开再说。

李德标带着他们两个走出团部，来到小镇唯一的一条大街上。镇子上的老百姓都跑得差不多了，两侧商铺统统黑着灯，宽阔的黄土街道上只搁着几个铁丝架子，静悄悄的，恍如鬼镇。李德标突然停下脚步，对他们道："你们就在这里上路吧。"

富老公讶道："李团长，您这是……"

"我是说你们就在这里上路吧，我会亲自送你们走。"

许一城和富老公对视一眼，富老公正要开口，李德标冷冷一笑，突然脸色一变，把手令丢在富老公面前，声如惊雷："你们两条狗敢伪造军令，好大的胆子！"

旁边的卫兵突然出手，霎时把许一城和富老公按在地上。许一城勉强抬起头来喊道："这确实是总统手谕，李团长一定有什么误会。"李德标揪住他的头发，把手令从地上捡起来，在他眼前甩了甩，讥诮道："你们真以为雨帅是大老粗？以为我李德标是个蠢丘八？"

许一城保持着镇定："不知李团长您凭什么说这个是假的？"

李德标抿起嘴，嘿嘿冷笑起来："雨帅早就防着你们这种人，凡是他所写的手令，都会在毛笔中藏一根针，在纸上留下一个小针眼，透光可见。你明白了？"

许一城和富老公对视一眼，难怪李德标特意把手令举到电灯前去看。他们只顾得模仿笔迹与语气，没想到张作霖还有这样的心机，结果在这里露出了大破绽。李德标见两人无话可说，冷笑一声："伪造军令，当以敌军奸细论处，应该就地枪决。"

说完他掏出佩枪，对准两人："我刚才说了，我会亲自送你们上路。"

富老公猛地一挣，高声道："李德标，手令是假，可东陵之事是真！我又不是害你，还给你送钱，你这点情面都不讲吗？"李德标却丝毫不为所动："军法如山，没什么好通融的。你伪造雨帅手令，就是罪不可赦。至于你资助我军的那些钱，我叫人烧还给你就是——按住！"

几个卫兵如狼似虎地把两人按跪在地上，许一城还要开口辩解，李德标道："我不想听你们废话，把嘴堵上。"然后把两团破布塞进两人嘴里。

李德标上前一步，把手枪对准许一城太阳穴，缓缓扣动扳机。突然，天空"咔嚓"一声霹雳巨响，一道极耀眼鲜明的闪电切开夜空，让包括李德标在内的所有人浑身一震，这扳机竟没扣下去。

还没等大家抬头望天，硕大的雨点噼里啪啦地掉落下来，只是几个呼吸之间，天地间就连成了无数条雨线。这场雨，终于下了起来。李德标不遮不挡，昂首把军帽帽檐上的水甩了甩，军靴踏过泥泞的路面，再度把枪对准了许一城："老天爷也只能让你晚死几秒而已。"

就在这时，镇口突然传来一阵军号，声音急促，穿透哗哗的暴雨和雷声，直入镇中。李德标一听这军号，面色一变，三长两短，这是最紧急的军情通报。他只得二度放下枪，朝那边望去。

过不多时，急促的马蹄声从镇口传来，一个短衫平帽的传令兵驱马往这边狂奔。奔到李德标前面，传令兵不及勒马，直接从马上滚落下来，啪地摔在泥水中，就这么灰头土脸带着哭腔地喊道："团长，不好了，不好了！"

"南军打过来了？快说！"李德标厉声喝道。

传令兵结结巴巴道："大总统……大总统他……他死了！"话音刚落，又是一声惊雷响起。

李德标一听，顿时觉得天旋地转，差点没站住。他一把揪住传令兵衣襟，硬生生把他从泥泞里拎起来吼道："怎么回事！"

传令兵过于激动，说话颠三倒四。说了几次，才把事情原委说明白。原来在许一城、富老公离京之前，张作霖也在同日离开北京，乘坐火车返回奉天。火车行驶至皇姑屯附近的京奉、南满两铁路交会处桥洞时，突然发生爆炸。火车当场被炸毁，张作霖和同行者均已遇难。这个传令兵恰好在沿线担任独立团联络官，第一时间听到这个消息，立刻跑回来告诉李德标。

（实际张作霖当时未死，四小时后被送至沈阳，才重伤不治。东北军秘不发丧，一直到十七天后才公布死讯。）

李德标听完以后，先是沉默，然后突然咕咚一声，双膝跪倒在地，发出一阵惊天动地的号啕声。一边哭，他一边用力拍打着地面，哭到后来，他上气不接下气，居然有鲜血从嘴角沁出。张作霖待他有知遇之恩，骤然听此噩耗，实在是伤痛至极。

旁边许一城和富老公心中也是震惊无比。张作霖一代枭雄，居然就这么死了。政治上的事情他们不懂，但他们不约而同都在想：接下来会怎样？

李德标足足哭了有二十分钟，周围卫兵谁也不敢来劝，只能在暴雨里肃立，一动也不敢动。李德标终于止住了哭声，他晃晃悠悠站起来，双目血红，一把推开那传令兵，走到许一城和富老公身前。

"你们两个。"他喝道，嗓音像是两粒沙砾在互相摩擦，显然是刚才硬生生把声带给哭坏了。李德标的眼神怨毒无比："你们伪造他的手令，雨帅就遇刺了。火车被炸，肯定和你们有关系，对不对？"

两人勃然变色，这根本就是迁怒，实在太没道理，可又有谁敢劝阻正在气头上的他呢？

李德标自己却越想越有道理："你们故意伪造手令，把我调去东陵，让我没时间去保护雨帅。没了独立团，雨帅才会被人刺杀。"想到后来，李德标又仰天大哭："雨帅啊，您不该让我当团长啊，您如果让我陪着您，就绝不会有这样的事发生呀！是我无能，是我不孝啊！"哭完了他又瞪着两人："你们两个王八犊子，是谁让你们刺杀雨帅的？嗯？说呀！"

说完他飞起一脚，狠狠踢在富老公胸口，把他踹倒在地。李德标挥舞着手枪，神态狂热："我给大帅报仇！用枪打太便宜你们了！得千刀万剐！得祭旗！"他口中嚷嚷着，枪口却对着许一城，猛然扣动扳机。

许一城只道自己这次再无幸免之理，双眼一闭。不料原本躺倒在地的富老公不知哪里来的力气，突然双腿一弹，整个人跳了起来，正好挡在许一城身前。枪声一响，许一城看到这老太监浑身一震，白发披散，仰面倒下。

李德标怔了一下，又抬起手腕，准备再补一枪。不料从镇子外头也传来一声枪响，好似回声。

李德标肩膀一震，军人的敏锐让他觉得有些不妙。军营军法严厉，绝对禁止开枪，这声响来得蹊跷。他朝枪响的方向望去，想搞清楚怎么回事。然后那边传来第二声、第三声、第四声……刚才那一声枪响如同引发了什么机关似的，短短一分钟内，密集如炒豆的枪声响彻半个镇子,中间还夹杂着隆隆的大炮轰鸣,持续不停。如瀑的大雨,竟被这突如其来的枪炮声盖住了风头。

任何人都看出来,这是独立团遭到敌人袭击了。

带有重炮,说明袭击者规模很大,而且还赶在雨天偷袭,可称得上处心积虑。这不是一次意外,而是一场战争。

卫兵们不知所措,都看向李德标。面对这突然的变故,李德标摘下军帽甩了甩雨水,眼神冷静下来。大帅虽然死了,但他交给自己的队伍不能丢。他不再理睬瘫软在地的富老公和许一城,把手枪握在手里,恨声道:"雨帅刚死,我倒要看看是谁想趁火打劫。走!"

李德标带着大部分卫兵蹚着泥水匆匆离开,只留下一个卫兵看守。这是个小兵蛋子,团长没发指示,他不知道该怎么办,只好在雨里举着枪,盯着他们。

许一城挣扎着爬起来,抱住富老公。老太监胸口的鲜血一直往外涌,和雨水混在一处,很快就洇出一大片触目惊心的淡红。许一城探了探鼻息,发现他一息尚存。可许一城不知道该说什么好。富老公一直看不惯他,两人关系很差,可刚才却替自己挡了必死的一颗子弹。

富老公勉强睁开眼睛,嘶哑着嗓子把他推开:"你快走,快走。"

"可我不能把你扔下。"许一城大喊,满脸雨水。

富老公咳出几团带血的唾沫,喘息着说:"你这个人,实在是很讨厌……喀喀,可我没办法……宗室那些废物根本指望不上,唯一能保住东陵的人,只有你……所以你得活下去……我也算尽忠了,无愧于九……"他猛然抓住许一城胳膊,头一歪,气绝身亡。

许一城怔怔地抱起他的尸身,百感交集。那卫兵紧张道:"你别动,不许过来!"许一城怒道:"人都死了,你还想怎样?连块干地方都不给人留吗?"

"团长让我看着你!你就不许动。"卫兵喝道。

许一城只得把富老公的尸体搁在地上,盘膝而坐,冒着大雨与卫兵对峙。他浑身早已湿透,寒意彻骨,整个人在微微发抖,可眼神却严厉如刀,让那个小卫兵有些瑟缩。

这个老太监是个死硬的清朝遗老,他替许一城挡那一枪,只是出于对爱新觉罗家的愚忠,想利用他来保住东陵。许一城能想出一万个理由,不必去为富老公悲伤,可他抬起头来，雨水打湿了他的双眼，模糊中他仿佛看到了陈维礼的身影。

这一老一少为了坚守信念，都不惜牺牲自己生命，毫不犹豫。然而富老公所坚守的、所效忠的，早已腐朽成灰堕落如泥。他的举动，恐怕是一种失望至极后的主动解脱，与陈维礼带着微茫希冀的临终心情有着微妙不同。一个是为了过去陪葬，一个却是为了未来的光明。许一城伸出手，把富老公的双眼合上，轻声道："我会守住东陵，不过不是为了你，也不是为了什么清宗室……"

不知过了多久，枪声逐渐消停，很快雨也停下来。许一城在大雨中被淋了很久，已经心力交瘁，昏昏欲睡。他忽然看到远处升起许多灯光，许多人影朝这边走过来，于是他苦笑一声，闭上双目。现在的他，毫无反抗能力，只能束手待毙。说什么守护东陵，又是不自量力的大话罢了。

黑夜里看不清楚，旁边一直持枪的卫兵高喊了一句："团长？"

回答他的是黑暗中突然爆起的一点火光，"啪"的一声枪响，卫兵应声倒地。

与此同时，许一城再也支持不住，也倒头晕了过去。

许一城再度醒来时，发现自己躺在一处民居的屋子里，身上盖着床棉被，嘴边还带着姜汤的辛辣余味。他抬起头，看到一个村妇战战兢兢坐在旁边，手里还端着个土瓷碗。一看见他醒了，村妇如释重负，起身把碗搁下，走了出去。

过不多时，屋外传来脚步声，呼啦啦进来三四个人，都穿着奉军军装。为首的是个光头汉子，横眉厚唇，悬胆大鼻，最醒目的是满脸都撒满麻点子，好似一个烧饼。其他几个人都靠后一步，显然都是随从。

光头汉子拿起那粗瓷碗，用鼻子嗅了嗅，回头给了卫兵一巴掌，一口浓郁的河南腔："叫你用最好的药，这算啥狗屁玩意儿！"卫兵连忙解释："这镇子人都跑光了，找不到什么合适的……"光头汉子又是一耳光："滚！没用的东西！人参呢？燕窝呢？"旁边一个高级军官连忙悄声道："军座，还得对症下药，不能乱吃……"

光头汉子这才住声，转头对许一城笑眯眯道："许先生，真对不住，手底下人怠慢。"

"我……我是在哪里？"许一城虚弱地问。

"还在马伸桥镇，你这都昏迷整整一天了。"

许一城勉强抬起头，迷茫地看向光头汉子，这人他看着颇为眼生。光头汉子道：

"你不认识我,我却认识你。你是明眼梅花,京城五脉鉴宝第一高手、神眼圣手许一城。"

许一城心想自己什么时候有这么一串乱七八糟的绰号了,看他表情又不像开玩笑,只得微微点了点头,说:"我是许一城,您是?"

汉子伸出手指头,对准自己脑门:"我是孙殿英,你就叫我孙麻子吧。"说完自己先哈哈哈笑起来,回头对随从道:"你们看咱平易近人不?"随从们纷纷应和。

"孙殿英?"许一城咀嚼着这个名字,悚然一惊。孙殿英不就是李德标的上司、奉军十四军军长吗?他在这里,那李德标呢?

孙殿英看出他的疑惑,得意扬扬地竖起一根指头:"李德标那个龟孙儿反抗革命,负隅顽抗,他的人已经被咱包了饺子。李德标吞枪自尽,去地下陪张大总统了。"他看许一城越来越糊涂,扯了扯自己的奉军领章,露出里头的青天白日:"许先生你还不知道吧。咱响应北伐,现在是国民革命军第六军团第十二军军长啦。"

许一城这才明白。原来对李德标所部发动突然袭击的,正是他的顶头上司孙殿英。这其中因果也不难想明白,孙殿英和吴郁文一样,见奉军大势已去,就投了国民革命军。李德标是张作霖安插在十四军的一枚钉子,孙殿英想要易帜,必然得先把他拔除。

于是,奉军第十四军摇身一变,成了国民革命军第六军团第十二军,连夜偷袭了马伸桥镇,算是纳投名状。一个军对一个团发起偷袭,结果毫无悬念。李德标战败身死,独立团土崩瓦解。许一城运气好,正赶上这次夜袭,正好被孙殿英救起。

树倒猢狲散,墙坍众人推。奉军大势已去,李德标的结局早已注定。一想到他如此下场,许一城颇有些唏嘘。倘若李德标不以忠心而著称,孙殿英说不定还会派人来拉拢。他的忠诚,先送他平步青云,然后又成了他的催命符。某种意义上,他和富老公是同一类人。

一夜之间,两个"死忠"之人葬身于马伸桥镇,这时代的变化可真有点叫人看不明白。

"您怎么会认识我?"许一城奇道。

孙殿英嘿嘿一乐,没说话,伸出右手食指,把右眼扒得大一点,显得有些滑稽。

"廖定?"

廖定就是在开封那个阴阳眼,全靠许一城提携,才从一个小混混成了一号人物。

孙殿英点头道："他是咱好兄弟，当初在河南可帮了我不少忙。他没少提起你来，把你夸得天上少有地上皆无，咱耳朵都快听出茧子了。刚才我审问了几个俘虏，知道你也在这儿，就顺手救起来了——这可是缘分哪，你命中注定在此要有一劫，等着贵人来救，那不就是咱吗？说不定咱俩还是星宿下凡呢！"

说到这里，孙殿英笑得眼睛眯成一条缝，满脸麻子随肉颤动乱走。许一城发现这位军阀有点神经兮兮，想象力有点丰富，随便一句话都能给发挥到天上去。

"多谢军座救命之恩。"许一城要下床致谢，孙殿英连忙搀扶住他："你身体还没好透，歇着吧。可惜你那个朋友已经死了，夏天存不住尸体，我们就地给埋了，立了块碑，还没刻字。"许一城思忖片刻，叹了口气："算了，我也不知写什么，留块无字碑吧。"对于富老公，他的心情十分复杂，实在无法评价。

孙殿英说好，然后扯了把椅子，直接坐下："许先生，你咋会跑到李德标的团部来？"

许一城心中忽然一动，他找李德标，是想借兵去守东陵。眼下李德标所部已经覆亡，可孙殿英的实力更为雄厚，找他也一样。许一城偷偷打量一眼孙殿英，心中忽然又有些犹豫。他略通相学，孙殿英的相貌是面方而颌尖，唇厚而边锋，鼻若悬胆而不正，这叫刁雄之相——刁雄不及枭雄，难成大器，但薄恩狠戾之处，有过之而无不及。

纵观孙殿英履历，这些年来在各大势力之间来回投靠，全无忠义可言。你看他投了国民革命军，便立刻翻脸，掉头来打昔日同僚李德标，真是狠辣无情。这种人，一切都以利益为准绳，没有什么主义，更别说什么信仰。许一城担心，跟他说了盗掘东陵之事，反而会激起此人贪欲。驱虎吞狼之计，把狼吞了，老虎还没吃饱可怎么办？

孙殿英见许一城沉默不语，有些不悦："许先生如果不方便说，咱就不问啦。反正咱是外人，就算救过命，心里留点提防也是应该的。"

许一城还没说呢，他自己倒先想象出一大堆事来。许一城心念电转，决定先把他钩住再说："实不相瞒，我有个朋友如今被困平安城，这次是来找李德标借兵救人的。我们伪造了张作霖的手令，哪知道被他识破了，结果……若不是孙军座及时赶到，只怕……咳……"

他说的半句假话也没有，只是故意隐去了东陵这个最根本的起因。

孙殿英听到张作霖往毛笔里藏针的细节，拍着膝盖哈哈大笑："雨帅这个人哪，看似豪爽，其实谁都不放心，总搞些小伎俩。你们胆子也够大的，李德标是张作霖的一条狗，你拿这个骗他，他肯定跟你急。"

许一城见孙殿英挺高兴，趁机道："孙军座，您看您能不能分出一支队伍去救人……"话未说完，孙殿英打断了他的话："这可巧了，你是第二个提出这要求的人。"许一城一愣："还有谁？"孙殿英摸摸光头，露出一副厌恶神情："哼，说出来可丢死人，是个日本人，叫啥大辅。"

许一城听到这名字，精神一振："堺大辅？"

"对，对，这名字挺怪的，你也听过？"

堺大辅和许一城只在京城匆匆见过一面，然后他就跟整个考察团消失了。此人是掌握陈维礼之死的关键，许一城一直在找他们，想不到踏破铁鞋无觅处，得来全不费工夫，居然在孙殿英这里撞见了。他急忙问道："日本人是怎么说的？"

孙殿英讲，前几天他的部队移防遵化，半路截住了一批日本人——准确地说，是日本人主动找上门来——他们自称是田野考古的日本学者，被土匪袭击，希望寻求庇护，并且还说他们有个同伴被土匪抓回了平安城，希望孙殿英能够派兵去救回来。

这个同伴，应该就是木户有三教授。

"那个堺大辅口气可不小，说如果我帮他们去打平安城，就可以换取大日本帝国的友谊。嘁，说得老子很稀罕小日本儿似的。他们也就枪炮厉害点，日本妞儿可丑得不行。"孙殿英抬起下巴，不屑一顾。

"后来呢？"

"老子当然没同意。开玩笑，军队调动是大事，凭什么他一个日本人说打哪儿就打哪儿？现如今直隶正乱着呢，谁是哪头儿的，谁都不知道。万一马福田、王绍义也投靠了国民革命军呢？那咱岂不是要背上一个袭击友军的罪名？"

孙殿英明着说是拒绝了日本人，其实也等于是回绝了许一城。这年头带队伍的都有私心，没好处，谁也不会平白无故去跟别人拼命，徒损实力。许一城神色一黯，孙殿英也觉得有些不好意思，压低声音道："唉，许先生你不知道，我这也是没办法。我军中的军饷已经欠发了半年，若不是老孙我人品好，他们都得哗变了。皇上不差饿兵，这次打李德标，那还是因为李德标有钱，能有缴获，那帮兔崽子才愿意扛枪上阵，不然谁也使不动他们哪。"

许一城正琢磨着怎么游说。孙殿英猛地拍了一下他的肩膀，热情道："许先生，你要不要跟着咱干?"

许一城一怔,这位军长思维怎么这么跳跃。孙殿英大拇指一跷,满怀期待:"廖定相当推崇许先生你,说你是当世人杰。如今这个世道,那句话咋说的来着?易求无价宝,难得有才郎。廖定告诉我,五脉不怎么待见你,那是他们有眼无珠。你跟着咱干,别的不敢保证,荣华富贵是少不了的。啊?怎么样?"

孙殿英热切地看着许一城,一副求贤若渴的模样。许一城都能想象到,此时在孙殿英的脑袋里,恐怕已经勾勒出刘备三顾茅庐的戏文了。

"在下除了鉴宝略通皮毛,政道军略一窍不通,恐怕帮不上军座什么忙。"许一城委婉地回绝了这个邀请,孙殿英再三邀请,许一城只是推托。说到后来,孙殿英有点急了,一拍桌子就要犯横。不料他眉毛一立,居然打了个哈欠,眼角还带着点泪水。许一城一闻他袖子上散出的甜味,就知道他肯定是烟瘾犯了。

那个时节,军队是吸大烟的重灾区。带兵打仗,没有不带烟土的。孙殿英烟瘾一上来,就坐不住了。他拱手说:"许先生,我出去一会儿,你好好琢磨琢磨,咱们改天再聊。"然后匆匆告辞离去。

接下来的几天里,许一城就躺在床上休养。孙殿英给他配了几个马弁,随身侍候着。有什么需要,就跟孙殿英身边那个高级军官提,要鸡有鸡,要酒有酒。这人叫谭温江,是孙殿英手下一个师长,人高马大,面相威武。只是他贵为师长,却跟个勤务兵似的跟着孙殿英鞍前马后。

许一城在这里很自由,除了不许离开马伸桥镇以外,别无限制。谭温江每天都过来探视,孙殿英有时候还跑过来跟他聊天,谈谈风月,说说政局,什么奉天大帅府紧闭大门谢客吊丧啦,什么盛传日本人策划了皇姑屯爆炸啦,什么国民革命军先遣团进入北京城啦——当然,还少不了拉拢游说,又是刘备诸葛亮,又是秦琼李世民,但就是不提让许一城离开的事。看来孙殿英是铁了心要把他收到麾下,不答应就不让走。

海兰珠此时还在平安城里困着;王绍义一旦找到姜石匠,掌握了墓道的位置,随时可能对东陵动手。许一城心急如焚,偏偏他还不敢把东陵的事跟孙殿英说,只能虚与委蛇,一圈一圈地围着镇子转悠。

孙殿英手下的军官听说许一城是鉴宝高手,都纷纷跑过来,各自拿出东西请他掌眼。许一城无意得罪他们,尽心尽力,让他们大为满意,整个军营很快都盛传明眼梅花许先生的大名。不过许一城发现,这些东西一半都是从别人手里抢夺来的,另外一半则是挖掘出的明器,说明孙殿英这支军队,也不是什么好东西。

难怪孙殿英自己都抱怨说,没钱就不能打仗。一支军队靠贪欲驱动,军纪能好到哪里去?

这天一早,谭温江跑过来,跟许一城说孙军座有请。许一城一路盘算着怎么跟孙殿英开口,走到孙殿英的临时住处,不由一怔。除了孙殿英大刺刺坐在正中,他对面还站着一个黑脸中年人,宽肩阔面,厚如青砖的下巴,两道卧蚕眉,正是一直神龙见首不见尾的堺大辅。

许一城虽然只在大华饭店与他有一面之缘,但这副面相却一直牢牢记得。

一看孙殿英不耐烦的表情,许一城就知道堺大辅又是来缠着他请求出兵的。孙殿英不愿意得罪日本人,也不想答应,就把许一城叫过来当挡箭牌。

果然,他一进屋,孙殿英立刻从椅子上弹起来,一拱手:"你们两位都是文化人,肯定有共同话题。中日亲善,一衣带水,就在这儿慢慢聊吧。咱还有军情要处理,就不陪着了哈。"然后打着哈欠拱手离去,不知又去哪里吞云吐雾了。

屋子里只剩下他们两个人,空气中微微带着诡异。堺大辅此时也认出许一城是在大华饭店打听陈维礼之死的中国人,不由得眉头一皱。

许一城深吸一口气。堺大辅这个人掌握着一切的关键,却一直隐于幕后。如今两人终于直面相对,短兵相接,他无法退却,也无从转圜。这是个千载难逢的好机会。许一城决心用最苛烈、最直接的办法,赢得这一场狭路的胜利。

他扬眉,长剑出鞘。

"姊小路永德那一枪没打死我,让堺团长您失望了。"许一城率先开口。

堺大辅没料到他这么直接,迟疑片刻,用中文答道:"许先生,你说的这些,让我很为难。"这是一个相当暧昧的表达方式,既没承认自己知道,也没承认自己不知道。

"陈维礼到底是怎么死的?"

许一城单刀直入。他没指望堺大辅会老老实实回答,可一想到好友在那条幽深巷道里的临死嘱托,他的情绪就抑制不住地翻涌而出。在之前的调查中,他一直告诉自己,陈维礼是为了一项超越了个人的事业而死,他之所以选择追查,也是为了完成对方未竟的事业。可当许一城直面堺大辅时,他才发觉,好友的死亡,带给他的愤怒与伤痛,远比他自己承认的要多得多。

堺大辅平静地注视着许一城："陈君吸食烟土过量而死，我想我告诉过你了。"

许一城冷笑一声："他从来不碰任何毒品。"

"陈君在日本的时候，是个稳重严谨的好学生。可惜回国不久，就染上毒瘾。这就是你们中国人说的，橘生淮南则为橘，生于淮北则为枳吧。人总是会变的，尤其是中国人。"堺大辅的眼神带着嘲讽。

"日本人倒是不会变，他们只会失踪。"许一城毫不客气地反击。相信姊小路永德失踪的消息，已经传到堺大辅耳中了。

果然，堺大辅抬起厚实下巴，严厉且语带威胁："许先生，我们日本公民在中国是享有治外法权的，任何伤害都会被视为对帝国的挑衅。"

"就像张作霖那样？"

许一城听孙殿英提过，他怀疑皇姑屯的爆炸是日本人干的，只有他们有这个能力，也只有他们才会如此疯狂。此时堺大辅的嚣张态度，与这起事件也不无关系。

对这个隐晦的指控，堺大辅不置可否道："许先生，你是个聪明人，该知道有些事情，还是不要参与的好。有些人，也不该去惹。"

许一城感觉得到，堺大辅这是色厉内荏，变相地在退缩。他踏前一步："很可惜，已经晚了。姊小路永德已经全都招供了。我已经知道了你们的计划，也知道你们所觊觎的东西。九龙宝剑、乾隆裕陵——你们想要染指的东西，可真不少啊！"

他没指望堺大辅自己坦白，所以故意诈上一诈，敲山震虎，反正姊小路永德还在自己手里。

此举虽然会把许一城置于危险中，但也能让日本人以为姊小路永德已经交代了全部计划，这阴谋自然就无法进行下去了。

任何阴谋，只要坦白在阳光下，便会冰雪消融。

屋子里再次陷入沉寂，堺大辅盯着许一城，肥厚的手指缓慢地互相搓动，双眼微眯。半晌过后，他忽然笑了，那是一种诡异的笑容，如同平安城里那个层层嵌套的俄罗斯套娃。

"许先生一定是误会了。我们是个考古学术考察团，遵循的是严格的学术规范。许先生你也是学考古的，应该能明白。"堺大辅这么说。

许一城冷笑道："考古学术还包括杀人灭口吗？"

堺大辅有些不耐烦地挥了挥手："我说过了，他是吸食毒品而死，日本领事馆有详细的尸检报告。"说到这里，他停顿一下，变换了话题："我听孙军座说，你也有朋友困在平安城，我们团里的木户教授也在那里。至少在请求孙军座出兵这一点上，我们的立场是相同的，为什么不合作一下，合力说服他呢？"

许一城眼神愈加明亮，锋芒毕露："我的朋友，我自己会去救；我的朋友被人杀死，无论那个凶手去了哪里，我都要把他绳之以法，除死方休。至于那些敢于窃取我们国家珍宝的强盗，我会不惜一切代价去阻止，去揭发，把他们的丑态暴露在阳光之下。"

许一城整个人如同一把神兵缓缓出鞘，气势之盛，让堺大辅有些难以抵挡，他终于露出了狰狞神色："你是在跟整个帝国作战。没有人会帮你，许先生，没有人。"

听到堺大辅的威胁，许一城反而笑了。他出口威胁，说明已经被触到了痛处，之前的猜测都是正确的——陈维礼也罢、九龙宝剑也罢，这一切，果然是日本人为了开掘裕陵而设下的大局。

堺大辅看着许一城："固执是人类最不该有的性格缺陷，那只会给大家都带来麻烦。"听到这一句，许一城笑得云淡风轻："是吗？可在我们许家，这是最该引以为豪的优点。"

说完这一句，许一城转身离开，看都不看堺大辅。该说的话都说完了，他表明了自己的立场，掀开了所有的遮掩和矫饰，与敌人正式宣战。这一场螳臂当车的战争，终于在调查一个月后，正式开始。

他首先找的人是孙殿英。问到谭温江，他露出为难神色，说军座正在思考战略。许一城早就听马弁们说过了，孙殿英的"思考战略"，就是找地方抽大烟去了。许一城说："我现在一定要去见孙军座。"

谭温江本来还想劝说他再等等，但看到他的状态有些不对，整个人身体里似乎蓄积着岩浆，随时可能喷发而出，无奈只得把许一城带到镇子里的烟馆里间。一到烟馆，里头烟雾缭绕，外面还扔了好些鸦片盒子，上头画着一只老鹰，正是药来说的鹰牌。

许一城厌恶地掩着鼻子，穿过吞云吐雾的士兵们，也不敲门，一下推开里间。孙殿英正靠在特制的大烟躺椅上，手持一杆锃亮的铜制大烟枪，眼神飘飘欲仙。旁边一个马弁正跪在边上，殷勤地给他烤着烟泡。屋子里弥漫着一股甜醉的味道，让人不自主就松懈下来。

孙殿英听见有人闯进来，正要发作，一抬眼发现是许一城，立刻笑容满面："许先生，跟日本人谈完啦？来两口吧？"他挪了挪身子，给腾出个地方。马弁连忙起身，想给许一城拿杆烟枪。

许一城也不坐下，劈头就说："孙军座，我来此是辞行的。"

"欸，咱俩还没聊够呢，你怎么就要走啦？"孙殿英从炕头一骨碌爬起来。

许一城拱手道："我的朋友如今还被困匪窝，生死不明。我已决定亲赴平安城一趟，把朋友换回来。"

"啧，好义气！有咱九成风范。"孙殿英先跷起拇指赞了一句，然后又担心地说道，"不过王绍义那个人凶残得很，张少帅都碰一鼻子灰，你去了那儿，危险得很哪。"

"是啊，怕是九死一生，所以才特地来辞行。"许一城笑道，"我若是活着回来，定当投效军座，效犬马之劳。"孙殿英先是一喜，然后"呃"了一声，终于反应过来了。许一城自蹈险境，以此逼宫，这是在谈条件呢：你不是想招揽我吗？行啊，那就别看着我去送死，赶紧出兵把王绍义灭了。

孙殿英愁眉苦脸，站起身把烟枪扔给马弁，过来拍许一城的肩膀："哎哟，许老弟，咱不是不想帮你，实在是麻烦得很哪。你不在军中，不明白眼下这局势。咱刚投靠国民革命军，正是敏感时期。一动兵马，不知多少人会紧张。马福田、王绍义跟李德标不一样，我打他们师出无名，会惹出乱子呀。"

许一城敏锐地听出他话中漏了点口风，眼神一斜："军座的意思是，如果师出有名，那么打王绍义就没问题了？"

孙殿英迟疑地抓抓光头："话是这么说不假。要么他们现在还坚持打奉军的旗号，要么他们脱了军装重新落草为寇，那我开战才算有正当理由——不过王绍义外号'恶诸葛'，他才没那么傻，露出这么大破绽。"

"那……若是他们前来袭击军座呢？"

孙殿英眼睛一瞪："他们敢！老子把他们揍出屎来！"

许一城一拍手："那么这就好办了。平安城我是一定得去的，不过我会设法让王绍义的军队调离平安城，前往遵化以东、蓟县西北的马兰峪附近。那里是军座的防区，他们一头扎进去，等于是侵犯友军地域，您就反击有理、师出有名了。"

孙殿英皱眉："他们真敢把军队派去那里，老子收拾起来肯定不含糊。不过你咋能把他们弄过去？"许一城负手而立，微微一笑："山人自有妙计，孙军座只要事先埋伏好兵马，等我把他们引过来就是。"

孙殿英听了这话，眼睛发亮。戏文里诸葛亮最喜欢说这句话，每次这句话一出口，肯定有一场大胜仗。他再看向许一城，这家伙神神秘秘地卖着关子，嘴角笑意若有若无，还真有几分诸葛亮的风范。

许一城表面上胸有成竹，其实心里却在苦笑。

根本没有什么妙计。东陵就在马兰峪，王绍义本来也要带兵去那里，用不着许一城去引。他故意不提东陵，说成马兰峪，就是想把孙殿英的注意力引到歼灭马福田、王绍义匪帮的军事行动上来，别让这位孙麻子对东陵起了贪心。

眼下除了孙殿英，附近没有能制住平安城的势力。许一城为了能挡敌于东陵之外，别无选择，只能把自己都当筹码打出去。

"等到干掉王绍义，救出你的朋友，你可不能食言哪。"孙殿英不忘了提醒一句。

"事成之日，一城亲自为军座执缰扶鞍。"

得了许一城保证，孙殿英大喜过望，拉住他胳膊："扯啥执缰扶鞍，你过来，咱们俩就是兄弟相称，富贵同享，有难同当……哎呀，都说到这份儿上了，走之前咱们俩不如结拜吧！"

许一城见孙殿英兴致这么高，没别的办法，只得含笑点头应允。谭温江赶紧出去，张罗了黄纸、公鸡、香烛和一尊关公像。孙殿英和许一城就在大烟馆里摆下仪式，对着关公叩了几个头，斩鸡头，烧黄纸，然后八拜成交。孙殿英年长为兄，许一城年幼为弟。

结拜完以后，孙殿英要来两大碗白酒，咕咚咕咚一口气喝完，一张麻脸变得赤红，大着舌头问他道："义弟，你这是打算直接去？"

许一城道："拖一天就多一天危险，这里离平安城不算远，我等一下就出发。"

"真不用老哥哥我给你带几个护卫？"

"若此计可行，一人足矣；若是此计不可行，护卫再多也没用。这次就让小弟我单刀赴会吧。"

许一城知道孙殿英最喜欢听评书，还喜欢自己脑补，故意多用三国典故。孙殿英听了，果然拍着胸脯慷慨激昂。许一城又把他偷偷拽过来，压低声音道："马福田、王绍义为匪多年，手里财宝山积海聚。他们完蛋以后，平安城里的资财，哥哥你可得早点派人去接收。"

对于孙殿英这样的军阀，晓之以情只是虚晃，真正想要他出死力，还要动之以利才行。孙殿英听完，"嗯"了一声，没有声张，眉眼之间却全是喜色。别的都是虚的，这才是沉甸甸的实在好处。他军中缺饷，这可正是及时雨。

两个人又商定了一些细节，许一城建议提前把十二军埋伏在马兰峪的峪口，这里道路狭窄，两侧山高，是绝好的伏杀场地。他其实藏了点私心，马兰峪峪口离东陵还有一段距离，可以最大限度降低两军交战对东陵的影响。

商议既定，许一城又道："不过我还得找哥哥借一个人，往北京去送封信。"孙殿英一指谭温江："你交给他就得了，他今天正好得押送一批货物到北京去。"

于是许一城写了封信，请谭温江转交付贵探长，并把富老公身死的消息告诉宗室。谭温江对军长这位新义弟恭敬非常，说他一进城就送去，绝不会有半点耽搁。孙殿英又问起堺大辅的事，许一城不想让他知道太多，说反正都要对王绍义动手，不如卖日本人一个顺水人情，孙殿英自然也乐见其成。

堺大辅刚才已经被许一城斥破了阴谋，不管他们有什么鬼蜮伎俩，都暂时构不成威胁了。

许一城在马伸桥镇把事情都交代完以后，换上一身古董商的行头。临走之前，孙殿英千叮咛万嘱咐，让许一城小心行事，还说他会安排一个连的精锐在平安城附近，一旦有危险，有人接应。

许一城拜别孙殿英，一个人骑马朝着平安城赶去。一出镇子，又赶上一场蒙蒙细雨。许一城不敢耽搁，冒着雨一路前行，又不敢跑得太快让马蹄陷住。不一会儿，雨水便住了，露出天青云白。东陵的护陵案山在远方隐约可见，气势恢宏博大。

许一城将怀中的大白手帕拿出来，擦去面上的雨水，望了望京城方向，嘴唇轻轻蠕动，似乎有无数话语要说。但他终究还是什么都没说，抖动缰绳，沿着官道疾驰而去。在前方，平安城头的黑云汇聚，又一场暴雨要降临了。

古董局中局3

第九章

金蝉传信，无常见珠

最近的北京城，真是一日乱似一日，当年袁世凯去世，都没这么乱过。张作霖张大总统离开北京才一天不到，就被人炸死在皇姑屯。消息传回来，北京城可炸了窝，逃难的百姓越发多起来，城内的店铺行当全面停摆，一夕数惊。这种混乱局面一直持续到数日后国民革命军进城，才算稍有好转。

国民革命军在城内建立卫戍司令部，负责维护治安，另外又设了战地政务委员会，临时管理市政等事务。一张张布告贴出去，一份份法令下达，一队队宪兵派去街头巷尾，这才勉强把局面控制住。街上都在盛传，说蒋介石、阎锡山等大佬即将抵达北京视察，那就是新皇帝啦。老百姓们都说，这皇煞风每起必有大变，果真名不虚传。

对于北京城最近的巨变，刘一鸣却根本顾不上感慨。

许一城和富老公离城以后，很快就传来李德标所部被突袭全灭的消息，这两个人却音信全无，大家都急得不行。黄克武一趟趟地往宗室那边跑，毓方也无能为力；付贵则通过警察厅去打听。可张作霖出事以后，奉军在北京的机构彻底崩溃，所有人都忙着收拾行李往奉天跑，其他啥都顾不上了；至于五脉，早就迁去了城外避乱，只留下一个空空的大院。

偏偏这时候刘一鸣还留在付贵家养伤，不能外出，这让他感觉分外郁闷。他一心要把许一城扶上位，可现在却离这个目标越来越远。刘一鸣变得越发沉默，经常一天都不怎么说话，双眼盯着天花板，连黄克武都不知道他在想些什么。

在此期间，还发生了一件事。原本关在柴房的姊小路永德趁着大家都忙碌着，跑掉了。付贵把他捆得很结实，但这家伙居然用牙齿从喝水的瓷碗上咬下一小片瓷片，生生磨开了绳子。付贵赶到的时候，柴房里已经空无一人，只留下满地的血迹。

付贵怕他带人回来报复，赶紧安排转移到另外一处房子。他们正收拾东西，谭温江来了。

谭温江果然如对许一城承诺的那样，一进城哪儿都没去，先来付贵家送信。付贵和药来出门看到一队荷枪实弹的士兵，还有好几辆还没来得及卸货的马车，一脸警惕，还以为是来寻仇的。

谭温江把许一城的下落约略一说，众人才知道他在马伸桥镇的遭遇，都啧啧称奇。谭温江把信交给付贵，客套了几句，然后匆匆离去。

出于可能会被人偷看的顾虑，许一城的信里并未交代太多细节，只说他和孙殿英商议好，将只身前往平安城，把王绍义引到马兰峪设伏歼灭。他在信里让黄克武和付贵尽快潜入平安城，约定了一个暗号，好配合他的行动。

刘一鸣拿过信来反复看了几遍，从字里行间读出了许一城真正的用意。他弹了弹信纸，对其他人说："东陵即在马兰峪。许叔不提东陵只说马兰峪云云，显然是对孙殿英怀有忌惮，不想为东陵多招惹一个祸害。"他说到这里，忽然感慨道："王绍义的最终目的是去东陵，许叔却让孙殿英相信，马兰峪只是一个请王绍义入瓮的圈套。一般的局，是以虚做实，许叔反其道而行之，以实做虚。这等手段，真是厉害。"

付贵冷哼道："既然王绍义无论如何都要去东陵，那他何必只身前往平安城？多此一举。"

刘一鸣道："许叔这个举动，也许是他说动孙殿英对付王绍义的关键所在。只是我猜不出来……"付贵一拍桌子，面色更加阴沉："哼，这个浑蛋八成是去救海兰珠了，真是不顾自己和他老婆、孩子的安危。"

屋子里陷入一阵尴尬的沉默。除了药来，其他人对海兰珠都没有特别的好感或恶感，许一城救与不救，全在道义。可听付贵这么一说，居然还有这么一丝暧昧的气息，就更不好吭声了。

黄克武率先打破了沉默："既然许叔说了，我们事不宜迟，早点出发吧。我怕他一个人应付不来。"付贵低声骂了一句，却没提出异议。

于是，按照许一城的吩咐，付贵和黄克武两个人出发前往平安城，药来留下来照顾刘一鸣。付贵嘴上不情不愿，手里早就准备好了相关的东西，说走就走，两个人很快就离开小院上路了。药来则搀着刘一鸣，朝付贵的另外一处房子转移。

一出门，刘一鸣就看到地上多了许多车辙，问怎么回事，药来说刚才谭温江来的时候，身后还跟着几辆大车，车上用大布盖着不少货，估计是孙殿英运进城里的。药来一脸神秘地对刘一鸣道："你知道马车上运的啥不？"

"军火？"

"嘿嘿，能让我这鼻子闻出来的，你觉得最可能是啥玩意儿？"

刘一鸣立刻恍然："烟土？"

药来得意扬扬地亮出手里一个黑乎乎的小圆筒，说这是从车上掉下来的，让那几个小叫花子给捡回来了。刘一鸣接过去一看，牛角质地，上头用黄色勾勒出一只苍鹰，画法比较拙劣。他扭开圆筒，里面盛满了黑乎乎的凝固膏体。

药来摸了摸鼻子，啧啧称赞道："这就是正宗的鹰牌。好家伙，这几大车不得有一百多担。孙殿英到底是一军之长，出手真是阔绰。"

以鸦片养兵，早已是军阀积习。孙殿英有这么多烟土，实属平常。如今北京已经变了天，谭温江带烟土过来，大概是打点各处官员的。刘一鸣捏着圆筒，对药来道："你的烟瘾不犯了？看见这东西不眼馋？"

药来尴尬地笑了笑，把脸侧过去，喉头滚动："是真爷们儿就忍住一百天！许叔说了，如果我再沾大烟，就要收拾我。"刘一鸣扶了扶眼镜："这就怪了。你爹那么打你，你都我行我素；怎么许叔说一句，你就言听计从？"

药来挠挠脑袋："我也说不清楚，反正总觉得他的话特有道理，让人亲近，一点也不犯怵。"刘一鸣道："那你凭良心说，许叔和你爹，你愿意谁来接沈老爷子的位子？"药来没提防他问这一句，沉默片刻方才回答道："那自然是许叔。在我爹眼里——不，几乎在所有人眼里，我就是个不成器的二世祖。他们嘴上不说，我也看得出来。反正你们都这么看我，那我索性混下去算了。可许叔看我就不一样……"

刘一鸣打断他的话，把那个大烟角筒扔还给药来："那就好，这么说我们的目标是一致的。我先把话说清楚，我希望许叔上位，并不是针对你们药家，也不是针对任何一家，而是整个五脉。你自己也该明白，五脉腐朽透顶，又蠢又固执，没有一位强人来领导，早晚会完蛋。你看看这次京城大乱，连一个小小的吴郁文都能差点把咱们灭掉，再这么下去怎么得了？"

药来一拍胸脯："那是，那是。若不是为许叔，咱爷们儿也不会留在京城不是？"刘一鸣看向他，特别严肃地问道："如果碰到你爹和许叔相争的局面，你会帮我吗？"药来连连点头。

"即使要公开站出来反对你爹，你也愿意？"

"呃……"药来有点语塞。许一城是他敬爱的偶像，而药慎行则是他最惧怕的心理阴影，不支持是一回事，公开反对则是另外一回事。刘一鸣知道这问题很难回答，也不相逼，对他说："不用急着表态，你自己好好想想吧。"

"最好早想清楚，免得事到临头不知所措。"刘一鸣留下一句晦涩不明的话，不再谈论这个话题。药来觉得他话里有话，可又不好直接去问，只得含含糊糊地点头答应。

说话间，两个人到了地方以后，药来忙前跑后，洒水铺床，然后把刘一鸣搀扶到床上。

不知为啥，自从付贵和黄克武离开以后，刘一鸣心中有种隐隐的不安。他让药来把窗户关上，隔绝街道上的杂音，然后闭上眼睛，打算把思路整理一下。陈维礼之死和东陵的线索，许一城跟他说得最多，他也想得最多。

支那风土考察团打算盗掘乾隆裕陵，陈维礼查知出逃，结果被日本人灭口，线索传到许一城这里。姊小路永德又试图杀许一城灭口，未果，又与药慎行接触，要大量购买支那古董。这是日本人目前的动作。

王绍义伙同毓彭盗惠陵妃园，他们劫持了木户教授，现在又要盗掘东陵慈禧太后陵寝。这是土匪们的计划。

刘一鸣反复捋了几遍，发现有一个很大的漏洞：支那风土考察团和王绍义之间，没有联系，几乎可以算作两个独立事件。唯一可以称得上联系的，就是木户教授被绑架，可那是一个意外事件。

支那风土考察团如果想要染指东陵，必须寻找当地的合作伙伴。许一城开始推测是王绍义，但现在证明不是。那么，日本人的打算到底是什么？把目前所有的线索综合起来，会发现支那风土考察团的举动非常奇怪。他们做了许多事，杀陈维礼，攻击许一城，拉拢药慎行，却唯独没有证据可以证明他们和东陵之间有直接的联系，一切证据都是间接的。

这只有两个解释。要么是日本人根本没考虑过，被冤枉了；要么是许一城被王绍义盗掘慈禧陵寝吸走了注意力，日本人还有什么小动作被他给忽略了。

刘一鸣想到这里，却没有什么思路，不安地沉沉睡去。

黄克武和付贵在接到信的第三天才抵达平安城，他们必须得避开所有行人，以防节外生枝。

平安城还是和上次来时一样平静，城门照开，街道熙熙攘攘，并没有受到局势的干扰。可他们没敢进去，王绍义在城里安排了大量暗哨，一旦有生面孔出现，立刻就会被发现。许一城应该已经进城了，不知道他和王绍义谈得如何，但至少海兰珠一直没出来。这让付贵和黄克武十分担心，生怕发生什么变故。

付贵绕到城门附近不远的官道旁，这里有一处山林掩映的小丘，长满了松树和柏树，丘脚还有半人多高的杂草，既可以观察到城门前大道的动静，也可以隐蔽自己的行藏。付贵找了个合适的地方，鹰隼一样的双眼死死盯着进出平安城的行人，一霎不离。过不多时，一个穿短衫的半大孩子从外头朝城里走去，他生得很文静秀气，双手手指细嫩，小小年纪鼻梁上还架着副眼镜，胳肢窝下夹着一把油伞。

付贵点头，说就他吧。黄克武噌地跳到大路当中，伸手拍了拍那小学徒的肩膀。小学徒一回头，吓了一跳。黄克武也不跟他废话，大手一拎，像拎一只鸡一样把他拽到小丘后面的林子里。

付贵盯着他，不说话。小学徒见他面相凶恶，以为遇见了强盗，吓得脸都白了。付贵见火候差不多了，便问他来历。小学徒不敢不说，交代自己是城里云来饭庄的账房学徒，这次是出来收账的。他以为是劫财的，连忙又解释说自己没收到账，还拍了拍自己的衣服，示意身无长物，恳求别杀。

付贵咧嘴笑道："我们不是要抢你的钱，是要给你钱。"学徒一愣，不知他是什么意思。黄克武按住他的肩膀，沉声道："你认识字不？"学徒抬脸勉强笑道："我是学做账的，咋能不认识字呢？"付贵满意地点点头："你这次进城，我们想请你帮个小忙。"学徒连连摆手："我不会杀人不会杀人……"

黄克武又好气又好笑："哪个叫你去杀人。"学徒呆了一下，又连连摆手："我不会偷东西不会偷东西。"付贵对着他的脑袋敲了一下，他才住嘴。付贵道："这事很简单。你去城里那家客栈，看看柜台上有没有摆着一只金蟾，金蟾旁边搁着什么东西，写了什么字，回来告诉我们就行。"

"就这么简单？"学徒不太敢相信。

"就这么简单。你如实告诉我们，这几个铜圆就是你的，很合算吧？"付贵问。学徒忙不迭地点头，付贵又把他叫住："你可别跟别人提这件事，若让我知道，小心子弹无眼。"他有意无意地露出腰间的手枪手柄，学徒脸色一白，赶紧保证说绝不会说出去。

学徒仓皇下了山丘，进了城去。付贵问黄克武这招管不管用，黄克武信心十足地说："这是许叔和我约定好的，除了古董行当的人，谁也看不懂。"

付贵"哦"了一声，不再追问。黄克武抱住双臂，望着城头，忽然说："木户教授也还关在里头呢，不知现在还活着没有。"

"你好像挺关心那个日本人的嘛。"

"这年头，真心爱惜古物的人实在是太少了——许叔也觉得那人值得一交。"

"照你这么说，干脆让日本人把东陵都运走得了，搁在中国也得被土匪卖掉。"

付贵没想到随口一句讽刺，居然让黄克武陷入沉思。付贵知道这孩子有点轴，可没想到居然轴在这上头。他自己就是个冷性子，也懒得去开解，两个人各忙各的，话题就此终止。

两个人约莫等了三十分钟，看到学徒急急忙忙又出了城，直奔着这小山丘来了。

那家客栈的柜台上确实搁着一尊金蟾，金蟾旁边还挂着一块牌子，上面写着专收眼纹玉瓶、佛珠、倒流壶、雄貔貅、五帝钱、料姜石、玉玦等物。学徒倒认真，把这些东西抄在了一张烟牌的背后，一手馆阁体很漂亮。

付贵把烟牌拿过去，递给黄克武。黄克武看完这份名单以后，亦喜亦忧。

这是许一城出发前跟他们约定好的交流办法。他知道一进平安城，王绍义为了避免走漏风声，肯定会把他扣留，直到盗墓结束为止，不允许和外界接触。许一城的身份是古董商人，他会要求说反正你不让我离开，那么我就顺便收收货吧。这个不触动王绍义的核心利益，客栈老板又和五脉有那么点渊源，不会有人阻拦。

所以学徒能看到那只金蟾又摆上了柜台，公开收货。

当然，以王绍义的多疑，肯定会安排人紧盯着，谁来找许一城卖东西，一定会被盘问，生怕他借机传递消息出去。

可许一城的门道儿不在这里。

一般下乡收货的古董商，除了摆出金蟾，如果有特别想要收的东西，还会在旁边立个牌子，指明要哪一类古玩。考虑到许多老百姓不识字，有时候还会摆一件实物在那儿——这叫"金蟾分水"。许一城会根据自己的情况，按照事先约定好的暗号，写明收什么类的东西。这样一来，付贵和黄克武根本不需要接近客栈，只消找个人远远地把金蟾分水的名单抄下来，就知道他目前的状况了。

金蟾分水的名单，暗藏玄机，非是古董行当的人，很难看懂，就算把名单挂在城门前，也不必担心泄密。

玉瓶寓意"平安"，瓶上有眼纹，即为眼下平安。

佛珠代表海兰珠。

倒流壶是一种玩壶，表面看上去无盖有嘴，注水时需要把壶倒过来，将水从底部注进，再翻覆过来，水不会漏。"倒流"二字，指的是"倒留"。

所以许一城靠这几件古玩表达的意思，是他和海兰珠都被留在城中，但目前还算安全。

貔貅分雌雄两种，雄貔貅运财，雌貔貅守财。单要雄貔貅，即说运财之事。

五帝钱是指顺治、康熙、雍正、乾隆、嘉庆五个皇帝的铜钱，此五帝在位时期国泰民安，所以民间一直迷信带这五种年号的铜钱很吉利，专门会有人来收。东陵恰好也埋葬五帝，所以五帝钱意指东陵。

至于料姜石，其实不是古董，而是一味中药，状如生姜，因此而得名。许一城列出它来，指知晓慈禧太后陵寝入口的姜石匠。

至于玉玦，则是用了一个鸿门宴的典故。当年项羽设鸿门宴请刘邦，席间他的谋士范增三次举起玉玦，示意他动手。项羽却犹豫不决，最终错失了杀死刘邦的好机会。所以玉玦有一层寓意，乃是未决，悬而未定。

这几件物品摆下来，意思是王绍义去东陵盗墓的时间还未定，因为姜石匠还未找到。

黄克武喜的是许一城暂时无事，忧的是城内情况依然不明。他解说给付贵听，付贵明白许一城的意思是还得再耐心等等。于是他把铜圆扔给学徒，对他说你每天都去看看那牌子，如果牌子上的字换了，就出城到这个地方告诉我们，不会短了你好处。

学徒没想到这么简单一件事酬劳还不少，比他干学徒一个月拿的工钱都多，不禁喜出望外，连连答应说一定办好，然后欢天喜地离开了。

黄克武问付贵怎么办，付贵说："还能怎么办？等！等许一城的消息！"

黄克武忽然问道："你和许叔是怎么认识的？"他一直特别好奇，付贵这个人太冷，和许一城的风格格格不入，但两人似乎又极信任对方，不知道怎么凑到一起的。

付贵没回答，黄克武等了半天见没动静，以为又是热脸贴冷屁股了。他正要放弃，付贵的声音悠悠传来："我抓了他，他帮我破了个案子，就这么简单。"付贵忽又反问道:"你和许一城又是如何认识的?"黄克武道:"他和五脉的人都不太一样。这个我说不太明白,不像大刘那般会说。总之……我觉得跟着许叔很舒服,心里踏实。"

"哦。"付贵说。

于是在接下来的几天里,付贵和黄克武轮流在小丘这儿守着,不过学徒一直没出现。平安城依旧平安,只是城头依旧打着奉军的旗号。到了第四天下午,黄克武正百无聊赖地守在小丘旁,忽然听到有脚步声传来。一抬头,那学徒兴奋地跑过来,手里挥舞着一张烟牌。

"有新变化了?"黄克武问。

"我给您抄下来了。"学徒伸手要钱。

黄克武把他打发走以后,去看那个烟牌。其他东西没有任何变化,只是多了三样物品:七宝烧、铜龟和宝剑。

黄克武一看这个,顿时就愣住了。付贵赶到,问他什么意思。黄克武解释说:"这个七宝烧,是日本产的。铜龟,取一个'归'字。许叔的意思是,木户教授要被放出来了。"付贵皱皱眉头:"木户教授不是用来把海兰珠换回的吗?怎么海兰珠一直不走,反而把这个日本人又释放了?——那把宝剑什么意思?杀了他?"

这一连串问题,黄克武都回答不出来,付贵也没指望他能回答。他只是借此表达对许一城的不满,你到底在平安城里干什么呢?放着老婆不管跟一个满人女子厮混,忙了几天唯一的成果居然是把日本人先放了出来。付贵自诩对许一城算是了解,可这次他也看不懂了。

黄克武倒是挺高兴,他对木户教授一直有好感。他说既然许叔让我们接应一下,我们就去吧。付贵哼了一声,说要去你去,我没兴趣。黄克武只得由着他。

过不多时,木户教授步履蹒跚地从城门走出来,头发散乱,满脸污秽,衣服脏得不成样子,但还努力保持着镇定。几个士兵把他往前一推,就径自回去了。木户教授左顾右盼,十分茫然,只得一路向前走去。等到他拐过一道弯,小丘遮蔽住了城头守兵的视线,黄克武冲了过去,握住他的手。

"木户教授。"

木户教授抬眼一看,想了半天才认出是衙门监牢里的那个小家伙。黄克武掏出一包酱驴肉、俩烧饼和一壶水,木户教授两眼放光,甩开腮帮子,撩起后槽牙,风卷残云一般一口气吃了个精光。吃饱以后,木户教授瘫坐在草地上,好一会儿才歇过来,起身朝黄克武深深鞠了一躬。

黄克武跳开，有些手足无措，说要谢就谢许叔吧。木户教授在监牢里什么都不知道，稀里糊涂地就被放了出来。黄克武没法告诉他真相，只是简单地说在许一城的斡旋之下，他才得到释放。木户教授连连表示非常感谢，说等返回北京以后，一定会告诉堺大辅团长和日本方面，请他们予以嘉奖。

黄克武忽然想起来，许一城在最后还附了一把宝剑，说不定，他是想问问那把九龙宝剑的事。

通过药慎行可知，日本人的《支那古董账》最后一页就是九龙宝剑，这是清代唯一一件被列入名册的物品。许一城一直认为这是一个代称，代表的是乾隆裕陵里的大量宝藏。可陈维礼的信笺上，确实留下了宝剑的重叠图影，说明这也是一件实物。

木户教授认不出那把九龙宝剑的图影，更不知道它被列入《支那古董账》。不过他听完黄克武的问题以后，说制作《支那古董账》纯粹是出于好意。日本从中国这里学习了太多的东西，现在老师生病了，学生把老师的著作拿回去保存，这也是可以理解的事情。

黄克武没有对此发表评论，很快把木户教授送走，返回小丘。一回来，付贵就皱着眉头道："我不管许一城怎么想，你小子一看见日本人就屁颠儿屁颠儿的，这可不大好。"

黄克武本来也是个火暴脾气，只是总在许一城和刘一鸣身后，不怎么发作。付贵这么说，他顿时不乐意了，解释说："我才不是喜欢日本人，我只是觉得，他们比中国很多人更懂得古董的价值。付大哥你是不会明白这种心情的。"

付贵背着手冷然道："你们玩古董的我是真不明白。日本人把刘一鸣打得半死，你还跟他们交好；许一城的老婆快生了，他还跟海兰珠在城里逍遥——倒把日本人给放出来了！"

黄克武想要驳斥他，付贵却不给他这个机会："我读书少，不如你们认的字多。可我就认准一个理儿，非我族类，其心必异。你们这么三心二意，还怎么打日本人？趁早回去歇着吧。"说完他摇摇头走了。

接下来的几天里，两个人轮流值班。黄克武一直想找机会跟付贵聊聊，可付贵压根就不理睬他。

这一天傍晚，学徒又来了，这次他抄录的名单不太一样。黄克武接过去一看那牌子，眼睛顿时直了，顾不得还在跟付贵冷战，跑到他歇息的地方，叫他赶紧过来看。

付贵拿过牌子，发现别的没变，只有玉佩没有了，取而代之的是一件叫作喜鹊铜桥的物件。

中国民间传说，牛郎织女相恋，被王母娘娘划出天河相隔。幸亏有喜鹊们见义勇为，每年七夕搭成鹊桥，两人才能幽会一夜。民间所谓"喜鹊铜桥"，就是一件雕着三鹊头尾相连的铜制拱形香炉，七夕之日摆在葡萄架下，乞巧时用来燃香默祈。

"悬而未决"的玉佩没有了，却多了一个只有在七夕时才用的喜鹊铜桥。许一城要传达的信息，很明确了："王绍义已经找到了姜石匠，很快就会对东陵动手，动手时间就在七月七日左右。"

两人对视一眼，面色都变得凝重。

大敌终于要开始动了，付贵和黄克武两人顾不得闹别扭，一条一条地按事先的约定过细节。现在距离七月七日还有数天，他们要通知孙殿英，让他准备伏击王绍义，一方面还要暗地里安排，在半路趁乱救出许一城、海兰珠，要做的事情可不少。

这时黄克武直起身子来，朝城门那边望去。他看到平安城上的旗帜变成了国民革命军队的青天白日旗。这个细微的举动，进一步佐证了许一城的消息。王绍义这时候易帜，自然是要为他的盗墓行为打掩护。

付贵让黄克武即刻出发，前往马伸桥镇去通知孙殿英。他则留在平安城附近，随时监视有什么新动向。黄克武二话没说就答应了，临走之前，他忽然回过头来，十分严肃地对付贵说："我绝不会让这群土匪毁了东陵，但我会向您证明我是对的。"

付贵挥了挥手，一点也不受挑衅："别废话，赶紧走吧。"

黄克武双手一抱拳，然后转身跑出林子，一会儿工夫就跑出了很远。付贵一直站在原地，目送他的身影消失，本来就冷冷的表情变得更加严峻。他低头看了看手里的烟牌，正面是小学徒记的一连串古玩，他手一翻，翻到背面，上头还有一行淡淡的小字："无常见珠。"

这是付贵背着黄克武跟小学徒交代的，说如果看到那"金蟾出水"的牌子最底下多了这么一行字，记得一并抄下来，但要写在背面，淡淡地写，不要跟黄克武讲。

这是许一城跟付贵事先约好的，只有他们两个才知道的秘密暗号。

黄克武虽然是个可信任的人，但他毕竟年纪还小，性子又不够沉稳。更何况，有些事情，许一城觉得不适合让黄克武知道。

比如现在付贵要做的事情。

此时夕阳西下，太阳在地平线上只留一抹余光。很快这一抹余光也被吞噬，大地陷入一片让人窒息的黑暗之中。付贵换上一身几乎紧贴在身上的灰色短装，弓着腰，双脚轻移，轻捷如同一头狸猫，很快就挪到了平安城下。

平安城的盘查确实很严，但王绍义安排得再如何严谨，也不可能把城里每一个人都监视到。城防一定会有漏洞。上次付贵到平安城，可不是白来的。他的一双鹰眼已经把全城的布局构造和布防都摸得清清楚楚。

平安城是座清代修建的城池，不知过了多少年了，青灰色的城墙年久失修，墙皮剥落，那些土匪也不可能花精力在这上头。付贵记得上次勘察的时候，其中一段城墙已经坍塌了一截，形成一个凹口。王绍义懒得修葺，就派了几个兵，每到晚上就守在这儿。

这几个兵三个守在明处，一个守在暗处，正百无聊赖地聊着天。话题涉及最近马团长和王团副调动兵马，东陵计划还没公开，但底下人多少都猜到一些，这些士兵都兴奋地遐想着如果开了墓，自己能分多少财宝，能买多少亩地，能娶几房媳妇。

付贵伏在附近静听了一阵，等到他们面露倦意、昏昏欲睡之时，他飞快地摸到暗哨所在，一招就锁住那兵丁的喉咙，五指运力咔嚓一声，那小兵当即软软倒在地上。没了暗哨，明哨就容易躲了，付贵没费多大力气就攀上这半边城墙，轻轻落在城里。

付贵不是善男信女，闯城少不得要杀人见血。许一城不希望黄克武沾上这些杀孽，所以付贵才会等他离开以后才行动。黄克武的拳法是武学，付贵的手段就只是杀人。只要能达成目标，他不在乎其他。

平安城外紧内松，加上夜里无光，付贵的潜入没引起任何波澜。他游走于屋顶巷间，避开了数队巡逻兵，还望见整个城里唯一仍旧灯火通明的建筑，那应该是马福田、王绍义的住所。想来他们正忙于规划如何盗墓。东陵那么大，若是一窝蜂乱闯进去，可不知要挖到何年何月，怎么着也得有个统筹。

不过那不是付贵的目标，他刻意绕过那片灯火，很快来到了城中最黑暗的地方——城隍庙。

城隍庙此时庙门紧闭，空无一人。付贵没进主殿，而是从矮墙跳进去，来到庙后那座阴森恐怖的阴司间前。就在一个月前，许一城在这里赢得了为王绍义走货的资格,同时也有两条人命在这里彻底交待。黑夜之中,阴司间那间屋子上瓦下砖,又高又窄,墙皮都是红色,如同一只染了一身鲜血的无常矗立。

付贵一靠近那里,就看到一名女子站在阴司间前,正在翘首等待。女子听到脚步声,转过身来,付贵不由得一怔。

无常见珠。"无常"就是阴司间,而"珠"自然就是海兰珠了。

女子是海兰珠不假,但当初她来平安城的时候,明明是一身洋装,现在却换了一件乡下的枣红碎花衫子和宽纹绣花裤,头上盘起一个鲍鱼头发髻。

"怎么,认不出我了?"海兰珠冲付贵轻轻一笑,"一城他被人监视得紧,只能让我来了。"

付贵停下脚步,眉头紧皱,海兰珠的语气让他觉得有些不爽。而且她前些天还是直长发,现在居然在头上盘了个发髻,这是新婚小媳妇才干的事情。

海兰珠似乎没觉察到他淡淡的敌意,习惯性地用手去摸了摸脑后的发髻:"真亏他想得出来,安排咱们在这么个阴森恐怖的地方碰头。上次我在这里可吓得不轻,你在隔壁关着,可不知道那儿有多吓人。一城那个人啊,什么都好,就是这个太不讲究。"

付贵听她一口一个"一城"叫得亲热,心中生厌,便冷冷道:"你为什么还会留在平安城里?许一城不是把你换出去了吗?"

海兰珠道:"一城他是想用他把我换出去。不过王绍义起了疑心,反复盘问了他很久,质疑我们两个的关系。我看这样下去要出事,就说服一城演了出戏。说我俩自由恋爱,只因家里父母反对,所以恋情不能公开,演了一出生离死别的苦情戏……"说到这里,她面带羞色,伸手去摸了摸头上的发髻:"大概是戏演得太好,王绍义不只相信了,居然还感动了,而且大包大揽,说要做一回红娘,就在平安城里给我俩把喜事办了……"

听到这里,付贵肌肉一僵。应付王绍义确实凶险,但为了瞒天过海,许一城居然和海兰珠办了喜事,这可实在太不像话了……

海兰珠继续说道:"一城这个人,真是天生操心的命,我留下来了,他又惦记去救那个日本人木户有三。他朋友明明死于日本人之手,他倒挺会以德报怨。好说歹说,王绍义才把那个日本人给放了,可真是横生波折……"

付贵打断了她的喋喋不休:"好了,这么晚让我进城来,到底有什么事情要交代?"

海兰珠站在原地:"王绍义要对东陵动手了,一城的消息你们已经看到了吧?"

"黄克武已经去通知孙殿英和宗室了。"

"很好。一城把你叫进来,是要告诉你,姜石匠的下落已经搞清楚了,他希望你尽快赶到他身边。"

付贵没露出惊讶表情。从许一城"金蟾分水"牌子的变化就能知道,玉玦没有了,料姜石还在。难怪王绍义决定七月初兵发东陵,掌握了姜石匠,就等于掌握了地官钥匙。

"他在哪里?"付贵问。

"据我打听,他并不在城里,而是在离这里二十里之外的刘家村里。老头已经七十多岁,风烛残年,经不起折腾。所以王绍义派了一队人去了刘家村,监视着姜石匠。等到平安城的大部队出发以后,他们到东陵与主力会合。"

"这么说,这是一个绝好的机会。"付贵不动声色。如果姜石匠在城里受到严密保护,那他几乎没机会救人,如果是在村里被小股人马看守着,就还有那么一点机会。

"是的。不过一城的意思是,不能救得太早,太早就会被王绍义觉察。要等到他的部队进入马兰峪伏击圈无法撤退时,再把姜石匠救走——在必要的时候,不妨'一劳永逸'。"海兰珠说最后一句的时候,下意识地点了一下头,语气着重。

付贵微微抬起下巴:"这是你的意思,还是许一城的意思?"

海兰珠咯咯一笑,随即掩住檀口:"一城怎么会这么说呢?他那个人心地太善良。不过这对他、对咱们是最好的选择。"

他们的目的是保陵,不是盗墓,如果唯一知道墓门所在的姜石匠死了,那是最好不过的做法,只是太过残酷。付贵可能会这么干,但许一城绝不会。

付贵没想到的是,这个看似弱不禁风娇滴滴的海兰珠,思路居然跟自己一样。

付贵禁不住多看了一眼海兰珠,目光冷峭,海兰珠没把眼神移开,表情如常:"我自作主张,其实是为他做一个他知道好但不敢做的决定,他不必因此而受良心谴责,东陵也能消除最后一个隐患——何况我们也并没说一定要灭口,那是最后的手段,不是吗?"

"你到底是什么人?"付贵问。

海兰珠此时表现出的样子,绝不是一个寻常女孩。付贵能够在她身上嗅出一种和自己非常类似的味道,冷静、精明、无情。

看到付贵起了疑心,海兰珠嫣然一笑:"不管我是什么人,您放心好了,我是不会对一城不利的。"

付贵"哼"了一声。他就知道宗室安插这么一个人在许一城身边,没那么简单。难怪她一个人失陷在平安城,毓方却不闻不问。

"在这个城里,我会是一城最好的帮手、耳目。很多事情男人不方便打听,女人一勾就出来了。"海兰珠道。付贵仿佛没听见这句话似的冷着脸道:"没其他事情的话,我就先走了。"

"对了,一城让我谢谢你,谢谢你为他做的一切。"

"这种话,让他当面对我说,别找个娘儿们传话。"

海兰珠一点也不着恼:"他现在被监视嘛,我也只能到晚上才能跟他偷偷说句话。"

听到这句十分暧昧的暗示,本来已经转身离去的付贵又把头转回来:"我就一句话,许一城的老婆快生了,你提醒他一声。"

海兰珠笑意盈盈地解释:"这我知道呀。一城都跟我说了,我还准备了礼物呢!"

"你不必跟我解释。"

"不过呢,其实他进城的时候,我还真有那么一点点感动。想想看啊,一个男人为了救一个女人,不顾生死,独闯敌营,在大英帝国,这就叫作罗曼蒂克。"海兰珠用手指尖抵住下巴,优雅地看向付贵,"中国男人,明白这一点的实在太少了。他们都是些自私、自大,只把女人当成附属品和生育机器的猥琐家伙。一城和他们可不一样,就算用最严格的定义来衡量,他也可以说是个绅士呢!"

她说完以后,发现付贵已经消失在夜幕中,阴司间门前只剩下她一个人肃立。海兰珠撩起几丝头发,眼神闪动,刚才的媚意飞扬一下子收敛起来,长长呼出一口气,也朝外面走去。

就在平安城里暗流涌动时,京城也好不到哪里去。

留守北京的刘一鸣最近不安感越发强烈了,姊小路永德自从逃走以后一直没有出现,可刘一鸣非但不觉得轻松,内心反而愈加不安。姊小路永德是一个典型的军人,他没有带人回来报复,只有一种可能,就是他还有更重要的事在忙。

那件事一定和东陵以及九龙宝剑有关,刘一鸣对这一点很笃定。问题的关键是,他们会怎么做？

他总觉得线索就在眼前飞舞，可一伸手却倏然消失了，捉不住到底是哪里不对劲。这种似近还远的无力感，让他非常难受。他的身体现在已经恢复得差不多了，正常活动都没问题，可心情却一点都没好转。

刘一鸣让药来去街上探听消息、收集报纸与号外，天天在家里看，试图从中看出一些端倪来。身前身后，堆满了各种资料。药来不止一次抱怨，说你这儿都成了垃圾堆了。刘一鸣记得许一城说过，鉴定古董如果拿不定主意，就反复地看。读经百遍，其义自现。

北京城这段时间还真挺热闹。在度过张作霖遇刺的短暂混乱时期后，随着国民革命军的进驻，城里慢慢又恢复了和平景象，宵禁取消，集市重新开了，戏园子又抬出水牌要上大戏了。老百姓们陆陆续续地返回，让京城添加了几分人气。蛰伏起来的各种社会团体，又纷纷在报纸上发表意见。昨天是商业联合会发布公告拥护北伐，今天是燕大清华师生要求清算"五四"血债；还有各式广告、个人声明、讣告以及最新政治动向的号外，铺天盖地。

毓方也亲自撰文，在《时务报》上发表文章说欣闻蒋主席即将莅临京城视察，恳求关注京城周边帝陵修葺治安事宜，冀望文物得到保护，勿使后人垂泣云云。可惜的是，现在整个北京都拼命在新格局中寻找自己的位置，谁会关心前朝皇帝的坟修得咋样。在这一片喧嚣中，东陵只是一个被遗忘的老朽，一个不起眼的小点。没人关心，也没人关注。

毓方组织了一批遗老遗少，打算多写几篇，可惜这阵宣传攻势很快被一枚重磅炸弹打断。

国民党在六月下旬召开了一次中央政治会议，宣布从七月开始，北京更名为北平特别市，归国府直辖。

这个消息一传出来，北京各界全傻眼了。自从明成祖从南京搬来北京以后，这几百年北京的首都地位从未有过动摇。想不到五月那一场皇煞风不光刮跑了张作霖，连整个北京的皇气都刮没了。要知道，一国之都，汇聚天下之财，北京降格成北平，失去的可不光是名望和地位，还有无数的商机和发展机会，逐渐泯于凡城。所以消息一出，市面上一片哀叹不平之声。

在这种情况之下，东陵之事更是没人顾得上了。

这事对五脉影响也十分巨大，不过刘一鸣并不在意。他真正留意的是关于日本的消息。消息不少，不过大多是外交和军事方面的，且都与奉天有关。让他警觉的是今天看到的一条新闻，日本外交官照会南京，说希望政权交接不会影响到两国贸易以及日本货物在华北市场享有的特权。

刘一鸣眼神闪动，一翻身，从另外一摞报纸里抽出几张，上头有则新闻用朱砂笔点了个记号。那标记过的广告是说，芹泽株式会社招雇船运工。本埠还有一张报纸，是个法国传教士写的华北亲历，说吸毒者与日俱增，呼吁政府成立更多的戒毒机构云云。

刘一鸣记得芹泽会社就是那个从大连往北京运烟土的商会，他们抓住姊小路永德就是在这商会城南的货栈里。刘一鸣一脸阴沉地抬起头来，把药来叫到跟前："谭温江这次运来的是鹰牌对吧？"

"是啊。"

"我记得你说过，'一颗金丹'出现以后，鹰牌就很少有人去碰了。"

"也不能这么说。'一颗金丹'是高档货，贵，鹰牌好歹比它便宜不是？不过两个牌子口味那真是差太多了……"药来一说起这个来，就滔滔不绝。

刘一鸣脸色略微一变，说咱俩赶紧出门，找一趟谭温江去，有点事我得确认一下。

药来不明所以，但还是跟他一起出门了。十二军在北京设了办事处，就在南城教子胡同，是一个大敞院儿。院子里非常宽敞，里面堆满了烟土，用苫布盖着。他们到了一问，发现谭温江已经返回马伸桥镇了，这里只留了十来个士兵留守，被一个上尉管着。

上尉当日跟着谭温江见过药来，知道这是孙军长的贵客，态度颇为客气。药来嘴皮子利落，一块大洋送过去，不出几句就把上尉哄得挺高兴，邀请他们进屋坐坐，吆喝手底下人去倒茶。

屋子里烟气腾腾，显然这一伙兵也在抽大烟，个个都带着萎靡神色。上尉踢了一脚，其中一个才懒洋洋地爬起来。三个人坐下说话，上尉也不怎么隐瞒，那几大车确实是鹰牌烟土，运到北京是用来打点关节的。

过了好半天，那小兵才端上来三杯茶，泅得敷衍了事。刘一鸣盯着他看了半天，不知在看些什么。药来则跟上尉有一搭无一搭地攀谈，上尉抱怨说现在京城物价忒高，烟土卖不上价，光养这些人都好大一笔开销，又抱怨说军中没啥补贴，孙老总没事就发烟土顶账,再这么下去,他还不如回乡下种地算了。

说到这里,上尉一伸手,愤怒地挥舞了一下。药来脸色一下子变得颇为古怪,刘一鸣问他怎么了。药来悄声说:"我爹来过。"刘一鸣眉头一皱,怎么这又有药慎行的事了?他问药来怎么看出来的,药来说你看见上尉手指上那个扳指了没?那个是武扳指。

扳指分为文武两种,文的多由玉制或犀角、象牙制成,纯粹是八旗子弟的装饰品;武扳指是真正战场上用的,是用驼鹿角做的,呈浅褐色。因为大清武备废弛,八旗堕落,所以真正驼鹿角的越来越少。药慎行手里有这么一个,是清在关外时某位王爷用的,后来这位王爷的后人吃上铁杆庄稼,不思进取,这东西就流落到了五脉手里。

这东西说不值钱吧,其实颇为珍贵;说值钱吧,跟玉石扳指比还真不容易叫上价去。所以这一类玩意儿,在古玩行当里叫敲门货。意思是适合送给不太重要但需要打通关节的人,既体面,又不至于太过贵重。

现在这武扳指到了上尉手里,显然是药慎行送的礼了。刘一鸣说:"武扳指又不是只有一个,你怎么确定是你们家的?"药来说:"那扳指我偷过,不小心给磕缺了一角。我爹给赎回来,还把我痛打了一顿。三十棍子的记性,绝对错不了。"

药来旁敲侧击地打听,上尉果然说前不久有个人来拜访谭师长,两人谈了很久,但具体内容就不知道了。一问形貌,果然是药慎行。

这可就太奇怪了。药慎行之前跟姊小路永德在城南货栈接触,是为了《支那古董账》的事;这次他跑来跟谭温江碰头,又是为了什么?那次城南有"一颗金丹",这次又堆满了鹰牌。怎么他每次去的地方都堆着烟土?

离开十二军办事处以后,药来和刘一鸣两个人面色都不太好看。药来是因为发现自己爹的行踪越发诡异,他简直无法解释,刘一鸣却想得更多。

药来走出去两步,缩缩脖子,自己絮絮叨叨:"这些人,来历都不简单哪。我爹跟他们混到一起,这是要开烟馆吗?我还只是偶尔吸两口,这老子总不能比儿子还浑吧?"

刘一鸣眉头一皱,停住脚步:"你刚才说什么?"

"这老子总不能比儿子还浑吧?哎,我这可不是骂我爹啊……"

"不是这句,再往前。"

"这些人来历不简单?"

"对,他们怎么不简单了?不就是孙殿英的兵吗?"

药来一听进入了自己的"专业领域",立刻眉飞色舞起来了:"这刘哥你就不懂了,你注意到给咱们端茶那个士兵的手没有?"

"嗯?"

"那个人的右手指头上都是老茧,可老茧的位置却十分奇特。最厚的茧是在小拇指和食指上,中指和无名指却几乎没有。"

玩古董的人,眼光都特别犀利。药来虽然纨绔,可好歹家学渊源,这双眼睛不是一般的毒。刘一鸣听他一说,顿时就明白了。正常的手艺人比如铁匠石匠之类,手拿掌握,老茧均匀分布在五指之上,不可能有这么奇怪的分布。这一定是一个极特殊的职业,才会形成这样的茧形。

药来看到刘一鸣也被难住了,大为得意:"说到烟土,我都能给许叔当老师。我告诉你,这是鸦农的手。罂粟花成熟以后,会结出罂粟果,割开以后有白汁流出来,搁干了就是生鸦片膏子。采汁的时候,鸦农会把一柄特制的小刀绑在食指上,用小拇指钩住一个小罐。这样他伸出手去,食指一划,小拇指一摆,汁液就会流进罐里。每朵花最多割三次。这叫兰花指,也叫钩花式。"

"就是说那个士兵其实是鸦农?"

"岂止他,那一屋子人除了少尉都是鸦农。"

刘一鸣想着上尉的话、士兵的手、报纸上的新闻以及药慎行离奇的表现。这些散碎的片段逐渐汇聚在一起盘旋,形成了一个清晰的想法,一个令人浑身战栗的猜想。

"不好!许叔有危险!!"

他抓住药来的胳膊,急切地大吼起来。

古董局中局3

第十章

东陵前，马兰峪，黑吃黑

七月的天气，就如同眼下这京城的局面一样变化无常。这天早上还艳阳高照，过了中午，变成了个阴阳天，天色半明半暗。京城方圆几百里内都被一层薄薄的卷云罩着，云彩上端描着一层金边，云底却涂着厚厚的铅灰颜色。阳光透不下来，只有热力穿过云层直落地面，闷得无边无际。行走在外，人如置身阴阳交界，头顶黯淡无光。

一过午时，平安城的城门隆隆打开，先出来的是二十几个骑士。他们出城后就散开成一个扇形，飞驰而去。紧接着出城的是一长队步兵，约莫有四百多人。这些士兵动作懒散，神色却很兴奋，边走边跟同伴肆无忌惮地大声谈笑，整个队列松松垮垮。他们的武器杂乱无章，有的扛着汉阳造，有的拿着辽十三式，有的居然只别着一把虎头大刀。穿的军服也是乱七八糟，奉军的、国民革命军的、皖系的，山西商号的黑袍、蒙古牧民的长摆，甚至还有光着膀子的，一身油亮油亮的腱子肉，透着野蛮与凶悍。

夹杂在这些土匪之间的，是十来辆马车，马车上都是空的，只有其中一辆上头有人。许一城双手抱在胸前，端坐在车上闭目不语，海兰珠亲密地靠着他，给他剥着橘子。

王绍义纵马来到车前，皮笑肉不笑："新婚宴尔，两位挺腻乎的嘛。"海兰珠甜甜一笑："还没顾上给王老爷子敬茶，真是不应该。"

王绍义看向许一城道："许先生，你这闭着眼睛，在想啥呢？"

许一城缓缓睁开眼睛，吐出两个字："东陵。"

王绍义大笑，扬鞭朝队伍一挥："这里几百号人，哪个不想？这辈子能有机会看见东陵墓开，这得是多大的福分。等会儿开了慈禧墓，你可得把眼睛睁大点。"他停顿片刻，见许一城不动声色，眉头微微一皱："我知道你有怨气，把你关在城里头十来天不让出来，那也是为了保密起见。再说我可没亏待你，好酒好肉伺候着，你说放人我就放了，连姨太太我都给你撮合了一房，够不够意思？"

许一城忽然一指天空："王团副，你可知道今天是什么天？"王绍义问他是啥，许一城肃容道："这叫阴阳天，也叫九泉翻地。云遮日光，晦暗不明，天蓄雷雨，地涌九泉，此时阴阳两界的界限混淆，若是走错了路，极容易一脚踏错下了阴间，上了黄泉路，再回来可就难了。"

王绍义脸色一沉："你什么意思？"

许一城道："人在做，天在看。有些事情，还得三思。"

王绍义不屑道："你说得没错。人在做，天在看——不过老天爷现在就只能看着，啥也干不了。"他发出一串嘎嘎的笑声，转身离去。

许一城的态度，让王绍义有些扫兴。若依以往的脾气，早就一枪把这个不识趣的小子崩了。不过许一城在被拘押的这十几天里，替平安城上上下下鉴定了不少宝贝古董，确实是高手。王绍义还指望他在京城替自己出货，暂时还留着有用。

王绍义走远以后，海兰珠轻轻握住许一城的手，柔声道："布下这么大的局，不就是为了今日吗？怎么你突然做起好人来了？"许一城冷冷一笑："王绍义这个人疑心太重，我若催他出发，他容易起疑心。我在这里推三阻四，他反倒要一门心思奔东陵而去了。"说到这里，许一城叹了口气，身子朝后一靠："你不知道，古董行当里，有'三劝'之说。哪怕是拿赝品骗人，对方临买前，骗子也得劝上三回，以示不负良心。劝了三回，对方还不醒悟，那就是自己作死，命中注定要被骗了。"

"真的假的？谁会干这种拆自己台的事情？"

"嘿嘿，你别说——行骗之人越是如此，买家越不虞有诈，反而以为卖家有反悔之意，无不急忙掏钱。"许一城看海兰珠一脸惊讶，笑道，"'三劝'本是劝人向善的规矩，结果到后来，反成了欲擒故纵的伎俩。所以你看，鉴古鉴古，根本鉴的是人心哪！宝越珍贵，鉴出的人心越可怕。东陵这个宝库鉴出来的，真不敢想象会是什么……"许一城眯起眼睛，朝前望去。远处群山之间，就是这一切的源起之地。

正好王绍义在队伍旁边，纵马高呼："兄弟们，走快点。慈禧那老娘儿们已经躺平了，等着咱们呢！"

他的话引起了土匪们的一阵哄笑，士气大振，吆喝声、口哨声抛上半空，整个队伍朝着东陵方向跑得更快了。

在这群悍匪前方二十里，是一座大山，名叫府君山。此山雄踞东陵东侧，中间被一道风水墙相隔。府君山的山势崎岖，千折百转，与附近的丘陵、沟壑构成一个狭窄的隘口，叫作马兰关，附近还有秦代修建的长城，是马兰峪的枢纽所在。

正当王绍义全速前进的时候，在府君山上一处隐蔽的指挥所里，谭温江放下德式双筒望远镜，回头对孙殿英道："军座，咱们的人都进入埋伏阵地了。"

孙殿英摘了军帽，坐在一个小马扎上，顶着大光头在啃西瓜。他脚边搁着个水桶，里头全是井水，泡着三四个绿油油的大西瓜。谭温江报告完，他一挥手："等王绍义那小子接近阵地两里远时，再汇报——这天真是热出花儿来了，人都快成油了。"抱怨完他又狠狠啃了一口西瓜瓤，"噗"地吐出几枚黑子去。

他一抬头，看到黄克武站在旁边，满脸都是汗，却一直保持着张望的姿势。

"哎，你也来吃一块吧。"孙殿英招呼黄克武。

黄克武却摇摇头，开口问道："孙军座，他们会来吧？"

孙殿英啃着西瓜："说王绍义今天来马兰峪的，可不是我，是你传的话——你也看到了，我们已经宣布这附近要进行演习，划为了军事禁区，把所有老百姓都给撵走了。现在是万事俱备，只等东风啦。就看我那义弟，是不是真有本事把老王给骗过来了。"他说着说着，哼起戏文里"借东风"那段来。

黄克武还是有些担心："许叔还在队伍里，等一会儿打起来，会不会误伤到他？"

孙殿英道："子弹无眼，伤到谁伤不到谁，这可都是不保准儿的事。"黄克武一听，急了，连忙说他得下去。孙殿英也不拦着："小娃娃，我告诉你，打仗可不是好玩的。你以为你是罗成呢，还是李元霸呀？"

黄克武双手一抱拳："我答应过许叔要保护好他，绝不能食言。"说完他转身下去了。孙殿英自讨没趣，悻悻地朝谭温江挥了挥手："派几个人跟着他。我这个义弟呀，为了救个人，搞出这么大阵仗，还把自己的性命不当回事，真不知道怎么想的。"

谭温江趁机恭维道："这说明许先生讲义气呀，要不您也不会和他结拜不是？"孙殿英扔开瓜皮，一拍大腿："可不是！要说义气，还得是咱们汉人。别人……那词儿咋说的来着？非我族类，其心必异，哼……"他露出颇为气愤的神色，稍现即逝。

黄克武离开隐蔽指挥部，匆匆下山。他走到府君山下，突然停下脚步。他看到在附近的一处山沟里，聚着几十个人，有老有少，都穿着前清的号坎儿，附近有足足一个连的士兵把守。

黄克武虽然没见过，但凭相貌和穿着能猜得出来，那是海兰珠的父亲、宗室负责守墓的翼长阿和轩。

"他们怎么不待在东陵，跑这里来了？"

黄克武心中疑虑，走过去问。士兵却不允许他靠近，说因为要搞军事演习，得清空附近的场所，所以把阿和轩与仅存的护陵兵丁都赶出来了。他们不愿意远离，就在这山沟里聚起来了。

"奇怪，毓方没通知他们吗？"黄克武觉得奇怪，不过这几十号人连件火器都没有，都是腰佩蒙古弯刀，就算是提前做准备，也没什么用。黄克武一心想赶到前线，顾不得这许多，于是转头走了。

在孙殿英卫兵的指引下，黄克武来到了埋伏阵地的最前沿，这里有一条拱起的山体褶皱，跟一条被子似的，正适合藏人。褶皱之下正好是一条大道，直通马兰关。黄克武猫下腰，蹲在一处掩体里，眼睛直勾勾地望着大道远处。此时虽然阴云密布，视线倒不受影响，大道远处隐隐腾起灰尘，似乎有大军临近。卫兵好心，递过来一把驳壳枪，黄克武摆了摆手，他没用过那玩意儿，还是更信任自己的双拳。

黄克武深吸一口气，心脏跳得比往常都快。他按住胸口，努力让自己平静下来。

等待之时，最易沉思。王绍义的队伍还没抵达，在这百无聊赖的等待中，黄克武陷入了沉思。

在平安城前，他跟付贵狠狠吵了一架，黄克武至今并不觉得自己错了。付贵只是一个凶狠的警察，而他则是一个爱古董成癖的人。木户教授那句国家的兴亡只是几十上百年，文物的存续却是数千年的事业，真正打动了他的内心。那么多古人留下来的宝物，与其在本国乱世中毁于战火，为何不运去别国留存呢？

想到这里，黄克武眉头微微皱了一下。他唯一害怕的，是许一城的态度。

和刘一鸣不同，黄克武对许一城接掌五脉一事没那么执着。黄克武仰慕他，追随他，是因为他面对古董时那种发自内心的喜爱，那是一种不带有功利心的纯粹的爱。黄克武觉得，许一城是自己最想成为的那种人，有许一城在前，他也不介意去学学考古。

第一次离开平安城的时候，他委婉地透露过一点想法，结果被许一城批评了。这让黄克武有些心虚，不知道自己的想法到底是对是错。

不管怎么说，先把许叔的命保住再说。黄克武把这些疑惑拼命驱赶出脑海，再度抬起头朝远方望去，队伍已经近了。

黄克武不知道，在同一时刻，还有一双眼睛在窥视着那支队伍。

付贵拨开草丛，面色一如既往地阴沉。这么热的天气，他的额头却一滴汗水也没有，仿佛整个人仍旧处于冰冷的状态下。

他眼前的目标只有一个，就是眼前的一个小队，准确地说，是小队中的老人。

那个老人满头白发，身体佝偻着，走起路来跟跟跄跄。他的手臂只能以一个很小的幅度摆动，肩膀却一直僵着，熟悉的人一看便知是年轻时砸石头留下的伤。在他两旁是七八个头戴礼帽、别着盒子炮的兵丁。这些人显然是王绍义派去接姜石匠的人。他们大概知道姜石匠的价值，态度还算不差，但绝对不算多么恭敬，一路推推搡搡地赶着老人朝前走。老人一脸无奈，可他没有反抗能力，只得任他们摆布。

付贵离开平安城以后，立刻来到刘家村，没费多大力气就锁定了姜石匠的住处。王绍义的人已经先到了，就住在姜石匠家里，全天十二个时辰一直盯着，连睡觉都要把他的腿用绳子拴住，生怕他逃走。可怜姜石匠当年侥幸逃生，以为与东陵再没什么关系，想不到年到古稀，又被这档子事给缠上了。

姜石匠的家里要住士兵，所以其他人都被赶了出来，敢怒不敢言。其中姜石匠的小儿子和儿媳妇，就暂时借住在村头一户人家里。付贵没费多大力气就找到了他们，几块锃光瓦亮的大洋砸下去，他就成了姜家的一个远房三外甥。

士兵们不禁止姜家的日常活动，只是不许姜石匠走出院子。于是，这位远房三外甥拎着烧酒和一串鱼干来探望他。姜石匠年纪大了，记不得这门亲戚也不奇怪，旁边小儿子一劝，也就似乎想起来了。三外甥时常来探望，今天带点吃的过来，明天捎匹布，跟姜石匠聊得很开心，后来两人之间不知发生了什么，大吵了一架。三外甥怒气冲冲地离开，再也没回来。

王绍义的命令下来以后，士兵们驱赶开姜家人，"护送"着姜石匠朝马兰峪而来。临行之前怕他"精力不济"，还强迫他吸了两口大烟。

他们一离开刘家村，付贵就紧紧跟在后头。

之前都安排妥当了，现在只等适当的时机动手。不能太早，太早了王绍义会觉察有诈，不钻进圈套。也不能太晚，太晚了姜石匠被送进王绍义的主力部队，到时候再想动手就来不及了。

其实如果他不必顾忌姜石匠的生死，根本就不用这么麻烦。只要王绍义进了埋伏圈，他的生死都无所谓。从这一点上来说，付贵很赞同海兰珠的看法。也只有许一城这样的家伙，才会多此一举，特意叮嘱尽量不要伤害姜石匠的性命。

但既然许一城这么嘱咐过了，就一定要做到。

付贵没那么多废话，也没那么多思绪。他现在整个人已经进入临战状态，肌肉充分收束，呼吸调节到了最佳的节奏，杀气正慢慢地从他身上浮现，头脑却如同一块冰那样冷静。

当姜石匠到达某一个特定地点时，他就会骤然暴起，干掉眼前这七八个人，把姜石匠活着保护起来。付贵现在眼里就只有这一件事，没有任何多余的想法。

和付贵相比，此时在刘一鸣的脑子里，充斥了各种想法。可是他却无暇顾及。

他此时正骑在一匹洋灰色的高头大马上，药来从后头抱住他的腰，吓得大呼小叫，刘一鸣却仿佛没听见似的，只是一味奋力扬鞭狂奔，朝着马兰峪的方向疾驰。他本身偏于文弱，骑术不算高明，可此时却如同关公上身一样，驭马之术如行云流水。

骑士策马奔跑之时，忌讳说话，因为上下颠簸很容易咬断舌头。不过刘一鸣没管，他一直在反复念叨着一句话，只有药来勉强能听清楚。

"再快点，再快点，不然来不及了。"

于是，在这个七月初的阴阳天里，每个人都各怀心思，各带目的，朝着东陵这个是非之地会聚而去。

最初的枪声，来自王绍义的部队。

他们的队伍已经接近马兰关，士兵们因为一路急行而显得有些疲惫，队伍拖得有点长，打头的队伍已经穿过关前的古碑，队尾还在山谷外的林子边上。王绍义算算时间，护送姜石匠的队伍也差不多该到了，就下令让队伍停下来休息一下，等姜石匠会合。

队伍中有一个士兵走得乏了，他一抬头，看到一只低飞的喜鹊从林子里飞出来，个头肥大，不由得手里发痒，便从肩膀上摘下步枪，一拉枪栓，朝天打去。

王绍义的队伍军纪非常差，行军途中随意开枪这种事，居然也无人禁止。这神枪手一声枪响，喜鹊在半空一头栽下来，赢来同伴啧啧的称赞声。

可王绍义的队伍拉得实在太长了，后排开枪，前排根本不知道是在打鸟。他们猛然听到枪声，无不悚然一惊，下意识地握紧手里的武器，缩着脖子朝左右看去，以为两侧的山上有人在伏击。

而孙殿英埋伏下的士兵们，正是神经绷得最紧的时候。骤然听到这一声枪响，他们以为友军已经动手了，纷纷从山上探出头去，恰好与王绍义的兵四目相对。

先是一阵沉默，而后双方都在惊愕和意外过后，毫不客气地开了火！这一场蓄谋已久的伏击战，就这样以一个略带喜感的误会为开端，爆发了。

枪声四起，子弹交错飞过，马兰关前霎时陷入一片火海。

孙殿英的兵早有准备，武器精良，又是居高临下作战。所以甫一开战，埋伏部队很快占据了优势，王绍义的兵被死死压制住，死伤狼藉，惨叫和呻吟声连绵不绝。许多土匪刚刚拔出枪来，就被两侧的子弹同时洞穿，保持着那个姿势扑倒在地；有反应快的抱着脑袋趴在地上装死，其实孙军几乎未加瞄准，他们只是尽全力把手里的子弹泼洒出去，一片片地射击形成弹幕，不分死活，见者有份；有的倒霉鬼已经死了，尸体却还在被子弹打得一跳一跳，好似诈尸一般。

不过因为王绍义的队伍拖得太长，真正陷入重围的只有前面一半，后面的队伍没有进入伏击者的火力覆盖区域。这些悍匪毕竟有过跟奉军正面对抗的战绩，在经历了短暂的慌乱以后，居然开始有模有样地打起反击来。

王绍义一直留在后队，不在第一波打击范围内。枪声一响，他就飞快地跳下马来，掏出手枪，朝着府君山上望去，脸色阴沉得如同刚从坟墓里爬出来的僵尸。在王绍义的想象里，他们所能遇到的最大抵抗，也就是阿和轩的那几十个前清兵丁，可眼前这射击的密度、进攻的节奏、专业的设伏手法，显然是职业军队。

而在这附近的，只有孙殿英的第十二军。

老子什么时候招惹他们了？王绍义脑海里划过一丝疑惑。但此时他身在战场，无暇去找罪魁祸首。他挥着手枪，大声地吼着好让周围的士兵冷静下来，试图恢复秩序。

他的想法是组织两支敢死队，朝两侧的山坡侧面迂回，去兜埋伏部队的屁股。这些土匪好不容易集结起来，在两个小头目的带领下嗷嗷地朝山坡上冲去，可很快一声巨大的轰鸣在队伍中爆发，五六个士兵和沙土被高高抛起。剩下的人抱头鼠窜，往回折返，不料炮火也立刻延伸过来，准确地在人群中开了花。

四一式山炮？

王绍义的嘴角抽动了一下。孙殿英连这玩意儿都带来了？看来这不是遭遇战，他们早有准备，处心积虑地等老子上门啊！

山炮的轰鸣，彻底骇破了那群土匪的胆子。他们在正面战场跟奉军对抗，可以悍不畏死。可这些人今天出门，是为了去东陵发财的，现在心理一有了落差，士气顿时溃不成军。迫于"恶诸葛"的淫威，大部分士兵暂时还不敢转身逃掉，可人人都眼神惶惑，他们趴伏或半跪在地上，曲着身子，既像是为了躲避子弹，又像是为了安抚自己愈加强烈的恐慌。

"恶诸葛"知道，一旦麾下士兵出现这样的眼神，说明距离崩盘已经不远了。他望着伤亡惨重的前队和士气大挫的后队，心中愤懑，可想而知。他扫视一圈，最后把视线凝在了一辆马车的下面。

许一城环抱着海兰珠，正躲在马车下方的双轮之间。王绍义突然想起来了，刚才枪声一响，许一城立刻拽着海兰珠滚到大车底下。他的反应不可谓不迅速——只是，太迅速了。

正常人碰到这种事，应该先是惊愕、呆滞，继而去寻找枪声的来源，判断周围的危险程度后，才会找地方躲藏。而许一城一听枪声，二话不说就往车下躲，这只能说明一件事——他早就知道这里有伏击！

说不定，根本就是这个浑蛋设下的圈套，从一开始合作这个臭小子就没安好心！

想到这里，王绍义眼神里顿时杀气腾腾，他"恶诸葛"什么时候被人这么耍过。王绍义磨了磨牙，抄起手里的枪，暴戾之气喷薄而出。豁出去多死几个弟兄，也得先把这一对狗男女弄死——不，不能弄死，而是活着捉回去，让他们生不如死！

战场上依然子弹横飞，孙军的火力朝着这边延伸，马兰关前黑压压地躺着一片尸体。王绍义却不管不顾，迈着大步朝马车走去。许一城一抬头，看到他目露凶光，知道"恶诸葛"已经知道真相了。一个惯称"诸葛"的人被人耍了，那么残留下来的，就只有一个"恶"字了。

"等一下我设法挡住他，你先跑。"许一城对海兰珠说。海兰珠却摇摇头："要走咱们一起走。"

"他最恨的是我，我留下来，不会有人去追你。"

"我不允许你去做蠢事。"海兰珠紧紧抓住他的胳膊。

王绍义狞笑道:"哼,两位还是那么腻乎。"然后他缓缓地抬起了手里的枪。

就在这一瞬间,许一城的身体动了。他刚才刻意调整了姿势,身体前倾,右腿像弹簧一样蜷缩起来。王绍义一举枪,他右腿一弹,整个人迅猛地冲向"恶诸葛"。为今之计,唯有挟持住王绍义,坚持到孙殿英的军队抵达,才是唯一的生存之路。

可让许一城大为惊讶的是——他快,有人比他还快。

一个娇小俏丽的身影"唰"地从侧面越过许一城,重重地撞在王绍义的腹部。王绍义只盯着许一城,没料到海兰珠突然暴起发难,而且身手这么敏捷,一下子被她撞得倒退了好几步,手里险些握不住枪。

"好哇,你们可真行!"王绍义气得差点笑了。在许一城身上看错了不说,连这个小娘儿们都看走眼了。海兰珠却不答话,近身缠斗,不让王绍义有出枪的机会。

周围的土匪看到自己的首领被打,纷纷鼓起勇气,呼喊着围过来。正在这时,一个人从斜刺里猛扑过来,出手刚猛迅捷,接连打倒三四名土匪,然后稳稳挡在了许一城的身前。

"克武?"许一城惊讶道。

来的人正是黄克武。伏击战一打响,他就从山坳里跳了出来,冒着枪林弹雨钻入敌人的队伍。土匪们猝遇伏击,一片混乱,根本没人注意到他。黄克武一边穿行于战场,一边寻找许一城的踪迹。海兰珠冲出来的时候,他恰好赶到这一带,看到许一城要被围攻,便毫不犹豫地出手了。

"孙军座说他的主力正在迂回,很快就能把这一伙人包饺子。"黄克武兴奋地对许一城喊道。

许一城不知他这是故意虚张声势还是确有其事,但周围的土匪听到这样一句话,士气都大为动摇。本来跟海兰珠正打得难解难分的王绍义,也有了退缩之意。报仇固然重要,但自己的性命更加要紧。

海兰珠突然后退几步,两人顺势分开。黄克武趁这个机会高高跃起,跳到马车上抢过辕马缰绳,大吼一声:"上车!"海兰珠和许一城很有默契地同时跃上车去。黄克武随手拿起一把短匕首插入马臀,辕马哀鸣一声,带着大车发足狂奔。

王绍义这时才意识到,自己又被骗了。他气得要发狂了,抬枪连连扣动扳机,子弹擦着三人的头皮飞过,险象环生。马车毫不停留,撞开后面的匪兵,向着来路方向急速跑去。王绍义呼喝周围的土匪赶紧开枪,绝不能让这些浑蛋逃走!

几名土匪战战兢兢直起身子来,刚要瞄准射击,"哎呀"一声,全都一头栽倒在地。他们身后,枪声越发响亮。孙殿英的部队已经杀上来了!这种兵匪根本没有顽抗的决心,伤亡一大,就成了一盘散沙,掉头就向四处跑,跑了个漫山遍野。孙殿英的兵虽然战斗力不强,但好歹也是上过战场的,纷纷跃出工事,去抢夺尸体上的财物。现场一片混乱。

王绍义眼见马车跑远,大势已去,只得咬牙传令撤退。前队的人顾不得了,先逃得自己的性命再说。

这时一个传令兵连哭带喊地从后头跑过来,嘴里叫着不好了不好了。王绍义一问才知道,平安城被孙殿英的兵给端了,镇守城中的马福田战死。王绍义眼前一黑,咬牙切齿道:"孙殿英你好狠毒!"他定了定神说:"不追了,赶紧走!"

他做惯了流寇,这种失败虽然伤筋动骨,但最多是回归盗匪老本行。只有一个疑惑,一直盘旋在王绍义的脑子里:

"许一城到底跟我有什么仇?至于这么算计老子!"

王绍义真是想不明白。承销东陵古董,这是多大的好处!海兰珠那么漂亮的娘儿们,他力主撮合,替两人捅破了窗户纸,给他们办了喜事,这是多大的福气!他怎么就这么算计老子呢?他一边逃,一边恨恨地看向马车奔走的方向,眼神里除了愤怒,还带着一丝丝委屈。

王绍义回过头去,看到马兰关那巍峨的城墙,过了这道墙,就是东陵,就是享不尽的荣华富贵。近在咫尺,可又远在天涯。

老子早晚有一天会回来!他心想。

付贵远远地听到了炒豆般的枪声,知道孙殿英那边已经动手了。

在离他不远的地方,押送姜石匠的那八个护卫也听见了枪声。他们彼此对望,有些不知所措。这些护卫得到的命令是押送姜石匠到马兰峪的关前,可没听说如果打起仗来该怎么办。于是整个队伍停止了前进,八个人在交头接耳,看是先派人去探个究竟,还是按原计划赶过去。

付贵拨开树叶,轻手轻脚,小心翼翼地一步步接近他们。当距离拉近到一定程度的时候,付贵突然跳出来,大吼一声:"姜老头,去死吧!"

那几名护卫看到一个人突然蹿出树丛,大吼着要杀姜石匠。他们定睛一看,原来是姜家的三外甥，大概是因为之前村里吵架怀恨在心，年轻人气性大，这是特意来报复的吧？

于是护卫们没有特别紧张，只是下意识地聚在姜石匠四周，想要保护他别被闲人伤了。而姜石匠听了这一声呼喊，却二话不说卧倒在地。

付贵从背上取下一个土喷子，"轰"的一声，一大蓬铁砂铺天盖地朝着他们过去。

这是付贵在村里买的，这玩意儿做工粗糙，精度差，射程近，不过如果拉近距离被轰中的话，就算是野猪也会受不了。那八个人聚在一起，一下子全被铁砂击中。虽然不致命，但这玩意儿打在身上，可以让人疼得一瞬间丧失反击能力。

趁着护卫们痛苦万分不及反应的空当，付贵把土喷子一扔，掏出自己的手枪来。这是一把"条约版"的毛瑟C96，二十响，是他的私藏。枪里早就压满了子弹，他迈步走近人群，抬手就打，弹无虚发，每枪必瞄着人脑袋打，一枪一个。只是十几秒工夫，那八个护卫全都躺倒在地，脑袋上各带一个弹孔，血流汩汩。

姜石匠哪见过这种阵仗，趴在地上瑟瑟发抖。之前这位"三外甥"告诉他，可以从土匪手里救他性命，两人先合演一场吵架的戏，然后约定无论走到哪里，只要一听见"姜老头，去死吧！"这句话，就立刻卧倒。可姜石匠没想到，这位"三外甥"出手这么狠，一会儿工夫就拿走了八条人命。

付贵检查了一圈尸体，确认都死了，然后俯身把姜石匠拽起来。

"跟我走。"

姜石匠抬起头来，双眼满是惊恐。付贵以为他是余惊未消，想再去拽他一下。不料姜石匠颤抖着抬起胳膊，朝付贵身后指去。

下一秒钟，付贵感觉到后脑勺被一个重物狠狠砸中，眼前一黑，彻底失去了意识……

黄克武驾驭着马车，在大路上狂奔。周围路上零星还有一些散兵，不过他们要么是已经骇破了胆，顾不上管旁人，要么是以为这马车上的人也是前线溃逃下来的，总之马车一路畅通，无人拦阻。

许一城和海兰珠靠在车后，两个人都大汗淋漓，大口喘着粗气。能从"恶诸葛"手里逃生，也算是个不大不小的奇迹了。

许一城的脑袋被流弹擦中，受的是皮外伤，不过血流出来糊了半个脑袋，看起来煞是吓人。海兰珠从腰间掏出一块布,要给他擦拭。许一城却摆了摆手,从怀里拿出那块大白手帕,捂住了伤口。洁白的手帕上很快就沾满了污血,看上去触目惊心。

"你的身手可真好,比我都强。"许一城对海兰珠笑道。海兰珠从他的语气里听出了淡淡的疑惑,微微一笑:"宗室就是这么训练我的。"

"他们为什么要这么训练你?"

"恐惧。"海兰珠道,"自从溥仪逊位以后,宗室就一直处于恐惧之中,三百年的养尊处优,把这些人养大了架子,养短了眼光。等到这一切都失去以后,他们发现自己已经没办法像正常人一样生活,于是陷入了深深的恐惧之中,缺少安全感。"

许一城敏锐地注意到,她说的是溥仪,不是皇上。

海兰珠道:"所以像我这样的宗室之后,都被送去国外接受特别培训,国内的八旗子弟烂到了骨头里,根本指望不上。"

"指望什么?难道还想再弄出一个张勋?"许一城道。

"怎么可能?"海兰珠轻笑,"他们一直害怕会被打击,会被报复,所以希望能多点自保之力罢了。"

许一城道:"如果他们摆不正自己的位置,不能接受中华民国普通一民的身份,那么发生什么事情也是活该。"

"哎,说起来,他们对一城你如此尽力保护东陵,倒是十分满意呢。我想就算你现在去提亲,他们也会欣然应允。"海兰珠大胆地看着他。许一城把视线转移开:"我的所作所为,与宗室无关。只是不想助长盗墓气焰,伤我国文化之本罢了。"

"只是这个原因?"

许一城没有回答,他突然站起身来,朝着一个方向对黄克武说道:"那个人,是一鸣吗?"

黄克武视力好,他瞪大了眼睛一看,骑在马上的果然是刘一鸣,后头还有一个药来,正与马车相对奔来。他连忙挥手呼喊,很快刘一鸣拨转马头,来到马车前。那马跑得浑身是汗,一停住脚步,四蹄一软顿时跪倒在地,口吐白沫。

刘一鸣和药来从马上连滚带爬地下来,一见许一城满头是血,吓了一跳。

许一城宽慰道:"皮外伤,不妨事。王绍义已经被打散了,我们也从乱军中逃了出来,事情已经结束了。"

刘一鸣喘着粗气急道:"不,许叔,还没结束!"

"嗯？"许一城一愣。海兰珠和黄克武也凑了过来。

刘一鸣使了个眼色，药来连忙从怀里掏出一个烟土筒子："您知道这烟土是谁的吗？是孙殿英的！"

"这我知道。他自己抽，还让谭温江运了一批到北京。"许一城回答道。

"那您知不知道，他不光只是贩卖烟土，还自己生产烟土。这鹰牌，根本就是孙殿英的牌子！"药来道，"这牌子本来叫作殿鹰牌，后来才改的名字！"

药来毕竟在烟土圈里混过，稍一打听，就知道这些事了。许一城听到这里，倒吸一口凉气。生产烟土和贩卖烟土是两个不同的概念，烟土生产成本极为低廉，其耗费主要是在运输上，如果一个人既掌握了生产，又有军队可以贩卖，那么利润将极其巨大。没想到孙殿英手里还掌握着这么一个"聚宝盆"，难怪可以左右逢源，屹立不倒。

药来有点不好意思地抓了抓头："您还记得我最后一次抽的那玩意儿'一颗金丹'吧？"

许一城点点头。

药来道："日本人在大连的工厂，一直在向华北倾销'一颗金丹'。'一颗金丹'的价格，快和鹰牌平齐了。那玩意儿比鹰牌好抽，价格还差不多……"刘一鸣接口道："而且主持此事的，正是和支那风土考察团有千丝万缕关系的芹泽株式会社。"

听到这里，许一城脸色一下子变了。他已经听出来刘一鸣话中的含义。"一颗金丹"的倾销，会把鹰牌从市场上彻底排挤出去。鹰牌一失，孙殿英手里最重要的财源就枯竭了。

他在马伸桥的时候，已经觉察到，孙殿英的军队已经缺饷半年，快要哗变了，要不然他也不会去袭击李德标。孙殿英已经穷到要直接运烟土到北京城里去打通关节，可见手中压货太多，滞销无法变现。

而这些烟土，在北京居然很难出手，只能堆积在办事处院子里——说明市场环境变得十分恶劣。

可以说，孙殿英被日本人的这一手倾销策略打得穷途末路。

在许一城原来的推理中，一直缺失重要的一环，找不出支那风土考察团对东陵下手的办法。这不是几个教授能办到的，须得是大批人马才行。许一城本来猜测他们或许会借助王绍义的力量，而现在看来，这个人选应该是孙殿英。

芹泽商社以烟土为武器，断绝孙殿英的财源，然后支那风土考察团再找上门来合作，给这头快饿疯了的恶狼一个希望。看来堺大辅那几次拜访孙殿英，根本就是醉翁之意不在酒，难怪孙殿英一脸不爽，却不敢下重手把他撵走。

许一城想到这里，面色铁青。如果刘一鸣这个推测是对的，那现在的情势，可真是危如累卵了。孙殿英搞定了王绍义后，很有可能会被堺大辅撺掇着去挖东陵。

这才真是豺狼刚去，饿虎又来。

"没事，我们还有机会。我让付贵去救姜石匠了。没有他的指引，孙殿英一时半会儿根本找不到墓道的门。现在蒋介石和其他高级官员就在北京视察，他不敢耽搁太久闹出大动静……"

"那我们该怎么办？"刘一鸣紧张地问。

许一城拍了拍刘一鸣的肩膀，抬头望天，那两道刚才在生死之间都不曾颤动的双眉，此时终于拧在了一起。

"维礼已为此牺牲自己的性命，接下来，就看我的了。"

古董局中局3

第十一章

孙殿英炮轰慈禧墓

马兰关前的伏击战只持续了两个多小时。伏击开始出了点小意外，但总体来说还算不错，击毙土匪一百余人，自身伤亡十多人。孙殿英对这个结果很满意，虽然王绍义跑了，但两人本来也没什么仇怨，打垮就算了，没必要穷追猛打。

最让孙殿英高兴的是，这一战缴获了十几辆大车，而且是带着辕马的。这都是王绍义带来打算装财宝的，除了被黄克武赶走一辆，其他的全成了孙殿英的战利品。

"我那义弟不知跟王绍义有啥仇，这次老哥哥我算是给他出口气了。"孙殿英叼着烟卷，望着关前谷道里横七竖八的尸体，对谭温江感慨道。

"有人报告说看见黄克武赶着一辆马车，带着他和一个女的往外跑了。"谭温江毕恭毕敬地答道。

"嗯，不错，没损伤就好，不然我这一仗，就枉做恶人了。"孙殿英把烟卷往地上一扔，拿鞋跟儿一踩，"传我命令，全体集合！"

谭温江一听，目露兴奋，忙吩咐传令兵下去。很快十来把军号响起集结号，此起彼伏。除了搜检战场、搬运尸体的几十号人以外，其他伏击部队都纷纷集结到了马兰关前，排成了一个勉强算是整齐的方阵队伍。

孙殿英拿着马鞭，背着手在队伍前来回踱了几步，大声道："弟兄们，今天你们打得漂亮，辛苦了！"士兵们齐声回答："孙军座辛苦！"

孙殿英满意地挥了挥手，然后一指马兰关："很多人可能不明白，咱们今天为啥要打这一仗。你们知道这道关后头是啥不？后头叫东陵。啥叫东陵，就是埋着清朝那些个皇帝的陵墓。"

士兵们不明所以地交换着眼神，不知道这位大帅葫芦里到底卖的什么药。

孙殿英换了一副忧伤的脸色，指了指自己："你们知道我的身世不？我的祖先，叫孙……"他说到这里，略有些结巴，急忙拢起袖子，看了眼手心里的纸片，这才继续道，"叫孙承宗，是大明东阁大学士。满人皇帝南下的时候，我的祖先死守高阳，最后全族力战而死，只逃出一个儿子来，隐姓埋名，流传下一支，一直传到我这儿。祖先之仇，我是片刻不敢忘了，一门心思地琢磨着怎么替他们报仇……"孙殿英说到这里，语带哽咽，不得不停下来擦擦眼泪，顺便又瞅了一眼纸片。

"满人当初杀我全家，现在清朝没了，皇帝跑了，不过他们的坟墓还在。弟兄们，你们说，杀亲之仇，是不是该报？这满人皇帝的坟，既然近在眼前，是不是该挖？"

谭温江带头喊起来："是！该挖！该挖！为孙军座报仇！"士兵们也一起大吼起来，越吼越明白，越吼越兴奋。

孙殿英谦逊地摆了摆手："我啊，知道挖坟掘墓这事不地道，有损阴德。可是也得分情况，满人欠我手里太多血债，孙阁老、袁督师，再往前数，还有打金人的岳武穆，这一笔笔账，都得还清楚！再说了，咱们现在既然是国民革命军，就得有点革命行动。前几年，鹿钟麟将军不是把溥仪从紫禁城撵出去了吗？还把大炮给架到门口，那可真过瘾。今天咱们就学一学鹿将军，把这些皇帝从东陵里撵出去，也是应该的。对不对？"

"对！对！"麾下士兵已经不用动员，自发地呼喊起来。

孙殿英说得兴奋了，把枪往那儿一放："既然现在要革命了，就要革命到底，彻底砸烂这些皇帝太后，才能共和民主！"说到这里，孙殿英大喝一声："好！听我的命令，入东陵！取宝！"

孙殿英刚说完，咔嚓一声巨响，天空中一个惊雷滚过，震得人耳朵嗡嗡作响。本来特别兴奋的士兵们，忽然又有些疑惑。孙殿英仰起头来，咧开嘴哈哈大笑："你们看，连老天爷都看不过眼，迫不及待等着拿雷劈呢。那些清朝皇帝躲在地下陵墓里，雷劈不着，咱们帮老天爷个忙，把他们拽出来！"

他一说完，士兵们的疑惑顿消，双目放光，摩拳擦掌。孙殿英到底是不是孙承宗后人，这谁也不知道，可他们都明白，这坟地里埋的可是皇帝，里面藏着的宝贝得有多少！现在要进东陵，肯定见者有份，一个人能分多少好处！财帛动人心，几乎所有人眼睛都红了。

队列顿时有些维持不住，大家往前挤着，都想第一个踏进东陵，孙殿英赶紧让谭温江维持秩序，自己整整皮带，一马当先，迈步朝马兰关的城门走去。

这时又一阵雷声隆隆滚过，孙殿英突然停住了脚步，略带惊讶地抬头看去。

一个孤零零的身影，挡在了马兰关前，挡在了孙殿英的身前。这个人的身影颀长挺拔，头上还包着一块被污血污染了的手帕，往那里一站，渊渟岳峙，如同生根一般。

"义弟？你跑回来了？"孙殿英又惊又喜，上前哈哈大笑，要去握住他的手。许一城淡淡道："刚才孙军座的演讲，我都听到了。"孙殿英道："听见啦？那就好！你放心，我讲义气，有福同享。开了东陵，好东西也有你一份。"

许一城看着他，语气平淡，却字字沉重："这件事，我绝不允许。"

孙殿英眉头一皱："义弟，你这是说啥呢？"许一城道："军座与清宗室的恩怨，我管不得。但挖坟掘墓，是有悖人伦的大罪，军座不可留下骂名。"

孙殿英道："那是满人胡嘞嘞的瞎话儿，可不能信。"

许一城上前一步，目光如炬："先秦之时，奸人发墓者诛；汉时，穿毁坟垄者斩；唐时，发冢开棺者绞；大明律严治盗墓之罪；大清律挖坟掘墓者重治三十六条；民国律盗墓最高可至枪决。历朝历代，此举皆是大逆大恶。军座你要做不义之人吗？"

孙殿英被说得有点恼火："这是清朝狗皇帝的墓，我给我家先祖报仇，有什么不对？你也是汉人，怎么站到那群满人那边去了？"

"那你勾结倭寇，盗我中华又算怎么回事？"

孙殿英跳起来瞪着眼睛辩解："你胡说！这跟日本人有什么关系？！再瞎说老子毙了你！"

许一城丝毫不惧，慨然上前，又把孙殿英逼退了一步："清朝已亡，东陵已成国家之物，理当保护周全，以留后世。今日你勾结日本人挖东陵，倘若明日有人勾结俄国人挖西陵，后日又有人勾结美国人去挖明陵、宋陵、唐陵、汉陵、秦陵，我中华可还有历史可言？文化血脉岂不是要寸断？"

听着这些大道理，孙殿英终于有些不耐烦了，笑脸一收，阴恻恻地问道："要是我坚持要开呢？义弟你就一个人，我身后可是有一个师呢！"

许一城微微一笑："我一个人，自然是螳臂当车。不过军座觉得蒋中正如何？"

一听到这个名字，孙殿英嘴角一抖，又退了一步。如今整个中国，要数这位最近似皇上了。许一城道："蒋中正在北京视察，我已把身边的人派回京城。如果军座执意动手，那我也只好向蒋公和北京诸家报馆揭发。"

"哼，蒋中正正值用人之际，怎么会为几根死人骨头对付我呢？"

"届时舆论哗然,只怕蒋公也不会维护一支新收编的杂牌军,反而要杀鸡儆猴呢。"

孙殿英一听,顿时沉默下来,许一城这是结结实实砸在了他的软肋上。蒋介石心眼小,嫡系杂牌分得清楚,这是人人都知道的事情。万一东陵事起,蒋介石愿不愿意袒护他,还真不好讲。

许一城见他颇有些动摇,换了个口气:"义兄,你看了那么多戏文,哪个英雄好汉以挖坟为荣?挖坟掘墓,报应不爽,还请早退啊。"不料孙殿英眼皮一翻,却耍起无赖来:"我开了便走!没有证据,谁敢抓我?"

许一城道:"东陵奇大,里面机关甚多。军座你纵然有一个师,若不知墓道所在,掘开得花上十几天工夫。"孙殿英"呃"了一声,这挖坟掘墓是个技术活,他确实不太熟。

许一城道:"有这点时间,足够我去京城召集记者过来拍照再返回北京登报了。"

孙殿英气得拔出枪来,顶住许一城的脑袋:"你这没义气的浑蛋!老子对你这么好,你非要来坏事!我一枪弄死你算了!"许一城也不躲,闭上眼睛安静地等着,似乎根本不怕。

这个许一城赶不走,打不得。这个时候,孙殿英真有点萌生退意了。民族大义啥的孙殿英不关心,但东陵一挖十几天,真被蒋介石知道,闹大了他可真有点担心兜不住。孙殿英嚯了半天牙花子,还是把枪给放下来,悻悻道:"把你给崩死了,廖定非跟我拼命不可。"言语之间有了退意。

这时一个声音从旁边传来:"孙军座,别来无恙?"

孙殿英一看,居然是堺大辅,脸色登时不好看了。他的财路断绝,就是拜这个人和他身后的芹泽商社所赐,虽然被迫与之合作,可这种城下之盟实在是憋屈。

堺大辅看了眼许一城,优雅地做了个请的姿势:"我们来给孙军座送一份贺礼。"然后他的身后闪出脸色冷峻的姊小路永德,他紧紧地抓着一个皮如枣核的老人——正是姜石匠。

"此人姓姜,是当年修建慈禧墓的唯一幸存者。有他指引,孙军座可是事半功倍啊。"

许一城的脑袋"嗡"了一声,姜石匠应该是被付贵接走了才对,怎么现在落到了日本人手里?那付贵呢?

孙殿英闻言大喜,他又看了许一城一眼,略带畏缩。毕竟他刚梗着脖子否认跟日本人合作，这几分钟不到，就被打脸了。堺大辅道："成大事者，不拘于小节。孙军座，您身后有大军，前方是东陵，姜石匠又在眼前，天时地利人和一应俱全，还有什么可犹豫的？"

孙殿英本来略有消退的欲望，呼啦一下被煽动了起来。他看看下面蠢蠢欲动的士兵，握紧了拳头，大声说："走！"堺大辅道："我们之间的协议，希望孙军座别忘了。"孙殿英冷哼一声，既不否认也不同意，拎枪朝马兰关里头走去。

"你们不能进去！"

许一城大吼一声，双臂展开，朝孙殿英扑去。姊小路永德一把按住他，要把他踢开，孙殿英却怒喝道："那是我义弟！谁敢动他？"

堺大辅使了个眼色，姊小路永德放开许一城。孙殿英蹲下来对他道："义弟，赶明儿老哥哥再给你赔罪，啊。"然后直起腰来，对关前的士兵们中气十足地喊道："弟兄们！给我冲啊！开了东陵，好东西随你们拿！"

这一句话喊出来，如同解开了千百个关着野兽的铁笼。一阵海啸般的呼喊在马兰关前掀起，让空气为之一振。军队的队形再也维持不住了，这些饿极了的士兵纷纷扔下武器，瞪红了眼睛，撒腿就跑，唯恐跑慢了什么都拿不到。

马兰关前霎时一片混乱，贪欲的洪流冲垮了良心的堤坝，朝着东陵奔涌而去，一往无前。

许一城呆呆地望着这一切，他张开嘴，试图呼唤，却没有声音。他急忙去扯孙殿英的袖子，可孙殿英一甩手，朝前走去，不愿和他拉扯。许一城一转身，又要拽住另外一个冲过去的年轻军官。他之前在马伸桥曾经见过这个军官，当时他的态度毕恭毕敬，谈吐得体。可现在他年轻的面孔变得扭曲，根本懒得理睬许一城，把许一城往旁边一推，大踏步地冲过去。

许一城无法保持冷静了。他吼叫着，想去拦住每一个人。可嗓子都喊嘶哑了，却无济于事。他拽住一名老兵，被推开，再拉住另外一人，又被推开，有时还会被人踹上一脚，扑倒在地，再爬起来，狼狈不堪。过不多时，他的长袍被扯裂，浑身沾满了泥土，头发蓬乱。在这一片洪流面前，他就像是一块微小的礁石，根本无法抗拒，更无法撼动大局。

一个看年纪只有十五六岁的娃娃兵兴奋地朝前跑去，许一城双手按住他的肩膀，近乎疯狂地喊道："不能去，你们不能去啊！你还小，你该知道这不对！"那娃娃兵恶狠狠地一拳捣在许一城肚子上,带着和年纪不符的凶狠喝道:"滚蛋!别妨碍老子发财!"

听到这句话,许一城所有的动作都停住了。他突然意识到,这一切只是徒劳,这一切什么都不能改变。剧烈而复杂的情绪在胸口炸裂,那种痛苦更甚于腹部中的一拳,仿佛连灵魂都为之粉碎。许一城身形摇动,一口鲜血喷了出来,终于在汹涌的人群中缓缓倒了下去,倒在了马兰关前。

士兵们根本没有注意到有人倒在地上——就算有人注意也根本不会关心——他们的眼中已经看不到其他任何东西。无数双脚飞速移动,踏过许一城的身体,如同踩过一段枯木和一堆碎瓦砾。

远处的孙殿英停下脚步,惋惜地看了一眼,知道这样下去,他很可能会被活活踩死。孙殿英摇摇头,叫来两个卫兵把他从乱军中拖出来,继续前行。堺大辅和姊小路永德一直旁观着这一切,堺大辅唇边勾起一丝微笑,问道:"你觉得如何?"

姊小路永德那张死板的脸划过一丝情绪波动:"中国人里,算是难得。"

"所幸这样的人不太多。"堺大辅朝许一城被拖走的方向微微低了一下头,不知是在致敬还是告别。

一滴雨水落在他的肩头,随即第二滴、第三滴……很快雨水连成了一条线。大雨在此时终于倾盆而下,如瀑的雨水阻挡住了人们的视线,却浇不熄他们的野心。

……在一个混沌复杂的梦中,许一城见到了许多人,陈维礼站在开往日本的轮船上,兴高采烈地朝他挥手。站在他身边的是富老公,一身锦缎气定神闲,那艘轮船却变成了东陵的神道。海兰珠、刘一鸣、黄克武、药来、付贵和木户教授依次出现,每个人都慢慢老去,稍现即逝。最后出现的是他的妻子,她怀抱着刚出世的孩子,双唇嚅动,却没有声音。她慢慢隐没在金黄色的光芒里。许一城仿佛看到怀中的孩子在不断成长、衰老,不久也倏然消失,取而代之的是另外一个身影。那身影既陌生又熟悉,面容模糊,只是倔强的样子从来没变过。许一城伸出手去,想对他说些什么,他却甩开手,在视野里消失……

许一城平静地睁开眼睛,发现自己躺在协和医院的病房里,许夫人伏在病床前,正在睡觉。

许一城试图伸手去摸她的头,一动,她就醒了。看到许一城恢复了神志,她挺着大肚子站起来，从旁边桌子上拿来听诊器和血压计，细致地给他检查。在整个过程中，许夫人都没有说话，全神贯注，检查得格外细致，连皮肤上的一块小疤都要用手指摸过。许一城几次要开口，都被她的目光制止。许一城索性不吭声，注视着她忙碌。

好不容易检查完毕，许夫人说："身子没大碍。你就是受了太大的刺激，多休养一阵就没事了。"许一城苦笑一声，他感觉自己的魂魄似乎被抽走了一半，整个人空洞而茫然，完全被一股消沉之气所笼罩。这可是现代医学检查不出来的。

许夫人看出他的情绪，朝旁边瞟了一眼："你已经比付贵好多了，他直到现在还在隔壁躺着呢。"

"啊？他伤得严重吗？"

"脑震荡，抢救回来了，不过没两三个月别想下床。"

"是我害了他……"许一城挣扎着，想下床去探望一下。许夫人道："小刘、小黄和小药一直轮流在门口守着，他们应该有事要对你说。你现在要见他们吗？"

"嗯。"许一城点点头，他急于知道东陵后来的情况。

许夫人拉开门，探出头去。守在门口的是黄克武，他一听说许一城醒了，大喜过望，进了病房打量了许一城几眼，说"我去喊人"，然后冲出门去。

"哦，对了，海兰珠小姐也来探望了。"许夫人一边低头整理床铺，一边淡淡地说道，"她说在平安城的时候，形势所迫，跟你办了一场假婚礼，作不得数，让我不必担心。"

许一城略窘迫地开口道："呃，她是宗室那边派来合作的……"许夫人伸出指头，封住他的口，把那块重新洗得干干净净的手帕，塞回到他身上，低声说道："你也真是的，我差一点就……见不到你了。"直到这时，她的声音才带着一丝颤抖。许一城叹息一声，抬起胳膊想要把她搂在怀里，这时外面传来噼里啪啦的脚步声，许一城连忙把胳膊挪开，三个小家伙风风火火地冲进病房。

许夫人整了整额发，对他们道："你们等一下要说给一城的事，是坏事？"三人面面相觑，最后还是刘一鸣勉强点了下头。许夫人看向许一城："你非得现在听，对吧？"

许一城面色苍白地开口道："东陵那边……"许夫人截住他的话："不用讲给我听，你确定自己受得了？"许一城"嗯"了一声。许夫人无奈地叹了口气："你们这些男人哪……别谈太久。"然后抱着一堆脏床单出去了。

三个人的表情都有些消沉。东陵被孙殿英糟蹋，他们的一番努力，可以说是全部付诸东流，大家都有些灰心丧气。此时看到许一城也是失魂落魄的模样，三人更是情绪低落。

"后来他们还是盗了东陵，对吧？"许一城的声音虚弱，不带什么力气。

三个人你看我，我看你，最后还是刘一鸣开口说起来龙去脉来。

那天许一城昏倒以后，被孙殿英的人抬了出去。不过那些卫兵也急着进东陵去"发财"，草草地把许一城扔在马兰关外，就跑掉了。刘一鸣等人赶到以后，吩咐黄克武和药来把许一城火速运回城去，他自己则弄了一套十二军的军装，装成一个普通士兵混进东陵。

刘一鸣知道，东陵势必不守，但如果就此放弃，只怕连惩凶的机会都没有了。他心思深重，知道许一城已无法主持大局，便决定亲自以身犯险。

当时整个场面十分混乱，兵不知将，将不知兵，根本没人来查验刘一鸣的身份。刘一鸣混在乱兵里，进了东陵。他很快发现，孙殿英的这些兵跑了一个漫山遍野，像一群没头苍蝇一样乱转。东陵地面上的值钱东西，早就被毓彭和垦殖局的人卖光了，真正的好东西都藏在诸陵地宫里。而地宫防备森严，不是随便几个游兵散勇就能挖开的。盗掘东陵这种规模的陵寝，需要的是大量的人力和统一的指挥。

于是他借着大雨，逐渐靠近孙殿英，刘一鸣相信这个人一定有安排。果然，刘一鸣很快发现，孙殿英和那两个日本人以及押送着姜石匠的亲卫队一直没乱，他们坚定不移地朝着普陀峪"定东陵"而去——那里埋葬着慈禧太后。

慈禧太后名声太臭，关于她的奢靡留下了太多传说，清代任何一个皇帝都不如她。孙殿英把慈禧墓选作目标，是早有预谋。

孙殿英他们抵达定东陵以后，开始吹号召集附近的士兵集合。刘一鸣也被当成一个小兵，排在第一排，把宝顶附近的土都挖开。然后他看到姜石匠被带到定东陵里，被谭温江逼问当初的墓道位置。搞清楚位置是在明楼旁侧琉璃照壁下面。找到以后，姜石匠就被丢了出去，孙殿英派了几个工兵过去查探，结果碰到了一堵金刚墙。

金刚墙是用花岗岩砌成，中间缝隙浇入桐油和糯米浆，坚固无比。孙殿英先是让人去砸，大锤砸在上头只留下几个白点。然后一个军官出主意，用硝镪水去浇，试图给石隙化松，但也失败了。孙殿英一怒之下，调来一批炸药，一口气把地宫大门给炸开。

地宫开了，里头又碰到一扇汉白玉的石门，石门后头被一根石柱顶着。这石柱叫自来石，修建的时候就吊在门后，等大门一关，石柱就自动滑下来，把门从里面顶住，谁也开不得。孙殿英本来还想用炸药，但怕把整个墓穴震塌了，只得纠集了百十号人不停地撞，硬生生把自来石给撞断了。

地宫门一倒，慈禧的梓宫终于门洞大开。原本还算略有秩序的盗墓大军彻底乱套了。先是孙殿英，然后是谭温江的卫队，后来所有人都蜂拥着冲进去。这些人半年没发薪饷，见到遍地珍宝，如同老鼠掉进油里一样，开始哄抢。那种混乱而疯狂的场面，刘一鸣这辈子也忘不了。

慈禧墓里的宝贝，那是真多，连过道里都堆满了各种珠串、金佛、玉珊瑚什么的。结果碰到这些乱兵，慈禧棺材被撬开，她身上盖的经被，嘴里含的宝石、头上戴的珠冠，甚至镶嵌的金牙都被拔了出来。地宫内的其他珍宝也被劫掠一空。慈禧的尸骸被抛到墓道上，脑袋被踩得稀巴烂。至于姜石匠，其中一名军官嫌他碍事，一枪给毙了。王绍义准备的那些大车，都被孙殿英用上了，一车一车地往外运。刘一鸣亲眼所见，那对慈禧太后枕在脑袋后头的国宝翡翠西瓜，被谭温江亲手交给了孙殿英，他左看右看，笑得嘴都合不拢。

许一城听了，眼神一黯，不是可惜慈禧——那个老妖婆丝毫不值得同情——而是这么多珍宝惨遭劫掠，被毁掉的东西恐怕会更多。这对一个学考古的人来说，真是莫大的折磨。

"这都要怪我，我早就该想到，人心的贪欲，岂是寻常手段可以克制的。我学艺未精，鉴人不明，以致有此横祸啊……"许一城自责而痛苦地皱着眉头。

刘一鸣摇摇头："许叔，这您就说错了。孙殿英盗墓，是日本人一手策划，有您没您，早晚都要出手。"许一城连忙问道："对了，堺大辅他们，你看到了没有？"

刘一鸣说："我正要讲到。"

他说慈禧墓挖开两天多，东西都抢得差不多了，孙殿英贪心未冷，又把注意力放在了乾隆的裕陵上。乾隆号称十全老人，统治时期是清朝的巅峰，墓葬里的宝物也少不了。

不过这次没有人知道墓道的准确位置，他们只能围着宝顶乱挖，一挖就是几天，硬生生被他们找到了墓道大门。

不过这时候发生了一件怪事。

挖慈禧墓的时候，一挖开大家一拥而上，无人阻拦。而当乾隆墓的地宫大门打开以后，孙殿英却派了一个督战队，站成一排，禁止普通士兵靠近。刘一鸣也进不去，只能站在门外等候。他看到堺大辅和姊小路永德跟随着孙殿英进去，没过多久，他们就先出来了，堺大辅手里捧着一把剑走了出来，那把剑的剑身略弯，剑鞘外覆鲨鱼皮，上嵌红碧、黄碧、绿玉各式珠宝，九道明黄金纹蜿蜒而起，形如九龙攀在剑鞘上，一看就气度不凡。

许一城眼神一凛："九龙宝剑？"

刘一鸣答道："看形状错不了，应该是他们撬开乾隆的棺材拿到的。这两个日本人拿着宝剑，用一个皮套装好，就离开了裕陵。"

"等一下……"许一城打断他的话，"你是说日本人只拿了九龙宝剑走，其他什么都没拿？"

"没错。我一直盯着呢，只拿了九龙宝剑。"

许一城眼神里的疑惑浓郁起来。他原来一直以为，日本人觊觎裕陵财宝，所谓九龙宝剑只是一个象征，想不到他们居然真的只拿走了这把剑。

日本人到底在想什么？他们付出这么大代价，用了这么多精力，居然只是为了一把宝剑？这听起来未免太荒唐了。九龙宝剑固然是一件国宝，可它的价值和翡翠西瓜只在伯仲之间。日本人再穷，也不至于特意为了这么一样东西而来。

许一城忽然在想，陈维礼那半张信笺，恐怕里面的玄机还没有完全参透。在堺大辅房间里搜出来的那一行奇怪的字："言中……飘沦……虽复沉……无……用。"也未必是单纯的汉诗感慨。

说来也怪，本来他的心情因为东陵被盗而极度低落，可一想到仍有玄机没有解决，眼神反而慢慢亮起来。许家的人，从来都是这么固执。

刘一鸣见许一城的神采略有恢复，心中宽慰，继续讲道——

日本人走了以后，孙殿英照例把乾隆墓也劫掠了一番。刘一鸣没进去，但听周围的士兵说，棺材里乾隆的尸体早已腐化，只剩下一条辫子。不过陪葬的那些宝贝可都是真金白银，不可胜数，一趟一趟地往车里搬运。只可惜了收藏的那些名人字画，这些目不识丁的丘八不知珍惜，践踏在地上，被雨水泡成了纸浆。刘一鸣出身书画世家,谈到这段的时候,手指关节都被捏得发白。

盗完了乾隆墓,孙殿英意犹未尽,还想去挖顺治的孝陵。谭温江说顺治出家当和尚,棺材里什么也没有,盗起来没意思。于是孙殿英想,我挖不到老子,就挖儿子呗,又盯上了康熙墓。不过这次他们就没那么幸运了,刚挖到地宫边缘,地面开始涌出黄水,而且越流越多,转瞬间就积了几尺深的水。

这些士兵看这些水黄得有些瘆人,都不敢靠近。有人说这是尸水所化,沾着就完,吓得他们全站开了,没人敢再动手。孙殿英也怕待的时间太长,会惹出不必要的麻烦,宣布撤退。这些士兵个个身上鼓鼓囊囊,揣得一身都是,喜气洋洋地离开东陵。孙殿英更是赚得盆满钵满,拉走了十几辆满载的大车。王绍义如果见到,非吐血不可。

"等一等,他们盗了多久?"

"足足七天七夜。"刘一鸣叹息道,"走的时候,整个东陵一片狼藉,连石碑都没几块完好的了。"

许一城慢慢靠在床头,摸了一下胸膛心脏的位置,若有所思:"我昏迷了这么久啊……那然后呢?"

刘一鸣朝黄克武看去,黄克武连忙说:"我和药来把许叔你送回北京,直接送进协和,同时海兰珠小姐去通知宗室。宗室那群窝囊废,听到这消息慌成一团,毓方说自己拿不了主意,又去天津请示溥仪。溥仪又召集宗室元老们议事,这一议又是好几天。等他们赶到东陵的时候,人家早跑了!只剩下阿和轩在神道前自尽的尸体。"

"阿和轩死了?"许一城一惊。

"他们被孙殿英关在山坳里,等到军队离开才恢复自由。其他兵丁一哄而散,恐怕阿和轩是最后一个为清朝殉葬的人了。"

许一城心想,阿和轩是海兰珠的亲爹,不知道那姑娘知道这消息后,会是什么反应。

"宗室就没什么动作吗?"

"目前还在商议该怎么办呢。"刘一鸣嘲讽地回答。

"对了,付贵也是在那时候被人发现的。据说是姜石匠的家人一路找到东陵,在靠近马兰峪的地方发现了他,送回京城。"药来补充道。

许一城挣扎着从床上坐起来,说:"我先去看看付贵。"

隔壁病房里，付贵安静地躺在床上，双目紧闭，头上缠着厚厚的一圈绷带，像是个滑稽的印度巡捕。这个家伙即使在昏迷时，仍旧是一副冷冷的表情。床边的柜子上没有摆鲜花，而是摆着一把二十响毛瑟短枪。这是许夫人的主张，她说对付贵来说，枪油和火药的味道闻起来比花香更舒心。

许一城缓步走到床边，坐下来，伸出手去给他掖了掖被子。付贵一动不动，似乎懒得搭理这个多事的浑蛋。他其实对民族、文物什么的毫无兴趣，之所以掺和进来，完全是出于与许一城的友谊。

他本来可以在京城优哉游哉地当警探，结果却为了一件无关的事情伤成这样。无穷的愧疚涌上许一城心头，忽然没来由地想到了陈维礼。

陈维礼信任许一城，临终前把一个大秘密托付给他；付贵信任许一城，可以为他赴汤蹈火。两个人都把许一城视为生死相交之人，全无保留地付出信赖。现在他们两个一死一伤，孙殿英依然逍遥法外，日本人的阴谋到底是什么还没查明。一个声音在他心中呐喊——

许一城啊许一城，仇敌未灭，真相未明，你有什么资格意志消沉？！

其他三个人望着垂首而坐的许一城，半晌没有吭声，以为他伤心过度，连忙过去劝解。刘一鸣伸手一触许一城的肩膀，他缓缓地抬起头来，把刘一鸣吓得退了一步。

许一城面上原本浮着一层淡淡的灰霾，现在却倏然消散。他眼神里的虚弱和空茫不见了，又变回了之前的清亮和许家人特有的名叫固执的神采。

"许……许叔？"刘一鸣有些惊讶地看着他。

许一城从椅子上站起来，沉郁的声音中多了几分活力："这件事还没完。是的，我们没能阻止盗墓，但我们却可以让这些盗墓贼付出代价，得到应有的惩罚。"

"不过许叔您的身体，反正盗都被盗了……"药来有点担心。东陵被盗，许一城内伤最深，以他现在的状况，还能不能应付这么危险的事情？许一城正色道："东陵是被盗了，但日本人的动机尚未查明。现在让我束手，只怕更伤身体。"说到这里，他下巴轻抬，微露傲气："我们许家，从来都是头撞南墙而死，没有中途折返的。"

刘一鸣问道："那许叔你打算怎么办？"

许一城抬起右手，修长的指头灵巧地拢在一起，语气里却带着淡淡的遗憾："我准备了一个后手，就是用来应对这种局面的。我本希望永远用不着，现在看来，不得不用了……"

说到这里，大家都满怀期待，等着许一城拿出一条立竿见影的锦囊妙计。许一城却什么都没说，反而让药来给他讲讲最近京城的局势。

药来抖擞精神，絮絮叨叨地讲起来。最近京城局势已经稳定下来，国民革命军的各级政要纷纷前来。奉天那边早就正式为张作霖发丧，所有人都盯着他儿子张学良的选择。

许一城闭目听着，不时停下发问。药来说了半天，许一城忽然问："这么说，蒋主席还在北京？"药来一点头："还在，忙着接见各个社会团体，忙得很，每天报纸上都有报道。"

"现在外头传得最热闹的事是什么？"许一城问的问题很飘忽，让人摸不着头脑。

药来为难地挠挠脑袋，想了一下，"啪"地一拍巴掌："对了，有个事，好多人都打算上街抗议北京改为北平的事。这是刘伯温当年亲自看的风水，姚广孝亲自建起的八臂哪吒城，四九城内聚着皇气，哪能说迁就迁。不少社会团体联名上书，要求重新考虑。"

许一城对这个很有兴趣，又问了药来几句细节，闭上眼睛，沉思片刻："你们就等着看好戏吧。"他的眼神透过病房，看向东陵的方向，手指一下一下地敲击着床边。

古董局中局3

第十二章

剑中机关

从五月到七月，北京城里一直乱哄哄的，先是奉军退出北京，然后是张作霖被炸死，国民革命军进城接管，又立刻改北京为北平。一件大事接一件大事，让人目不暇接。

进了八月，老百姓们觉得该消停了吧？

可他们万万没想到，八月一开始，整个北京又被一枚炸弹震动了。

路透社突然发了一篇报道，作者佚名，声称遵化东陵惨遭盗墓贼洗劫，国宝珍品损失无数。报告里说有马兰峪附近村民进入东陵，发现慈禧、乾隆两墓被盗，地官洞开，里面的陪葬品被悉数搬空。敦促国民政府尽快采取行动，派员调查。

这一篇报道立刻引发了轩然大波。之前战乱频繁，大家顾不上这一摊儿，如今局势稳定下来，注意力立刻全转移到这上面来了。何况被盗墓的不是别人，是大名鼎鼎的慈禧，更引发了无数揣测。消息一传出来，京城乃至全国的报章纷纷予以转载，社会各界表示谴责，敦促尽快破案。老百姓们更是交头接耳，什么不靠谱的传说都流传出来了。到底谁是盗墓贼，众说纷纭。

宗室也发表了声明，溥仪声泪俱下，谴责暴行，在东陵补祭，还派了几位元老向国民政府递交请愿书。

东陵大案很快就成了京城热门话题。迫于舆论压力，卫戍司令部和北平战地政务委员会对外宣布，已经调集了京师警察厅的精锐，由侦缉处长吴郁文领衔，开始侦破工作。同时委托国府委员刘人瑞组成调查团，前往东陵调查。

没过几天，警察厅的调查就取得了进展。七月中旬的一天，十二军六师师长谭温江带着夫人去前门看电影，灯一灭，包厢里却熠熠生辉。侦缉队的干探立刻封闭了整个电影院，进入包厢，从谭夫人的绣花鞋上搜到两颗夜明珠，经过宗室辨认，确认是慈禧陪葬之物。

琉璃厂有一家专营古玩的尊古斋,老板叫黄百川。好巧不巧,就在谭温江被抓的同一天,警察厅也拘捕了黄百川,交代说谭温江曾带来几件罕见奇珍,作价十万,经查也是慈禧墓中所盗。

与此同时,山东青岛海关亦有消息传来。他们在陈平丸的客轮上抓住了两个逃兵,从他们身上搜出十二军的军徽标志以及三十六颗东珠。逃兵交代曾参与孙军长在东陵的盗墓活动,捡了一把珠子,觉得不想再给人卖命了,就偷偷跑了出来。

京师警察厅以往效率奇慢,可这一次却如有神助,一招一式极有章法,接二连三查出重大线索,仿佛背后有什么高人支招似的。而且每查有进展,必被新闻界所侦知。于是,孙殿英是东陵盗墓元凶这件事,虽未经法院认定,却已成了街头巷尾热议的话题。

更有军事观察家发了议论,说这种杂牌军桀骜不驯,若不施以重手整治,只怕日后会生变于肘腋之间,字字诛心。

仿佛老天爷觉得这件事不够热,很快又在上头浇了一勺滚烫的油——

《时务报》发了一篇署名五岳散人的文章,从风水的角度分析,说当年清朝选择遵化马兰峪为陵寝,是为了护住北京皇气。如今孙殿英盗掘东陵,以致皇气散失一空,南流而下。北京从此帝都之位不保,沦为普通华北一城,皆肇于此云云。

其实国民政府要迁都一事,早在六月下旬就已宣布,孙殿英盗墓是在七月初。但老百姓不管这个,到了这篇文章一出,立刻炸开了锅。陵寝盗不盗的,那是宗室的事,国宝丢不丢,那是国家的事,但北京失去首都地位,这可就动了所有住在皇城根儿百姓的体面。

大家胸口都憋着一口气,正没处发泄,有了这个理由,自然毫不犹豫地骂上了。这个孙麻子,居然掘了北京的皇气,失了根本,六百年都城坏在他手里。咱天子脚下成了犄角旮旯,平白降了一格,你说该杀不该杀?一时间,孙殿英这个名字可谓是臭大街了,几乎人人喊打,大有不杀不足以平民愤的势头。

"把迁都之事和盗墓之事联系到一起,高明至极。如今这么一闹,孙殿英要么乖乖自首,要么落草为寇,再没第三条路可选了。"毓方笑眯眯地对许一城说。

许一城面色冷然,淡淡说道:"自作孽,不可活。"

此时两人正坐在一处小茶楼里。小茶楼是宗室产业,格局不大,却异常精致。

毓方专程设宴款待，以感谢许一城这段时间的奔走。海兰珠也在，她换了一身旗袍，露出两条白藕般的手臂为两人泡茶，眼带笑意，低眉顺眼，一副小家碧玉的模样。

毓方跷起大拇指："一城兄你的手段果然了得。几下出手，就把孙殿英搅得鸡犬不宁。他现在肯定后悔跟你结拜。"

之前那一系列眼花缭乱的舆论组合拳，颇有章法。毓方不信这是巧合，算来算去，只有许一城有这等手段和见识，能把舆论一步步引导起来，布下天罗地网，让孙殿英无处逃遁。

许一城叹道："大错铸成，如今不过是亡羊补牢而已，还谈什么神机妙算。再说我只是出了几个主意而已，若没有上面的一位大人物主持，也没这么大效果。"

"哦，是谁？"毓方好奇地问道，许一城伸出指头朝上点了一下，却没回答。

毓方知道他不愿意说，讪讪一笑，低头喝了口茶以掩饰尴尬。

宗室当初委托许一城，是去查淑慎皇贵妃墓被盗案。这案子已经查明是王绍义所为，后来王绍义把里面的明器交给许一城，作为承销东陵的订金，这笔珍宝，许一城如数归还宗室，算是完满完成。严格来说，委托已经完成。

不过宗室在东陵被盗之事上，表现得十分恶心，只会到处找替罪羊，有人认为毓方管教不严，有人唯恐国民政府借此事进一步削弱他们的力量，甚至还有人指责是许一城把孙殿英引去，理应一并问罪。正如海兰珠所说，他们在恐惧，非常恐惧，只能不停地指责别人，来换取一些安全感。

毓方把许一城请来，就是想把这个委托了结。他将手中的清茶一饮而尽，对许一城道："出了这么大的事情，宗室有负于先生，先生无愧于宗室。毓方聊备酬金若干，望先生笑纳。"说完仆人端来一个盘子，里面盛着一串十六粒玉珠的手串。这些玉珠个个都有铜钱大小，碧玺质地，捏在手里，能感觉到隐隐有水汽氤氲。

这大概也是宫中所藏的宝物，毓方拿出这个来，也算是用了诚心了。许一城把茶碗放下，接过珠串放在怀里，毫不客气地说道："富老公埋在马伸桥，具体位置我画了张地图，你们宗室记得派人给迁走吧。我还有事，先走了。"

他现在对宗室毫无好感，时间宝贵，没兴趣多说话。

毓方见许一城要走，连忙冲海兰珠使了个眼色。海兰珠搁下茶具，说："一城，我去送送你吧。"许一城不置可否，往外走去，海兰珠快步跟上。

一边走，海兰珠一边好奇地注视着许一城，感觉他的气质似乎和原来有些不同。可究竟哪里不同，又说不上来。他就像是古瓷一样，把锋芒和火气都深深收敛起来，整个人透着幽深内藏的润光。

"节哀顺变。"许一城忽然轻轻说。

海兰珠苦笑了一声："我父亲也算是死得其所。他生前就很痛苦，一方面无法放弃忠诚，另一方面又看着宗室不断堕落腐化，所以才会困守东陵，算是避世。这次护陵而死，总算也是个解脱。"

许一城不再说什么，沉默地朝前走去。

"那些日本人有下落了吗？"海兰珠转换了一个话题。

许一城摇摇头，神情略带遗憾。

堺大辅、姊小路永德带着九龙宝剑离开东陵以后，就彻底消失了。药来曾去大华饭店打听，得知整个支那风土考察团——包括木户教授在内——也都突然离开，去向不明。

"哎呀，如果他们把宝剑带回国去，那可就追讨不回来了。"海兰珠担心地说道。

许一城紧抿嘴唇："不，我的直觉告诉我，这些人还没走，至少还没离开中国。他们拿走九龙宝剑，背后一定还隐藏着什么动机。维礼之死，一定还有别的深意。"

海兰珠默默地把手放在他肩膀上，许一城的脚步一下子停住了。

"一城，你别太累了，别把这些事都归咎给自己。"海兰珠柔声道。许一城冲她微微一笑，抬起双臂，两个大拇指交抵，八指交拢，拜了三拜，手背翻转，再拜三次。海兰珠一愣，问他是什么意思。许一城肃然道："这是托孤拜，托孤一诺，九死不悔。我在维礼灵牌之前行过此拜，一定会追查到底。直到找到真相，抓住真凶，我会在他的坟前，手势颠倒一遍，方算还愿。"

海兰珠盯着他的眼，知道这个人太顽固，于是不再相劝。她觉得气氛太沉重了，想说什么轻松点的话题，眼波流转，展颜笑道："一城你也够坏的，居然把孙殿英和北京的帝都之位不保联系到一起，可不知老百姓骂成什么样子。你骗起人来，可真是不含糊呢。"

许一城苦笑道："亡羊补牢而已。"

两人走到茶楼门口，海兰珠站在门槛内，手扶住门框，幽幽道："宗室的委托已了，我们是不是没机会见面了？"许一城看着她的脸，良久方斟酌出四个含糊的字来：

"也不尽然。"一听这话，海兰珠顿时绽放出一个灿烂的笑脸："你放心好了，平安城里虽然咱俩……"她微微低下头去，移开视线，"咱俩办过喜事，不过那是麻痹敌人的权宜之计，作不得真，咱们还是朋友——哎，对了，你太太她快生了吧？我打个长命锁给你们孩子。"

"多谢。"

许一城没有过多表示，一拱手，然后抬手叫了一辆黄包车，径直离开。海兰珠目送他的身影消失，怅然若失，默默回过身去走进茶楼。

这一辆黄包车跑过半个城区，最后在南锣鼓巷停住。这里有条圆恩寺胡同，又叫恩园，是一处阔气的大宅邸，中西风格合璧。此时这胡同前被一条路障挡住，临时立起一个哨所，内外各有荷枪实弹的重兵把守，戒备森严，方圆百米之内，莫说小摊贩，就连行人都没几个。

这里是蒋介石在北平的行辕所在，现在他已回返南京，不过警备程度却没有降低。

许一城走到哨所前，报出一个名字。哨兵打了个电话，仔细搜查了一番，然后恭敬地放行了。他一进恩园内宅，立刻迎出一个人来。此人身穿北伐军服，唇薄而直，两道眉毛如浓墨横过两撇，微微上翘，看上去意气风发。

"哈哈，一城，你来了？"他发出爽朗的笑声，握住许一城的手，用力晃了晃。许一城也笑道："雨农兄，幸亏你还在北平。"

"蒋公国务繁忙，北平这里尚有未完之事，所以我多留了几日，也快走喽。"

这人姓戴名笠，字雨农，时任国民革命军总司令部联络参谋。

两人寒暄几句，戴笠把许一城请进侧厢屋里。这里有些昏暗，别无装饰，只有黑色手摇电话一部、军用地图一张和铺天盖地的各种材料。坐定以后，许一城从怀里掏出那个十六粒碧玺珠子手串，交到戴笠手中："东陵之事，多亏雨农兄鼎力支持，这是一点谢意。"

戴笠把手串接过去，眉眼不动："只是跟新闻界的朋友打了几个招呼而已，一城你也真是见外。"

"哪里，这是宗室给我的，借花献佛而已。"许一城笑道。

戴笠嘿嘿一笑，把手串随手搁在旁边桌面上。

许一城知道，这位联络参谋的实力，可比这头衔可怕多了。他麾下只管着一个调查通讯小组，外号十人团，却可以上达天听，是蒋介石的私人情报机构，位卑而权重。在北京这个地方，稍微有点地位的人，都忌惮这位联络参谋的能量。蒋介石走后，他独住恩园，从这个细节就能看出戴笠在最高领袖心目中的地位。

戴笠这次跟随蒋介石来北京，为的是在当地营建领袖耳目。许一城离开协和医院之后，立即就去拜访了他。两人有旧，一拍即合。此前针对孙殿英的一系列行动，都是许一城居中策划，戴笠跟京师警察厅和各大报馆打过招呼，不然那些人不可能配合得如此行云流水。

"哦，对了，你引荐的那个吴郁文昨天来拜访过，孙殿英的案子算是他破的，来找我邀功了。"戴笠随意跷起二郎腿，神态轻松。

"觉得此人如何？"

"是条恶犬。"戴笠毫不客气，"不过倒是很识时务。这次他这么卖力地帮你破案，也是冲着我来的。我跟他谈妥了，准备给他在中央宪兵教导总队谋一个队副的位置。"

许一城"啧"了一声，中央宪兵教导总队，那可是蒋介石的嫡系，吴郁文运气真不错，这么快就在新主子麾下找到好位置了。戴笠身子前倾，看向许一城似笑非笑："一城，你也不必羡慕。只要你一句话，我可以许给你个更好的位置。"许一城连忙摆了摆手："这个咱们不是谈过了嘛。我专心学术，对政治的事不感兴趣。"

戴笠把身子重新靠回去，惋惜道："你几篇新闻稿一发，就逼得孙殿英差点抹脖子上吊。这份手段，若是能用在大处，对领袖、对国家都是一件幸事呀。"

一提孙殿英，许一城精神一振："这个案子，上头现在怎么说？"他花那么大心思，就是希望能对盗掘东陵的盗墓贼予以严惩，以儆效尤。戴笠似乎早猜到他的来意，不紧不慢地从桌子上拿过一份公函，递给许一城。许一城拆开一看，上头是一封龙飞凤舞的手令——

"呈文具悉，通饬所属，一体严密缉拿，务获究办，毋稍宽纵。"落款蒋中正。

"蒋主席亲自下令，一城你可以放心了吧？"戴笠又拿过几份公文，比如北平地方法院派员赴东陵取证的派遣令、河北省主席商震命警备司令张荫梧派兵保护东西陵的电令、遵化县的盗墓通缉布告等，总之从蒋介石以下，各级大员一层层地发话，气势惊人，搁到古代，相当于是六部会审的大案了。

许一城读了一遍，心中觉得踏实了许多。只是他发现所有的公文里，都没提及孙殿英的名字，而是以"直奉联军""逆军某部""流寇"等含糊字眼代替。

戴笠看出他的疑惑："政府行文，须得依照法制办事。法院未曾宣判之前，自然不宜先露姓名。"说完他把公文收起来，"正好你在这儿，最近有人在我这里存了一样古董，托我转交蒋公。我请你这位专家先来掌掌眼，万一是赝品，也省得我丢丑了。"

许一城来了兴趣，能送到蒋介石身前的，不知会是什么好东西。戴笠呵呵一笑，侧身从旁边柜子里拿出一样东西。一见这东西，许一城像是被黄蜂蜇了一下，霍然起身，脸色铁青，惊讶得说不出来话。

戴笠手里是一把短剑，剑身略弯，剑鞘是鲨鱼皮套质地，镶嵌各色宝石，上有九道明黄金纹，气质高贵，望之凛然。即使是在这么一间普通阴暗的屋子里，它仍显得那么雍容和从容不迫。

乾隆皇帝的九龙宝剑？！

许一城内心惊骇，几乎无法掩饰。这把宝剑不是已经被堺大辅拿走了吗？怎么又到了戴笠手里？难道支那风土考察团的人，已经被戴笠给抓住了？

"这是谁送到你这儿的？"许一城不顾礼貌，大声问道。戴笠没料到许一城这么大反应，一瞬间有点不知所措，半晌方道："这是孙殿英送过来的，说是追剿马福田、王绍义匪帮所得。要不你看看？"说完给递了过去。

许一城现在把所有心思都放在九龙宝剑上，根本没听出戴笠的弦外之音。他毫不客气地抓起宝剑，横放在自己身前，右手掌心从剑尖缓缓地向下摩挲，一直摸到剑柄末端，然后紧紧攥住。

这一切悲剧的起源，这一切疑团的终点，终于被他握在了手里。

许一城眯起眼睛，仔细地观察着它的每一处细节，态度前所未有地严肃。九龙宝剑的剑柄和剑格由一整块良质美玉雕成，全无拼接痕迹，这说明原玉体形惊人。这么大块的极品原玉，只雕成这么一点，玉料十不余一，真是奢侈得惊人。另外，在剑柄外侧，还覆有一层装饰用的紫金利玛铜条。这紫金利玛铜是清宫秘藏的响铜，是用红铜、金、银、锡、铁、铅、水银、五色玻璃面、金刚钻熔炼而成，产量极稀，一般用来铸造御奉佛像。这把宝剑能用紫金利玛铜装饰，足见重视。

许一城如同着魔一样，慢慢褪下剑鞘，露出剑身。九龙宝剑的剑身比普通宝剑要厚上三分，看起来颇为厚重。剑身颜色黯淡，微有弯曲，两侧均未开刃，并没有寻常兵刃那种锋锐杀伐之气，反而透着股雍容的礼器味道。剑身两面都覆有密密麻麻的错金花纹，纹路细密，似乎是某种咒语，不知是否来自密宗。

在金属剑身上做出错金花纹，不是难事。难的是做出如此紧凑又细密的花纹。要知道，错金首先要抠槽，得在金属表面两侧挖出沟槽，槽底凿出麻点，再将金丝镶入锤实。九龙宝剑上的密宗花纹，线段只有头发丝粗细，而且回旋勾转，都挤在一处，所留空隙极少。你想这槽得有多难抠，丝得有多难镶。这位工匠的手艺，实在是惊为天人。

所以许一城只消看到这错金花纹，就知道这九龙宝剑绝非赝品，货真价实。

陈维礼那半张信笺上绘出的宝剑图影，已经深深印在许一城脑海里，现在回想起来，也完全和这个实物形状对得上号，唯一不同的，只是信笺上画的图影是一直一弯双重剑身。

这宝剑越真，许一城越是迷惑。刘一鸣在东陵看得清清楚楚，堺大辅从乾隆墓中取出宝剑，径自带走，孙殿英并没强留。怎么这剑后来又落到孙殿英的手里，还送给了戴笠？

有没有可能是孙殿英中途反悔，把这伙日本人给灭了？不可能，因为药来做过调查，他们后来返回了大华饭店，结账后才走人的。以孙殿英的狠辣程度，如果劫了支那风土考察团，绝不会留下活口。

一个个猜想在许一城脑中盘旋，又一个个被否定。戴笠催促了几句，许一城才如梦初醒，回到现实中来。

"这东西，有问题？"戴笠担心地问。

许一城把宝剑握得更紧了些："雨农，我有个不情之请。"

"但说无妨。"

"这把剑，能不能借给我用几天？"

戴笠脸色一下子变得很为难。如果是他自己的东西还好办，关键这是转交蒋公的，他可不想私自截留。许一城急切道："我并不是要私吞，而是这件东西于我有重大意义，我借用几日即还，保证丝毫无损。"

戴笠迟疑道："我倒不担心这个。可是我明日就登机回南京了，你赶得及吗？"许一城立刻说道："等我用完之后，亲自送到南京，你看如何？"他眼神热切倔强，似乎不达目的誓不罢休。戴笠算是个固执的人，可也架不住许一城这种注视。他背手在屋子里来回踱了几步，最终无奈道："好吧，一城，咱俩认识一场，你的人品我是了解的。我就姑且帮你这个忙——不过我想要的，可不只是这把剑去南京。"

许一城毫不犹豫地点了下头，戴笠忍不住眉头一跳，气得差点笑了："我三番五次诚意邀你，居然还不如一把宝剑有说服力？"

戴笠见许一城整个人处于一种激动状态，根本无心再谈，便意兴阑珊地起身送客。临行前，戴笠叮嘱说："等你的事情完了，来恩园找一个叫马汉三的人，这是我留在北平的副手，他会安排你去南京的事。"

许一城带着九龙宝剑离开恩园，脚步轻浮，走在街上如同喝醉了一般。他的大脑无比亢奋，却难以专注，只有无穷的疑问纷沓而至，让他疲于应付，无暇思考整理。周围的行人看着这个人手持宝剑，晃晃悠悠，都小心地躲远了，生怕是醉汉行凶。

许一城暂时谁也没告诉，他现在需要一个人静一静。于是他在不知不觉中，回到了清华园的那栋二层小楼。李济此时正在安阳殷墟主持发掘工作，整个楼里只有一名留守的老教工，静悄悄的。许一城回到自己的办公室内，第一眼看到的，就是陈维礼的那块牌位。

许一城把牌位上的尘土擦拭干净，然后把九龙宝剑横置牌前，自己索性盘腿坐在对面，痴痴地盯着九龙宝剑，这一看，就是整整一天时间。许一城不吃不喝，就这么盯着，就好像陈维礼的死魂灵会浮现出来，对他解释所有这一切似的。

可惜，灵牌始终是灵牌，宝剑始终是宝剑，两个都是死物，无法告诉许一城背后的故事。

到了晚上，老教工小心翼翼地敲了敲门，许一城勉强转动脖子，看过去。老教工推开门，说："许先生，你这一天不吃不喝，我就过来看看。"许一城僵硬地露出一个笑容说："我没事。"老教工说："那我先下班了。"他离开以后，忽然又回来："哦，对了，许先生你之前一直没回来，有人给你送来一封信，被我搁在桌子上了。"

"哦，是谁？"许一城的心思现在被九龙宝剑塞得满满，对这些琐碎杂事全不放在心上。

"是个日本人吧，名字还挺怪的，木啥啥……"

许一城的眼神瞬间引爆出两团火花，他从地上挣扎着站起来，抖动着发麻的双腿扑上桌子，看到一个淡蓝色的信封搁在最上头。信封上有一行工整的墨字："许一城先生敬启"。

老教工被许一城突如其来的动作吓坏了，待在原地不敢走。许一城问他什么时候送来的，还留下什么话没有。老教工想了半天，说差不多是七月十号左右的事，送的人没留下其他什么话。

许一城想了一下，这恰好是孙殿英盗完东陵撤离的时间，那时候他还在协和医院昏迷不醒。

老教工慌张地离开了，许一城迅速拆开信封，看到里面是一封不长的中文信，不算雅驯但基本通顺，果然是木户有三教授写的。

木户有三在信里首先感谢许一城的救命之恩，然后说他已经结束了在中国的考察，先行返回日本，希望许一城有机会能去日本访问，就考古展开正式的学术交流。他说中国的历史，应该要有中国自己的学者参与进来，像许君这样的人才，应该发挥更大的作用，中日应该联手，打破西方人对东亚历史研究的垄断云云。

信很短，多是客套话。看得出来，木户有三教授果然是一个老实人，一直以为自己参与的是一次普通的田野考察，居然还高高兴兴留信给许一城，满心期待可以跟他继续搞学术交流。木户教授似乎对围绕东陵的明争暗斗完全没觉察，看来考察团里知道东陵之事的，也只限于堺大辅、姊小路永德几个人而已。

这信里没有任何有价值的信息，但许一城反复读了几遍，还是觉察到了字里行间透露出的一些线索。

许一城跟木户有三聊过，他的专业是古代金属冶炼和兵器研究，而且自夸整个考察团没人比他更专业。那么，有没有可能，堺大辅专程邀请木户教授加入考察团，就是为了这一把九龙宝剑？这把宝剑或许藏着什么秘密，只有木户教授这样的资深专家可以解析。

木户教授是一个学痴，除了学术上的事都漠不关心。这样一个人，对堺大辅来说非常合适，他完全可以在不吐露任何信息的前提下，让木户教授对九龙宝剑做一次研究。

东陵被盗是七月初的事，然后堺大辅携带九龙宝剑返回北京。木户教授十日留书给许一城，旋即回国。要注意，在这封信里，木户有三用的词是"先行返回日本"，换句话说，考察团在这时候应该是分成了两部分，木户完成了研究工作，没有留下来的必要，但还有一批人没走，暂时留在中国——很大可能就是堺大辅和姊小路永德等几个真正参与到九龙计划里的人。换句话说，在这几天里，木户教授已经对九龙宝剑做了某些"研究",他的价值被利用完以后,就立刻被送回国了。而堺大辅等人不知出于什么目的,把九龙宝剑又还给了孙殿英,然后悄然离开,不知所终。

许一城拿起九龙宝剑,贴近眼前,脑子高速运转着。看来他又一次搞错了堺大辅的企图。许一城一开始猜测他的目的是东陵乾隆墓陪葬珍宝,然后又猜是乾隆的九龙宝剑,这全都是错的。

堺大辅对九龙宝剑本身,并没有兴趣。他真正想要的,应该是九龙宝剑上附带的某个信息。当这个信息到手以后,九龙宝剑对他来说就没价值了,所以才会痛痛快快地还给孙殿英。或许堺大辅当初跟孙殿英约定的,就是挖开乾隆墓,借用九龙宝剑三天。这么优厚的条件,孙殿英自然不会不答应。

许一城嘴角浮出一丝苦笑,自己追查了这么久,居然到现在才刚刚接近敌人的真实意图。

好家伙,日本人动用了海量的烟土和政治力量,费了这么大周折,就为了九龙宝剑上的一个秘密?这秘密得多么惊人!

他对日本人,始终抱有很高的警惕心。孙殿英贪归贪,不过那终究只是中国人的行为,但日本人对中国文化热衷得发狂,他们如果起了贪念,那才是不可收拾的民族大劫难。

秘密越惊人,破坏越巨大。

现在的问题是,这个秘密,还在九龙宝剑里吗?

许一城把宝剑翻过来掉过去,来回看了几次,都没发现什么可疑之处。他研读了剑身上的那些花纹,也茫然不可解。他虽然鉴古手段高超,可这事跟掌眼关系不大。现在连找什么东西都不知道,更谈不上怎么找了。

自从意识到堺大辅另有阴谋后,许一城陷入另外一种焦虑。现在已经是八月份了,在未知的某个地方,堺大辅一定朝他的目标前进着。他在北京——不,现在要说北平了——多耽误一天,堺大辅成功的可能就多一分。

许一城拿着宝剑看啊看啊,看了大半宿仍旧一无所获。他眼睛看得生疼,只得先休息一下,等明天再说。他眯起眼睛,摸索着把剑鞘捡起来,套起短剑。他的手指划过剑鞘表面的蒙皮,突然"嗯"了一声,心中有所动。

这剑鞘是鲨鱼皮做的,上头还镶嵌着诸色宝石和明黄龙纹,做工极其精良。鲨鱼皮又称鲛鱼皮,皮厚且韧涩,面上颗粒细密如米粒,簇状鱼鳞自成纹理,即使沾血也不滑手。清代十分喜欢用鲨鱼蒙皮装饰兵器，取凶猛之意。这把九龙宝剑的剑鞘蒙皮，取的是南海鲻、鲛，皮上颗粒粗大，称为王粒或星，手指摸上去会有麻酥酥的感觉。

许一城刚才指尖一触，发觉在剑鞘这一部分，鲨鱼皮的麻酥之感略有中断，似乎被什么东西干扰。他连忙点亮台灯，仔细看去，终于在一处不起眼的地方，发现几道和鱼皮纹理格格不入的线段。因为鲨鱼皮颜色很暗，纹理潜藏，不仔细看根本无法发现。

许一城还是用拓印的老办法，用墨涂在鲨鱼皮上，再拓到纸上。颜色反白之后，原本暗藏的线段就全部浮现出来。许一城看到，在一条条半椭圆的鱼皮纹理之间，出现一个图案。这个图案很巧妙，它的大部分都是利用纹理自带的线段，只在关键处添加了几笔。

这个图案许一城见过，四片卷云聚在一处，云中还多了一轮日头。

这和海底针的牛皮小印毫无二致，是欧阳家的四合如意破云纹，绝不会错。

这个发现，大大地出乎了许一城的意料。海底针是欧阳家一位能工巧匠为五脉所制，那是发生在乾隆年间的事，与乾隆下令铸造九龙宝剑的时间完全吻合。看来他不光造了海底针，还被乾隆征召去铸剑。

每一位工匠，都有自己的骄傲。无论是制瓷器还是青铜器，他们都会设法在上面留下自己的名款。这位欧阳工匠是位不世出的天才，这种骄傲应该更为强烈。他为五脉打造了海底针，不忘在牛皮上留下自己的四合如意破云纹。为乾隆铸造九龙宝剑时，欧阳工匠一定也想把自己的名字留在这口剑器之上。

不过这是御用专品，是乾隆打算到了阴间使用的武器，每一个细节和样式都有特殊含义。乾隆绝不会容许一个工匠随便把自己的名字留在上面。这位欧阳工匠胆子太大，居然想出利用鲨鱼皮的质地，偷偷地在九龙宝剑上留下一枚四合如意破云纹。

许一城看着这枚印记，感叹欧阳工匠的胆量和精湛技艺。

可这个发现只让许一城兴奋了一小会儿。

海底针和九龙宝剑出自同一人之手，这是个有趣的巧合，但又能如何呢？这跟堺大辅的计划，完全扯不上关系。

他实在太疲倦了，便把九龙宝剑搁下，自己倒在地板上，一瞬间就睡着了。

当晨曦再度泛起光华之时，许一城的身体动了动，他待了很长时间，猛地爬起身来，抓住扔在地上的九龙宝剑，他看起来双眼泛红，头发散乱，完全没有了之前的潇洒气度。

忽然，一股粥香冲入他的鼻孔，许一城疑惑地抬起头来，发现办公室里多了一个人，正关切地望着他。

来的人是海兰珠，她手里提着一个亮漆小食盒，小食盒里搁着一碗热气腾腾的红枣白米粥、一碟豌豆黄、一点咸菜和两根油条。

"你怎么来了？"许一城有气无力地问。海兰珠把食盒里的东西都一一摆出来，边摆边带着埋怨说："我看你离开茶楼的时候魂不守舍，有点不放心。问了好几个人，才知道你回了清华。我过来看看，顺便给你带点吃的，你这个人肯定不会自己弄的……哎？这个……难道就是九龙宝剑？"

海兰珠瞪大双眸，俯身想要去看看这件传说中的宝器，许一城却把它握住。海兰珠俏脸一仰，嗔怒道："你干吗？是怕我跟毓方他们说，把这件东西讨回去吗？"许一城呵呵一声，海兰珠嘴唇颤了颤："想不到在你心里，我竟是这样的人！"她把粥碗重重搁下，转身就要走。

许一城连忙拉住她的手腕："我只是想东西想得魔怔了，真是对不起。"海兰珠气得眼角含泪，低声道："在平安城的时候，你可不是这么对我的……"

说到一半，海兰珠突然发觉许一城表情有些异样。他的眼神发直，不是在看自己，嘴里在念叨着什么。海兰珠有点害怕："一城，你怎么了？一城？"许一城突然伸出双臂，紧紧抓住海兰珠双肩，两人的鼻子尖几乎贴在一起。海兰珠呼吸变得急促，心脏跳得快要炸出胸膛。

"平安城里！保护你的那个掌柜！欧阳掌柜！"许一城喊出来的，却是另外一个名字。

海兰珠一怔，不明白他为何突然提及这件事。

"他不正是欧阳家的后人吗？"许一城兴奋地喊道。他怎么把这么重要的事情都给忽略了！他们第一次去平安城时，许一城在阴司间亮出海底针，被欧阳掌柜认出上头有先祖的四合如意破云纹，为了还人情，欧阳掌柜承诺保护海兰珠在平安城的安全。全靠他帮忙，海兰珠在被扣押期间才省去许多麻烦。

乾隆年间那位欧阳工匠是天才，他这一脉流传到如今，是否还能有这份手艺？是否能道出九龙宝剑里的奥妙所在？

许一城不知道，但他只能赌一把——不，连赌都算不上，这是唯一的选择。

想到这里，许一城顿时顾不上向海兰珠解释，他胡乱扒拉了两口粥，带上宝剑匆匆离开清华。海兰珠莫名其妙，又怕他出事，只得紧紧跟着。

许一城去的是京师警察厅，很快就从那里得到了欧阳掌柜的下落。

平安城被孙殿英偷袭以后，马福田战死，王绍义只身仓皇逃走，其他人不是阵亡，就是被俘。欧阳掌柜作为王绍义的重要心腹，也被俘虏。孙殿英留了个心眼，没就地处决，而是把这些俘虏直接押解到京师警察厅去，宣称剿匪大捷。

好巧不巧的是，那个在客栈里被王绍义打死的假古董商，是晋军的细作，跟阎锡山还有那么点关系。王绍义潜逃，那么这笔账就算到了欧阳掌柜头上。再加上之前马、王等人在直隶犯下的数起陈年积案，这回全都有着落了。

现如今欧阳掌柜数罪并罚，法院已经批文下来，准予枪决。许一城得知消息时，欧阳掌柜已经在被押解刑场的路上了。

许一城闻言大惊，连忙去找吴郁文。吴郁文找对了新主子，正是春风得意之时，许一城有引荐之恩，自然不敢怠慢。不过他说欧阳掌柜的案子太大，多少苦主都等着呢，暂缓执行恐怕不可能，最多准许临刑之前让他们单独见面。

"当初幸亏听了许先生你一席话，吴某才有今日。"吴郁文拿起一管钢笔签发了手令，递给他。

许一城没心思跟他寒暄，一把扯过手令就要走。吴郁文眯起眼睛，看向旁边的墙壁，却说了一句无关的话："欧阳这件案子，我们警察厅正在准备锦旗，感谢孙军长剿匪有功，帮我们破了陈年积案。"他话刚说完，许一城已经匆匆离去。吴郁文耸耸肩，自言自语道："我可是提醒过你了啊。"他缩缩手腕，把一串璀璨夺目的朝珠藏回到袖子里去。

许一城拿着吴郁文的手令，心急火燎地又往西郊刑场赶。吴郁文人情送到底，还特意调派了一辆车送他们去。在半路上，海兰珠终于逮着机会发问，于是许一城把关于九龙宝剑的推断说给她听。海兰珠问你怎么保证欧阳掌柜知道九龙宝剑的秘密？就算他知道，一个将死之人，你怎么让他开口说出来？难道你还想凭一己之力去免除他的死罪吗？

这些问题许一城一个也答不上来，只是说车到山前必有路。海兰珠看他眼神坚毅，知道怎么劝也是没用的，只得幽幽一叹。

西郊刑场远在留霞峪附近，离长辛店不远，在一片山脚下的荒地上。车子赶到时，距离行刑只有一小时。犯人已经被关在了刑场旁边的小土屋里。行刑队在检查枪械，附近还有不少闻讯跑来围观的老百姓，慈德女校和德国大使馆都派了代表过来，要亲眼看着这些凶徒伏法。

许一城下了车，交代海兰珠在车上等他，凭着吴郁文的手令，一路连过数道关卡，终于在小土屋里再次见到了欧阳掌柜。欧阳掌柜整个人看上去颓唐不堪，瘦了好几圈，眉宇之间笼罩着一团晦暗之气。他没想到来的人居然是许一城，瞪大了眼睛，神情却略显木然。

"许先生，没想到最终给我送行的人，居然是你。"欧阳掌柜发出感慨。

"欧阳掌柜，别来无恙？"

欧阳掌柜居然还笑得出来："无恙，无恙。我如今可是警察厅的香饽饽，几十件陈年积案，他们全在我身上破了，可不得对我好点？——你怎么会来这里？"他的神态淡然，完全不像是将死之人。

许一城盯着他："我来这里，希望你帮我一个忙。"

欧阳掌柜"扑哧"一声乐了："再过半个时辰我就要挨枪子儿了，还能帮你什么忙？再说了，我落到今天这境地，全是你的错，我为何要帮一个仇人？"

许一城道："你错了，你落到今日田地，是你自己选错了路。多行不义必自毙，就算没我，早晚你也会遭报应的。当年欧阳先生何等惊才绝艳，为何到你这一代，却沦为强盗土匪？"欧阳掌柜眉毛一抖："你这可不是求人的态度啊。"

"我若甜言蜜语，掌柜的你也不会信，不妨实话直说。"

欧阳掌柜大笑："好吧好吧，许先生你果然是个有意思的人。其实我打从入伙那一天起，就知道早晚会有这个下场。自己的路，自己选的，没什么可抱怨的，总算走到头了。"他转头看向窗外，不见悲伤，只有解脱的快意。

许一城道："可我知道，你对祖上荣光，看得还是很重。不然也不会一见海底针，就要替先祖把人情还给五脉。"欧阳掌柜摆手道："我无后，欧阳家到我这里就算是断绝了。你也不必恭维我，有什么事你直说吧。我好歹留下个善缘，省得下去被先祖骂。"

许一城把九龙宝剑拿出来，旁边的卫兵一看有兵器，紧张得赶紧抬起枪来。欧阳掌柜淡淡看了他一眼，像训斥学徒一样训道："这是礼器，又不是真的兵刃，用不着紧张。"

"九龙宝剑,上有四合如意破云纹,应该出自你家先祖之手。我想知道,里面是否暗藏玄机?"

欧阳掌柜一看到宝剑,颓唐神色一扫而空,精、气、神都回归了。

许一城在心中暗暗感慨,他从贼这么久,内心始终还留有一颗匠人之心。

欧阳掌柜看了半天,说这确实是我家先祖的手笔,不过里面是否暗藏东西,我可就说不准了。欧阳家的手艺,传到我这一代,已经丢得差不多,我只能尽力而为——海底针你带了没有?

许一城连忙从腰上解下牛皮,铺开海底针。欧阳掌柜拿起其中几件工具,有小铲有小钩,还有一个侧面都是细毛刷的通子,细细沿着宝剑的雕饰缝隙检查过去。许一城发现,他检查的手法和对工具的运用,见都没见过。看来不愧是欧阳家的独传之秘,五脉对海底针的运用,根本未能发挥其全部功能。

中国许多技艺都是如此,匠人单传,秘不开放,结果一旦碰到不肖子孙,就此失传。后世所见,不过只鳞片爪而已。

检查良久,眼看就快到行刑时间了,欧阳掌柜突然发出一声古怪的感慨。许一城忙问怎么了。欧阳掌柜道:"我确实发现一处奇异之处,只是不知是不是你要找的。"

"是什么?"

欧阳掌柜拿起九龙宝剑,把剑身横过来,指着剑刃道:"你觉不觉得,这剑身比寻常要厚?"许一城一看,果然如此。寻常宝剑,剑身尽量要薄,恨不得薄若蝉翼。但九龙宝剑的剑身却将近两指厚度,许一城原来一直以为,这是不用开刃的礼器,所以尽量做厚一点以方便装饰,可听欧阳掌柜的意思,似乎别有玄机。

欧阳掌柜道:"你听过剑里乾坤吧?就是在长剑里另外藏一把软剑。与人对敌时,外剑被人架住,手腕一拧,可以里面拧出一把软剑,攻敌于不备。"

"你是说,这九龙宝剑也是剑里乾坤?"

"估计是,剑身略厚,这是个典型特征。如果是单剑,剑身和剑柄之间是仕剑格处嵌合而成,看不出痕迹;如果是剑里乾坤,剑格需要固定双剑的剑身,就得用勾丝相挂。我刚才检验了一下,那玉剑格与剑身之间确实有勾丝痕迹,不过被铜纹巧妙遮挡——铜纹有轻微撬痕,与原位置略有偏差,这才会被我发现勾丝痕迹。"

"什么意思?"

欧阳掌柜抬起头:"这说明九龙宝剑暗藏另外一把剑,而且已经被人打开过了。"

木户教授，许一城立刻想到那个木讷而敏锐的学者。

欧阳掌柜拿起工具，拨开铜纹，把勾丝一一起掉，一拧玉剑柄，"唰"的一声，果然从剑身里扯出另外一把剑来。两人见了这第二把剑，却更加惊讶。

九龙宝剑是蒙古式的，剑身略弯，而这把短剑却是笔直的中原风格，它只剩下剑身部分，与玉剑格相连，造型古朴，锈迹斑斑，跟外剑的雍容华贵不可同日而语。许一城一下子想到那张信笺上的图影，也是一直一弯。原来他以为是素描随笔随手涂改，到现在才意识到，那正是暗示这剑里乾坤。

"嗯，从形制看，这是唐代的剑。"欧阳掌柜啧啧称奇。许一城问怎么看出来这是唐代的剑，欧阳掌柜说唐代宝剑与后世样式不同，多是剑身带着环首刀柄，单侧开刃，很好认。

剑里乾坤，一般那两把剑都是量身定制。这一把清代的蒙古弯剑之中，居然藏着一柄唐代的短直剑，乾隆不知是怎么想的。

许一城告诉欧阳掌柜，乾隆铸造此剑，是唯恐皇煞风吹断大清根基，所以备下一把阴兵，以便在死后带去地府斩断阴风。欧阳掌柜"哦"了一声，说那就难怪了。这种陪葬用的阴兵，很有讲究，不能平白起炉，须得以一把古剑为引，借出它的杀气来，在外面套一把新锋，才有镇阴挡煞的功效。

别看史籍上关于古剑的记载动辄可追溯到三皇五帝，其实在现实中，能流传下来的剑兵极少。乾隆这把九龙宝剑，能寻得一把唐剑为引，已经算是相当不易。而欧阳工匠能把这两件东西合二为一，造得天衣无缝，技术实在是登峰造极。

这时小屋外头传来敲门声，欧阳掌柜把剑搁下，一拍巴掌："行了，时候到了，我也该上路了。剩下的事，你自己去慢慢琢磨吧。"说完他背起手来，让卫兵给他捆上绳子，带出门去。

许一城在他后面大声喊道："你还有什么未完的心愿，我可以代你去完成。"欧阳掌柜回头笑了笑："欧阳家欠的恩情，总算在我死之前全部还完了，挺好，挺好。"

念叨着"挺好"，欧阳掌柜点着头，慢慢走出小屋去，脸色坦然，脚步不乱。

许一城目送他离去，心中涌现出深深的遗憾。许一城不知道欧阳家出了什么变故，才让他堕落至此。不过欧阳掌柜临死前仍惦记着祖上恩情，说明内在的良心与骄傲未泯，倘若两人早点相识，说不定就能帮他走上另外一条路，既挽救了欧阳家，也能救出一段传承。

许一城把九龙宝剑拿好，没有去看行刑的过程，直接回到车里，吩咐开走。海兰珠看他情绪有点低落，不好细问，就问有没有收获。许一城把那两把剑拿给她看，让海兰珠吃惊不小。

许一城说，木户教授是精研古代兵器的，他对九龙宝剑做的解析显然就是打开剑里乾坤，然后又装了回去。说完他把唐剑抬起来，仔细观看。此剑的剑身上锈迹斑斑，上面只勉强能看到在狭长的剑身上有一条醒目的剑纹，从剑尖蜿蜒横贯到剑底。

许一城眼神闪动，将剑身横置再看此纹，如远观连绵山势，跌宕起伏，气势万千。看起来就好像是有人在唐剑上绘了一幅山势地形图，山中还隐约可见二字："震护"。

回到清华的这一路上，许一城完全沉浸在对这把唐剑的研究中，神情专注，海兰珠在一旁百无聊赖地托着下巴，不敢打扰他。车子到了清华以后，许一城刚一下车，立刻有两个人迎了上来。

一个是黄克武，一个是刘一鸣。他们看到海兰珠与许一城同车，表情都有点古怪。许一城没心思过多解释，问他们什么事。刘一鸣正色道："许叔，你别忘了和我的约定，嗯？就是今天。"

许一城先是一怔，随即立刻想起来了。此前他答应过刘一鸣，要去参加五脉族长沈默的八十寿宴。而今天恰好就是这个日子了。

五脉之前为了避乱搬出了北京，这才搬回来不久。经过这么一番折腾，沈默的精力明显不济。所以他在八月份的寿宴，得提前举办，要尽快把权力移交出去。刘一鸣一心要扶许一城上位，自然不肯放过这最后的机会。

许一城看看时间："好，我跟你们去。"他扫视一圈，注意到药来居然没出现。黄克武道："他夹在您和药慎行之间，地位尴尬，所以装肚子疼跑了。"许一城笑道："这孩子，想得太多，我可从来没想过要谋夺他爹的位子，我就是去敬沈老爷子一杯酒而已。"刘一鸣明白许一城其实是在对自己讲，他扶了扶镜片，什么也没说。

海兰珠表示自己不方便出席，先行离开。黄克武看她走远，问许一城这是怎么回事。许一城淡淡道："我们有了点新突破。"然后把九龙宝剑亮出来。黄克武和刘一鸣四只眼睛顿时瞪得溜圆，传说中的九龙宝剑突然出现在眼前，他们都有点不敢相信。

许一城把此剑的前因后果一讲，黄克武不由得感叹道："在中国已经断了传承的手艺，日本的一个教授却知道得这么清楚。"后面的话他没说，许一城看了他一眼，语气略带严厉："偷东西就是偷东西，再怎么喜欢，也不行。"

"可东西毕竟留下来了啊……"黄克武分辩道。自从救出木户教授以后，他情绪一直不太对，对东陵之事似乎有自己的看法。

刘一鸣怕两人说僵了，截口道："那这把唐剑，您有想法了没？"

许一城道："我不太清楚，不过这次正好去参加五脉宴会，我想顺便请教一下沈老爷子。"

"他会知道？"刘一鸣不屑道。

"你不要小看五脉的底蕴。也许他们胆小怕事，不过这古董的学问，可是不容小觑的。"

沈默这次八十寿宴，按照老爷子的指示没有大操大办。乱局方定，人心未安，不宜大动干戈。所以戏棚、喜楼、金牌一概不用，只在自家院子里摆了几桌酒席，门口吊起两顶麻姑献寿的人物大灯笼，八十整生日，只当是散生日过了。外面来贺寿的人也不多，只有十多位相熟的古董铺子老板，以及五脉留在京城的那么几十个人。

这些宾客显然也没心思贺寿，个个揣着心事，在席间低声交谈。

北京降格成北平，对整个古董业也是个大打击。试想古董最大的买主是谁？不是政府里当官的，就是给官员送礼的人。如今政府不在北京了，古董生意的衰落只怕就在眼前。沈默沈老爷子是个高人，可惜年纪太大，恐怕应付不来。这些人都盼着五脉能选出一个得力的族长，早点拿出个主意来。

沈默坐在五德椅上，双眉低垂，整个人如同一棵干枯的柳树。这把五德椅是用桃木、杨木、桐木、柏木、松木五种木料打造而成，桃木清、杨木直、桐木洁、柏木不腐、松木韧，五木既代表了五脉五家，也代表了鉴宝之人所需要具备的五种美德。在五脉，只有在极其重大的场合，才会把这把椅子从宗祠里请出来，并且只有族长才有资格坐。

这把椅子看似风光，坐起来并不舒服，椅面太硬，且没有靠背，稍微坐久一点屁股就会觉得酸疼。所幸自己不需要忍太久了，沈默一边这样想着，一边看着院子里熙熙攘攘，看着五脉子弟各怀心事，混浊的眼神变得微微发亮，仿佛回到几十年前。

当年也是这么一个类似的场合，连他在内一共有三个族长的候选人，其他两人早已名满天下，没人看好略显木讷的他。可最终胜出的，却是他沈默，前任许族长亲自把他搀扶到五德椅上，大声对所有人宣布新族长的诞生。有人跳起来质疑，许族长却说，五脉的掌舵人要的不是多么犀利的掌眼手段，而是一个"稳"字。唯有稳重之人，才能让五脉延续下去。

接下来的几十年里，沈默一直牢牢地抓住这一个稳字。在他的领导下，五脉渡过了晚清民初一次又一次的磨难和灾劫，坚持到了今日。现在他终于可以松一口气，把这副重担交出去了。沈默长长地呼出一口气，朝着前方看去，药慎行站在台前，正指挥着五脉子弟在搬着寿宴用的器物，有条不紊。

希望我的选择没有错，五脉需要这样的人。沈默对自己说。

除了药慎行以外，他还看到刘一鸣、黄克武、药来等几个小辈在院里穿梭。这几个小家伙不太省心，前段时间不在家待着，居然跟着许一城混。几家的家长都来找沈默抱怨，但最后都被劝服了。美玉需磨砺，年轻人需要磨炼，跟在许一城身边可以学到很多五脉不会教的东西。他们这几个人年纪虽小，却已显出超越同辈人的实力，早晚会成为五脉的中流砥柱。

这时沈默看到另外一个熟悉的身影出现，他努力睁开眼皮，觉得有些惊讶，甚至还带了几丝欣慰。那身影走到药慎行身边，两人几乎没有交谈，侧肩而过，身影继续朝着自己走来。

"一城？"沈默惊讶地说。

"沈老爷子，晚辈许一城，恭祝您福如东海，寿比南山。"许一城念着俗词儿，跪倒在他面前，结结实实磕了一个头。沈默把身子努力前倾，让许一城赶紧起来。两人四目相对，沉默片刻，沈默咳了一声："最近辛苦你了。"

许一城知道沈默说的是东陵盗墓的事。那件事闹得沸沸扬扬，沈默肯定能猜出这事跟许一城关系匪浅。不过以沈默的个性，肯定会庆幸五脉当初拒绝了许一城的请求，因为这种事是他一直极力避免的。

所以这一声"最近辛苦你了"，带有五分宽慰、四分庆幸，还有一分淡淡的疏离。

许一城笑道："其实我今天来，除了为老爷子您贺寿，还有样东西请您帮忙过过眼。"

沈默的肩膀明显僵了一下。本来今日寿宴并没邀请许一城，他突然出现，不知葫芦里卖的什么药。许一城从怀里掏出一张纸来："是这个，您帮我看看，这几个字儿有什么来历没有?"

那张纸上抄录的,就是他在堺大辅房间里找到的另外一个线索,几个零碎的汉字。许一城不确定这跟九龙宝剑有无关系,但这是他现在手里仅有的线索。沈默外号是两脚书橱,博闻强记在家族很有名气。如果他都不知道,那就没什么指望了。

听到是这么一个简单的要求,沈默顿时松了一口气。他戴上老花镜,缓缓念出来:"言中……飘沦……虽复沉……无……用。"

"您有印象吗?"许一城满怀期待地问。

沈默闭上眼睛,低头回想片刻,突然拐杖一蹾:"哦,原来这个。"

"哪个?"

沈默昂起头来,长声吟道:

君不见——
昆吾铁冶飞炎烟,红光紫气俱赫然。
良工锻炼凡几年,铸得宝剑名龙泉。
龙泉颜色如霜雪,良工咨嗟叹奇绝。
琉璃玉匣吐莲花,错镂金环映明月。
正逢天下无风尘,幸得周防君子身。
精光黯黯青蛇色,文章片片绿龟鳞。
非直结交游侠子,亦曾亲近英雄人。
何言中路遭弃捐,零落飘沦古狱边。
虽复沉埋无所用,犹能夜夜气冲天。

沈默吟得抑扬顿挫,意气风发,拐杖随之频频点地。这诗在咏剑诗中算是绝品,辞藻华丽,气魄如剑锋出鞘,豪气惊人。尤其是结尾四句,感慨自己虽未逢知遇,如宝剑般沉沦埋没,雄心却依然不改。

信笺上那几个字,原始出处果然是最后四句。

许一城问这是谁的作品。沈默捋髯道:"我再念一首给你听好了,凄凉宝剑篇,寄泊欲穷年……"

"李商隐的《风雨》?"这首太著名了,许一城自然知道。

沈默道:"《风雨》首句里提到的'宝剑篇',正是这一首。"然后他把这《古剑篇》的来历娓娓道来。

原来初唐时有一位将领叫郭震,字元振,是太原阳曲人。郭震文武全才,只是仕途际遇坎坷。他有一次得幸被武则天召见,挥毫写下此诗,命名为《古剑篇》,抒发自己壮志未伸的情怀。武则天读到此诗,大为激赏,当即命令抄写数十本,分别赠送给学士李峤、阎朝隐等人。而郭震也因为此诗而暴得大名,从此平步青云,历任凉州都督、安西大都护等职,遮护西域,立下大功,成为一代名将。后来他调回中枢,在唐玄宗夺权中发挥了重要作用。开元年间,郭震不知为何得罪了玄宗,险些被杀,后被流放外地,抑郁而死。

沈默道:"张说曾经评价郭震这个人的文风'有逸气,为世所重'。一个逸字,代表了他豪壮奔逸的风格。如果我记得不错,《全唐诗》里收了十多首他的诗呢,不过你们这些年轻人现在哪有心静下来看,不知道也不奇怪……"

沈默絮絮叨叨地说着,可惜他后面说的话许一城压根没听进去。许一城此时两眼发直,整个人变得有些傻傻的,仿佛突然被什么东西魇住了似的。他连招呼也不打,木然离开,口中喃喃说错了,错了……走到位于院子角落里最偏的一桌,一屁股坐下。

沈默觉得有些奇怪,不过也没多想。眼下最重要的事情是顺利地把新一任族长选出来,其他的都可以放一放。许一城这么退开,反而让沈默松了一口气。

很快,正屋里一座瑞士自鸣钟当当地发出声音。药慎行走到沈默身边,问是否可以开席,沈默点点头。于是司仪招呼,宾客们纷纷落座,寿典开始。

五脉的寿典跟寻常人家没什么不同。先是把五脉祖先的神主牌位请到神案之上,沈默亲手点上香烛,燃放一挂红衣鞭炮,然后率领五脉几位家主拜祭。祭祀既了,沈默坐回到五德椅上,晚辈依次磕头祝贺,宾客进献贺礼。

等到这套流程结束,所有人落座。司仪高声喊道:"请神炉。"五脉人和其他宾客纷纷露出兴奋神色,饭菜也不吃了,都抻着脖子朝神案那边看。很快两个五脉弟子从后头转出来,小心翼翼地捧出一个大木匣子。匣子是檀木制成,四角皆镶嵌着莲花银边,正中一把双鹤交颈铜锁。木匣子搁在沈默面前,两人退下。

沈默离开椅子,从怀里掏出一把钥匙,颤巍巍地把锁打开,从匣子里拿出一个香炉。炉子一拿出来,周围宾客不由得发出一阵惊叹。

这香炉通体铜制，光泽幽邃，冥冥中透着一丝玄妙，一望便知是上古青铜。炉盖是一座尖顶山峰形状，其上镂成蒲叶花纹，与炉身相接。炉身之上雕有海上仙山图纹与飞禽走兽等物，再往下的炉座铸成一条虬龙的样子，龙躯蜿蜒，身带祥云，龙首昂扬向上，却被一个须发皆长的力士推开。这力士一手制龙，一手托起炉盖山峰，似有霸王举鼎之势。

这是传说中五脉收藏的家宝之一——汉伏龙博山炉。

所谓"博山"，乃是汉代传说中的三座仙山之一，其他两座是蓬莱、瀛洲。汉代香炉多喜欢用此山为名号。不过这个香炉是五脉珍藏，价值自然非寻常汉香炉可以比。不必细细考究其特色何在，甫一端出来，那力士降龙举山的滔天雄心就扑面而来，顿时震慑全场。

这博山炉平日被收藏在木匣之中，钥匙由族长亲自掌管，从不外露。只有在今天这样族长新老交替的大日子里，才会露出峥嵘。别说外人，就连五脉中人，一辈子能看到这炉子的机会都不多。

五脉一共五家，为了避免同姓把持族长之位太久，族长人选是通过五姓公投，由族中宿老投票选出。哪怕沈默和其他所有人都属意药慎行，但也不能直接指定，老规矩不能变，形式上还是要选举出来。

而选举的办法，就是通过这个伏龙博山炉。

在神案之后，已经早早摆好了五碟香丸，分别是红、青、黄、黑、白，代表了五脉各一支。每个有资格投票的五脉成员，要依次走到神案背后，选择一丸，投入博山炉中。最后由老族长清点，色多者，那一脉的候选人即成为新一任族长——这就叫作"投炉问香"。

选举结束后，香炉还要燃起火来，把投在里面的香丸焚化成香，以免家族生隙。在香气缭绕之中，新旧交接钥匙，新族长把博山炉重新锁回匣子，礼成。

沈默郑重其事地把这个香炉搁到神案上，转身对在场所有人说了几句话，无非是我年纪已大，难以继续掌管五脉，因此让位于贤，希望有志者站上前来。

院内的五脉中人沉默了一小会儿，药慎行当仁不让地站了出来，其他几支也分别派出人选，不过这些人无论技艺还是人望都比药慎行差很多，一看就知道是充数的。最后站在博山炉前的一共有四人，药家、沈家、黄家和刘家各有一人，只有许家没有。许家单传，如今只有许一城一人。他虽然到场，却在角落里发呆，一点也没有角逐的意思。

沈默心中踏实了，如果许一城这时候站出来说要参选，他还真没理由反对。他看了一眼药慎行，抬起手中拐杖，准备宣布投炉问香开始。

可就在这时，外头忽然传来一阵喧哗声，宾客们纷纷转头去看，看见吴郁文带着十来个警察气势汹汹地冲进来。吴郁文的恶名，五脉的人都领教过。此时看见他突然出现，一个个全像是看见蛇的耗子一样，缩着脑袋大气不敢出一声。

沈默心里一突，面上强作镇定，迎了上去。吴郁文冲他一拱手："今天老爷子寿辰，本该备下寿礼，不过我今天是来公干的，有得罪之处，容后补过。"

警察厅的侦缉处长公干，那和夜猫子进宅一样，无事不来。一定是之前东陵的事情闹大了，得罪了人吧？沈默把眼睛往角落的许一城那儿看，吴郁文笑道："您甭看了，跟许先生没关系。我要抓的是他。"

他一伸手，手指直直指向药慎行。

这一下子，在场所有人都惊呆了。虽然还没经过投炉问香，但药慎行是下一代族长，已是板上钉钉的事。吴郁文突然跑过来说要抓他，到底是为什么？

沈默强抑怒火："吴队长，能否看在老夫薄面，权且等寿宴过后再议？"吴郁文毫不客气地打断："对不起，不是兄弟我不给你这面子，公事公办，职责所在。"

"捉人拿赃，请问慎行犯了什么罪，要让一位侦缉处长亲自拿人？"

吴郁文也不回答，一把将沈默推开，走到药慎行面前，一亮逮捕令："药慎行，警察厅认为你与东陵盗墓案有关，跟我们走一趟吧。"

吴郁文声音不大，可足以让院子里所有人都听到。东陵大案，整个北京都传得沸沸扬扬，大家只知道这跟孙殿英有关，可没想到五脉居然也牵涉其中。再一细想，五脉是鉴古的名家，由他们替孙殿英去卖慈禧墓的宝贝，实在是最合适不过的人选。一想到一贯崖岸自高的明眼梅花，居然背地里在做这样的勾当，大家看向五脉的眼神都变了。

盗墓这种事，虽然大家都在干，但拿到明面儿上来承认，那却是另外一回事。

药慎行听到勃然大怒："我不跟你们走，你们在这儿说清楚，我什么时候替孙殿英销赃了？"吴郁文冷笑道："谭温江都招了，说他早跟你联系过。一旦东陵的明器拿出来，就通过你的手折换现钱。南城教子胡同的十二军办事处，你去过没有？"

药慎行的怒气霎时凝固住了，他动了动嘴，却说不出话来。在周围一干人眼中，这就是被说中了要害。沈默转过脸来，问药慎行："他说的，是不是真的？"

"我……我没卖过。"药慎行有些慌乱，"我只是去那里跟谭温江谈过一次，他们说有一批古董，想要出手……"

"那就是确有其事喽？你怎么不跟我说？"沈默的手气得直抖。

药慎行道："当时我只以为是普通明器，就没跟您说……这行市眼看就萧条下去，我也是为了五脉的今后着想啊！"

"糊涂！"沈默呵斥道。他知道自从北京改北平以后，药慎行一直在为五脉寻求新的生财之道。之前和日本人谈买卖古董的事，好歹算是合法生意，这跟盗墓的孙殿英偷偷接触，那名声可就全臭了。哪怕你一件没卖，都得被老百姓骂得狗血淋头。

药慎行心里很冤枉，他去找谭温江谈的时候，以为是普通明器交易，孙殿英还没开始盗墓呢——可没人会关心这个，大家只看到五脉和盗墓的孙殿英勾结。有心人只需要稍稍一推，就能敲钉转脚，把药慎行坐实成孙殿英的同党，五脉也会随之声名狼藉。五脉活的就是个名声，名声若是没了，那也就完了。

药慎行没想到，自己只拜访了一次，警察厅居然都能查到。更没想到，这一次普通谈生意，会把五脉推到绝境。他的脸色开始变得惨白，身子微微摇摆。

吴郁文等得不耐烦了："你们有什么话，咱们回警察厅可以慢慢说。铐走！"几个警察冲上来，把药慎行按住，"咔嚓"一声把一副精钢手铐给他戴上。沈默气得倒退几步，几乎站立不住；药慎行媳妇一见相公被抓走了，"嗷"地一嗓子，放声大哭。旁边一个小娃娃也吓得大哭。其他五脉的人，吓得直往后躲。这一下子现场顿时大乱，哭闹声、叫喊声、劝说声、呵斥声一起爆炸，寿宴喜庆的气氛荡然无存。

药慎行还在挣扎，试图反抗。吴郁文冷笑道："你别着急，这次五脉勾结孙殿英的大案，上头说要从严从重，要抓的人多了，你在里头不会寂寞的。"药慎行听到这里，动作一下子僵住了。

在这一片混乱中，药来呆愣愣地站在一旁，完全不知所措。他想起来了，那个十二军军官的指头上，还戴着他爸给的武扳指呢。也就是说，这次吴郁文没抓错人，他爹确实跟孙殿英勾结起来，打算销赃。

可他该怎么办呢？他能怎么办呢？药来脑子已经完全混乱。

"药来！"

一声怒喝，药来打了一个激灵。这声音太熟悉了，每次他爹要找他麻烦，都是这么怒气冲冲地吼上一嗓子。

"药来！"

又是一声。药来浑身发抖地走出人群，第一眼就看到自己的爹被警察死死抓住肩膀，双手反铐在背后，今天为了接任族长而特意梳理的头发，现在完全乱掉了，狼狈不堪。药来喊了一声"爹"，再也抑制不住，大哭起来。

"不许哭！"药慎行训斥道，药来一下子刹住泪水，狠狠吸了一下鼻子。药慎行脸色惨然，情绪却已经恢复平静，他对药来道："我走以后，你要替我做一件事。"药来瞪大了眼睛，不知道他什么意思。药慎行缓缓转过头去，看向仍旧在角落发呆的许一城，又转回来："我要你一会儿替我参加投炉问香，不必藏着掖着，我要你拿一枚白香丸，投进去。"

他这一句话说得非常大声，整个院子里的人都听得一清二楚。

沈默颓然坐回到五德椅上，药慎行的用意，他一下子就听明白了。这次东陵的事情太大，别说药慎行，就连五脉都有可能要折进去。药慎行只能毅然放弃五脉族长的角逐，和五脉割裂开来。这样一来，他所作所为，皆是个人行为，所承受的骂名，不会连累五脉。

白色香丸，代表的是五脉中的白字门，也就是许家——而许家只有许一城一个人。药慎行很讨厌许一城，但他也不得不承认后者的实力。如果自己不在了，唯一能把五脉带出困境的人，只能是许一城。他要求药来不藏着，公开投，实际上就是在告诉其他成员，自己会把五脉托付给谁。

药慎行平时为人处世格局略小，但在这关键时刻，他却毫不含糊地做出了选择。无论药慎行做错了什么，他凡事以五脉存续为最优先，这一点始终不曾变过。

"慎行，你啊……"沈默喃喃道。药慎行双目通红，满噙泪水。他扑通一声跪在地上，背着双手冲沈默磕了三个头，磕得额头都出血了。药来蹲坐在地上，旁若无人地号啕大哭起来。刘一鸣和黄克武怕他哭得太厉害，一左一右赶紧给搀走了。

沈默把视线投向许一城。他记得许一城跟吴郁文关系不错，如果能站出来说两句，说不定事情还有转圜的余地。许一城注意到了这目光的压力，终于叹了口气，站到了门口的位置。

"吴队长，这件事真的不能通融了吗？"他问。

吴郁文眉头一皱道："许先生，您别让我为难了。东陵案子有多大，这您比我清楚。这件案子，蒋主席、阎长官联合下了命令要严办，谁也没法徇私。"

许一城没办法，只得请求再跟他说句话。吴郁文不好得罪他，只得命令警察们稍微退开几步，说你只能讲一句。

许一城踟蹰着不知如何开口。药慎行却率先说道："你别误会，我还是很讨厌你，我只是别无选择。"

"你也别误会。我一点也不想做这个族长，我希望是做一个考古学者。"许一城神色平静。

药慎行大吼："沈老爷子现在老了，现在能撑起这个家的，只有你而已！这是你的责任，你不能逃避！"

"我知道。"许一城淡淡回答。

这个答案让药慎行很不满意，他恼怒地吐出气来，还想要多说几句，可是时间已经不够了。警察推着他往外走，药慎行只能向许一城投去一个忧虑的眼神，就像是被人夺去了自己最重要的一样东西。

在一片哭喊声中，吴郁文把药慎行带走了，院子里又恢复了安静。大家面面相觑，都不知道这局面该如何收拾。沈默勉强打起精神，药慎行走了，可五脉不能散，他强忍悲痛，宣布投炉问香继续。

药来擦擦眼泪，步履蹒跚地走到桌前，抓起一枚白色香丸，投入炉子。其他有资格投票的人，依序上前，无一例外都拈了白色香丸，整个投炉问香很快就结束了，结果毫无悬念。

"我宣布，下一任五脉族长是，许家，许一城。"沈默用尽力气喊出声来，随即将香炉点燃。袅袅的香气飘起，勾画出奇妙的形状。若是平常，这时该是鞭炮齐鸣、宾客道贺的热闹场面。可此时下面的人，各自带着心事，还没从刚才的变故里恢复过来，整个院子里一片尴尬的安静。黄克武用力拍了拍刘一鸣的肩膀，说这回你可高兴了。刘一鸣却面色沉重，镜片后的那对目光，丝毫不见夙愿得偿的喜悦。在他们身后，药来望着香气的走向，一声不吭，任凭泪水流过脸颊。

沈默亲自把五德椅搬过来，请新族长上坐，把博山炉钥匙颤巍巍地递过去。许一城接过钥匙，却不坐下，而是朝下面一抱拳："多谢诸位长辈厚爱，可一城如今尚有要事在身，暂时不能接任。"

下面的人一阵哗然，今天五脉是怎么了？五脉这一辈最杰出的两个人，一个被抓，一个当选了却不愿意接手。难道五脉真到了穷途末路的时候了？

　　一日之内，太多变故，沈默疲惫不堪，他从来没觉得自己如此衰老。沈默鼓起最后的力气，走到许一城面前，沉痛地说道："一城，你对当年被逐出五脉，仍有心结？对于我之前袖手旁观，仍有不满？老夫可以一力承担，但你不可甩手不管哪……"

　　说完以后，沈默脚下一软，竟要跪在他面前。吓得许一城连忙把沈默搀扶起来，自己跪了下去："一城绝无怨恨，真的是有要事在身。"

　　"什么事，比咱们五脉还重要？"

　　许一城抬起头，眼神凛然："武则天乾陵即将被盗，我绝不能让它发生。"

古董局中局3

第十三章

生死一诺

一架大维美在碧蓝天空上优雅地飞行着,不时穿梭于白云之间,发出低沉的嗡嗡声。两侧的宽大双层机翼上涂着青天白日徽,机身上用红油漆写着"腾鸿"二字。这本来是北洋政府用英国借款购买的轰炸机,后来改成了运输机,专飞京、津两地民航。它装有两台劳斯莱斯航空发动机,安全性比起其他小飞机提升了不少,能装将近六吨货物,能载十二名乘客。

不过此时这架飞机的乘客,只有许一城与海兰珠两个人。

他们只有两把硬木圈椅可坐,周围堆满了各种邮包和木箱,杂乱无章。浓重的机油味不时从蒙皮缝隙中传进来,机身时不时还要狠狠地晃动两下。

海兰珠好奇地朝舷窗外望去,这大概是她第一次坐飞机,看什么都觉得新鲜:"当初慈禧从北京西狩到西安,路上可是走了多少时候啊。可咱们这一回才飞了多久,肚子里的早餐还没消化呢,就快到西安啦!"

"要谢,就去谢戴笠吧。"

许一城左手拿着那把唐剑的相片,右手抖开陈维礼的那半张信笺,头也不抬地说。

戴笠虽然已经离开北平,但他留下马汉三作为联络员。许一城把复原的九龙宝剑交还马汉三,顺便问他有没有最快前往西安的办法。马汉三也是个手眼通天的主儿,一番打听,居然安排一架飞机出来。

这架飞机的来历颇有意思。北伐时冯玉祥进军河北,自认功劳最大,冀、京、津理应归他。而蒋介石唯恐冯玉祥尾大不掉,反而任命阎锡山为平津卫戍总司令,只给了冯玉祥部下一个北平市长的虚衔。冯玉祥对此大为不满,蒋介石为了安抚他,答应把北洋政府遗留下来的航空兵分给他一部分。这架大维美,就是打算要移交西安方面的,先从北平飞洛阳,加过油后再直飞西安。

大军阀之间的纷争，倒让许一城赶了个巧。否则的话，从北平去西安，不知要花多久时间。

"咱们还赶得及吗？"海兰珠收回视线，有点担心。

许一城放下照片和信笺："支那风土考察团是七月初走的，现在是八月初，我们比他们足足晚了一个月。不过他们是走陆路，得先去郑州，再转去西安。我问过了，现在那边火车还没恢复，公路也是时断时续，最可靠的只有马车。就算他们运气足够好，一路没有天灾人祸的耽搁，也得花上二十几天。我们比他们晚不了几天。"

海兰珠看起来稍微放心了些，可随即又担忧起来："哎，一城，你怎么如此笃定，日本人的目标是武则天的乾陵？"

许一城把唐剑照片递过去给她："你看到这里有'震护'二字了吗？"

"什么意思？你们玩古董的春点？"海兰珠完全不明白。

"这是只有陪葬才有的字样，而且不是一般的陪葬，而是代活人护陵。比如皇帝对你有大恩，现在皇上死了，你还活着，又不能殉葬，那么就要拿一件东西，作为自己的替身去为皇帝守陵，一般会写明'某护''某臣假'之类的字样。我查过了，郭震是唐玄宗时候死的。他以《古剑篇》为武则天所赏识，女皇对他有知遇之恩，那么武则天死后，他献上宝剑，代身护陵，再正常不过。"

"这么说，这把剑原来是在武则天的墓里？"

"不，不会的。这把剑是代身守陵，那么它出现的位置，不应该是墓内，而是墓外，也就是地宫入口处的外围，所谓剑门。"许一城弹了弹照片，"你看，上头这根线段，应该就是武则天乾陵的山势图，而这个位置，标记的就是此剑下葬之处。找到此剑下葬的剑门，就能找到乾陵墓道的入口所在。"

海兰珠一听，啊了一声，说这不是和东陵那个姜石匠一样了吗？

许一城点头："郭震剑之于乾陵，就类似于姜石匠之于东陵，甚至比后者更关键。唐代的陵墓很有特点，唐太宗曾经刻过一块碑，上面写着'王者以天下为家，何必物在陵中，乃为己有。今因九嵕山为陵，不藏金玉、人马、器皿，用土木形具而已，庶几好盗息心，存没无累'。换句话说，唐陵是以山为陵，规矩浩大。如果不知道墓道的位置，硬挖几无可能。"

"有这么夸张吗？不会和东陵一样吧？"

许一城道："早在唐朝末年，黄巢就打过乾陵的主意。当时他动用了四十万大军，围着乾陵挖了一圈大沟,最终筋疲力尽,也没找到墓道口。日本人再厉害,能有黄巢的人多吗?"

海兰珠立刻明白了:"所以日本人花了这么大心思,就是为了获得郭震剑上关于乾陵墓门的位置。这是唯一能进入武则天陵寝的办法。"

许一城长长叹息道:"之前我完全想错了。维礼在信笺上留下的那五个手指的血手印,根本不是东陵里的五位帝王,那就是一个五,武则天,旁边多出的那个'陵'字,自然指的是乾陵——若不是找到剑影素描和堺大辅抄写的郭震诗,我还真想不到这一层。"

说到这里,许一城突然沉默下来。他现在才真正体会到,当陈维礼知道支那风土考察团真正的目标后,是何等震惊、何等愤怒。那可是乾陵啊,武则天的陵寝。他毅然决然地牺牲掉自己的性命,也要把这个消息传出去,这个举动所包含的分量,许一城到现在方才彻底明白。

他下意识地朝右手边看去,那里有一个行李箱,里面装着陈维礼的牌位。他希望能和好友并肩作战。

"日本人对唐代文化近乎痴迷,他们认为现在的中国不配做唐文化的继承者,他们才是。我不知道他们怎么发现郭震剑上能指示乾陵墓道方位,也不知道他们怎么发现乾隆把郭震剑藏进了九龙宝剑里。但是我知道,如果任由他们打开武则天的陵墓,对咱们中国人来说,可真是无法洗刷的奇耻大辱。"

许一城一拳砸在了飞机单薄的舱壁上:"我绝不能让东陵的悲剧重演。"海兰珠望着他,发现他又露出那种熟悉的神情,嘴唇轻抿,眉头稍皱,带着虽千万人吾往矣的坚毅。"可是……"海兰珠的声音有点羞怯,"为什么你这次不带五脉的人,单单只叫上我呢?"

许一城苦笑一声,身子向后一靠:"五脉之中,像药慎行那种想法的,是大多数人。他们不能理解我,亦不知我要做的事情意义何在,何必叫他们来。"

"那三个小家伙呢?为什么也没带?"

"药来家中生变,不便前来;黄克武是个好孩子,就是思想上有点疙瘩,他自己还没理顺;至于刘一鸣啊,他脑子好使,倒是个合适的人选,可惜……"

"可惜什么?"

许一城把视线转向舷窗外,望着外面的云彩,声音里带了几丝疲惫:"你以为药慎行被抓走,是谁举报的?"

海兰珠一惊,差点没坐住。

许一城眯着眼睛,神态平常:"药慎行去十二军办事处的事,当时是一鸣和药来发现的,后来只告诉了我。我和药来都不会说,那么只有他了。这一手厉害啊,专挑了寿宴当天把药慎行给拉下马来,他一手布的这局,自己没费多大力气,借着我揭露孙殿英恶行的东风,就造出一个药慎行不得不退、我不得不上的局面。"

海兰珠啧啧称奇,她知道那个戴眼镜总是不爱说话的小家伙很聪明,可没想到心思深沉到了这地步。许一城道:"假以时日,他必是个厉害角色——但这次行动,我不能把他带在身边。"

海兰珠似笑非笑:"所以你才找的我?"

"付贵在医院里还没醒,我没有其他朋友了。"许一城的回答非常干脆。

"只是这样吗?"海兰珠问。

"嗯。"

海兰珠"哼"了一声,表示对这个答案很不满意。许一城抬起双眼,反问道:"西安之事跟宗室已经没关系了,你又为何愿意跟我过来呢?"

"哼,明知故问,我不告诉你。"

海兰珠把身子扭过去,不理他。可许一城非但没动静,反而把膝盖上的地图摊开,低头开始研究。她恨恨地咬了咬牙,伸出脚去踢了他屁股下的木箱子一下,他身子一歪差点摔倒。看到平时总是云淡风轻的许一城露出狼狈相,海兰珠咯咯笑了起来:"说正经的,就算我帮你的忙,可一共就两个人,也不够对付整个支那风土考察团吧?"

许一城把那张地图拿起来抖了一下,那是一张西安附近的高精度地形图——讽刺的是,这是日本军部出版的——上面已经被铅笔勾画了好几个地方。"胜败的关键,跟人数没关系。比拼的是对乾陵的熟悉程度。谁先找到墓穴入门,谁就能赢,"说到这里,许一城抬起头,嘴角露出一丝成竹在胸的笑意,"别的不好说,和武则天有关的东西,我们许家掌握的资料,可不是那些日本人能比的。"

飞机经过数小时的飞行,最终降落在西关大营盘的一处军用机场。许一城和海兰珠一下飞机,当地五脉的人就等在舷梯下。这是个很有儒士风度的年轻人,姓姬,叫姬天钧，岐山人，是五脉在陕西省的关系人之一。他一见许一城，立刻迎了上去用力握手，口称族长。

许一城无奈地解释说现在还不是，姬天钧却不由分说，认准了就不改口，一直执晚辈对长辈的礼节。许一城也只好由他去。

姬天钧人很健谈，一路上喋喋不休地给许一城和海兰珠讲解西安的历史。从三皇五帝说到三国，从三国又讲到陈树藩，跟说评书似的。西安本来建制归长安县，恰好就在上个月，长安县城关四区被陕西省政府单独划分出来，升格成了西安市。所以许一城沿途所见，到处都是花花绿绿的告示，百姓喜气洋洋，似乎都与有荣焉。

在同一个月，北京降格成北平，长安却升格成了西安，两大古都两相比较，真是叫人感慨万分。

许一城看着远处逐渐接近的西安城，心中生起一股温暖的感觉。那是一种寄寓在唐城周宫秦砖汉瓦之间的亲切，那几千年来积淀下来的厚重气势。无论是作为一个考古学者还是五脉掌门人，许一城都能感到它在呼唤自己，呼唤着深藏在血脉里的古老的根。

北平和西安虽然都是古都，风格却有微妙的不同。北平的大气，是现世的，是一幅光芒四射的工笔彩画；西安的气质，却仿佛与人隔世相望，如同一件古老的青铜器，包浆被岁月磨得圆润，发着幽邃深敛的光芒。许一城闭上眼睛，昂起头，深深地吸了一口气，想细细地感受一下这古老而苍茫的气息。

在路上，姬天钧乐呵呵地把五脉在陕西的生意介绍了一遍。许一城拍了拍他肩膀，隐晦地表示有外人在场，稍后再说。姬天钧看了眼海兰珠，说："我还以为是族长夫人哪，不好意思。"然后他哎呀一声，拍了下脑袋，说麻烦了。

等到了预订的客栈，许一城和海兰珠才明白什么麻烦了。原来姬天钧居然只订了一间大房，把海兰珠闹了一个大红脸。姬天钧忙不迭地把房间改成两间。

这时候就体现出五脉族长的好处了，可以随意使用当地资源和人脉。许一城盼咐姬天钧去查一下支那风土考察团的踪迹，顺便查询一下乾陵现状。姬天钧应承着很快离去，海兰珠问许一城接下来怎么办，许一城稳稳道："等。"

在接下来的一整天里，姬天钧一直没露面。许一城把自己关在屋里研究地图，海兰珠待着实在无聊，就出去转悠了一圈。西安城里古迹太多，给她一个月也看不完。

第二天，姬天钧又来拜访。他告诉许一城，西安城里外国人很多，大多是古董贩子和学者，尤其以日本人最多。他们在这里建了很多会所，支那风土考察团很可能就住在其中一个会所里，不易查到落脚点。

至于乾陵，它现在归陕西省古物保管委员会管理。这个委员会是在昭陵六骏被偷运事件之后成立的民间组织，专门负责对陕西省重要文物遗迹进行清理、保护。可惜陕西连年战乱，政权更迭，这个委员会如今只剩下一个空架子，现在唐代十八陵根本无人看守，完全不设防，只有当地警察会偶尔巡视一圈。

姬天钧还带了一大摞资料，多是地方志、游记和一些盗掘案卷宗——这可不是一般人能接触到的——居然还有类似《阳宅辟缪》《堪舆五经》《二十四砂葬法》的风水书。许一城把资料留下，没发表任何看法，继续在房间里研读，一看就是好几天。海兰珠有点着急，催促说："日本人说不定现在已经在挖坑了，你还不急不忙在这儿看书？"

"磨刀不误砍柴工，放心吧，日本人的动作没那么快。"

许一城告诉她，整个乾陵，其实是一个颠倒的风水大阵，布局方式和寻常方式迥异。郭震剑上留下的地图，绝不会简单地与乾陵地形做对照，其中暗藏风水玄机。不知道的人，很容易被误导。

"明眼梅花近千年的传承，掌握着外人所不知的一些东西。日本人可不知道这些门道儿，他们南辕北辙，优势在我们这边。"许一城笑道，然后又低下头去，慢慢地翻开一页。

"干吗不联系政府，让西北军派人去保护不就得了？"海兰珠还是不明白，许一城的做法太奇怪。当初为了保护东陵，他可是到处借兵，先找李德标，又寻孙殿英。怎么到了西安，却只是闷头单干。

许一城摇摇头，露出沉痛神色："各地军阀，都是一路货色。若是惊动了西北军，怕是前脚赶走日本人，后脚他们就自己动手了。东陵的事情，不可重演。"

海兰珠知道东陵现在就是一根刺，一拨就会让许一城痛苦万分。于是她也不催了，白天出去溜达逛街，回来就泡在许一城的房间里，陪他一起看书、聊天。

在这期间，支那风土考察团的行踪始终成谜，不过乾陵附近也一直没有什么可疑人物出现。

到了第五天中午，姬天钧又来了。这次他神秘兮兮地拿来一个黑布包，打开一看，里头居然是个铜制的风水罗盘，还有香烛灯笼红线什么的。海兰珠凑过来一看，有点糊涂了。她看向许一城，说："你真打算改行堪舆了？"

许一城把罗盘拿起来掂了掂，对海兰珠道："古人布局墓穴，都以风水为准。搞清楚了唐人风水的门道儿，才有机会解开盘中迷局，找到墓门。你做好准备，咱们一会儿就出发。"

"这会儿就走？到乾陵得大半夜了吧？"海兰珠吃惊不小。

许一城道："郭震剑上的玄机，不到那个时候是显不出来的。不出意外的话，今晚我们就可以把这件事了结了。"说完他看向乾陵方向，清秀的脸上显出几许肃穆和紧张。

海兰珠问："那我要做什么准备？"

"很简单，保护我。"许一城望向她，目光深深。海兰珠微微有些局促，可她并没有躲开许一城的注视，嘴角微抬，露出了一朵微笑。

姬天钧准备了三匹河套马，鞍辔齐全。三人各自跨上一匹，急匆匆地出了西安城的西门——安定门。在出城的时候，被守城的西北军士兵稍微耽搁了一下。许一城让海兰珠看好马，然后和姬天钧前去交涉，足足花了半个小时，士兵才骂骂咧咧地放行。

经过这么一个小插曲，三人匆匆出城，一路朝着西北方向疾驰。先过咸阳，再经礼泉县，最终抵达乾县县城。他们一路疾驰了五六小时，无论人马都疲惫不堪，必须在乾县县城休整一下。

八月份天长，他们进县城的时候，西边还泛着一抹隐约的落日余晖，给天空残留着最后一丝光亮。乾陵就在乾县县城往北十二里地的梁山，远远已可望见其峥嵘陵势。不过他们吃过晚饭之后，这最后一丝余晖也消失了。在稀薄星光的照耀之下，乾陵如同一个巨大的模糊黑影，看上去威严而可怖。

"哎，你说进了山以后，会不会闹鬼？"海兰珠有些瑟缩。她毕竟是个女孩子，这种半夜闯死人坟地的事，心里总会有些害怕。许一城整理着马背上的装备，笑道："怕鬼？你在英国留过学，应该学过'赛先生'啊。"

"我知道啊，但就是害怕嘛。"海兰珠撇嘴。

"这个世界上本没有鬼，做坏事的人心虚了，也就有了鬼。"许一城大笑。海兰珠狠狠地朝许一城脚上踩去："别以为鲁迅先生的书我没读过！"

他们稍事休息，然后在晚上九点左右准时出发。一路上大路坎坷，又没有照明，三匹马只能放慢速度，谨慎前行。后来大路变成小路，小路又变成山路，当他们抵达梁山脚下以后，马匹干脆无法前进了。这也是没办法的事，乾陵固然有名，可这里既非军事要地,也非香火繁盛之所,平时人迹罕至,当地自然没有修路的动力。

所以他们三个把马拴在山下一块石碑旁,各自背上背包,打起手电,沿着神道徒步朝山上走去。

梁山一共有三座山峰,一北二南,其中北峰最高,乾陵就在突兀孤绝的北峰之巅。南边的两座山峰东西对望,中间夹着一条司马道,左右还有沺河、漠水两条水带环绕,气势十分雄壮。即使是在夜里,从山下仰望乾陵,感受到的也不是死气,而是穿越千年的皇皇大气。

"真不敢相信,武则天就睡在这座大山里面,那个中国唯一的女皇帝。"海兰珠仰着脖子感叹。

许一城纠正道:"错了,这里其实是唐高宗李治和武则天的合葬墓。只是因为武则天太有名了,所以李治的名字反而不显。"

"有这样的老婆,李治一定很辛苦吧?死后都要被压过一头。"

许一城一本正经地说:"我没娶过这样的老婆,也没死过,真不知道。"逗得海兰珠咯咯直笑,驱散了不少暗夜陵寝的阴森。

姬天钧走在前头,一边走一边介绍道:"两位没来过,可能不知道。乾陵这个地方原先还有内外二城四门,神道两头还有祭殿、阙楼、祠堂、下宫等三百多间建筑,可惜早没了。现在地面上剩下的,就只有神道两头的翁仲石像和那一块无字石碑了。"

"什么是无字石碑?"

"乾陵上头有两块石碑,靠西边的是唐高宗的述圣纪碑,靠西边的是武则天的碑。一般石碑上都应该是写满字,歌功颂德什么的,可武则天的碑却特别奇怪,上头一个字没有。"

海兰珠大为好奇:"武则天干吗给自己立一块无字碑?是觉得无话可说吗?"姬天钧说这就不知道了,历来的说法很多,有的说武则天自认女子不该称帝,所以不敢立碑留言,有的说武则天自认功劳太大,根本不需树碑立传,莫衷一是。

"一城,你怎么看?"海兰珠转向许一城。

许一城停下脚步,认真地想了一下,然后才回答:"我猜,她应该是对自己选择的道路问心无愧,根本不惧后人评价,所以才坦然地把石碑空在那里——其实本该如此,只要不违本心,哪怕坚持的是一些旁人看起来很蠢的事情,做到生前无愧就好,又何必去计较什么身后之名?"

"怎么你说的好像临终遗言一样,不吉利!"

三个人走了约莫半个小时,海兰珠忽然发现,他们前进的轨迹已经偏离了神道,朝着乾陵侧麓的山中走去。许一城告诉她,如果想要寻找墓门,不能从正面去找。真这么简单,乾陵早被挖过无数次了。唐代依山为陵,整个山体都是陵墓的一部分,所以须得从乾陵中轴线两侧的山脊入手。换句话说,搜寻范围不能在乾陵之内,而应该是乾陵周围。

"就咱们三个,又黑灯瞎火的,怎么搜啊?"海兰珠担心地说。她拿手电一晃,四周树影幢幢,随山风沙沙作响,根本不知地势虚实。北峰山势挺拔险峻,密林横布,此时是黑夜,稍不留神就会失足掉下去。

"放心吧,山人自有妙计。"

许一城冲姬天钧点了点头。姬天钧把背包解下来,俯身鼓捣了一阵,拿出一堆竹篾和棉纸。这些竹篾长短一样,显然是特制的。姬天钧手脚麻利,很快就组装成了三个圆筒状的灯笼,外糊棉纸,底有支架,上头封得严实,朝下的开口却很大。

姬天钧往灯笼下面放了沾满豆油的布团,划火柴点燃。很快这三个灯笼飘飘忽忽地浮起来。因为灯笼下端拴着丝线,所以都飘不远,只在三人头顶浮动,把周围稍微照得亮堂了一点。不过在这漆黑的乾陵山中,突然升起三个如豆灯团,远远望去异常醒目,透着一丝诡异。

"这是什么?"

"这是孔明灯,相传是诸葛丞相发明的。能浮空坚持一个多小时,咱们这次找乾陵墓门,可全靠这东西了。"许一城解释道。

海兰珠有点迷惑,这玩意的照明效果不怎么样,如果真是嫌黑,拿几根蜡烛秉在手里也比这方便。凭它怎么找乾陵墓门?难道说……这东西有一些科学无法解释的特别效果?海兰珠一抬头,顿时吓了一跳。

她看到许一城把风水罗盘取了出来,平放手中,三个孔明灯的丝线就拴在罗盘上,钩住三指。罗盘上方,搁着郭震剑上的剑纹拓片。许一城那副样子,哪里还是个考究的考古学者,分明一个风水神棍。

"许族长,那我先走啦。"姬天钧一拱手,转身拎起背包离开。海兰珠一愣:"他……怎么走了?"

许一城道："乾陵太大，必须得分开行动搜寻。我们一路，他一路。我们各自带了一把信号枪，有发现可以随时联络。"

姬天钧很快消失在黑暗中，海兰珠则紧跟着许一城，离开神道，踏入梁山北峰附近的山林之中。梁山虽不像华山那么险峻难行，也没什么断崖深壑，但地势变化颇多，沟坎连绵，夜入山中，脚下得万分小心。许一城一路看着风水罗盘，牵引着孔明灯缓步前行，时而登高一眺，时而下坡查探，走走停停。海兰珠跟在他身后，心里充满奇妙的感觉。此时四周万籁俱寂，只有清凉山风偶尔吹过，山势树影，无处不在，偶尔还会看到一块古碑、一片断垣残壁，更觉山谷幽深。

两个人在山中转悠了不知多久，海兰珠忍不住问道："到底要找怎样的风水啊？"她不大信这些东西，而且她认为许一城也不会相信，他说要依风水寻墓穴，总觉得挺古怪的。

许一城盯着罗盘："呵呵，你有所不知。乾陵这个地方，可不同别的帝王陵寝。若不知其中奥妙，只会深陷迷阵之中。"

海兰珠见他说得郑重其事，想起他说过乾陵的风水阴阳颠倒，忙问他到底有什么奥妙。许一城脚下不停，一边朝前继续探索着，一边娓娓道来，声音回荡在这深山幽林之间："这就得从乾陵的修建说起了。唐高宗李治一直有一个夙愿，就是死后能葬在长安。为了在长安附近找到一块合适的吉壤，李治派了两位风水大师，一位是他的舅父长孙无忌，一位是太史令李淳风。"

"写《推背图》的那个李淳风？"

"对，就是他。长孙无忌和李淳风两人各自选择了一个方向，从长安城出发，遍访三秦。长孙无忌先找到一块风水宝地，在龙眼处埋下一枚铜钱。紧接着，李淳风也找到一块宝地，在龙眼处钉下一枚钉子。两人一先一后回到朝廷，李治有点为难，就让武则天挑。武则天决定亲自去看看，结果发现两人不约而同，选的都是梁山。而且在龙眼之处，李淳风钉下的钉子，正好穿过长孙无忌的铜钱中心。

"武则天很高兴，回来告诉李治，梁山东隔乌水与九嵕山相望，西有漆水与娄敬山、岐山相连，确实是一个聚风涵水的绝佳龙脉之地。本来这事已经定了，可朝中有一个人站出来，对李治说万万不可。这人是谁呢？他是李淳风的老师袁天罡。当初唐太宗为了预知大唐国运，请袁天罡、李淳风两人卜算。李淳风年少气盛，一口气向后算了两千多年，袁天罡赶紧推了他的背一下，说你天机泄露太多，快去休息吧，李淳风这才停手。这本书因此得名，叫作《推背图》。从《推背图》以后，袁天罡对李淳风格外留心，知道自己这位学生不懂谦折之道，早晚会惹下大祸。

"退朝以后，袁天罡单独面见李治，说梁山不可为帝陵。李治很奇怪，问他为什么。袁天罡说他曾为高祖李渊选择陵址，也曾经探访过梁山。他开始也觉得是一块吉壤，可再细细一推究，发觉梁山风水有异。一是梁山的龙脉走向与高祖、太宗的帝陵相隔，有中断之兆，反而盘结于周朝龙脉之末，此有改朝换代之忧；二是梁山北峰为头，南边双峰为双乳，呈现妇人之相，此陵利女子不利男子；三是乌、漆二水在山前合抱，水势低流，看似合乎风水之术，但正午时分站在合抱之处，这里恰好被双峰的影子所遮挡，旺阴而不旺阳。总之，袁天罡说如果选择这里入葬，阴阳颠倒，恐怕李唐的帝统会被一个和周朝有关的女子中断。

"李治听了袁天罡的话，有些为难，因为这片地方是武则天选的，不好更改。他为人懦弱，最终还是决定梁山为帝陵，然后把宫里所有名字带'周'字的女人都赶了出去，以为从此高枕无忧。后来李治死后，武则天将其安葬于梁山，没过几年，她谋夺皇位称帝，国号果然就是一个'周'字。"

海兰珠听得瞠目结舌，说原来乾陵背后还有这么多故事。许一城拨开前方树枝，把孔明灯稍微牵低一点，继续道："袁天罡说梁山是一个阴阳颠倒之局，利女主。武则天在修建梁山乾陵时，就暗藏机心，刻意安插亲信，要把这个风水效力发挥到最大。所以这乾陵的风水，处处都和其他帝陵反着来的，主阴不主阳。墓门的设置，自然也有特别的讲究。如果按照普通的风水理论去找墓门，不可能找得到。"

"那郭震剑上那幅地图……"

"那条剑纹，必须得反着看才行。日本人如果不了解乾陵的秘密，按剑纹去找，嘿嘿，那是南辕北辙，待一年他们也找不到。"

海兰珠这才明白为何许一城不走正道，原来是要踏入这个反风水局。她忽然很好奇："这些事情，你怎么会知道得这么清楚？"许一城停下脚步，回过头来，脸上露出一个难以形容的奇妙神情："说出来你也许不信。我们许家先祖，跟武则天有很深的渊源。"

"哈？你别告诉我，你是武则天后人啊？"

"那倒没有。我许家祖上叫许衡，是武则天的明堂侍卫，负责看管一尊玉佛至宝。后来明堂遭遇大火，那尊玉佛居然丢了。许衡被革职，他发誓要追回玉佛，以不负圣恩。许衡为了寻访玉佛，苦学玉器鉴别，后来竟然成了一代大家。他的子孙和弟子演变到后世，逐渐形成了五脉。"

海兰珠不知今晚第几次目瞪口呆了，五脉的渊源，居然可以追溯到这么远。

许一城道："不过这些都是传说，未必是真的。五脉传承至今，丢失了很多记录。祖上的故事尚有许多空白，我正在设法补全，希望能有机会把那段历史完全还原。"

海兰珠还想问，忽然许一城一抬手，说等一下。他们两个朝前看去，发现眼前出现一个荒坡。荒坡的坡度颇缓，两侧被倾斜的山体石壁挤压，就好像是一座山壁被荒坡从中硬生生劈开一样。坡上长着薄薄一层青草，附近没有任何高大的树木。

从位置来看，这里恰好是北峰半山腰处的东南山麓，遥接南方双乳。如果按袁天罡的理论，把梁山比作少妇平躺的话，那么这个位置就是腰眼所在。

许一城让海兰珠拿住孔明灯和罗盘，先用郭震剑的拓片对照了一下附近的地形地貌，然后打着手电走过去。他先走到一侧石壁，用手摸了摸表面，然后走到另外一侧石壁，站开几步，伸手比量了一下两者距离。他让海兰珠把背包丢过来，从里面拿出一把手铲和一根三尺长的金属棍。许一城拿起手铲，在荒坡上挖了几下，拿棍子往下用力一捅，再提上来看看土色。如是三四次，他把棍子往下用力一插，里面传出一声闷闷的撞击声，不是撞到泥土，而是撞到石板发出的声音。

"是这里吗？"海兰珠问。

许一城抬起头，一脸喜色地对海兰珠说："没错，墓门就在这里！整个乾陵，只有这里符合阴阳颠倒的风水和郭震剑的指示……"可这喜色突然急剧凝固在他的脸上，因为他看到一个人从海兰珠身后的阴影走出来。

"姊小路永……"许一城还没说完名字，那人已经飞身上前，挥动拳头，一拳砸在许一城头上，然后又是连续三拳砸在右耳、下巴和腹部。这一阵暴风骤雨般的狂攻，就算是付贵和黄克武都抵挡不住，更别说许一城了。在眩晕中，许一城隐约听见海兰珠在尖叫："你们轻点！"

姊小路永德又是一拳重重挥去，许一城仰天倒地，挣扎着半天没起来。海兰珠扑过去，把他搀扶起来，许一城却一把甩开她的胳膊，愤怒地瞪着她。海兰珠垂着头，没吭声。

"许先生，我们又见面了。"

这次从阴影里走出来的是堺大辅。他一身黑绸面儿的马褂，打扮得像是一个山西银号老板。难怪姬天钧找不到他们的踪迹，原来他们是把自己伪装成了中国商队，混入西安城内。在他身后，还有大约七八个人，各自拿着手电和武器，站在荒坡下面。

许一城喘息着用手背擦擦嘴角的血，呼吸粗重。

"多谢海兰珠小姐的鼎力协助，我们才能够在乾陵相逢，这就是所谓的缘分吧。"堺大辅抬起肥厚的手指，朝她轻佻地一指。海兰珠脸色略显发白，却不否认。

"你……你一直在给他们通风报信……为什么背叛我？"许一城嘶哑着嗓子质问。他万万没想到，自己一路勘察，却有黄雀跟在后头。

海兰珠把脸一扭，想藏到人群后头，却被堺大辅拦住："什么背叛？她一直很好地履行着自己的职责。她是我们最好的间谍之一。"

许一城气得闭上眼睛："这么说你从一开始就……"

海兰珠抬起头："一城，我告诉过你，宗室一直处于恐惧之中，恐惧的人，会去寻找能给予他们帮助的人。"

"那你们当初直接把东陵卖给日本人就是，为什么还要找我多此一举？"

"因为毓方并不是宗社党的人，他最初找到你，是真心希望能保全东陵。我们宗社党为了配合堺先生的行动，才瞒住我的真实身份，利用毓方让我接近你。"

"宗社党？"

许一城一下想起第一次去拜访毓方时，在他家马车上看到的二龙戏珠。看来宗社党没有消亡，它就像是马车上那块标记，一直等待着死灰复燃的机会。他咳咳几声，无话可说。

"毓方早就没有雄心了，他是个只求苟全性命的太平犬。我们宗社党的理想，可要比他大得多。他只想抱着祖先陵寝过一辈子，却不知道，只要能换来日本人的合作，牺牲一个东陵是可以接受的代价。"

海兰珠说到此处，声音渐渐冷了下来，唇边却露出了一个嘲讽的微笑，不知是对许一城，还是对自己。许一城定定地看着她，没有说话。

堺大辅得意道："许先生您实在令人佩服，没想到您能从烟土查到九龙宝剑，又从九龙宝剑追查到乾陵。不过也幸亏您这么能干，才能带着我们顺利找到乾陵的墓门所在。这您没想到吧？"

他一边背着手，从荒坡上仰望北峰乾陵，发出感慨："这么伟大的陵寝，如果是在日本，将会成为万众膜拜的神圣之所——看看你们把它糟蹋成什么样子了？"

"呸！"许一城再也忍不住了，吐了一口唾沫，飞到他胖胖的脸上。堺大辅也不生气，蹲到许一城跟前，从他怀里扯出那条大白手帕，擦了擦自己面孔，又给他揣了回去。

"你看，即使是许先生你，都在这神圣的陵园里随地吐痰，毫不珍惜。这样的瑰宝，还是交给更懂得珍惜的人去保管吧。"说到这里，堺大辅直起身子，看向乾陵的眼神都变了，声音很大，"打开乾陵，《支那古董账》就可以填补上很大一片空白。帝国大学那些学阀，他们在我面前再也抬不起头来了！"

姊小路永德面无表情地问是否开始挖掘，堺大辅大手一挥，像挥舞着一把武士刀直劈下来。

七八个人立刻拿出铲子，开始在荒坡上埋头铲土。他们动作标准，整齐划一，而且没一个人吭声，一看就知道和姊小路永德一样是军人出身。堺大辅在旁边还不住提醒："轻点，不要太用力，小心伤到东西。"

许一城被姊小路永德死死控制在旁边，动弹不得，只能无奈地看着日本人一寸寸地拨开荒坡，就像剥下少女的衣裙。海兰珠缩在石壁阴影里，如同化作一尊石像，一直没作声，也没走开。荒坡上的植被很快被挖开，然后土层也被扒开，露出了一片石板。堺大辅俯身过去看，用手去拂开浮土，看了一阵，发出惊喜："狮马纹，这是唐陵特有的风格，错不了！"

周围的人一阵振奋，挖得更加起劲。没到半小时，整个墓门的大门显露出了真实面目。这是两块雕刻着狮马纹的石板，石板之间严丝合缝，四周还有祥云、牡丹等装饰，依着坡势斜靠——不过，作为乾陵的墓门，似乎有点寒酸。

"看这里！"

堺大辅拿着手电晃过去，光柱射过去，照到石板的正上方有一条石制门楣，门楣上刻着一把宝剑，形状和九龙宝剑里的郭震剑形制完全一样。堺大辅惊喜地催促道："没错了。郭震献剑，代身守墓，说明守护的这个墓，就是武则天和李治的合葬墓无疑！快开，快开！"

石板很厚，日本人又不敢用炸药，只得拿出撬棍，七八个人一点一点撬。好在墓门后面不像东陵有镇石顶着，很快就被撬出一条大缝，可容一人通行。缝隙后头黑漆漆的，不知通向何处，只有阴寒之气嗖嗖地往外冒着。

堺大辅把许一城抓过来，礼貌地做了一个手势："许先生，作为这个墓门的第一个发现者，我把荣誉留给您，请您第一个进去。"

"不可以！"海兰珠连忙出言阻止。墓内情况不明，若是有毒气或者有什么机关，第一个进去的人会非常危险。许一城讥讽地看了她一眼，仿佛在嘲笑她的虚伪。海兰珠被他的眼神一扫，浑身没来由地一颤，她可没见过许一城露出过这样的眼神：冰冷，沉静，拒人于千里之外。

许一城主动站出来，迎着堺大辅的目光，伸手略扶墓门，闪身走了进去。

他进入墓道，先吸了一口气。墓道里的空气带着沉重的陈腐味，但至少含氧量还够。他谨慎地踏出第一步，感觉脚步落在了一片石面上。他伸手朝左右摸了一圈，发现四周也都是同样的青石壁。前方极黑，看不到尽头通向哪里。

堺大辅见许一城进去以后没什么异状，和其他人鱼贯而入，只留了一个人在外面守门。海兰珠犹豫了一下，也跟了进来。日本人准备充分，除了手电还带了特制鱼油火炬。七八根火炬一点起来，霎时把墓道照了一个通透。他们看到，这是一条向下倾斜的甬道，一眼看不到尽头。甬道顶部呈椭圆状，四周和地面都用四指厚的青石砌成，墙面上没有任何纹饰。

姊小路永德走到许一城身后，用手一推，让他继续打头阵。

传闻武则天心思狠毒，所以在她的陵墓里有大量机关，需要一个炮灰去挡一下。许一城知道日本人的用意，可也无计可施，只得继续朝前走去。日本人则站成一排，隔开一米，跟在他背后。整个墓穴里非常安静，外面的虫鸣鸟叫和山风全被隔绝，甬道里只听得到脚步声和沉重的呼吸声，逼仄的黑暗和阴森的墓道让人心中不由得产生烦躁，在心中油然升起一丝惊慌，如果永远待在这里，该是件多么可怕的事。

许一城忽然停住了脚步，姊小路永德粗暴一推："怎么不走了？"

"到头了。"

堺大辅走到前面，和姊小路永德高擎火炬，环顾一周，才知道许一城说得没错。甬道的尽头是一个方形的宽敞房间，大小恰好能容纳一尊大棺椁，不过空荡荡的什么都没有。在正对着甬道的墙壁上，是一幅彩绘壁画，一名形若门神的武将手持宝剑，横眉立目。可惜年代久远，这壁画斑驳不堪，勉强只能辨认出上半身，下面的墙皮剥落，里面不是青石砌成，而是被泥土填满。壁画下面还有一个木架子的痕迹，不过木质早已腐烂成泥。

这显然不可能是武则天的墓室所在。但整个方形房间里，只有甬道一个入口，除此以外都是青条石交叠而成，密不透风。堺大辅紧皱眉头，他举着火炬找了很久，也没找到通向其他地方的入口或暗道。堺大辅这下子可有点抓瞎了，他转了几圈，最终还是无奈地走到许一城跟前："许先生，这是怎么回事？"

许一城摇摇头，表示不知道。

"真不知道？"堺大辅盯着他。在火炬的照耀下，脸色阴晴不定。

许一城坦然道："我和你们一起进来，能做什么手脚？"

堺大辅一时拿他也没办法，跟姊小路永德商量了一下，决定再探查一圈。武则天不可以常理度之，这方形房间一定暗藏玄机。如果有必要，对许一城可以用刑，这家伙身负五脉，说不定还瞒着什么事。

一群人纷纷拿出铲子，开始敲击附近的石壁，希望能敲出一条暗道或者开关，可惜一无所获。就在这时，甬道那边忽然传来了脚步声。

在这陵墓里，哪里来的脚步声？谁的脚步声？所有人脸色一变，"唰"地掏出枪来，对准了甬道口。脚步声逐渐临近，然后一个脑袋探了进来，堺大辅等人顿时松了一口气。原来这是负责守住门口的那人。堺大辅问他怎么下来了。那人说刚才看到外头的山麓里不知是谁，突然打了一颗信号弹，赶紧过来报告一声。

堺大辅看向海兰珠，海兰珠抱臂有气无力地说："姬天钧在中途和我们兵分两路，约定如果有发现的话，就用信号弹联络。"堺大辅一听，双目精光四射："这么说，姬天钧那边应该也有了发现。这里留几个人，其他人过去看看！许先生你……你在干吗？"

他一低头，发现许一城从怀里掏出一块木牌，恭恭敬敬地摆在武将壁画的下面。因为这不是什么危险动作，所以也没人阻止。借着火光，海兰珠看到那木牌上写着"陈公维礼之位"几个字，心头一阵狂跳。许一城在牌位前把双手抬起，八指交拢，先是手背翻手心，拜三拜，然后大拇指交抵，再拿开。再拜三次。

这手势她知道，许一城告诉过她。这叫托孤拜，行了此拜，就一定要完成死者嘱托，生死一诺。但他现在这个手势，和托孤拜是反过来，意思是完成了嘱托，特来告慰死者。

她瞳孔霎时缩小，猛地一推堺大辅，惊骇地喊道："快！快离开这里！"

"维礼，你仔细看着吧。你的仇人都在这里了。"许一城站起身来，怀抱灵牌，面色无比平静。

堺大辅等人还没反应过来，平地里突然传来一声闷闷的爆炸声，这爆炸声隔得很远，听不太真切，整个墓穴仅仅只是震动一下。旋即每个人都抬起头，听见头顶有沙沙声，先极细切，如蚂蚁食叶，然后声音逐渐变大，好似野牛奔腾。

堺大辅大喊一声说快走！一干人连忙沿甬道朝上跑去。可已经晚了，只听得"轰隆"一声，一半的甬道猛然坍塌下来，青条石噼啪啦地落下来，两个跑在前面的人一下子被砸在底下。

堺大辅和姊小路永德同时扑过去，拿铲子试图挖出一条通道。可眼前的退路不是被沙土而是被大石堵得严严实实，根本挖不动，方室成了一个完全封闭的空间。

所有人脸色都变了，他们都是军人，不怕牺牲，但困在一个古代陵墓的小墓室里窒息而死，这是无论谁都无法接受的。

堺大辅一把揪住许一城，再也无法淡定："你到底干了什么？"

许一城哈哈大笑起来，笑得无比快意，无比畅快。他的双眼亮得吓人："你们进来的时候，可注意到那荒坡两边的山壁吗？那山壁的基础被墓穴挖开，十分脆弱，只消一点点炸药，山壁就会坍塌下来，砸在荒坡之上，将这里彻底封死。那个信号弹，就意味着姬天钧已经点燃炸药。"

堺大辅怒吼一声，把他狠狠地摔开。许一城后背重重地撞在彩绘石壁之上，然后跌落在地，可是他还在笑，笑得上气不接下气。海兰珠走过去，声音有些发颤："这么说……这一切都是早有预谋？"

许一城语气温和，可里面饱含着毒刺："若没有你尽忠职守，我可完不成。辛苦了。"

寥寥一问一答，海兰珠就全明白了。许一城早知道她的身份，夜探乾陵根本不是为了寻找墓道，只是为了引君入瓮。海兰珠咬住嘴唇："你从什么时候开始怀疑我的？"

许一城把身子靠在石壁上，歪着头，嘴角露出一丝笑意："很早，从你执意陪我去平安城开始，我就已经有所怀疑。后来付贵一遇袭，我差不多就能确定了——不然日本人怎么会那么巧，恰好能拦截到付贵和姜石匠呢？"

海兰珠苦笑："所以从你回到北平开始，和我说的一切，全都是假的，都是戏！"许一城语带讥讽："彼此彼此。"这时堺大辅面容扭曲地喝道："这么说，什么颠倒风水局、什么五脉独家之秘，也都是胡说？"

许一城索性盘腿坐下，把陈维礼的牌位抱在怀中，背靠石壁："你们很强大，我没办法对抗你们。我只能将计就计,通过海兰珠给你们传递信息,让你们以为我有独家之秘,只能靠我才能找到真正的乾陵墓门。"

"这么说这个墓,根本不是乾陵墓门喽?"堺大辅大吼。

"你们还没看出来吗?这个墓,是郭震的代身陪葬墓啊。"许一城此时已经完全放松下来,像在课堂上给人讲课一样从容,"郭震剑的剑纹山势上,刻着两个字'震''护'。这既是代身的祈语,也是地点标记,不是一个地点,而是两个——护字标记的,是乾陵入口;而震字标记的,则是这个代身陪葬墓。我从看到它的第一眼,就猜到了。"

说到这里,许一城又是一阵大笑:"我在西安城拖延时间,姬天钧就在乾陵寻找这个墓穴,并着手布置炸药。匆忙出发,是为了让你们没时间准备;城门口被士兵拦住,是让你有机会去给他们报信;挑选黑夜进山,是为了防止你们发现附近埋藏的火药;点燃孔明灯,是为了方便你们追踪过来,免得迷路——你们看看,我多周到。"

墓室里变得安静,更准确地说,是死寂。日本人以为他们一直在监视许一城,却没想到恰好相反,他们一直被许一城所控制。他每说一句,海兰珠的身子都要晃动一下,到后来几乎站立不住。

众人这才明白,为何这墓室里没有棺椁,只有一幅彩绘壁画。武则天去世时郭震尚健在,但为了报答皇恩,他在乾陵附近空立一墓,只留一把剑和一幅画像守护主君。这种空墓,里面并没有任何有价值的东西,当然更不会有什么密道机关。一条甬道,一间方室,仅此而已。

"每一件古物,都有它的一个道理。郭震以忠义守墓,他的剑,是一把忠义之剑。你们不明白这样的道理,就合该有此下场。"许一城紧紧盯着堺大辅。

堺大辅面色微变,他掏出郭震剑的照片,趴在地上,肥厚的手指在照片上一寸寸挪动:"'震'在这里,'护'在那里,相距不远。说不定,我们刚才走过的路上,就有乾陵的真正入口啊!"他一想刚才可能错过乾陵真正的入口,浑身就在发颤。

"如果你们自己来找,说不定早就找到了。"许一城冷笑。

堺大辅一听到这一句,脸色先变成猪肝颜色,浑身都开始剧烈地颤抖,抖到后来,他一头栽倒在地,口吐白沫,似乎是激动过度引起的癫痫症状。可没人过去看他,大家都已经死到临头。

墓室里的空气已经开始变得稀薄,姊小路永德为了节约氧气,下令把所有的火炬都熄掉。一群人坐在黑暗中，听着越来越急促的呼吸，感受到死亡慢慢临近。姊小路永德忽然冷哼一声，一把抓住许一城的肩膀："你既然设下这么一个局，又怎么会不留后路！快说！在哪儿？"

许一城轻蔑地看了他一眼："如果我不把自己置于死地，又怎么能把你们骗进来？"

"那你不是一样要死？"

"我进了这里，就没打算出去。维礼之仇已报，乾陵已保全。人固有一死，我已没有遗憾了。"他的声音响彻在黑暗的墓穴里。

"好，那我就成全你！也给我们节约点氧气！"姊小路永德狞笑着用力掐住许一城的脖子，很快他的脸色由白转青。就在这时，墓室的天花板上发出扑簌簌的声音，每个人都感觉到有尘土从上方抖落下来。他们不知这变化是好是坏。姊小路永德松开手，疑惑地朝上方看去。

许一城的声音再度响起："这个墓穴是空心的，没有木梁加固支撑。上面两扇石壁的重量，这里估计快撑不住了——算你们运气好，被砸死而不是窒息而死。"这个解释丝毫不能给人带来安慰。姊小路永德也终于不能保持冷静，他再度捏住许一城的咽喉："快说，通道到底在哪儿？"许一城淡然一笑，闭上眼睛："维礼被你杀死的时候，也是这么痛苦吗？"

"我保证你比他痛苦十倍！"姊小路永德歇斯底里起来。墓穴上方的动静越来越大，就像是什么东西被挤压到了极限，行将破裂前的惨呼声。

海兰珠的手忽然搭在了姊小路永德的胳膊上："让我来吧。"姊小路永德冷哼一声，松开手，后退一步。

许一城大口喘息着所剩无几的空气，紧贴着墙壁，脸色惨白。海兰珠看着这个男子，柔声道："你还有妻子，还有未出世的孩子啊。"听到这句话，许一城浑身一震，眼神里闪现出几丝眷恋，很快又被坚毅所取代："她会明白我做的事情，我的孩子将来也会的——海兰珠，你知道吗？这就是她和你根本性的不同。"海兰珠一瞬间露出奇异的神色，既苦涩，又幸福："一城，你骗起人来的时候，真是……"

她说着，不知哪里来的力量，把整个身体朝着许一城的胸膛撞去，撞得毅然决然。许一城猝不及防，被海兰珠重重顶扑在怀里，整个人猛然往身后的石壁一撞。与此同时，墓室的天花板终于支撑不住压力，"哗啦"一声垮塌下来，海量的沙石如泰山压顶一样，一下子就把这小小的墓室和里面的人彻底吞没……

姬天钧站在墓室外面的荒坡边，脸都吓白了。许一城让他引爆炸药把日本人堵在里头，可从来没说过自己也会进去。现在可怎么办，整个荒坡被石壁硬生生压下去几分，地表凹陷，显然整个墓穴都被压塌了。

怎么着？五脉的新族长上台没几天，居然就让他给亲手炸死了？这可怎么跟北平那边交代？

姬天钧急得在周围转圈，却一筹莫展。他要叫人来挖开救人，就得解释是怎么坍塌的，谁装的炸药。到时候他就是浑身是嘴，也说不清楚。再者说，地下墓穴不像是楼房坍塌，扒开还能活，那东西就跟煤矿矿井似的，一旦塌了，只能等死。

一边埋怨着许一城，姬天钧一边往坍塌的废墟里头看，希望还能有点奇迹发生。可他心里也清楚，奇迹的可能性太小了。盗墓的事他虽然没干过，但也见过不少，这种情况，十死无生。忽然，他眼珠子停止了，看到一处青石下方似乎有什么动静。姬天钧唯恐看错了，趴下身体凑到青石下方去观察。因为青石交叠的角度，下面恰好留出了一个很小的空地。而那空地上的浮土，正在一鼓一鼓地涌动着。然后"噗"的一声，一只手攥着个木牌冲出地面，拼命摇晃。

姬天钧吓了一跳，身子不由得往后一缩，这手里拿着个灵牌，不是诈尸了吧？再仔细一看，这是活人的手臂，整个身子还在往外拱，那个木牌应该是用来挖土的。可是上头已经被那块石头压住了，空间太小，这样他无论如何也是出不来的。姬天钧左右环顾，抄起一根精钢撬棍，插进石头缝隙里拼命撬。反复撬了三四次，这大青石终于发出一声不情愿的碰撞，朝着坡下翻滚而去。

姬天钧擦了擦额头上的汗，再看土里伸出来的那只手，已经快攥不住木牌了，更别说挣扎而出。姬天钧奋起大铲，飞快地把周围的土铲开。他惊讶地发现，土里居然是一个方形的洞穴，直通下方。这洞穴的形状太熟悉了，是一个典型的老盗洞。

盗洞里有一人保持着朝上爬的姿势，浑身都沾满了土，几乎变成一个泥俑。姬天钧赶紧把他拽上来，拿水壶浇开土，一张方正而疲惫的脸露了出来，两条平眉成了土黄色，没错，是许一城。

"族长啊，你可把我吓死了。"姬天钧如释重负。

许一城动了动，勉强睁开眼睛，发现自己正躺在荒坡上，夜空上的星星清晰可见。这星空平时都是看得极熟，可他从来没发现它是如此美妙。姬天钧问他在地下到底发生了什么，许一城却没回答，他摊平四肢，喃喃自语："天意，这是天意啊。我之前怎么就没想到呢？"

郭震剑是陪葬之物，那么它又怎么会流传出去，被乾隆所得呢？自然是有盗墓贼在乾陵这里打了一个盗洞，光顾了郭震墓，见里面什么也没有，就只带着郭震剑离开，这才有了后来的一系列故事。后来时过境迁，这个盗洞逐渐被尘土掩盖，无人知晓。刚才海兰珠猛然扑入许一城的怀里，居然把这个盗洞给撞了出来。

许一城反应极快，急忙钻进盗洞避过墓室坍塌。他想拽一把海兰珠，却被她推开。这盗洞里全填满了土，他不得不用陈维礼的灵牌硬生生挖出一条通道，一点点往上爬，总算逃出生天。

一个试图盗掘乾陵的盗洞，却救了几百年后一个拼命守护乾陵的人的性命。一切都从这个盗洞开始，一切又在这个盗洞结束。这可真的是天意了。

"维礼啊维礼，你知道吗？你救了我一命呢。"许一城对手里的灵牌虚弱地说。

姬天钧环顾四周，确认没有其他人逃出来，这才放下心来："哎，海兰珠也被压在里头了？这个女人，可真是够害人的了。"

许一城"嗯"了一声，心中却殊无快意。刚才海兰珠那一撞，确实够狠。但若没有她这一撞，许一城很可能就和其他人一样，要长眠于这乾陵的地下了。这个女人背后还有许多谜团未明，可惜这些将成为永远的谜了吧？许一城不愿去想这个问题，他拿起水壶，默默地在地上洒了几滴，算作一次微妙的祭奠。

"看，日出了。"

姬天钧兴奋地指着东方，许一城转动脖子，恰好看到一轮红日喷薄而出，把整个关中大地和乾陵揽入金黄色的阳光怀抱之中。

与此同时，远在千里之外的北平，一声婴儿的啼哭从协和医院的产房里传出来，响亮有力。守在产房门口的付贵和刘一鸣、黄克武、药来都一跃而起。在得到医生的允许后，他们拥进房间去，看到许夫人虚弱地躺在床上，孩子就趴在她怀里，像是一只小猫。

头上还缠着绷带的付贵看了一眼小东西，开口道："许一城那家伙去西安风流快活了，嫂子，这孩子的名字，你自己定好了。"许夫人摸了摸孩子的头，看向窗外，淡淡道："一城说过，希望这孩子长大的时候，已经是和平年代。就叫他和平吧。"

窗外阳光灿烂，如金似瀑。

后记

故事结束了，历史却刚刚开始。

讲讲书中一些人物和物品在故事结束后的命运吧——

毓彭因东陵盗掘案发，被溥仪罢黜出宗室，名字也从爱新觉罗宗谱中删除。甚至在伪满洲国时期，他都被排斥在外。他一直靠变卖祖产生活，靠子侄辈接济度日。中华人民共和国成立后不久，病逝于京郊铁家坟。

吴郁文顺利地从京师警察厅调走，充任中央宪兵教导总队上校总队副。抗战开始以后，他叛变投敌，担任北京特别市公署警察局侦缉总队副、天津警察局特高科科长等职务，为汉奸伪政权效命。中华人民共和国成立后，吴郁文知道自己杀害李大钊，必为政府不容，改名吴博斋，但最终仍被缉拿归案。但此时他已身患重病，因此被判决死刑但不执行，很快病死狱中。

王绍义盗掘东陵未果，反被孙殿英伏击，带领残兵流窜于遵化附近的山林之中。抗战即将结束时，东陵再度无人管理，王绍义贪心又起，纠集了一批匪徒，再赴东陵。这次无人阻挠，他先盗定陵，又盗慈安定东陵，用盗出来的财宝贿赂当地政要，动员了数百人继续盗陵，宣称这是一场革命行动，连续又盗了康熙景陵、景陵妃园、裕陵妃园、惠陵等，东陵为之一空。

此事被北平的军统负责人马汉三侦知，立刻汇报给戴笠。戴笠立刻作出指示，展开宣传攻势，造谣说中共指使盗陵云云，舆论哗然。中共立刻成立专案组，将参与者全部抓捕，只有张尽忠、王绍义侥幸逃脱。张尽忠在唐山很快被军统抓获，王绍义却逃入深山，凭着"恶诸葛"的狡黠一直逍遥法外。一直到五年之后，中共专案组才在遵化附近王绍义的情妇家里抓到他。一九五一年三月二十一日，在东陵马兰峪举办公审大会，王绍义被枪决，结束了罪恶的一生。

在此期间，东陵又遭到了数次盗墓，均是王绍义曾经的部下和同伙想去捡漏。

截止到一九四九年，东陵除顺治孝陵之外，全部被盗，无一幸免。

孙殿英因盗掘东陵而被调查，走投无路，向第六军团总指挥徐源泉求救，徐源泉教了他一个花钱消灾之计。孙殿英便用盗陵所得财宝贿赂政府要员，上下疏通，比如何应钦、宋美龄、孔祥熙、宋霭龄等人，均收到贿赂。很快，北平军事法庭东陵案正式开庭，谭温江拒不承认盗掘一事，宣称那些财宝系剿灭马福田、王绍义匪帮所得。国民党高层态度暧昧，此案一审数月不决。很快中原大战一起，孙殿英率军奔赴战场，成为诸方拉拢的筹码之一。东陵盗案不了了之。

但此案影响太大，有识之士痛感盗墓风行，尤其国外打着考古旗号的盗掘现象极为严重，呼吁立法禁止，促成中央古物保管委员会主持制定了一系列文物保护法令，如《古物保存法》（一九三〇年）、《古物保存法实施细则》（一九三一年）、《暂定古物之范围及种类大纲》（一九三五年）、《采掘古物规则》（一九三五年）、《外国学术团体或私人参加采掘古物规则》（一九三五年）、《古物出国护照规则》（一九三五年）等，对防止中国文物外流起到了一定作用。

孙殿英此后逍遥法外，在各大军阀之间继续辗转。抗战爆发后，他担任察冀游击总司令，对日作战。一九四三年于河南被日军俘虏，遂投靠汪精卫，任豫北剿共军总司令。抗战胜利后，孙殿英又投靠蒋介石，积极反共。一九四七年解放军于汤阴战役中将其俘虏，关入改造营，同年因多年吸食鸦片罹患烟后瘾，很快病死。

孙殿英自产的鹰牌烟土，对中国烟土影响颇大。一直到二十世纪六七十年代，东南亚金三角出产的毒品，包装上都有烟标"飞鹰抓地球"，此即鹰牌之余迹。

乾隆九龙宝剑作为东陵至宝之一，先为孙殿英所得，后献给戴笠，请他转交蒋介石。当时戴笠不在北平，因此这把宝剑暂时保管在北平情报站站长马汉三处。不知为何，马汉三却将九龙宝剑私藏家中，并未上缴。到了一九四〇年，马汉三在北平被日军俘虏，他为求活命，把此剑主动献给大名鼎鼎的日本女间谍川岛芳子。川岛芳子本名金壁辉，系宗社党巨魁肃亲王爱新觉罗·善耆之女，后被日人收养，改名川岛芳子，是清宗室与日本合力培养的代表人物。

川岛芳子对这把宝剑爱不释手，珍藏家中。抗战胜利后，她被军统捕获，马汉三趁机闯入其家中，拿走九龙宝剑。在审讯中，川岛芳子交代出此剑下落，戴笠大怒，召来马汉三问话。马汉三连忙把宝剑交回，又送了大量贿赂，此事才算揭过。

一九四六年三月十七日，戴笠携带此剑从青岛飞南京，要亲自面交给蒋介石。不料飞机在江宁岱山撞山坠毁，戴笠和其他机组人员全数死亡。军统干将沈醉亲自带队赶到现场，在当地农民手里找回了九龙宝剑。可惜这把宝剑在飞机失事中被烧得面目全非，剑鞘、剑柄被完全焚毁，只遗留下一截乌黑的剑身。蒋介石指示把戴笠遗骸葬于灵谷寺无梁殿西侧池塘边，沈醉还把九龙宝剑残余部分一并放入棺椁陪葬。为恐人报复，戴笠墓用水泥浇铸，十分结实。

到了一九五一年，南京各界强烈要求移走戴笠墓。于是在灵谷寺派出所的监督下，东山头村数名村民将戴笠墓重新扒开。据目击者称，棺中除戴笠遗骸外，只有左轮手枪一把、皮鞋后跟一个以及一片锈蚀得不成样子的狭长铁片儿，依稀可见宝剑形状。这些陪葬物品被当场倾倒进无梁殿池塘中，从此再无踪迹。

陕西乾陵在故事发生后不久，也曾遭遇盗掘。国民党军孙连仲部效仿孙殿英，宣称要进行军事演习，派了一个师的兵力，试图盗掘乾陵。但他们用了火炮、炸药以及人力挖掘等办法，却始终未能找到乾陵墓门。后来忽然天降大雨，数日不停，军中传言武则天动怒，士兵们不敢再动手。孙连仲生怕引起各界不满，只得撤军。

一九五八年，国家重修西安至兰州公路，修至乾县。十一月二十七日，当地农民前往梁山采集石料，在梁山北峰东南坡炸出一个大洞，洞中青石以铁柱相连，阴气森森。农民立刻向上级汇报，层层汇报，一直上达中央。经专家认定，农民们无意中炸开的，正是乾陵墓门。一九六〇年，陕西省成立乾陵发掘委员会，对乾陵地宫墓道进行挖掘整理，并向中央打报告，申请打开地宫，继续发掘。

但是国务院总理周恩来很快做出批示，我们不能把好事做完，此事可以留作后人来完成，叫停了乾陵挖掘工作。在此之后，国务院又向全国文管单位发文，强调"全国帝王陵墓先不要挖"。自清末以来的大规模陵墓挖掘活动，至此告一段落。

至今乾陵地宫仍旧完好无损，成为唐十八陵中唯一一个未被确认有被盗痕迹的陵寝。不过在一份乾陵墓道考古报告中提及，有考古学家在墓道附近八十米处挖出一处陪葬墓，此墓已经坍塌，没有任何陪葬品，只有盗洞一个以及十具男女骸骨，皆民国装束。女尸头向墙内盗洞，半伸手臂，其用意为何，至今众说纷纭。

古董局中局3

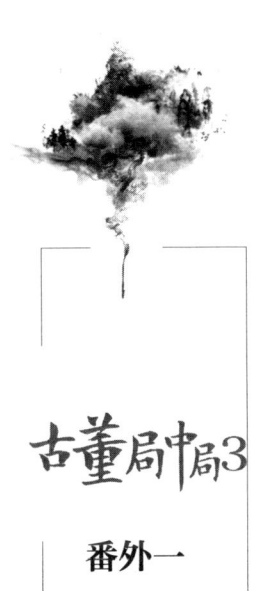

番外一

国庆

许和平没想到,他与老朋友吴东山教授的生死之隔,只差十个小时。

他此时正站在西安城内的一处五层居民楼前。今天是国庆日,大院内到处张灯结彩。可是在面前的单元门外,却停着一辆救护车和一辆警车,车里没人。附近站着几个学生模样的人,个个面色凝重,仰头朝楼上望去。透过三楼右侧阳台那扇灰蒙蒙的玻璃窗,隐约可看到屋里人影晃动。楼梯间里有哭声隐隐传来,在这个静谧的清晨显得格外清晰。

许和平微微皱起眉头,他记得吴教授的家就在三楼,难道是出了什么事情吗?他把皮包握紧了些,走到一个学生模样的人面前,缓声问道:"请问三楼是吴东山教授的家?"那个学生警惕地看了他一眼,反问他是谁。许和平连忙掏出自己的工作证:"我是北京来的许和平,来西安出差,已经和吴教授约定要登门拜访。"

也许是工作证起了作用,也许是因为许和平轻声慢语的声音,学生的警惕神色稍微放松了点,可脸上的悲伤情绪却挥之不去。他抹抹眼泪:"吴教授已经去世了。"

这个消息让许和平大吃一惊,忙问怎么回事。学生回答说他也不太清楚具体情形,听说是昨晚吴教授突然去世。今天早上他儿子过来送早餐才发现,现在医生和民警都在上头。吴教授的几个学生闻讯赶到,都等在楼上。

这个突如其来的噩耗让许和平有点茫然。他昨天抵达西安之后,刚刚和吴教授通过电话,约好了今天一早过来谈事情,可没想到一夜过去,竟是天人永隔。许和平再度抬起头,有些微微晕眩。他朝三楼窗口望去,厚厚的镜片上似乎多了一层雾气,仿佛整个世界都变得不真实了。

许和平和吴东山的交情可以追溯到二十世纪六十年代初。当时陕西省文物局正筹备挖掘乾陵,从各地组织了一批学者做论证。许和平作为中国古建筑史的专家,也在受邀之列，在会上认识了一直在西安搞田野考古的吴东山，两人一见如故，遂成至交。虽然后来挖掘乾陵的计划被中央叫停，但两人一直保持着联络。

这一次许和平趁着国庆节来到西安，一是带着老婆孩子来逛逛古都，二是为了自己的一点私事，三是想拜访一下已经退休的吴东山，当面请教一点事情。没想到刚一抵达，就听到了这样的坏消息。

很快楼道里传来一阵喧哗声，两个人抬着担架慢慢走下来，担架上躺着一个人，上面盖着一块白布。死者的手从担架旁边垂下，许和平一眼就认出来，这是老吴的手，因为他常年在关中一带奔波考察，手像老农一样黝黑粗糙，尤其是虎口的那一块茧子格外醒目。这只手，曾经不止一次捏着精致的青铜器物，在许和平面前轻轻转动，同时会有一个略带着陕南口音的声音娓娓讲述它出土的经历见闻。

而这一切，都已经不复存在了。

许和平肃立在原地，目视着老吴的遗体被抬上救护车。车子没有多做停留，很快疾驰而去。然后警车也走了，封锁一撤，那几个学生这才钻进楼道，许和平也赶紧跟着上去了。

老吴家里的大门敞开着，屋里只有他的独子吴证在忙活着。老吴的夫人去世很早，只有这个儿子在身边照顾。

吴证眼眶通红，显然刚痛哭过一回。看到有人来了，他赶紧擦擦眼泪。老吴的学生跟他早就熟识了，也不多说什么，安慰了几句，便各自散开，帮着收拾老师的遗物遗稿。吴证忽然注意到站在门外的这个瘦瘦高高的知识分子，问他是谁。

许和平掏出工作证，把自己的来意说了一遍。吴证显然听父亲提过这次会面，便请他进门。老吴家里很朴素，没什么奢侈品，屋子里到处摆的是书。最醒目的是沙发上头挂着一个大相框，上面歪七扭八摆了许多小幅照片，都是老吴在各地考古现场或会议上拍的，上头的他总是露出两排大牙，笑得格外灿烂。

许和平在这些相片里，找到了他们两个在乾陵前的合影。当时有几个农民在乾陵附近无意中挖开一个洞，怀疑是墓门所在，参与研讨会的人赶到现场看了看，可惜没能进去，只是合影留念。

"老吴到底是怎么回事？"许和平的声音很轻，带着微微的焦灼和悲痛。

吴证叹了口气："我父亲是独居。昨天有他的一包书寄到，放在单位门卫室。我取了以后给他送到家里，那时候他还在，我跟他聊了几句才走。今天早上我来送早餐,一敲门,没动静,外头窗帘也没拉开,我就掏出钥匙自己开了。一进屋,发现我父亲躺在床上一动不动,我过去一检查,已经……"他讲到这儿,哽咽得有点说不下去。许和平连忙从兜里摸出一条大白手帕,递给他。

吴证擦了擦眼泪,继续说道:"我马上给医院打电话,医生赶到检查了一下,初步怀疑我爸是昨晚心脏病突发身亡。"

许和平觉得有点奇怪。老吴的心脏确实有点问题,可怎么突然就严重到要犯病呢?是不是受了什么刺激?吴证点头道:"没错,医生说我爸应该是情绪突然发生激烈变化,诱发了心肌梗死。"

许和平的脸色有点微微变化,身子不由得坐直:"难道,这是一起谋杀?"

吴证摇摇头:"我早上开门的时候,门是反锁的。警察也来检查过了,门窗完好,没有撬动痕迹,他们还询问了大院门卫和邻居,昨晚肯定没人来过。"

许和平垂下头沉思片刻,忽又抬了起来:"那么令尊昨晚在家里做了什么?是否阅读了什么信件或材料?"

有的时候,不必有旁人在场,只消一张字条一句话,就足以杀人了。

可是吴证很快也否认了这个说法:"我父亲是和衣躺在床上去世的,床边的地上有一本半开的书。他应该是在看书之时心脏病发作。"

"那是一本什么书?"

"我带您去看看吧。"

吴证起身,把许和平带到父亲的卧室。这间卧室不大,一进门,左右就立着四个封天截地的木质书架,里面堆满了各种书籍地图,还有许多手写的考古笔记,让空间变得十分狭窄。在两排书架之间的临窗位置,有一张小木床,上头除了凌乱的被褥之外,另外一半也堆满了书本。床头用螺丝拧着一盏台灯,半吊起来,这大概是老吴为了腾出床头柜的宝贵空间来摆书吧。

老吴一生爱书,不光爱藏书,也爱看书。许和平知道,老吴每天睡前,都要读半小时书,睡着了就随手把书扔到旁边。他环顾四周,看到在枕头旁边,正正当当摆着一本薄薄的册子。

吴证说:"这就是我爸临死前读的最后一本书。我进屋的时候,书正倒扣过来,掉在床边地板上。警察检查完以后,我随手捡起来,给搁枕头边了。"

许和平在征得同意后,伸出手去,拿起那本书来看。这是一本颇有年头的册子,名字叫《陕西古陵整理报告》。

一九三〇年，惩于东陵盗案的恶劣影响，南京国民政府颁布了《古物保存法》，中央古董保管委员会对全国古迹进行了一次大排查。其中陕西作为重点省份，组织了一批专家学者做了普查，并形成了一份报告。这份报告并未正式出版，除了送交中央六份、本省政府与教育署各保留一份之外，只印制了大约十册，送至全国各大院校和知名学者。

这份报告，对陕西省的文物考察具有重要意义。可惜的是，经过多年战乱，这些报告十不存一。许和平记忆力很好，记得几年前吴东山曾经不无炫耀地在信里说，经过多方寻找，他从一个叫姬云浮的人手里淘到一本，视若珍宝——从那时候起，许和平对这个叫姬云浮的神秘人物产生了兴趣。这次来西安，在见完老吴之后，许和平还打算去岐山会会那个人。

眼下居然在死者床边看到这一本《陕西古陵整理报告》，难道两者之间有什么联系不成？

许和平拿起书来，草草翻了一遍。这份报告的印刷质量很粗糙，油墨多有重影之处，切边潦草，纸张脆黄，如果不妥善保存，恐怕留不了几年。

报告内容很枯燥，无非是各种列表和地图，不是专业学者的话，看起来会味如嚼蜡。从专业藏书的角度来看，这本书没什么价值，大概只有对老吴这样的人来说，才特别珍贵。许和平翻阅了许久，没看出里面有任何能刺激到吴东山的地方。

"这书是哪里来的？"许和平轻声问道。

吴证尴尬地摸了摸脑袋，答不上来，他不怎么读书，所以对藏书也没什么概念。许和平又翻了几页，忽然眼神一闪，敏锐地发现，在扉页有一行淡淡的铅笔痕迹。许和平把眼镜擦了擦，凑近了仔细分辨，发现上面写着六个字："志峦同志惠存"，下面一串数字，应该是日期，前两年的事。那个笔迹，正是出自吴东山之手。在书的两侧，还有四处微小的破损，两两相对。

"志峦同志是谁？"

吴证"哦"了一声，走到客厅里去，把那个大相框取下来，指着其中一张照片说："是他。"许和平一看，发现是另外一张合影，中年老吴和一个宽厚额头的圆脸男子并肩而立，两人都笑得特别灿烂，背景是西安的老城墙。

许和平又看了一下，发现两人的合影不止一张。从老吴年轻时到年老，几乎每一个年龄阶段，都会有一张他和志峦同志的合影，看来两人的关系很密切。

"他叫张志峦，我们一直叫他张叔叔，他是我父亲最好的朋友，两个人从小玩大的。"吴证解释说。

许和平谨慎地开口问道："那么张志峦在哪里？他和你父亲最近见过吗？"

吴证摇摇头："张叔叔原来在西安工作，后来调动去了成都。自从我父亲退休以后，两个人就再没见过了，只是偶尔会有通信。不过最近一年连信也没见到了。"

许和平深深地吸了一口气："最后请容我问一句，你父亲有淘旧书的习惯？"吴证点头："没错，他的退休金几乎都花在这上头了，跟全国很多书贩子都有联系。他们熟知我父亲的口味，发现什么好书会直接寄给他——我昨天还替他从收发室拿了一包进来呢。"

"这本《陕西古陵整理报告》，也是在这个旧书包裹里的？"

"那就不知道了……"吴证说到一半，忽然歪着头想了想，迅速把身子蹲下去。他发现那包书就扔在床头柜旁边，外面的牛皮纸只撕开一半，其他几本仍待在里面。他脑子挺好使，把《陕西古陵整理报告》放回到书堆顶端，四边包装一合，牛皮纸上的折痕严丝合缝。那捆书的绳子，与《陕西古陵整理报告》两侧的四个破损痕迹也对得上。

可见这本书，确实是昨晚送来的旧书之一。

许和平发出一声长长的叹息，他把眼镜摘下来擦了擦，沉声道："我大概能猜出来，令尊是如何亡故的了。"吴证眼睛立刻瞪圆，他可没想到这位来客居然说出这样一句话来。

"您……您说这是怎么回事？"

许和平拿起相框，重新挂回到墙上去，这才回身道："《陕西古陵整理报告》是你父亲最珍视的收藏，既然他会送给张志峦惠存，说明那位张先生也是爱书之人。我猜你父亲应该是忍痛割爱，把这本好不容易淘到的书，送给了即将调去成都的张志峦做纪念。"

他把书的扉页打开，让吴证看那一行淡淡的铅笔字和下面的日期。吴证点点头，说："张叔叔确实是在那个时间离开西安的。"

"可是，这本书怎么又送回我父亲手里了呢？"吴证大惑不解。

许和平让他去看那包裹的寄件地址，是来自成都的一家书店。在那个时代，二手书市场虽然规模不大，可藏书圈子仍在运转，一些书贩子与全国的藏书家之间通过国营书店的渠道，仍旧保持着密切的联系。

吴证还是有点迷惑，许和平扫视了老吴的卧室一圈，眼神带着淡淡的遗憾："你可知道，一个爱书之人，对自己的藏书是如何看待的？——视若拱璧，除死方离。"

说到这个话题，许和平的声音罕有地拔高了一截，整个人陷入小小的激动中：

"一个爱书之人，会真正爱上他的藏书，熟悉每一本书的封面，记得每一本的装帧，甚至能分辨得出每一本书的油墨味道。他会像亲近家人一样亲近这些藏书，像地主守护自己的藏宝一样。只要还活着，他绝不会允许这些书离开。"

吴证开始还没什么反应，听到最后，突然意识到了什么，不由得"啊"了一声。

许和平叹道："你猜得不错。张志峦同志也是个爱书之人，对毕生老友送的书，必然无比珍视。人在书留，人死书散。它既然出现在旧书店里，说明张同志恐怕已经不在人世了。他的家人不知那些书籍的贵重，便随手将他毕生心血全数变卖。而老吴……"他说到这里，停顿了一下：

"令尊把这本《陕西古陵整理报告》割爱给张同志以后，应该也在全国书贩子那里挂了号，想再找一本。结果没想到，阴错阳差，成都的书贩子从张同志家人那里收到这本书，又转寄给令尊——这个并不奇怪，这本书收藏价值不大，除了老吴应该没什么人要——令尊昨晚拿到书，躺在床上翻阅之时，看到了上面留有自己给张同志的签名，知道这一本，就是他送给张同志的。以令尊对张志峦的了解，见到这本书，只意味着一件事：挚友已经去世，收藏尽数流散，一时情绪激动……"

听到这里，吴证这才恍然大悟。原来父亲之死，居然还隐藏着这么一段伤心事。若不是许和平从签名中看出端倪，恐怕会成为一个永远的谜团。

"许同志，多亏了你呀，才能搞清楚这些。我回头有时间，会替我父亲去给张叔叔上坟。"吴证感激地说。

"不客气，节哀顺变。"许和平轻声说。

吴家新丧，许和平不宜久待，很快起身告辞。他拎起自己的皮包，跟吴证告辞。下楼以后，许和平忽有所感，停下脚步，回首朝三楼望去，仿佛看见，老吴的最后一丝魂魄，仍依依不舍地站在窗边。

其实许和平还有一个小小的疑问：吴东山之死，是震惊挚友去世多些，还是心疼挚友的藏书星流云散多些？

这个已经永无答案，不过也没必要去探究。这个吴证懵懵懂懂的，应该对他父亲的藏书并不热心。适才许和平走出卧室，看到老吴那几个学生埋头收拾着，还彼此交换着略带兴奋的眼神。他知道，当年张志峦的故事又将重演，这些藏书新一轮的轮回，就要开始了。

这样的事情，他在北京见过太多。那些老学者、老专家一过世，就会有许多人聚拢过去，盯住他们多年的收藏。逝者的后辈往往不知其价值，辛苦一世的积攒，几日之内就会散尽，叫人唏嘘不已。天下之事，大率如此，又岂止是藏书。

许和平下意识地摸了摸皮包，这里面搁着本莲角牛皮日记本，关系到一件大事。他本来是打算请吴东山鉴定一下的。现在看来，还是得去拜访姬云浮，才能解开谜团。这一趟至少得三天，就让老婆孩子在西安好好玩一下吧……

许和平带着无数思绪回到招待所，恰好儿子风风火火地跑出来，大喊着说："爸爸，我要吃羊肉泡馍！"许和平随手把他抱起，爱怜地亲亲他的面颊，莫名其妙地说了一句话："他日我若不在了，咱们许家的东西，你可不许扔出去啊。"

小孩子听得有些茫然。许和平淡淡笑了一下，抬起头，看向外头那湛蓝的天空。如果有熟悉他的人看到，一定会大吃一惊，那个细声细气、温和文弱的许教授，目光里居然蕴藏着如此坚毅明锐的力量。

古董局中局3
番外二

小年

民国十八年，北平，小年夜。

这一场大雪下得极厚，纷纷扬扬，像谁抖搂开一床硕大无朋的素面棉被，张开四角，把整座北平盖了个严严实实。好不容易到了黄昏，天色才勉强放晴了一刻钟。那日头攀在西山一角，眼瞅着就要掉下去了，只剩几缕余晖有气无力地扫过城头，把积雪映出一片浅浅的火红颜色。

街上的行人没多少，个个行色匆匆。今儿是腊月二十三，大家都忙着回去祭灶神。不知哪儿的胡同里，隐隐传来破锣嗓子般的喊灶声："年年有个家家忙，二十三日祭灶王。当中摆上二桌供，两边配上两碟糖，黑豆干草一碗水，炉内焚上一股香。当家的过来忙祝贺，祝赞那灶王老爷降吉祥。"有心急的，已先点起鞭炮，噼里啪啦响了起来。

黄克武怀里揣着一包东西，沿着西什库大街从北往南一路小跑，一直跑到西什库教堂门口，方才住了脚。这雪天，他竟跑得头上腾起一股热气。黄克武顾不得擦去额头的汗水，朝教堂旁边张望，看到刘一鸣慢慢悠悠踱着步，从南边溜达过来，手里还提着一个金漆方盒。

黄克武奇道："你不是从前门过来吗？怎么比我从隆福寺跑过来还快？"刘一鸣淡淡打了个响指："谁像你卖傻力气，我都是坐电车。"黄克武眼睛一瞪，觉得这家伙胜之不武，正要分辩几句，刘一鸣猛地推了他一把："快走吧，咱们今天带的玩意儿，可耗不得时辰。"

说话间，大雪又开始飘散下来。两人并肩而行，转进西什库大街东边的一条胡同，叫作草岚子胡同。这胡同不算窄，可不知为何，黄克武一迈进去，浑身突然一哆嗦，一股阴寒气息从地面钻进脚底，顺着腿肚子往上爬升。他忍不住看看左右，两侧高墙挂着条条雪痕，有如戴孝一般，墙头还拉着密密匝匝的电线，那一条条狰狞的阴影被雪光那么一映，像极了无数人伸出双臂呼救。

黄克武觉得不太对劲，侧头去看刘一鸣，这家伙的眼镜上挂着厚厚的霜，看不出面色如何。他只得闭上嘴，继续前行。过道上也积着厚厚的雪，上头寥寥几串脚印互相交叠，伸向尽头的灰暗之中。脚印的轮廓随着雪花落下，越发模糊起来。

两人嘴里呼着白气，跟着脚印方向一步步前行。整个胡同里，只有咯吱咯吱踩雪的声音，更衬得安静得可怕。越往里头走，光线越发黯淡。黄克武甚至怀疑，再这么走下去，这一条路会不会变得漆黑一片，到时候该怎么办。

黄克武和刘一鸣拐过一个弯去，眼前顿时豁亮起来。耀眼的路灯下面，正站着一个颀长身影。他左手撑着一把德国黑面宽伞，遮住头顶，右手却伸出伞檐，手心朝上，似乎对飘落的雪花很有研究的兴趣。

黄克武一看到那雪中的立影，觉得周身寒气登时散去。他咧开嘴，还未出声，刘一鸣抢先一步道："许掌门。"许一城把手收回来，笑道："说你多少次了，叫许叔就成。"

刘一鸣道："礼数不可缺。"说完看了黄克武一眼，黄克武却一撇嘴："许叔。"

两人这时才环顾四周，发现许一城对面是两扇黑漆漆的大门，坐南朝北，上头挂着一块牌子：北平高等特种刑事法庭看守所。大门紧闭，旁边还有个小门，门上用白漆写着"法外施仁"四字，有两个荷枪卫兵把守，面色冷漠，身前用铁丝网架子挡着。

"东西都带来了？"许一城问。

刘一鸣把那方盒递过来："都一处的烧卖，刚出来的。"黄克武也把那一包东西从怀里掏出来，原来是个棉布包："白魁的烧羊肉，我一直搁怀里焐着，还有热乎气儿呢。"

羊肉最忌变凉。黄克武在白魁等看烧羊肉刚出锅，木盒盛了用棉布一包，然后一溜跑过来。亏得他脚力了得，能从隆福寺一口气跑到西什库胡同，现在这棉布包里还是热的。

许一城接过两样东西，淡淡道了声辛苦。这时胡同那边又传来脚步声，随即看到药来连呼带喘跑过来，头上帽子都跑歪了，手里同样拎着个食盒。

"许叔……掌门，我把饺子给带……带来啦。每家五个，一共二十五个。"

药来跑得脸色红扑扑的，鼻涕横流。许一城掏出一块格子手帕，让他过去，仔细地把那几条鼻涕擦干净，然后拍拍肩膀："今儿个小年，你爹怎么也得吃顿饺子，还有他平日里最喜欢吃的烧羊肉和烧卖。你给送进去吧，我让付贵都疏通好关系了——记住，只有一刻钟。"

药来接过那两个食盒，眼圈有点发红。他正要说些什么，不防一条大鼻涕又垂下来，习惯性地吸溜一声。许一城忍俊不禁，一拍他脑袋："快去吧，别凉了。"

药来"哎哎"两声，一猫腰，从铁丝网架子下钻了过去。卫兵早知道他是来探监，可没想到这人这么没溜儿，居然从架子底下钻过来，下意识肩膀一动就要抬枪。许一城咳了一声，卫兵这才把枪放下，狠狠瞪了药来一眼。药来连忙赔笑道："老爱钻狗洞爬棚户，习惯了，习惯了。"一边鞠着躬一边进了小门，随即小门"砰"的一声关上了。

落雪愈大，黄克武和刘一鸣没带伞，只好凑到许一城的伞下。三人身量都不小，这么一挤，每人都只能露半个身子在外头，很快都落满了白。

刘一鸣忽然问道："哎，掌门，刚才药来说，他带的饺子，是五脉每家各包五个，那许家那份是谁包的？"

"我太太啊。"

"您太太还会包饺子？"

许一城有点尴尬地挠挠鼻尖："呃，她也是现学现卖。为了不在锅里露馅，差点给饺子边上胶水。"

"许和平呢？"

"挺好，不大爱哭，看来将来是个坐书斋的命。"许一城说到这里，忽然笑了，"一鸣啊，别铺垫了，你有什么想问的？直说。"

刘一鸣被说破了心思，沉默片刻才开口道："药来他爹有罪于公义，有亏于五脉，落到如此境地也是咎由自取。掌门你为何还要亲自来探监，不怕旁人说闲话吗？"

许一城早料到他会有此一问，把身子往外挪了挪，给两人腾出更多地方："今天是小年，是贿赂灶王爷的日子，老百姓祭了灶糖，封了灶王爷夫妻俩的嘴，他们上天就不会报告这一年的错处。所谓上天言好事，回宫降吉祥——可是你们想，灶王爷大小是个神仙，你们真以为那糖瓜能封住他的嘴？灶王爷心里明镜似的，他不说，只是想给世人个改正的机会。"

黄克武道："许叔果然学识渊博，这说法我从前可没听过。"

"我瞎编的。"

"……"

许一城哈哈大笑，肩上的雪都震掉了。他忽然面色一肃："话是玩笑话，理却是正经理。你们可知道锔瓷的手艺吗？"刘一鸣和黄克武虽不是玄字门的，但这种常识自然知道，可他们不知道为何许一城突然提这个，不禁面面相觑。

"我曾见过药大哥有一门绝学，唤作飞桥登仙之术，能把瓷器补得天衣无缝。你们看，碎瓷尚可锔回，人自然也可改过。药大哥所为，确实有错，我并不后悔亲手把他送进牢里。不过我相信以他的聪慧，迟早能想明白这件事，一定会有回头之日。我等着。"

许一城看向路灯外的黑暗胡同，目光灼灼。

"可您并没进去吧？"这次发问的是黄克武，他注意到许一城的脚印只到路灯，却没延伸到监狱门前。

许一城无奈地摇了摇头："药大哥不肯见，所以我把药来给叫过来。自己儿子，没什么不能说的。"

三人正聊着，忽然听到门板一响，药来走了出来。他拎着三个空食盒，神色郁郁，眼角还有泪痕，显然是痛哭过一场。药来道："许叔，我爹把饺子吃完了，其他两道菜没碰。他说心中还有五脉，只是没脸享受。他还托我给您带了一句话……"

许一城却一抬手，阻住药来开口。他"唰"地把伞收起来，缓缓走到监狱前的一片空地，任凭雪花落在身上，姿态渊渟岳峙。许一城闭目片刻，抬臂用伞尖在雪上勾画起来，动作行云流水。

刘一鸣自命家学渊源，到此时才知道许掌门不仅本门功夫精到，就连书法也造诣惊人。以伞为笔，以雪为墨，这草就之章，竟被他写出了大气魄、大心意。在路灯照耀之下，雪墨四溅飞扬，那笔锋纵横捭阖，力韵绵长，写到后来，笔势仿佛与那雪中的颀长身影融为一体，神意昂昂。人即是字，字即是人。

许一城忽然收住笔势，唰地重新把伞撑了起来，对药来道："可是这几个字？"药来一看，忙不迭地点头，忽又惊道："您怎么算出来的？"

许一城笑了笑，没有回答。他把伞交给黄克武，让他们三个小的共撑一伞。然后他转身沿着狭窄的过道离开，伴随着那漫天飘絮，身影慢慢消失在胡同尽头的黑暗中。

那雪地上，一共写着五个字。正中乃是一个悔字，四角各有一字：心、人、事、过。随着风雪愈大，这几个字很快变得模糊不堪，终于消失不见了，连一丝残痕也无。